Mistletoe Letters

Lea + Jonas Melcher

SNICKERFORD

Von Lea für Jonas.
Von Jonas für Lea.

Granbury
LITTLE CHERWELL
PENTHOUSE
TOAST OFFICE
MARKTPLATZ
GRÜNE
DA
KLEINER
ENTENTEICH
LENNOX HAUS

CRESSLEY
GROSSER ENTENTEICH
WASSERMÜHLE
DOBBINS FARM

Kapitel 1

Die Glöckchen an meinem Weihnachtspullover klingeln leise, als ich mich durch die stockfinstere Wohnung schleiche. Es war definitiv ein Fehler, ihn anzuziehen, auch wenn ich die weihnachtliche Stimmung, die aus der Wolle in meinen Körper übergeht, gerade dringend nötig habe: Ein bisschen Ruhe, ein bisschen Gelassenheit – und am Ende wird alles gut. So fühlt sich Weihnachten doch an, oder? Ich versuche, mich möglichst langsam zu bewegen, um die Glöckchen nicht ins Schwingen zu bringen, und ziehe meinen Rollkoffer hinter mir zur Tür. Meine Schuhe ziehe ich erst draußen im Treppenhaus an; ich arbeite mich auf leisen Sockensohlen zur Tür vor. Dicke Schneeflocken sprenkeln das blasse frühmorgendliche Licht, welches durch das Fenster unseres winzigen Wohnzimmers bis zu mir in den Flur fällt. In diesem Moment verfängt sich die linke hintere Rolle meines Koffers in den Fransen des Teppichs und ich verliere auf meinen Zehenspitzen beinahe das Gleichgewicht. Ich kann mich zwar wieder fangen, bevor ich mit dem Gesicht auf dem Teppich lande, aber dieser Fast-Sturz bringt meine Glöckchen jetzt leider doch noch zum Klingeln. Sobald ich mich gefangen habe, halte ich inne. Es ist ruhig in der Wohnung und auch die immerwährenden Geräusche des winterlichen Londons werden vom Schneefall verschluckt. Ich höre nur das wilde Pochen meines eigenen Herzens. In einigen Metern Entfernung schält sich schon das Kassettenmuster der Wohnungstür aus der Dunkelheit – gleich habe ich es geschafft. Ich verharre noch einen Moment in meiner Position, aber niemand kommt angestürmt, um mich aufzuhalten. Bevor mir schwindelig werden kann, hole ich tief Luft – und hebe meinen viel zu schweren Koffer hoch, um ihn über den Teppich zu tragen. Sofort zittern meine Muskeln unter seinem Gewicht – und die Glöckchen an meinem Weihnachtspullover klingeln erneut. An der Tür angekommen, schnappe ich mir meinen Wintermantel vom Haken, wickele mir meinen viel zu langen Schal zwei Mal um den Hals und strecke meine Finger nach dem Türgriff aus. Ich habe es wirklich geschafft – ich habe es geschafft, unbemerkt aus der Wohnung zu kommen.

Doch als meine Hand sich um den Türgriff schließt, flammt um mich herum Licht auf. Für einen Moment bin ich so geblendet, dass ich nicht anders kann, als meine Augen fest zusammenzukneifen. Bin ich aus Versehen gegen den Lichtschalter gekommen?

Nein. Noch während ich blinzele, tauchen die Umrisse einer Gestalt aus dem Dämmerlicht auf. Jemand sitzt auf dem abgewetzten Ohrensessel neben der Tür. Auf jenem Ohrensessel, der statt eines Sofas in unserem winzigen Wohnzimmer steht, weil sonst nichts reinpasst.

»Was denkst du, was du da tust?« Die scharfe Stimme, die durch die winterliche Stille schneidet, gehört Kate, meiner besten Freundin.

»Das Gleiche könnte ich dich fragen!« Ich gebe mir größte Mühe, mir meinen Schreck nicht anmerken zu lassen. Zur Unterstützung meiner Aussage verschränke ich meine Arme vor der Brust, was mit dem dicken Wintermantel und dem noch dickeren Schal ehrlich gesagt gar nicht so einfach ist.

Kate, die einen pinken Schlafanzug mit rotnasigen Rentieren darauf trägt, und an den Füßen Slipper in Form von Weihnachtsmann-Mützen, deutet anklagend mit dem Finger auf mich. »Versuch gar nicht erst abzulenken.«

Doch ich tue natürlich genau das. »Warum bist du schon wach? Es ist kurz nach sieben! Warst du nicht feiern heute Nacht?«

Kate schnaubt. »Dann antworte mir eben nicht. Ich weiß sowieso, was du vorhast. Ich wollte es nur von dir hören.«

Obwohl wir nur so viel heizen wie unbedingt nötig (damit die Wände nicht wieder schimmeln wie letzten Winter), ist mir auf einmal ziemlich heiß in meiner Wintermontur. »Ich muss … spontan … über Weihnachten wegfahren.« Ich weiche ihrem Blick aus, als würde Kate Laser aus den Augen schießen.

Meine beste Freundin schnalzt mit der Zunge. »Und beginnt der Ort, zu dem du klammheimlich in aller Herrgottsfrühe aufbrichst, zufällig mit G und endet mit -ranbury?«

Ich verziehe das Gesicht. Kate klatscht in die Hände. »Ich wusste es.« Doch ihr Triumph schlägt schnell in Frust um. »Aber wir haben doch darüber geredet, Liv.«

Ich knabbere auf meiner Unterlippe herum, während ich versuche, aus meinem morgenmüden Hirn irgendeine Ausrede zu fischen.

»Und du hast versprochen, dass du nie wieder Weihnachten dort verbringst. Du hast mir sogar das Versprechen abgenommen, dich aufzuhalten, solltest du doch mal schwach werden.«

»Ich weiß, aber …«

»Aber?« Kate deutet mit einem anklagenden Zeigefinger auf den Kalender, der neben der Eingangstür hängt. »Es ist gerade mal der dritte Dezember! Willst du mir wirklich weismachen, dass du einfach so spontan all deine Vorsätze über Bord geworfen hast und den *kompletten Advent* bei deiner Familie verbringen willst?«

Ich verziehe das Gesicht. Wenn man es so sagt, klingt das in der Tat ziemlich furchtbar. Aber wie soll ich Kate klarmachen, warum ich in mein Heimatdorf zurückkehren muss, ohne ihr von dem Brief zu erzählen? Ich weiß genau, was sie sagen wird, wenn ich ihn ihr zeige.

Komm am 5. Dezember um Mitternacht zur Grünen Dame. Ich habe das hier gefunden.

Und im gleichen Umschlag steckte auch noch eine platt gedrückte Serviette voller Weinflecken und einigen gekritzelten Sätzen. Der Text, den ich vor einem halben Jahr auf die Serviette geschrieben habe, beginnt mit den Worten:

Ich kann nicht fassen, dass ich dich immer noch liebe, Yash.

Kate würde zu mir sagen, dass ich auf keinen Fall deswegen nach Hause fahren soll. Dass ich mir so einen Bullshit nicht geben muss. Dass ich mit meiner Vergangenheit abschließen soll. Aber jemand hat diese gekritzelten Worte auf einer Serviette gefunden, die ich offensichtlich ziemlich betrunken geschrieben habe und die niemand lesen darf. Auf der Serviette steht außerdem auch, dass es mich zerreißt, ihn wieder zu treffen. Dass ich mich noch immer genauso fühle wie damals mit sechzehn Jahren. Dass ich Yash hasse.

Und leider eben auch, dass ich Yash *liebe*.

Und wenn ich etwas mit Sicherheit sagen kann, dann, dass alle in meinem Heimatdorf Granbury meine Handschrift kennen. Sie wüssten sofort, wer diese Worte gekritzelt hat. Ich, Olivia Lennox, die bemitleidenswerte Teenagerin im Körper einer Erwachsenen. Und außerdem war ich auch noch so doof, auf der Serviette mit meinem Namen zu unterschreiben – also wären die Hobbygraphologen (von denen es in Granbury so einige gibt) nicht mal nötig, um mir den Brief zuzuordnen. Es würde alles wieder von vorne losgehen. Und das werde ich verhindern. Ich muss nur herausfinden, wer mir diesen Brief geschickt hat und diese Person dann zum Schweigen bringen. Also nicht »für immer« wie bei einem Mord, sondern nur auf diese eine, unangenehme Sache bezogen – in Granbury finde ich hoffentlich heraus, um wen es sich handelt.

Vermutlich werde ich ihn oder sie am fünften Dezember bei der Grünen Dame treffen. Bestimmt will die Person Geld von mir. Ich würde alles bezahlen, was ich habe, um diesen Albtraum zu beenden. Alles. Kate weiß nichts von dem Brief und ich will ihr auch nichts davon erzählen. Ihr würden bestimmt sofort tausend Argumente einfallen, weshalb ich lieber in London bleiben sollte.

Doch ich habe meine Entscheidung getroffen.

Normalerweise braucht man eine beste Freundin, die den eigenen Bullshit durchschaut … nur in diesem Moment einfach nicht.

»Ich soll meiner Schwester beim Wahlkampf helfen«, plappere ich, weil es das Erste ist, was mir einfällt. »Vereinte Familienfront und so.«

Kate verdreht die Augen. »Aber da geht es doch nur um die Wiederwahl zur Bezirksrätin, oder? Caroline tut, als würde sie zur Premierministerin antreten.«

Ich zucke die Achseln. »Ich glaube, das ist ihr Ziel, ja.«

»Also trittst du an zu einem Monat des Schaulaufens und Weihnachtslieder-Singens?«

Ich schüttele so schnell den Kopf, dass die Glöckchen an meinem Weihnachtspullover klingeln. »Ich singe auf gar keinen Fall irgendwelche Lieder.«

Meine beste Freundin starrt mich an. Der gerade Pony rahmt ihr Gesicht so ein, dass ihre runden braunen Augen noch größer und strenger wirken als ohnehin schon. »Das hat nicht zufällig was mit dem Brief zu tun, der heute gekommen ist? Oder inzwischen gestern, wenn ich so auf die Uhr gucke?«

»Woher weißt du von dem Brief?« Die Frage rutscht mir heraus, bevor ich darüber nachdenken kann.

Ein listiges Grinsen breitet sich auf dem Gesicht meiner Freundin aus. »Ich wusste es!« Sie trommelt triumphierend mit ihren Fingern auf den Lehnen des Sessels. »Ich hab den gestern im Briefkasten gefunden und man hat ja direkt gesehen, dass er nicht vom Amt und auch keine Rechnung war. Kein offizieller Umschlag und mysteriöserweise auch kein Absender.«

Ich schürze die Lippen. »Mich würde es nicht wundern, wenn du den Brief einfach so geöffnet und dann wieder so verschlossen hättest, damit ich es nicht bemerke.«

»Wäre ich da mal drauf gekommen.« Kate schiebt ihre Brille zurück zur Nasenwurzel hoch. »Also, was stand drin?«

»Ich soll zurück nach Granbury kommen«, seufze ich, weil ich Kate noch nie anlügen konnte. Ob das an ihren riesigen Lupenaugen liegt oder daran, dass sie der beste Mensch der Welt ist, kann ich nicht mit Sicherheit sagen. »Und wer hat ihn geschrieben?«

»Das weiß ich nicht.«

Kate schnalzt mit der Zunge. »Oh, ein Mysterium, wie wundervoll. Du weißt doch, dass ich Rätsel liebe!«

»Und du weißt, dass ich sie hasse.« Ich seufze. »Es ist zu früh für dieses Gespräch.«

»Du hast mir gesagt, ich soll dich aufhalten, wenn du sentimental wirst, und Weihnachten in Granbury verbringen willst, Liv.«

»Ich weiß.« Ich rümpfe die Nase. »Warum denkst du, schleiche ich mich heimlich aus der Wohnung?«

Kate beobachtet mich, ohne zu blinzeln. Es ist fast schon gruselig, wie intensiv der Röntgenblick meiner besten Freundin ist. »Ist das ein Fall von *'Unterstütz mich, auch wenn es falsch ist'*?«

»So wie neulich, als ich mit dir diese sündhaft teuren pinken Cowboystiefel kaufen gehen sollte, obwohl ohnehin klar war, dass du sie niemals tragen wirst?«

Kate schiebt ihre Unterlippe vor. »Sie machen sich auch ziemlich gut als Deko-Objekte, okay?«

Ich schnaube und versuche sie nicht darauf hinzuweisen, dass die pinken Stiefel mittlerweile hinter der Popcorn-Maschine auf ihrem Schrank stehen, weil sie nirgends sonst hinpassen. »Okay, ja, es ist wie mit den Cowboystiefeln.«

Kate seufzt und rückt ihren Sessel ein Stückchen zur Seite, sodass der Weg zur Tür jetzt frei ist. »Das ist eine blöde Idee, Liv.«

»Ich verspreche dir, dass ich dich nicht wieder mit einem Schreikrampf anrufen werde, wenn meine Mutter wie letzten Sommer die alten Fotoalben auspackt.«

Kate steht auf und zieht mich in eine Umarmung. Sie riecht noch ein bisschen nach Zigarettenrauch und klebrigem Parfüm, vermutlich ist sie gerade erst vom Feiern nach

Hause gekommen. »Nein. Ich werde richtig sauer, wenn du mich *nicht* anrufst.« Ihre Atemluft kitzelt die Locken um meine Ohren.

Für einen Moment lege ich meinen Kopf auf ihr pralles Dekolleté (ein besseres Kissen wurde noch nie erfunden, ich schwöre) und seufze tief. »Woher wusstet du eigentlich, dass ich mich heute Morgen aus dem Staub machen würde? Wenn du den Brief gar nicht gelesen hast?«

Wieder schnaubt Kate und streicht mir sanft über den Rücken. »Du bist die unsubtilste Person auf der ganzen Welt, Liv. Auch wenn du versucht hast, sneaky zu sein. Denkst du, ich habe nicht gehört, wie du gestern Nachmittag deinen Koffer vom Schrank geholt hast? Die Wände in dieser Wohnung sind hauchdünn!«

Kate drückt mich noch mal ganz fest an sich, bevor sie mich wieder loslässt. »Versprich mir einfach, dass du dich von niemandem fertigmachen lässt. Familie kann so … anstrengend sein, vor allem, wenn sie mit Nachnamen Lennox heißt und die Vorzeigefamilie von Granbury ist. Und ...« Sie macht eine kurze Pause, »lass dich auch nicht von Yash in den Wahnsinn treiben.«

Ich gebe ihr einen Kuss auf die Wange. »Danke.«

»Wofür?«

»Dass du mich nicht aufhältst.«

»Jetzt hau schon ab, bevor ich es mir anders überlege.«

Ich ziehe den Koffer aus der Wohnung und schleppe ihn die schmalen Stufen nach unten zur Haustür. Es ist noch ziemlich dunkel und der Wind wirbelt den fallenden Schnee in alle Richtungen. Die kitschige Weihnachtsbeleuchtung des 24-Stunden-Kiosks färbt die Schneeflocken erst pink, dann grün, dann gelb. In Granbury gibt es solche 24-Stunden-Kiosks nicht. Ich seufze und denke dabei an meine spätnächtlichen Ramen-Gelüste. In Granbury gibt es so einiges nicht. Guten veganen Fleischersatz, öffentlichen Nahverkehr und ein flächendeckendes Mobilfunknetz zum Beispiel. Oder eine Familie, die einen in Ruhe lässt. Der Briefumschlag mit der Serviette darin brennt ein metaphorisches Loch durch den Stoff meiner Hosentasche. Ich habe keine Ahnung, wer ihn geschrieben hat und warum.

Komm am 5. Dezember um Mitternacht zur Grünen Dame.

Vielleicht will die Person, die meine Serviette gefunden hat, sich nur einen blöden Scherz mit mir erlauben?

Vielleicht aber auch nicht.

Am wahrscheinlichsten ist es, dass sie Geld will. Wenn sie mich erpresst und ich nicht zahle, wird sie meinen Text bestimmt veröffentlichen. Dazu darf ich es auf gar keinen Fall kommen lassen – nicht noch einmal.

Kapitel 2

Die Scheibenwischer meines alten Ford Fiestas kämpfen im Schneegestöber ums Überleben. Vielleicht sind sie aber auch einfach außer Übung, weil ich in London eigentlich nie dazu komme, dieses Auto zu fahren. Kate liegt mir ständig damit in den Ohren, wie viel Geld ich sparen könnte, wenn ich den Garagenplatz für die kleine Rostlaube aufgeben würde, aber irgendwie habe ich mich noch nicht dazu überwunden. Im Innenraum riecht es immer noch nach dem Duftbaum, den meine Schwester Caroline vor Jahren hier aufgehängt hat, als das noch ihr Auto war. Unser Bruder James hatte mit seinen Freunden auf dem Rücksitz Gras geraucht und der Geruch ließ sich danach einfach nicht aus den alten Sitzen entfernen. Ich will gar nicht so genau wissen, was noch alles in den abgewetzten Polstern steckt, nachdem drei junge Menschen mit ihm rund um Granbury die Abenteuer ihrer Jugend erlebt haben. Verdammt, ich hatte meinen ersten Kuss in diesem halb auseinandergefallenen Gestell. Zugegebenermaßen war dieser Kuss nicht besonders gut. Ich hatte den ganzen Abend schon meinen Mut gesammelt und wollte in der Nacht vor meinem sechzehnten Geburtstag nicht ungeküsst wieder nach Hause fahren. Caroline saß hinter dem Steuer, schimpfte lautstark darüber, dass sie mich von der Party abholen musste, und was für eine anstrengende kleine Schwester ich doch wäre. Ich bin mir sicher, dass sie damals absichtlich so aggressiv um die Kurven der umliegenden Schafweiden gebogen war, damit ich hinten das Gleichgewicht verlor. Jedenfalls habe ich meinem Mitschüler Tommy dann mit meiner Nase bei meinem ersten verdammten Kuss das rechte Brillenglas eingeschlagen. Vorbei war's mit der Romanze zwischen uns, worüber ich rückblickend recht froh bin. Nicht so froh war ich allerdings über den Spitznamen »Hammernase«, der mich von dieser schicksalhaften Nacht an bis zum Schulabschluss begleiten sollte.

Ich, Olivia »Hammernase« Lennox, sitze jetzt also auf meinen dichten Vliespolstern, die ich über die alten Sitze gezogen habe, und tuckere in meiner kleinen Karre zurück in den Ort, in dem »Hammernase« nicht mal annähernd das Peinlichste ist, was die Bewohner über mich flüstern. Ungefähr sechs Jahre ist es jetzt her, dass ich aus Granbury geflohen bin. Und ich komme nur hierher zurück, wenn es sich absolut nicht vermeiden lässt. Wie zum Beispiel zur Hochzeit meines Bruders letzten Sommer. Auf der Höhe von Newbury biege ich von der M4 auf die A34 und halte kurz an einer eingeschneiten Tankstelle an, um meinen Ford Fiesta – und mich selbst! – zu betanken.

Kurz darauf lenke ich mein frisch mit Benzin gefüttertes Auto weiter über die schneebedeckten Landstraßen Südenglands. Je ländlicher die Gegend wird, desto weniger Autos kommen mir entgegen – was ziemlich gut ist, denn meine altersschwachen Scheinwerfer kommen kaum noch gegen das Schneegestöber an. Ich hätte vor meiner Abreise vielleicht mal den Wetterbericht checken sollen – aber gefahren wäre ich wahrscheinlich so oder so. Also beiße ich den Kopf von meinem veganen Schokoladenweihnachtsmann ab, den ich von zu Hause mitgenommen habe, und umfasse das Lenkrad fester. Eigentlich dauert die Fahrt nach Granbury von London nur ungefähr zwei Stunden, aber in dem Schneckentempo, in dem ich hier gerade unterwegs bin, fürchte ich, dass ich eher drei bis vier Stunden brauchen werde. Mein alter Wagen verfügt nicht mal über eine funktionierende Heizung und ich bin froh, dass ich wenigstens eine alte Decke über meine Beine werfen kann, die hier seit Jahren rumliegt. Der Schnee schluckt immer mehr Geräusche in meiner Umgebung, frisst sie einfach auf, so wie ich mir diesen Schokoladenweihnachtsmann einverleibe. Mit einem Glucksen schalte ich zur vollen Stunde den Wetterbericht ein. Natürlich erwische ich noch die letzten Töne von Michael Bublés *It's Beginning to Look a Lot Like Christmas*. Ich könnte dieses ganze Weihnachtsgedudel nicht mal dann vermeiden, wenn mein Leben davon abhinge. Es ist ja nicht so, dass ich Weihnachten abgrundtief hasse, aber wenn man wie ich aus *dem* Weihnachtsdorf Großbritanniens kommt (ja, Granbury hat mehrere Jahre in Folge den Preis für das »Beste Weihnachtsdorf Südenglands« gewonnen), hat man irgendwann einfach genug davon. Weihnachten erinnert mich an Zuhause und das ist nicht gut. Erinnerungen kommen hoch, die mir ein flaues Gefühl im Magen machen … Während Bublé singt, muss ich zum Beispiel daran denken, wie ich mit sechzehn viel zu viel Glühwein getrunken und über die komplette Rentier-Deko des Weihnachtsmarkts gekotzt habe. Oder daran, wie ich mit vierzehn das Weihnachtssolo im Gottesdienst singen sollte und mir wegen einer Erkältung die Stimme weggebrochen ist. Kein Wunder, dass »Hammernase« nicht der einzige Spitzname war, der mich damals verfolgte.

Rentier-Schreck. Krächzender Engel. Liebesbrief-Liv. Die Einwohner von Granbury sind ebenso brutal wie kreativ in der Vergabe ihrer Spitznamen. Meine Geschwister hat so etwas allerdings nie getroffen. Nur mich, die tollpatschige, *köstlich* amüsante Olivia, Hofnärrin für ganz Granbury. Allein bei dem Gedanken daran schaudere ich. Vielleicht sollte ich acht Jahre später über all das hinweg sein. Es waren ja nur *Witze*, oder, wie meine Mutter es genannt hat, »liebevolle Neckereien«, aber manchmal bleibt mir auch heute noch vor Scham die Luft weg, wenn ich nachts im Bett liege und an meine Jugend in Granbury denke. Alle kleinen Dramen, die damals mein Leben bestimmten, fühlen sich im Advent immer so an, als würde jemand ein Brennglas über mich halten. Als würden die Weihnachtsengel höchstpersönlich oben in ihren Wolken hocken, zu mir nach unten schauen und mich auslachen.

»Ich empfehle dringend, sich an die Hinweise des Wetterdienstes zu halten.« Die Stimme des Nachrichtensprechers füllt meinen kleinen Wagen. »Bleiben Sie am besten zu Hause, trinken sie einen Punsch oder einen heißen Kakao und warten Sie, bis der Sturm vorüber ist. Erst heute Nacht wird es wieder besser.«

Heute Nacht? Es ist gerade einmal halb elf Uhr vormittags und in den nächsten Stunden soll offenbar die Welt untergehen. Na toll.

Das nächste Straßenschild, das ich durch das Schneegestöber erkennen kann, verrät mir, dass ich eigentlich nur noch ungefähr dreißig Minuten nach Granbury brauchen würde, was bei meinem Schneckentempo jedoch momentan sehr unrealistisch erscheint. Also krieche ich weiter über die Straße und kneife meine Augen zusammen, damit ich den Straßenverlauf durch das Schneegestöber überhaupt noch erkennen kann. Die Flocken landen mittlerweile schneller auf meiner Windschutzscheibe, als meine Scheibenwischer dagegen arbeiten können. Ich verlangsame meine Geschwindigkeit, bis ich fast stehen bleibe. Aber ich muss unbedingt weiterfahren – mitten im Nirgendwo kann ich nicht anhalten. Mir würden wahrscheinlich die Zehen und mindestens eine Arschbacke abfrieren. Wahrscheinlich hat Kate diesen Schneesturm heraufbeschworen, um mich doch noch davon abzuhalten, nach Granbury zurückzukehren – zuzutrauen wäre es ihr auf jeden Fall. Oder Granbury möchte mir deutlich zu verstehen geben, dass ich dort nicht hingehöre, ganz egal, wer mich mit diesem mysteriösen Brief auch herlocken und erpressen will.

Unfassbar langsam arbeite ich mich also weiter durch das Schneegestöber voran. Zum Glück fangen meine Scheinwerfer immer wieder die reflektierenden Flächen der Pfosten ein, die am Straßenrand aufgestellt sind, ansonsten würde ich gerade gar nicht mehr wissen, ob ich überhaupt noch auf der Straße bin.

Mittlerweile ist es auch in meinem Wagen richtig eisig geworden. Ich ziehe meine Handschuhe an, damit meine Hände am Lenkrad nicht abfrieren, aber trotzdem bildet mein Atem bereits kleine Wölkchen in der Luft.

»Du schaffst das schon, Olivia«, murmele ich vor mich hin. Was zur Hölle, jetzt beginne ich sogar schon, mit mir selbst zu reden. Wenn mich jemand aus Granbury dabei erwischen würde, wäre ich wohl den ganzen Dezember über »Nuschel-Liv« oder so etwas. Ich muss einfach nur weiterfahren und nicht stehen bleiben, dann kann mir nichts passieren. Und endlich schält sich ein Schild aus der schneeweißen Umgebung, das Granbury in fünf Meilen Entfernung ausweist. Jetzt ist es nicht mehr weit – vor allem nicht für eine wie mich, die in dieser Gegend aufgewachsen ist und alle Schleichwege kennt. Es gibt hier ein alte, halb befestige Straße, die über einen Hügel auf die Felder von Mr Dobbins führt und auf der man Granbury viel schneller erreicht als über die Hauptstraße, die noch einen Schlenker zur Abzweigung nach Cressley macht. Ich könnte wetten, dass ich mir damit die Hälfte der Fahrtdauer sparen werde. Es ist jetzt quasi nur noch ein Katzensprung nach Granbury. Quer durch die Felder, ein kleines Wäldchen und dann tauchen auch schon die ersten Häuser auf. Ich muss meinen Wagen nur noch diesen kleinen Hügel hochjagen und dann kann ich ihn quasi rollen lassen. Ich bin diesen Weg früher sehr oft mit dem Rad gefahren, weil meine Schule im benachbarten Cressley lag und die Busse nur sehr unzuverlässig gefahren sind. Ich könnte den Weg daher sogar mit verbundenen Augen finden, deswegen ist es bestimmt auch nicht schlimm, dass es hier keine Leitpfosten gibt. Jedenfalls rede ich mir das ein, als ich meinen Wagen von der Landstraße hinab auf die Crowscombe Road lenke.

Die fehlenden Leitpfosten sind, wie sich schnell herausstellt, tatsächlich kein Problem für mich, denn ich komme gar nicht weit genug, um auf sie angewiesen zu sein. Ich verfahre mich auch nicht in Mr Dobbins Feldern – denn ich scheitere bereits an dem kleinen Hügel davor. Ich trete aufs Gas, um meinem Ford wieder ein bisschen Leben einzuhauchen, doch mitten an der steilsten Stelle geht mir der Schwung aus. Ich drücke noch mehr aufs Gas, aber der Motor meines Autos stottert nur noch.

Die Räder des kleinen Wagens drehen auf dem vereisten Boden durch – und für einen kurzen, aber sehr unangenehmen Moment hängt mein Magen in der Luft. Dann rutscht mein Auto langsam, ganz langsam, rückwärts. Ich trete auf die Bremse, aber nichts passiert.

»Verdamm, verdammt, verdammt«, fluche ich, während ich panisch nach der Handbremse greife. Doch auch die funktioniert nicht auf dem eisglatten Boden. Unaufhaltsam rutscht mein Wagen schräg rückwärts den kleinen Hügel hinunter.

Ich weiß nicht, was ich tun soll. Bestimmt wird sich mein Auto gleich überschlagen, ich werde durch die Windschutzscheibe geschleudert und auf Mr Dobbins Mais-Feld unter den Schneewehen begraben. Wie lange wird es wohl dauern, bis mein Körper gefunden wird? Und wird meine Leiche eine eingefrorene Spukgestalt wie aus einem Horrorfilm sein? Wobei das vielleicht besser wäre, als halb verwest von irgendwelchen Krähen auf dem Feld zerpickt zu werden. Die Crowscombe Road hat ihren Namen ja nicht einfach so, sondern wurde so genannt, weil hier Schwärme von Krähen leben, die den Sommer über Maiskörner aus den Kolben picken. Und jetzt sind die sicherlich alle schrecklich hungrig und scharf auf meine Augäpfel. Dabei hatte ich mit denen doch noch so viel vor (Netflix leergucken zum Beispiel).

Ich klammere mich panisch am Lenkrad fest und halte die Luft an, während mein Wagen weiter beschleunigt. Hoffentlich werde ich nicht bis auf die Landstraße zurückgeschoben und direkt von einem Lkw überfahren. Ich klammere mich an meinen Ford Fiesta, als wäre er mein Ein und Alles – und eigentlich ist er das auch. Diese Schrottkarre ist wahrscheinlich mein wertvollster Besitz, fast alles andere, was ich in London benutze, ist gemietet – sogar mein verdammtes Fahrrad!

»Okay, Roast Beef, wir hängen da jetzt zusammen drin!« Den Namen hat mein Großvater dem Wagen gegeben, weil der Lack des Autos seiner Meinung nach die Farbe von einem gerösteten Steak hat – und der Rost in seinem Lack sieht aus wie ein Bratenrand. Mein Bruder James hatte damals zunächst *Road Beast* verstanden und war ganz begeistert von diesem einschüchternden Wrestler-Namen. Gerade ist *Roast Beef* jedoch definitiv der passendere Name – denn mein Wagen tut in diesem Moment genauso viel wie eine tote und gegrillte Kuh, um mich aus diesem Schlamassel zu retten: nämlich absolut nichts. Ich rutsche noch immer den Berg hinab. Immer schneller.

Plötzlich verlagert sich das Gewicht des Wagens auch noch nach hinten und alles, was ich in dem Fach des Armaturenbretts verstaut habe (Notfall-Kaugummi und Notfall-Kondome, einen Zettel mit der Telefonnummer meiner Eltern sowie eine Glückskeks-Notiz, die mir verspricht, dass mein Leben ab jetzt wunderschön wird), purzelt über den Schaltknüppel nach hinten.

Ich reiße den Kopf herum, aber hinter mir ist nur Schnee – ein riesiges Becken voll Schnee. *Das muss der Straßengraben sein*, denke ich noch, bevor das Auto komplett kippt und in eben diesem Graben landet. Die Vorderreifen meines Autos hängen in der Luft und ich werde gegen die Polster meines Sitzes gedrückt.

Langsam sinkt der Wagen immer tiefer in den Schnee hinein, bis dieser sogar von außen gegen die vorderen Autotüren drückt. Wegen meiner nun folgenden, hektischen Bewegungen schneidet mir der Sicherheitsgurt unangenehm in den Hals, als wollte er mich daran erinnern, was für eine gute Arbeit er doch leistet.

»Du sollst mich auf dem Sitz halten, nicht erwürgen.« Ich löse den Gurt und kann wieder freier atmen, aber meine Situation wird dadurch nicht wirklich verbessert. Es fühlt sich an, als hätte mein Auto gerade wie bei *Transformers* eine Verwandlung durchgemacht und würde sich in Zukunft lieber auf zwei Beinen (bzw. Reifen) durch die Gegend bewegen.

»Schlechter Zeitpunkt, Roast Beef.« Die Glöckchen an meinem Pullover klirren bei jeder meiner hektischen Bewegungen, als würden sie sich über mich lustig machen.

Wenn sich mein Lenkrad jetzt nicht direkt über mir statt vor mir befinden würde, hätte ich meinen Kopf entnervt darauf gebettet. Durch die Vorderscheibe über mir kann ich einen Moment lang noch den weißen Himmel erkennen, aber dann wird mein Blickfeld auch schon von Schneeflocken bedeckt, die auf der Scheibe landen und dort liegen bleiben. Es ist so verdammt kalt im Auto. Ich drehe mich um, um zu sehen, wie tief ich im Graben stecke. Die Heckscheibe und die beiden hinteren Seitenscheiben sind komplett von Schnee bedeckt und auch mein Seitenfenster ist zur Hälfte darin versunken. Auf einmal bin ich ganz froh um die nervigen Weihnachtslieder, die noch immer aus den Lautsprechern des Autoradios dudeln, so komme ich mir zumindest nicht ganz allein vor. Ich schalte den Motor aus und angle nach meiner Umhängetasche, in der sich mein Smartphone befindet. Die Rückenlehne des Beifahrersitzes hat zum Glück dafür gesorgt, dass die Tasche nicht außer Griffweite im hinteren Teil des Wagens gelandet ist. Als ich das Smartphone endlich aus der Tasche gezogen habe, schwindet meine kurze Erleichterung jedoch direkt.

»Kein Empfang. Na super.« Das ist zwar keine Neuigkeit

rund um Granbury, kommt gerade aber einer Katastrophe gleich. Wenn man nicht im Schnee feststeckt, reicht es meistens, sich ein paar Meter in die eine oder andere Richtung zu bewegen, um zumindest einen Balken Mobilfunknetz zu bekommen, aber diese Möglichkeit habe ich in diesem Moment ja nicht.

»Ich kann niemanden um Hilfe rufen«, murmele ich. »Das wird ja immer besser.«

Gleichzeitig sträubt sich ohnehin alles in mir dagegen, irgendjemanden in Granbury um Hilfe zu bitten. Die Story, wie ich es geschafft habe, neben dem Dobbins-Feld im Graben zu landen, würde sich in dem kleinen Ort wie ein Lauffeuer verbreiten. Und ich kann mir doch nicht schon wieder einen neuen Spitznamen zulegen, bevor ich überhaupt das Ortsschild von Granbury passiert habe. *Eiszapfen-Liv* würden sie mich nennen. Oder *Transformer-Liv*. Na, super.

Ich seufze. Dann muss ich den Wagen eben hier stehenlassen und meinen Vater bitten, ihn später mit seinem Transporter aus dem Graben zu ziehen. Und wenn alle Stricke reißen und mein Vater keine Zeit dafür hat, kann ich morgen immer noch zu Tommy in die Werkstatt gehen, mir ein paar Sprüche über meine Hammernase abholen und mich von ihm kostenlos abschleppen lassen. Also meinen Wagen, nicht mich. Auch wenn er es gerne anders hätte. In Granbury, das habe ich schon früher gelernt, musste man für nahezu nichts echte britische Pfund blechen, wenn man es schafft, bei den Sprüchen seiner Bewohner auf Durchzug zu schalten. Na schön, ich habe wohl keine andere Wahl, als mal wieder zur Witzfigur zu werden. Ich seufze. Nein, es gibt keine andere Möglichkeit. Allein werde ich den Wagen hier nicht rausbekommen. Ich fasse also den

Entschluss, das Auto hier zurückzulassen, und versuche, die Tür zu öffnen.

Ohne Erfolg. *Shit.* Vermutlich ist es der Schnee, der von außen gegen die Scheibe drückt, wahrscheinlich aber einfach nur mein unfassbares Pech, das die Tür zuhält. Ich beuge mich rüber und versuche es bei der Beifahrertür – ebenfalls erfolglos.

»Ich stecke fest«, murmele ich und ein hysterisches Grinsen breitet sich auf meinem Gesicht aus. »Ich stecke wirklich hier fest.« Wer feststeckt, muss auch nicht rechtzeitig zum Mittagessen bei der Familie aufkreuzen. Wer feststeckt, hat noch ein bisschen Ruhe. Pessimismus kann man mir zumindest nicht vorwerfen – ich mache das Beste aus dieser beschissenen Situation.

Nach einer Stunde im Graben der Crowscombe Road sieht das Ganze jedoch ein bisschen anders aus. Ich habe mich inzwischen auf dem Sitz zusammengerollt, aber wirklich bequem ist das Ganze nicht. Mittlerweile ist die Kälte auch durch meine Decke und meine Winterjacke gekrochen und ich zittere sogar zu stark, um Handygames zu spielen – ich bin einfach nur noch genervt. Das Auto ist komplett eingeschneit und meine letzten Mince Pies habe ich leider schon während der Fahrt gemampft. Auch wenn der Schnee hell und weiß ist, verdunkelt er das Innere des Wagens komplett, sodass ich das kleine Licht über meinem Kopf anschalten musste. Ich hab sogar schon versucht, die Scheiben des Wagens von innen freizukratzen, aber das hat leider nichts gebracht. Wie lange die Autobatterie wohl noch hält? Mein Smartphone-Akku geht langsam auch zur Neige, weil die Kälte ihm den Saft entzieht. Ob meine Familie sich wohl schon Sorgen um mich macht? Ich habe ihnen über eine Nachricht im Gruppenchat angekündigt, dass ich auf dem Weg nach Granbury bin. Auf die Fragezeichen und Happy-Emojis meiner Eltern und Geschwister habe ich dann aber nicht mehr reagiert. Auch nicht auf die Frage meines Bruders, ob ich komme, weil ich meinen Job verloren habe. Ja, James kann ein ziemlicher Arsch sein. Seit Jahren liegt mir meine Familie damit in den Ohren, dass ich immer wieder die *schönste Zeit des Jahres* in Granbury verpasse. Die schönste Zeit des Jahres für *wen*?

Ich ziehe den mysteriösen cremefarbenen Briefumschlag aus der Hosentasche, den ich gestern in der Post gefunden habe. Auf der Außenseite stehen einfach nur mein Name und meine Londoner Adresse. Die Briefmarke zeigt das Siegel des örtlichen Briefamts in Cressley, dem Nachbarort von Granbury. Im Umschlag befindet sich ein cremefarbener Briefbogen, auf den mit geschwungener Schrift nur wenige Worte notiert sind:

Liebe Olivia,
komm am 5. Dezember um Mitternacht zur Grünen Dame. Ich habe das hier gefunden.

Und darunter liegt noch mein »Brief« – obwohl die Bezeichnung »von einer verzweifelten Betrunkenen vollgekritzelte Serviette« wahrscheinlich besser dazu passt. Ich sehe das Logo der Dobbins-Farm oben in der Mitte des mehrlagigen einstmals weißen Servietten-Papiers. Manche Wörter sind durchgestrichen und die Serviette ist von Weinflecken übersät. Ich erinnere mich nur noch ganz verschwommen daran, die Worte auf die Serviette geschrieben zu haben, so verschwommen, dass es auch ein Traum hätte sein können.

Ich falte die Serviette auf und lese die erste Zeile.

Ich kann nicht fassen, dass ich dich immer noch liebe, Yash.

Dann falte ich die Serviette schnell wieder zu. Eine Welle der Scham rollt über mich hinweg und ich stecke den Brief und die Serviette schnell wieder in den Umschlag zurück. Wie peinlich kann man eigentlich sein? Und warum kommt jemand auf die Idee, mir ausgerechnet jetzt einen solchen Brief zu schreiben? Warum hat jemand diese bescheuerte Serviette eingesteckt und ein halbes Jahr lang aufbewahrt? *Scheiß Erpresserpsycho.*

Ich schiebe den Briefumschlag zurück in meine Hosentasche und vergrabe das Gesicht in meinen Händen.

Die Weihnachtssongs kommen mir schon gar nicht mehr so nervig vor, aber vielleicht haben die Glöckchen und Streichinstrumente auch einfach nur mein Hirn zermalmt. Inzwischen wurde *White Christmas* schon zum sechsten Mal in den letzten vier Stunden von der Moderatorin angekündigt, als wäre es der neuste Hit, auf den alle gewartet haben. *Vielleicht*, denke ich irgendwann, *ist das hier eine Intervention der Weihnachtsgötter, die mich in einer Art Last-Christmas-Gehirnwäsche zur Weihnachtsfee bekehren wollen, bevor ich über die Ortsgrenze von Granbury fahre. Ob auch Jesus seine Finger im Spiel hat?* Die Glöckchen an meinem Weihnachtspullover klimpern zustimmend, als ich mich strecke, um meinen vom Sitzen verspannten Nacken zu dehnen.

Ich habe noch ein ganz banales, aber dennoch großes Problem: Seit einiger Zeit muss ich dringend pinkeln. Das kann an dem Glühwein liegen, den ich meinen Eltern mitbringen wollte und dessen Flasche mich in der letzten Stunde immer wieder verführerisch angeschaut hat. Den ersten Schluck daraus habe ich genommen, weil ich Durst hatte, den zweiten, weil Glühwein ziemlich lecker schmeckt, und den Rest, weil ich in einer verdammten Schneewehe festsitze.

Jetzt ist die Flasche leer und ich habe definitiv zu wenig gegessen, um mental und körperlich gegen den Alkohol anzukommen. Mir ist etwas schwummrig und durstig bin ich immer noch. *So ein verdammter Mist.*

Viel mehr als verzweifelt darauf zu warten, dass es endlich aufhört zu schneien, kann ich aktuell nicht machen. Vielleicht hat es das ja schon? Sehen kann ich durch die Frontscheibe nichts mehr. Doch erst jetzt wird mir bewusst, dass das ja gar nichts an meiner Situation verändern würde. Der Schnee, in dem der Wagen steckt, ist dann ja trotzdem noch da und wird so schnell nicht verschwinden. Ich habe mehrere Abschlüsse von renommierten Universitäten in Großbritannien, aber manchmal zweifle ich wirklich an meiner Fähigkeit, Alltagssituationen sinnvoll durchzudenken. Obwohl meine Situation streng genommen ja eigentlich gar keine Alltagssituation ist – ich wurde bisher noch nie von einem Schneehaufen verschluckt. Anfangs war ich noch recht optimistisch, doch es hat nur ein paar Runden *White Christmas* gedauert, bis ich zugeben musste, dass ich in der Scheiße sitze. Also zum Glück nicht wirklich, so weit ist es dann noch nicht gekommen, aber ich hocke in einem völlig zugeschneiten Graben vor Granbury, mir ist arschkalt, ich fühle meine Zehen nicht mehr und pinkele mir bald in die Hose. Vielleicht werden morgen früh ein paar Menschen hier mit ihren Hunden spazieren gehen und sich einfach nur fragen, warum hier ein Schneemann in Form eines Autos entstanden ist.

Zum gefühlt hundertsten Mal versuche ich, den Schnee durch das Anschalten des Automotors zum Schmelzen zu bringen. Diesmal dauert es jedoch einen Moment, bis ich den Schlüssel im Zündschloss mit meinen kältesteifen Fingern umdrehen kann. Der Motor ächzt und stottert, aber dann passiert gar nichts mehr. Der Wagen wird wohl nicht mehr anspringen.

»Verdammte Scheiße.« Ich schlage mit meiner freien Hand auf das Lenkrad, als würde das irgendetwas ändern und aktiviere aus Versehen die Hupe. Das erschreckt mich so sehr, dass ich den Schlüssel aus dem Schloss ziehe, er mir aus der Hand rutscht und aufgrund der schrägen Lage des Autos zwischen den Sitzen hindurch und über die Rückbank in den Kofferraum fällt.

Auf einmal schießen Tränen in meine Augen. »Verdammte Scheiße!«, knurre ich noch einmal. »So eine verdammte Scheiße!«

Ich bin mit den Nerven wirklich am Ende. »So eine verdammte–«

Ein Kratzgeräusch lässt mich in diesem Moment aufblicken. Durch die Schneedecke auf der Windschutzscheibe zeichnen sich seltsame Formen ab ... sind das ... sind das Pfoten?

Wieder ertönt ein Kratzgeräusch und dann taucht auf einmal eine Schnauze in dem inzwischen entstandenen Loch auf.

»Pudding?«, krächze ich. Es ist unverkennbar, das muss Pudding sein. Ich würde diese sabbernde Schnauze mit der riesigen Zunge überall erkennen. »Was machst du denn hier?«

Erleichterung durchströmt mich, knochentiefe wunderbare Erleichterung, die mir sofort neue Tränen die Wangen runterlaufen lässt. Pudding hat mich gefunden; er wird mich hier rausholen – die Jubelgeräusche bleiben in meinem Hals stecken, als mir einfällt, dass Hunde meistens nicht allein hier draußen rumlaufen.

Zu einem Hund gehört meistens auch ein Mensch.

Und Puddings Mensch ist definitiv die letzte Person, die mich in einer solchen Situation finden sollte.

»Nein, nein, nein, nein, nein«, fluche ich, während Pudding auf die Scheibe über mir herabsabbert. »Tu einfach so, als hättest du mich nicht gesehen, okay, Kleiner?« Ich drücke meine Finger gegen die Windschutzscheibe und Pudding beginnt, sie voller Begeisterung abzuschlabbern, als würde er nicht mal merken, dass sich zwischen den Fingern und seiner Schnauze eine Scheibe befindet.

Doch dann hebt er auf einmal den Kopf – und bellt. »Nein, nein, nein, Pudding, ich verspreche dir alle Leckerlis der Welt, wenn du jetzt einfach abhaust und mich hier zurücklässt. Wirklich, ich verspreche dir hoch und heilig, du musst kein schlechtes Gewissen haben. Ich verende lieber in diesem Auto als ausgerechnet von–«

Auf einmal greifen behandschuhte Finger Puddings Taille und heben ihn hoch und dann taucht ein Gesicht in dem kleinen, von dem Hund freigekratzten Loch auf. Ich sehe dunkle Augen, einen unverkennbaren Drei-Tage-Bart und buschige Augenbrauen, die sich jetzt voller Unglauben zusammenziehen. Ich sehe: *Yash.* »Olivia?« Ich höre seine Stimme sogar durch die Scheibe.

Ich schüttele den Kopf, weil mir gerade keine andere Reaktion einfällt. Mein Herz rast und ich fühle mich wie ein eingesperrtes Tier. Das darf nicht wahr sein, das darf einfach nicht … Yashs Gesicht verschwindet und für einen kurzen Moment kann ich mir einreden, dass er mich jetzt einfach hier liegen lassen wird.

Aber dann höre ich wieder ein Kratzen, diesmal direkt neben mir. Pudding bellt fröhlich. Yashs Gesicht taucht plötzlich direkt neben mir am Seitenfenster auf. »Ich buddele den Schnee weg, damit wir die Tür wieder öffnen können!«, ruft er mir entgegen und ich verziehe das Gesicht. Trotzdem recke ich meinen Daumen nach oben.

Ich komme aus dieser Sache wohl nicht mehr raus. Aus dem Auto aber schon – doch genau das will ich gerade nicht mehr.

Es geht überraschend schnell, bis die Tür freiliegt. So schnell, dass ich meine Gedanken kaum ordnen kann. Als Yashs Gesicht wieder vor meinem Fenster auftaucht, sind seine Haare verstrubbelt, Schnee hängt in seinem Bart und seine Wangen und die Nasenspitze sind gerötet.

Er rüttelt an der Tür meines Wagens. Hinter Yashs Kopf kann ich ein kleines Stückchen Himmel erkennen. Es sieht so aus, als würde es nicht mehr schneien.

Und dann springt die Tür tatsächlich auf und kurz darauf streckt Yash seinen Kopf zu mir rein. »Olivia«, sagt er wieder, als könnte er es nicht fassen, dass er mich sieht. Wahrscheinlich kann er das auch nicht, schließlich hänge ich vor ihm in meinem Auto in einem Straßengraben. »Was zur Hölle ist passiert? Und warum riechst du so, als hättest du versucht, dich in Glühwein zu marinieren?«

»Sehr witzig, Yash.« Erst als ich mit einer anderen Person spreche, merke ich, dass sich meine Zunge in meinem Mund ganz schön schwer anfühlt. Wie eigentlich der Rest meines Körpers auch, den jetzt eine bleierne Müdigkeit überrollt. Fast so, als hätte mein Körper nur darauf gewartet, dass ich gefunden werde. Aber doch nicht von Yash!

»Kannst du meiner Familie vielleicht Bescheid sagen, dass sie mich hier rausziehen sollen?«

Er schnaubt und ich sehe aus dem Augenwinkel, dass er die Hände vor der Brust verschränkt. »Als ob ich dich hier einfach sitzen und weiter erfrieren lasse.« Pudding macht ein erbärmliches winselndes Geräusch, als würde ihm diese Vorstellung gar nicht gefallen.

»Du musst mich nicht retten, okay?«

»Das würde die örtliche Polizei anders sehen. Wenn ich dich hier erfrieren lasse, könnte ich bestimmt sogar ins Gefängnis kommen. Beihilfe zum Selbstmord oder so.«

»Ich warte einfach, bis wieder jemand hier vorbeikommt.«

»Im hohen Schnee auf der Crowscombe Road? Da kannst du tagelang warten.«

»Ist mir egal.« Ich klinge wie ein starrköpfiges Kind, aber ich kann nicht anders.

»Caroline wird mich umbringen, wenn ich dich nicht hier raushole. Das kann doch alles nicht dein Ernst sein? Deine Lippen sind schon ganz blau.«

«Das ist bloß ein neuer Lippenstift, den wir auf der Arbeit gerade entwickelt haben und der nach Blaubeere schmeckt, ich-«, ehe ich zu Ende sprechen kann, hat Yash sich schon zu mir gebeugt. Plötzlich liegt seine Wange an meiner, die rauen Barthaare kitzeln mich und sein holziges Aftershave steigt mir in die Nase. »Leg deine Arme um meinen Hals.«

»Nein.«

Er atmet genervt aus und ich spüre den Luftzug auf meinem Nacken – das lässt mir eine Gänsehaut über den Rücken laufen.

»Olivia, bitte leg jetzt deine Hände um meinen Nacken,

damit ich dich hier rausholen kann. Wir haben keine Zeit mehr für so einen Mist.«

Als ich mich immer noch nicht rühre, greift er kurzerhand nach meinen Armen und legt sie sich selbst um den Hals. »Nicht loslassen, okay? Bringen wir es einfach hinter uns.«

Dann soll er halt seine bescheuerte Rettungsaktion durchziehen. Meine Gedanken sind langsam und zäh wie … wie Pudding. Ein kleines Kichern entweicht mir und wie als Antwort erklingt ein Bellen hinter Yash. Je länger ich darüber nachdenke, desto betrunkener fühle ich mich. Ich blinzele und im nächsten Moment höre ich ein Ächzen. Mein Körper wird durchgeschüttelt und ich klammere mich instinktiv wie ein Affe an Yash fest, als er mich aus dem Wagen zieht. Zwischen meinen langsamen Wimpernschlägen sehe ich Mr Dobbins Maisfeld um mich herum auftauchen und unter mir Puddings Schwanz, der um Yashs Beine wedelt.

Yash macht keine Anstalten, mich loszulassen und er ist so unglaublich warm, dass mir auf einmal kein Grund mehr einfällt, warum ich ihn loslassen sollte. Na ja, außer vielleicht dem, dass er ein gefühlloses Arschloch ist und meine ganze Jugend versaut hat. »Lass mich sofort runter.«

Yash gehorcht und ich plumpse wie ein Sack Kartoffeln auf den Boden. »So. Zufrieden?«

Ich versuche, wieder aufzustehen, aber auf einmal dreht sich alles um mich herum. Ich bin wirklich betrunkener, als ich dachte.

»Du zitterst am ganzen Körper.« Yash greift mir unter die Arme und Beine. Dann hebt er mich wieder hoch, als wäre ich eine mittelalterliche Prinzessin und er hätte gerade einen Drachen erschlagen, um mich zu retten. »Wie lang hast du denn bitte in deinem Wagen festgesessen?«

»Nicht lang«, nuschele ich und rutsche auf seinen Armen hin und her, damit er mich wieder loslässt. »Lass mich … lass mich runter.«

»Kannst du denn allein gehen?«

»Ich muss nicht … gehen. Kann einfach hierbleiben. Ich mach nur ein kleines Nickerchen.«

Darauf lacht Yash nur. Ein kurzes, schnaubendes Lachen, in dem auch ein bisschen Fassungslosigkeit mitschwingt. Aber das gefällt mir, ich möchte Yash aus der Fassung bringen, weil er das schon die ganze Zeit auch mit mir tut.

Vorhin hat er den Reißverschluss seiner Jacke geöffnet und jetzt verstehe ich auch, warum: Ehe ich etwas dagegen unternehmen kann, wird mein Kinn gegen die weiche Wolle seines Pullovers gedrückt – hier an seiner Brust ist es wunderbar warm und kuschelig. Und dann trägt Yash mich durch den Schnee. Er riecht absolut widerlich, denke ich. Widerlich *gut. Köstlich* geradezu. Viel besser als Glühwein und das will schon was heißen. Und nach einem würzigen Parfüm, nach Kaffee, nach … frischem Brot, warum auch immer. Und auch einfach nach Yash, ziemlich genau so, wie ich mir seinen Duft immer vorgestellt habe. So gut darf niemand riechen, vor allem nicht er. Würde Geruch in Schulnoten bewertet, wäre er ein nerviger Streber, den die ganze Klasse hasst. »Schnüffelst du gerade an mir?«

»Was? Nein!« Ich vergrabe mein Gesicht in meinem eigenen Jackenkragen. Mir wird ganz schwummrig von seiner Laufbewegung und mein Magen zieht sich unangenehm zusammen.

»Lass mich jetzt runter!«

»Keine Chance.«

»Aber was ist mit Roast Beef?«

»Dein Auto holen wir morgen.«

»Yash, lass mich jetzt runter.«

Er senkt sein Gesicht zu mir herab und seine dunklen Augen blitzen. »Oder was?«

Ich überlege, was ich sagen soll. Doch statt Worten verlässt leider etwas völlig anderes meinen Mund. Denn das ist genau der Moment, in dem der Glühwein entscheidet, meinen Rachen emporzuschießen und sich aus meinem Magen wieder zu verabschieden.

Grelle Lichter blenden mich.

»Was ist mit ihr passiert?« Am Rande meines Bewusstseins registriere ich die Stimme meiner Schwester Caroline.

»Ich glaube, ihr Auto ist in einen Graben gerutscht. Wir müssen jetzt erst mal gucken, dass sie wieder richtig warm wird.«

»Soll ich ihr gleich mal ein Bad einlassen?« Das klingt nach der Stimme meiner Mutter.

»Ich will … ich will hierbleiben«, nuschele ich, nur halb bei Bewusstsein.

Meine Schwester lacht und ihre weichen Finger streichen mir über die Stirn und über die Haare. »Bist du betrunken, Livy?«

»Danke, dass du sie rausgeholt hast, Schatz.«

»Ich war eine Runde mit Pudding spazieren, er hat sie gefunden.«

»Ist das Kotze auf deiner Jacke?«

Ich zappele und drücke mich von Yashs Brust weg. »Hab doch gesagt … du sollst mich runterlassen.« Als ich zu

Boden gleite, kann ich nicht stehen, aber das ist gar nicht so schlimm, denn unter mir breitet sich der weiche Teppich aus dem Eingangsbereich meines Elternhauses aus. Die Teppichfasern sind allerdings nicht halb so weich wie Yashs Pullover. Ich würde vor Scham am liebsten im Boden versinken. Jetzt gerade käme mir so eine Schneewehe, die mich verschluckt, ganz gelegen. Krampfhaft versuche ich, mich an die Dinge zu erinnern, die ich zu Yash gesagt habe, als er mich den ganzen verdammten Weg vom Maisfeld bis hierher getragen hat.

Yash umarmt meine Schwester, bevor seine Schuhe aus meinem Sichtfeld verschwinden. Dann höre ich, wie die Tür geöffnet wird.

»Ich kümmere mich um sie und komme dann rüber«, sagt meine Schwester. »Du musst nicht wachbleiben.«

»Willkommen zurück in Granbury, Olivia«, sagt Yash, der Verlobte meiner Schwester, bevor er das Haus meiner Eltern verlässt.

Kapitel 3

Das ohrenbetäubend blecherne Tuten von verhaltensauffälligen Weihnachtstrompeten reißt mich aus dem Schlaf. Anders kann man die Geräusche nicht beschreiben, die in diesem Moment meine Trommelfelle attackieren. Ich ziehe mir instinktiv das Kissen über den Kopf, das ganz anders riecht als das in meiner kleinen Wohnung in London. Irgendwie riecht es nach Kindheit. Ich rolle mich zu einem Ball der Schande zusammen, als allmählich wieder in meinem Gehirn ankommt, was passiert ist: meine missglückte Fahrt nach Granbury, die im Straßengraben endete. Wie ich in einer Schneewehe gelandet bin. Wie ich eine ganze Flasche kalten Glühwein in mich reingekippt habe. Wie Pudding und Yash mich gerettet haben. Wie ich Yash auf die Jacke gekotzt habe.

Yash.

Ich drücke mir die Handballen auf die Augen, als könnte ich meine Erinnerung an all das dadurch löschen. *Uuuuughhh!* Allein mit meinen Gedanken halte ich es nicht länger aus und stehe ruckartig aus dem Bett auf. Ich trage einen von Mums langen Flanellschlafanzügen, der einen weichen runden Kragen hat und mit einem dunkelgrünen Stechpalmen-Muster bestickt ist. Auf dem Nachttisch in meinem Kinderzimmer liegt mein Smartphone, doch als ich es entsperren will, merke ich, dass es ausgeschaltet ist. Ich habe leider kein Ladekabel hier, mein gesamtes Gepäck scheint sich noch im Auto zu befinden. Ich schlüpfe also in die Pantoffeln, die mir Caroline oder meine Mutter freundlicherweise direkt vors Bett gestellt haben und schlurfe aus dem Zimmer. Sofort steigt mir der Geruch von Glühwein in die Nase – Glühwein, um diese Uhrzeit? Aber ehrlich gesagt habe ich keine Ahnung, wie spät es tatsächlich ist. Yash muss mich irgendwann am Nachmittag aus dem Auto gezogen haben. Ich erinnere mich daran, wie ich in meinem Bett lag und die Decke sich über mir gedreht hat. Wie meine Mutter irgendwann ihren Kopf reingesteckt hat und ich so getan habe, als würde ich schlafen. Wie ich ganz schnell über den Gang ins Bad gehuscht bin, damit mich niemand sieht und ansprechen kann. *What a time to be alive.*

Meine eigenen Glühwein-Eskapaden liegen mir noch im Magen, also folge ich dem Geruch nach Alkohol und Gewürzen mit einem etwas flauen Magengefühl runter ins Erdgeschoss. Mit halb geöffneten, etwas verkrusteten Augen manövriere ich mich den Flur entlang in die Wohnküche. Jeder Zentimeter meines Weges ist mit gerahmten Fotos vollgepflastert. Hier ist unsere komplette Familiengeschichte abgebildet – es ist bezeichnend, dass ich auf den Bildern, die weiter entfernt von der Eingangstür hängen, immer seltener zu sehen bin. Weil ich meine Familie einfach nicht oft genug sehe.

Ich betrete die Küche und bekomme einen gehörigen Schrecken, als mir plötzlich *We Wish You A Merry Christmas* aus mehreren Blasinstrumenten entgegen geschmettert wird. Ich stecke mir die Finger in die Ohren – direkt vor mir steht das kleine Orchester meines Vaters, das fast nur aus Senioren und einem bemitleidenswerten Jugendlichen besteht, der offensichtlich von seiner Oma mitgeschleift wurde. Ich kenne fast alle Gesichter, obwohl sie gerade aufgeplusterte Backen und rote Köpfe haben. Da sind einmal unsere Nachbarin Josy, dann Josh (ihr Enkel an der Posaune), Andrew (Dads bester Freund), sowie Bridget und Michael, die den kleinen B&M Supermarkt an der Hauptstraße führen. Mir fällt auf, dass Suresh fehlt, Yashs Vater, und ich erinnere mich mit einem Kopfschütteln daran, dass ich mir vorgenommen hatte, bei meinem Besuch in Granbury möglichst wenig an Yash zu denken – ganz egal, was mir in seinen Armen passiert ist. Diese Challenge wird mich wahrscheinlich von meinem ersten bis zu meinem letzten Tag im Dorf herausfordern, aber ich habe schließlich auch mein Ingenieurstudium geschafft, obwohl niemand wirklich daran geglaubt hat (ich selbst eingeschlossen). So gern ich dem Lärm des angetrunkenen Blasorchesters in der Wohnküche auch entfliehen mag: Hier befindet sich nun mal auch die Kaffeemaschine und das ist alles, was mich jetzt noch retten kann. Ich steuere also direkt darauf zu und tippe dann wild auf den Tasten herum, bis die Stimme meines Vaters meine Aktion unterbricht. »Schön, dass du bei uns bist.« Mein Vater strahlt.

Er stellt die Posaune zur Seite, läuft zu mir rüber und nimmt mich fest in den Arm. »Finde ich auch«, antworte ich.

Dann löst mein Vater die Umarmung und deutet zur Kaffeemaschine.

»Die funktioniert nicht mehr, Liebling.«

»Was?«, krächze ich, vielleicht etwas überdramatisch,

aber ich bin in diesem Moment tatsächlich am Boden zerstört, okay, und das Pochen in meinem Schädel wird auch nicht weniger. Mein Vater blinzelt mich über seine Posaune, die er soeben wieder in die Hand genommen hat, an. Er trägt, wie so oft, eine Brille in den silbrig verwuschelten Haaren und eine zweite auf seiner Nasenspitze, weil er die erste nicht mehr gefunden hat. »Deine Mutter und ich trinken doch ohnehin nur noch Schwarztee, deswegen dachten wir, die brauchen wir nicht mehr.«

»Okay.« Ich bin kurz davor, in Ohnmacht zu fallen, und klammere mich an der mit Mehl bestäubten Arbeitsplatte fest. Die anderen Mitglieder des Blasorchesters werfen sich belustigte Blicke zu. »Arbeitet ihr erst mal ein paar Jahre als Ingenieurin im Labor und macht euch dann noch mal über meine Kaffee-Abhängigkeit lustig.« Jetzt erst bemerke ich, dass die Küche sich in ihrem aktuellen Zustand von meinem Arbeitsplatz gar nicht so sehr unterscheidet. Hier werden offenbar in Akkordarbeit Lebkuchenmännchen hergestellt.

Ein Blick auf die digitale Uhr, die hier hängt, bringt mich kurz aus der Fassung. Wir haben den vierten Dezember; ich habe bis zum nächsten Tag geschlafen. Das Blasorchester meines Vaters lässt sich durch meine Anwesenheit nicht stören und übt weiterhin (ziemlich schief) ihre Weihnachtslieder für diverse Veranstaltungen im Dezember, während ich einen Schrank nach dem anderen nach Schwarztee durchsuche. Früher wusste ich ganz genau, wo meine Eltern jedes einzelne Lebensmittel verstaut hatten, aber jetzt muss ich zwei Anläufe *Driving Home for Christmas* des Orchesters ertragen, bis ich fündig werde. Beuteltee, ich rümpfe die Nase – und erstarre, als ich die Schrift auf der Verpackung lese: *entkoffeiniert*. Ich ächze. Das darf doch jetzt nicht wahr sein.

Da sich Bridget und Michael ja gerade hier bei der Blasorchester-Probe befinden, hat ihr Laden bestimmt geschlossen – so läuft das nun mal in einem kleinen Dorf wie Granbury. Es ist schon kurz vor dreizehn Uhr – und ich bin verkatert. *Ich brauche Kaffee.* Ich öffne einen weiteren Schrank.

In diesem Moment öffnet sich die Eingangstür und meine Mutter rauscht ins Haus, begleitet von dem Rascheln ihrer Papiertüten, was sogar fast den Trompetenklang übertönt.

»Livy!« Als sie mich sieht, lässt sie ihre Tüten an Ort und Stelle am Eingang zur Wohnküche fallen und rast um die Kücheninsel herum, um mich ganz fest in die Arme zu schließen.

»Geht's dir besser?« Meine Mutter ist fast einen ganzen Kopf größer als ich, so wie alle aus meiner Familie, was meinen Bruder dazu verleitet hat, mich in unserer Jugend als Kuckuckskind zu bezeichnen. Seit sie von ihrem Job als Lehrerin pensioniert ist, verbringt meine Mutter einen Großteil ihres Tages damit, unser Haus und eigentlich das ganze Dorf auf die jeweilige Jahreszeit einzustimmen. Dank ihr gibt es nun eine Ostereierjagd quer durchs Dorf, eine jährliche Inszenierung von *A Midsummer Night's Dream* im August und im Herbst läuft sie dann bei Halloween und Thanksgiving zu Hochtouren auf. Sie kümmert es dabei nicht, dass mindestens die Hälfte dieser Veranstaltungen keinerlei historische Bedeutung in Südengland haben und da die von ihr ausgerichteten Feierlichkeiten immer ziemlich viele Touristen in unser Dorf bringen, beschwert sich auch niemand. Die Highlights ihres Jahres sind dann der Nikolausmarkt und das *Hearth & Holly Fest* im Dezember.

Meine Mutter löst sich von mir und betrachtet mein Gesicht mit scharfen Augen. »Yash hat gesagt, du hättest eine *Magenverstimmung* gehabt. Du bist doch nicht etwa … *alkoholabhängig?*«

Ich schnaube. Yash hat offenbar gleich gepetzt, dass ich auf seine Jacke gekotzt habe. »Mir geht's gut.« Wenn sich das mit der Kotze rumspricht, wird mich diese Geschichte den ganzen Monat durch Granbury verfolgen.

»Ich weiß nicht, wovon er spricht. Ich war einfach nur müde.«

Jetzt bemerkt meine Mutter den offenen Schrank hinter mir.

»Okay, okay. Ich frage ja nur. Warst du gerade auf der Suche nach Kaffee?«

»Ja, ich brauche das Zeug einfach zum Überleben.«

»Kaffee kann süchtig machen. Ich wette, du trinkst so viel davon, weil du *immer* arbeiten musst.« Meine Mutter schnalzt missbilligend mit der Zunge, dabei steht sie selbst doch jeden Tag um sechs Uhr morgens auf und rast von einer Erledigung zur nächsten. »Weiß deine Chefin dich denn überhaupt genug zu schätzen?«

Ich nicke brav. »Amina weiß mich sehr zu schätzen, ja. Und ich arbeite gar nicht *immer*, ich bin ja jetzt hier.«

Auf einmal sehen die Augen meiner Mutter ganz feucht aus und ich muss mich abwenden. Ich kann mit Gefühlen nicht gut umgehen – Kate liegt mir schon länger damit in den Ohren, dass ich mal was dagegen unternehmen sollte. »Ich kann es gar nicht fassen! Alle meine drei Babys wieder vereint in Granbury – das ist das schönste Weihnachtsgeschenk überhaupt.«

Zum Glück weiß sie nicht, dass ich eigentlich nur hier bin, weil ich verhindern will, dass mein betrunkenes Gekritzel veröffentlicht wird. Es ist nicht so, dass ich meine Eltern nicht liebe. Wir sehen uns regelmäßig, zum Beispiel, wenn sie mich in London besuchen kommen oder wir gemeinsam Urlaub machen. Aber nach Granbury möchte ich nicht kommen. Ich kann diesen Ort nicht ausstehen – und Yash auch nicht.

»Livy, bevor ich es vergesse, kannst du mir später noch beim Lebkuchenausstechen helfen? Wir bauen ja wieder ein paar Lebkuchenhäuser, die man bei der Wohltätigkeitstombola am Nikolausmarkt gewinnen kann, und meine Sehnenscheidenentzündung macht mir gerade ziemlich zu schaffen.« Was meine Mutter bewusst nicht erwähnt, ist die Tatsache, dass sie sich die Sehnenscheidenentzündung garantiert nur zugezogen hat, weil sie jedes Jahr die Dekorationen für die verschiedenen Tannenbäume in Granbury selbst aus Stroh und Papier faltet. Nur die Gestaltung der Weihnachtskugeln überlässt sie den anderen Dorfbewohnern, die diese an langen Tischen auf dem Marktplatz am Nachmittag des Nikolausmarkts bemalen werden.

»Klar, kein Problem.« Ich massiere mir mit den Zeigefingern meine Schläfen. »Aber ich brauche erst mal einen Kaffee.«

»Oh, da gehst du besser direkt ins *Toast Office*, da gibt es das schreckliche Gebräu ja in Massen.«

Das *Toast Office* ist das einzige Café in Granbury, das sich abends in eine Art Pub verwandelt. Seine Spezialität ist wenig überraschend: Toast in allen Varianten. Den Namen hat dieser Laden vom Granbury Post Office geerbt, das früher in dem Gebäude ansässig war und irgendwann zugemacht hat, weil Granbury einfach zu klein für so etwas ist. Jetzt muss man immer bis nach Cressley fahren, wenn man ein Paket zur Post bringen will.

»Das klingt nach einer wundervollen Idee«, seufze ich – vor allem, weil ich dann der Blasorchester-Probe hier entgehen kann.

»Ah, das weißt du vielleicht noch gar nicht. Deine Freundin Rachel hat das *Toast Office* vor zwei Jahren übernommen, die freut sich bestimmt, wenn du vorbeischaust.« Die Erwähnung von Rachel versetzt mir einen Stich – ich habe sie ewig nicht gesehen.

»Jetzt da ich es mir recht überlege, brauche ich, glaube ich, doch nicht so dringend einen Kaffee.«

Meine Mutter rollt mit den Augen und wuchtet einen frischen Sack Mehl auf die Kücheninsel. Das Mehl bezieht sie immer aus der Wassermühle am Ortsrand, die Yashs Vater betreibt. Eigentlich ist die Alte Wassermühle mittlerweile eher ein Museum, aber trotzdem kann man dort immer noch Mehl kaufen und Brotbackkurse absolvieren. Manchmal wirkt es ein bisschen so, als wäre in Granbury die Zeit stehen geblieben.

»Jetzt hab dich doch nicht so, ihr wart früher so gute Freundinnen.«

»Wenn ich mich recht erinnere, warst du auch mit Omas neuer Frau befreundet, bevor sie mit Oma zusammenkam.«

»Das ist was völlig anderes, Olivia, und das weißt du ganz genau.«

»Dann erklär mir den Unterschied«, gebe ich scharf zurück und bereue, schon bei diesem Gesprächsthema gelandet zu sein.

»Deine Großmutter«, meine Mutter betont das Wort, als wäre es etwas Obszönes, »ist nach der Scheidung von deinem Opa mit einer Frau zusammengekommen, die ihre Tochter hätte sein können.«

»Ist das Problem jetzt, dass es eine Frau ist oder dass sie so viel jünger ist?«

Meine Mutter wirft mir einen strengen Blick über die Schulter zu, während sie mit einem scharfen Messer den Mehlsack aufschlitzt. »Lass uns nicht weiter darüber reden, Olivia. Dann bekommst du halt keinen Kaffee.«

Ich verdrehe die Augen und das Pochen in meinem Schädel wird immer stärker. »Yash hat mir übrigens gesagt, dass er heute vorbeikommt, damit ihr dein Auto aus dem Graben holen könnt.«

»Was? Wann?«

Meine Mutter wirft einen Blick auf die Uhr am Herd. »Oh, gegen dreizehn Uhr, meinte er.«

»Also jetzt gleich?« Meine Stimme klingt, als würde man einem Huhn die Kehle zudrücken. »Keine Sorge, ich habe deine Hose gewaschen und du kannst einen Pullover von mir ausleihen. Bridget hat mir einen ganz süßen gestrickt, mit Lebkuchenmännchen drauf. Das stimmt uns schon mal aufs Backen später ein.«

»Ich kann mein Auto selbst holen, Yash muss nicht kommen.«

»Natürlich *muss* er das nicht, aber er hat es trotzdem angeboten; ist er nicht ein Schatz?« Ich beiße mir auf die Zunge, um nicht eine ganze Tirade vom Stapel zu lassen, warum Yash ganz und gar kein *Schatz* ist. Angefangen damit, dass er eigentlich ein fieses Arschloch ist, das darüber hinwegzutäuschen versucht, indem es alle um den Finger wickelt. Aber meine Eltern würden das nicht verstehen. Sie sind seinem oberflächlichen Charme schon vor Jahren ganz und gar erlegen.

Wenn man deinen erbärmlichen Worten auf der bekritzelten Serviette glauben darf, dann geht dir das doch genauso – flüstert mir eine gemeine innere Stimme zu. Dabei hatte das damals doch gar nichts zu bedeuten. Ich war betrunken und als ich am Morgen nach der Hochzeit meines Bruders James aufgewacht bin, hatte ich zwar üble Kopfschmerzen, aber die Sentimentalität des Abends war wieder verschwunden. Ich liebe Yash nicht – sogar im Gegenteil: Ich kann ihn nicht ausstehen.

Es klingelt an der Haustür. »Ach, das muss schon Yash sein. Wie schnell die Zeit heute vergeht. Das ist im Dezember irgendwie immer so, die schönsten Tage gleiten einem durch die Finger.«

Während meine Mutter noch weiter vor sich hin sinniert, sprinte ich so schnell, wie ich kann ins Obergeschoss. Nach der Blamage des gestrigen Abends bin ich nicht scharf darauf, von Yash in einem Stechpalmen-Schlafanzug gesehen zu werden.

Er hingegen sieht immer so aus, als hätte er sein Leben im Griff und so ist es auch wieder, als ich kurze Zeit später die Treppe runter stolpere und dort von ihm erwartet werde. Die Situation erinnert mich an Szenen aus Teenie-Filmen, in denen die Hauptfigur zum Abschlussball abgeholt wird.

Ich muss laut schnauben, so lächerlich ist die gesamte Situation. *Abschlussball, Olivia, ernsthaft? Du bist Mitte zwanzig und das hier ist der Verlobte deiner Schwester.* Außerdem sieht er mich noch gar nicht, sondern ist in ein Gespräch mit meiner Mutter vertieft, sodass ich in Ruhe an meinem messy Bun herumzupfen kann, in den ich meine Locken gerade geworfen habe – endlich sitzt die Frisur halbwegs.

Meine Mutter hängt an Yashs Lippen und kichert über alles, was er sagt; sie *strahlt* geradezu. So war es schon immer: Yash kann in ihren Augen nichts falsch machen und sie war geradezu aus dem Häuschen, als Caroline mit ihm zusammengekommen ist.

Er scheint wieder irgendeinen blöden Witz gemacht zu

haben, denn meine Mutter bricht in perlendes Lachen aus und guckt ihn mit einem Blick an, der so wirkt, als würden sich ihre Pupillen bald in riesige Herzen verwandeln. Mit seiner blöden Fliegerjacke, den offenbar frisch geputzten Stiefeln und dem kurzen Vollbart sieht Yash aus, als würde er in seiner Freizeit Holz hacken und dabei auch noch für ein Mode-Magazin abgelichtet werden. Ich verdrehe die Augen und stolpere dabei fast über eine Treppenstufe – mir ist doch noch ein bisschen übel von meinen Glühwein-Eskapaden des gestrigen Tages.

Der Fast-Sturz führt allerdings dazu, dass Yash mich bemerkt. Meine Mutter bedankt sich gerade für seine Hilfe und umarmt ihn fest. Seine Augen finden mich über ihre Schulter und er besitzt die Dreistigkeit, mir zuzuzwinkern.

»Guten Morgen, Olivia, geht's dir schon besser?«

»Mir geht es blendend.« Ich rausche an Yash vorbei zum Garderobenschrank. Dort ziehe ich den dunkelgrünen Parka meines Vaters hervor (weil er eine große Kapuze hat) und schnappe mir zusätzlich auch noch eine Sonnenbrille meiner Mutter. Dann schnüre ich meine Stiefel, hole tief Luft und drehe mich mit einem betont professionellen Lächeln zu Yash um. »Deine Hilfe wird nicht länger benötigt, ich hab alles im Griff und werde gleich den Abschleppdienst informieren.«

»Jetzt sei doch nicht so unhöflich, Livy«, ermahnt mich meine Mutter. »Yash ist doch extra hergekommen.«

Ich beiße die Zähne aufeinander. Draußen liegt immer noch viel Schnee. Ohne mein Auto kann ich hier nicht wieder abhauen – und genau das habe ich vor, sollte ich morgen die Sache mit dem anonymen Briefeschreiber aus der Welt schaffen können. Der Blick meiner Mutter ist so streng, dass ich nur noch murmle: »Ist ja gut, ich komme ja schon.« Ich werde es einfach schnell hinter mich bringen. Soll Yash sich halt mit dem Wagen abmühen - das hat er verdient.

Yashs zieht seinen linken Mundwinkel ein Stück nach oben. Er hat eine kleine Narbe auf der Wange, die normalerweise von seinem kurzen Bart kaschiert wird. Wenn er lächelt, sieht die Narbe immer so aus, als hätte er auf der Wange ein Grübchen. Gestern habe ich Yash in meinem betrunkenen Zustand nicht so bewusst wahrgenommen wie jetzt, und seine Erscheinung überrascht mich. Ich habe ihn noch nie mit so langen Haaren gesehen.

Ich hasse, dass ich ihn so gut aussehend finde, das ist wirklich nicht fair.

Ich stiefele ohne ein weiteres Wort an ihm vorbei zur Tür.

Draußen erwartet mich ein heller, aber dennoch eiskalter Dezembertag. Die Sonne glitzert auf der Schneedecke und von dem Vordach unseres Hauses hängen sogar ein paar Eiszapfen runter. Obwohl die Sonne sich wirklich Mühe gibt, den Schnee zum Glitzern zu bringen, wird das alles noch von der bunt blinkenden Weihnachtsdekoration im Haus gegenüber übertroffen.

»Vielleicht hätte ich auch eine Sonnenbrille mitnehmen sollen«, sagt Yash jetzt, blinzelt aber nicht gegen die Sonne, sondern gegen die Weihnachtsdeko der Familie Truscott gegenüber an.

Es gab ein paar Jahre, da haben meine Eltern und die Truscotts gegeneinander um die Wette dekoriert. Wir hatten aufblasbare Schneemänner im Garten und sogar mal einen Rentierschlitten auf dem Dach. Dazu natürlich noch Lichterketten über Lichterketten und blinkende Ornamente, die man bestimmt sogar aus dem Weltall hätte sehen können. Das Ganze kam zu einem Ende, als

Nigel Truscott meinen Vater aus Versehen mit seiner Kunstschnee-Kanone (ein Laubbläser gefüllt mit Kartoffelmehl) vom Fahrrad fegte. Daraufhin gab es eine Schlichtungsverhandlung im *Toast Office*, bei der unsere Nachbarn und meine Eltern ihren Deko-Wettbewerb offiziell beendeten.

Als ich die Tür von seinem Volvo Kombi öffne, schlägt mir eine Mischung aus Brot- und Kaffeegeruch entgegen – es riecht außerdem so sehr nach Yash, dass mir ganz weich in den Knien wird.

Moment, warum riecht es hier nach Kaffee?

Yash nimmt neben mir auf der Fahrerseite Platz, aber ich habe nur Augen für die beiden To-Go-Becher, die zwischen uns in der Mittelkonsole stehen. Köstlichster Kaffeegeruch steigt mir daraus entgegen.

Ich verschränke die Arme vor der Brust und richte meinen Blick stur durch die Vorderscheibe.

Statt den Wagen anzulassen, wendet sich Yash mir zu. »Du wirkst so angespannt, Liv. Gibt es etwas, das du gerne hättest?«

Ich schürze die Lippen. »Ich weiß nicht, wovon du redest.«

»Das ist gut, denn ich teile nicht gerne – ein Kaffee reicht mir meistens nicht, deshalb habe ich mir zwei gemacht.« Dieses verdammte Arschloch, das kann doch nicht sein Ernst sein. Yash nimmt einen Schluck aus dem linken Kaffeebecher, stellt diesen anschließend zurück und führt nun den rechten Kaffeebecher an seine Lippen. Ich balle meine Hände zu Fäusten.

»Von dir würde ich sowieso keinen Kaffee annehmen. Schmeckt bestimmt scheußlich.«

Yash grinst fies, weil er genau weiß, dass ich den Geruch des Kaffees genieße, seit ich in das Auto gestiegen bin.

»Weißt du was? Heute ist dein Glückstag.« Mit diesen Worten beugt sich Yash nach unten und holt einen dritten Kaffeebecher hervor, den er offenbar neben dem Gaspedal abgestellt hat, bevor er unser Haus betreten hat. Der Mistkerl hat dieses Gespräch von langer Hand geplant. »Du kannst diesen Kaffee gerne haben – wenn du mir erzählst, was du hier zu suchen hast.«

Ich kann nicht anders, meine Augen flattern gierig zu ihm hinüber. »Meiner Mutter hast du erzählt, dass du ihrer Tochter unbedingt helfen willst, oder nicht? Damit du mal wieder der scheiß Retter in der Not bist. Aber dann erfüll diese Rolle wenigstens auch. In einem stehenden Auto kommen wir niemals zur Crowscombe Road.« Kopfschüttelnd lässt Yash den Wagen an. »Was ist denn so schlimm daran, die Wahrheit zu sagen? Warum bist du zurück nach Granbury gekommen?«

»Kann ich nicht einfach mal meine Familie besuchen?«

»Wann warst du das letzte Mal an Weihnachten hier? Vor sechs Jahren?«

»Es ist verstörend, dass du das weißt.« Ich betrachte meinen zersplitterten Nagellack.

»Jetzt weich nicht aus, Liv.«

»Ich bin dir gar nichts schuldig.«

»Aber du willst den Kaffee.«

Ich blinzele aus den Augenwinkeln zu Yash rüber. Er lenkt sein Auto langsam unsere Straße entlang – den dritten (meinen!) Kaffeebecher hat er zwischen seine Beine geklemmt, damit er nicht umfällt. Dort wird er aber nicht lange bleiben: Als Yash einen kurzen Moment abgelenkt vom Umschalten einer Ampel ist, greife ich blitzschnell nach dem Becher.

»Was zur Hölle?«

Beim Versuch, den Becher zu schnappen, habe ich Yash versehentlich in den Schritt gefasst. Ich will vor Scham im Sitz versinken. »Das tut mir leid, ich wollte nicht- «

Yash reicht mir den Becher. »Schon gut, nimm ihn halt.«

»D-danke.« Ich hasse, dass er mich so aus der Bahn wirft. Ich nehme einen Schluck und stelle überrascht fest, dass er den Kaffee mit Hafermilch gemacht hat, als hätte er die ganze Zeit vorgehabt, ihn mir letztendlich sowieso zu geben. Yash lenkt sein Auto weiter durch Granbury, während ich ihn aus den Augenwinkeln beobachte. »Warum willst du mir mit dem Auto denn helfen? Wirklich nur, um meine Mutter zu beeindrucken? Die liebt dich sowieso schon.«

Er wirft mir einen prüfenden Seitenblick zu. »Meine Antwort für deine Antwort.«

Ich verdrehe die Augen. »Na schön, ich bin hier, um Caroline beim Wahlkampf zu unterstützen.«

»Und ich helfe dir, weil du zur Familie gehörst.«

Für einen Moment treffen sich unsere Blicke und ich bin mir sicher, dass Yash genauso lügt wie ich.

Ich bin wirklich eine erbärmliche Schwester. Warum unterstütze ich Caroline denn nicht wirklich bei ihrem Wahlkampf? Darüber habe ich noch nie nachgedacht. Ich habe Granbury hinter mir gelassen und damit auch meine Schwester. Nach ihrem Studium in Oxford ist sie sofort wieder hierher zurückgekehrt und hat sich dann auch recht schnell politisch engagiert. Erst ging es nur darum, eine Lkw-Straße durch Granbury zu verhindern, aber jetzt ist sie Mitglied des Bezirksrats von Oxfordshire und möchte für den Wahlkreis Granbury-Cressley unbedingt wiedergewählt werden. Das ist im momentanen politischen Klima allerdings keine Selbstverständlichkeit. Während meine Mutter den Nikolausmarkt und das *Hearth & Holly Fest* plant, klingelt Caroline deswegen an sämtlichen Türen in Granbury und den umliegenden Dörfern, die ihren Wahlbezirk bilden. Das organisatorische Talent meiner Mutter ist irgendwie völlig an mir vorbeigegangen, aber immerhin habe ich stattdessen die chaotische Energie meines Vaters geerbt. Auch wenn ich leider nicht so überzeugende Hundeaugen wie er habe, denen man für gar nicht böse sein kann, wenn wieder etwas nicht geklappt hat. *Oder ein Auto im Graben gelandet ist.* Wir nähern uns dem Ortskern von Granbury, der eigentlich nur aus einem Marktplatz besteht, in dessen Mitte ein riesiger alter Tannenbaum steht, den alle hier die Grüne Dame nennen. Und diesen Namen kennt offenbar auch der anonyme Verfasser des Briefs, der mir zugeschickt wurde – genau hier will er mich morgen treffen. Hier wird morgen hoffentlich alles enden und ich kann Granbury wieder verlassen.

»Wo steckt eigentlich Pudding?« Gerade erst habe ich realisiert, dass kein Hund auf der Rückbank sitzt.

»Caroline hat ihn zu einem Wahlkampfevent mitgenommen.«

»Das ist schlau – dieser Hund wickelt bestimmt alle Wählerinnen um die Pfoten. So wie uns damals.«

Ich erinnere mich noch genau daran, wie Pudding damals zu Yash kam – ich selbst habe ihn nämlich gefunden. Damals war ich sechzehn Jahre alt und schwänzte die letzte Schulstunde, weil in der Pause davor wieder irgendjemand *Hammernase* an die Tafel gekritzelt hatte. Also vertrieb ich mir die Zeit damit, Schneebälle zu formen und wütend gegen die Backsteinwand der Schule zu werfen. Als ich einmal jedoch nicht die Wand traf, sondern einen Schneehaufen darunter, drang daraus plötzlich ein jämmerliches Wimmern hervor. Und so fand ich ihn: Pudding. Zitternd,

abgemagert und mit verfilztem Fell in diesem Schneehaufen begraben. Ich wollte ihn sofort zum nächsten Tierarzt bringen. Allerdings lag dieser zwei Orte entfernt und ich musste den Welpen deshalb unter meine Jacke stecken. Ich schleppte das erbärmlich zitternde und ziemlich stinkende Hundebündel also zum Tierarzt und gab dort für die Behandlung mein komplettes Taschengeld aus, das ich eigentlich schon seit Jahren für eine große Europareise nach dem Schulabschluss angespart hatte. Irgendwie ist mein Herz in dem Moment, als ich Pudding gefunden hatte, aufgebrochen wie ein rohes Ei und seitdem kann ich nicht anders, als jedes Tier retten zu wollen, das mir über den Weg läuft.

Jedenfalls hatte ich damals Angst davor, dass meine Eltern sauer auf mich sein würden, weil ich mein ganzes Geld für einen Straßenhund ausgegeben hatte, dass ich statt ihnen die einzige Person anrief, von der ich wusste, dass sie mich nicht verraten würde: Yash.

Das war natürlich, bevor ich herausfand, dass er mich sehr wohl verraten würde. Aber bei dieser Sache hatte ich

Glück. Er half mir damals und das Ende vom Lied war, dass Pudding von Yash sogar adoptiert wurde – leider hat mein Vater eine Hundehaarallergie und bei uns konnte das süße kleine Fellbündel deshalb nicht einziehen.

Wir fahren jetzt durch das kleine Waldstück, hinter dem das Maisfeld und der Graben liegen, wo Roast Beef die letzte Nacht verbracht hat. Als wir den Hügel bezwungen haben, bemerke ich, dass dort schon jemand steht und auf uns wartet. *Nicht auch noch das.*

»Ich habe Tommy angerufen, damit er mit seinem Schlepper kommt, falls wir dein Auto damit aus dem Graben ziehen müssen.«

Ich unterdrücke ein Stöhnen. Ich bin ja dankbar, nicht mit der Kraft meiner Arme mein Auto aus dem Graben ziehen zu müssen, aber Tommy ist eine der Personen, für die die gigantische Kapuze der Jacke meines Vaters überhaupt erst erfunden wurde. Ich bin heilfroh, auch die fette Sonnenbrille meiner Mutter zu tragen, die die Hälfte meines Gesichts verdeckt.

Tommy steht gegen seinen Truck gelehnt, nur in einer Arbeitshose und mit einem ärmelfreien Unterhemd bekleidet, das seine muskulösen Oberarme betont. Er hat seine Brille, gegen die damals meine *Hammernase* geknallt ist, mittlerweile gegen Kontaktlinsen eingetauscht. Seine dunkelblonden Haare sind verschwunden, seit ich ihn das letzte Mal gesehen habe, und er trägt sie jetzt kurz geschoren. Vielleicht, um seinen inzwischen lichter werdenden Haarwuchs zu kaschieren, vielleicht aber auch, weil er damit ein bisschen so aussieht wie Jason Statham. Also eine Version von Jason Statham, die in einer Autowerkstatt in einer britischen Kleinstadt arbeitet und in ihrer Freizeit in der Dorfdisco von Cressley als DJ auflegt.

Ich frage mich, ob Tommy nicht friert, aber wahrscheinlich halten die ganzen Muskelpakete ihn warm. Er winkt, als er uns sieht, und ich versinke so tief wie möglich in meinem Sitz.

Als ich kurz darauf aber trotzdem aus dem Wagen steige, kommt Tommy schon auf mich zu und gibt mir schließlich sogar einen Kuss auf die Wange. Er riecht nach Aftershave, frischem Schweiß und Motoröl – er zwinkert mir mit seinen blauen Augen zu und mir wird klar, dass er nicht nur aus Nettigkeit hier ist.

»Vergiss es, Tommy.« Ich drücke ihn mit der Hand auf der Brust weg und er lacht.

Jetzt erst bemerke ich, dass auf seinem Muscle-Shirt ein Patch aufgedruckt ist, das den Weihnachtsmann in einem Rennauto zeigt.

»Was?«

Ich ignoriere ihn und trete an den Straßengraben heran, wo Roast Beef immer noch im Schnee feststeckt. »Na, altes Mädchen?« Ich tätschele die »Schnauze« des Autos wie jemand, der nie Haustiere haben durfte und deswegen sein Auto wie ein solches behandelt.

Tommy tritt neben mich. »Wenn du willst, kann ich der kleinen Lady hier mal einen neuen Anstrich verpassen. Vielleicht in Knallrot, das würde doch zu dir passen?«

Ich verdrehe die Augen. »Danke, dass du gekommen bist, um zu helfen, Tommy, aber das ist wirklich nicht nötig.«

»Hey, warum so feindselig, Liv? Wir sind doch *alte Freunde.*«

»Alte Freunde?« Die Wut kocht so schnell in mir hoch, dass ich die nächsten Worte nicht aufhalten kann. »Du hast mich Hammernase genannt.«

Er lacht auf, als würde er den Spitznamen immer noch verdammt witzig finden. »Das war ein *Witz*, Olivia.«

»Nicht für mich«, flüstere ich, aber so leise, dass er es wahrscheinlich gar nicht hören kann. Er beobachtet mich von der Seite. »Außerdem ist der Rest deines Gesichts inzwischen so gut drumherum gewachsen, dass deine gigantische Nase jetzt gar nicht mehr auffällt.«

»Na, danke auch.«

Yash tritt in diesem Moment zwischen uns. »Ich glaube, wir brauchen deinen Schlepper, um Roast Beef hier rauszuholen. Oder was meinst du?«

Tommy grinst. »Wenn Liv nachher einen Kaffee mit mir trinken geht, mach ich das Ganze sogar kostenlos.«

»Ich hasse Kaffee.«

»Ich bin letzten Monat deinen Businessplan mit dir durchgegangen, schon vergessen? Wenn du den Wagen rausholst, sind wir quitt«, merkt Yash an. Er ist zwar ungefähr gleich groß wie Tommy und nicht so breit gebaut, aber kommt mir trotzdem irgendwie größer vor.

Tommy beginnt grummelnd damit, meine alte Schrottkarre aus dem Graben zu ziehen. Yash hilft ihm dabei, während ich sinnlos rumstehe und meinen Kaffee trinke. Als ich den To-Go-Becher aus dem Wagen geholt habe, hat Tommy kurz irritiert geschaut – vermutlich, weil ich keine zwei Minuten vorher gesagt habe, dass ich Kaffee hasse. Ich bin immer noch ziemlich verkatert. Doch der Kaffee hilft ein bisschen – ich würde Yash gern fragen, wie er den so köstlich hinbekommen hat, aber ich möchte ihm wirklich ungern ein Kompliment machen.

Nachdem mein armes altes Roast Beef auf den Abschleppwagen geladen ist, lehnt sich Tommy lässig dagegen. »Na, was sagst du jetzt, Livy? Darf ich dich auf einen Drink einladen? Um der alten Zeiten Willen?«

»Welche alten Zeiten?«, fragt Yash.

Tommy fährt sich mit der Hand über die stoppeligen Haare. »Wir beide hatten damals doch ziemlich viel Spaß. Und dann wurdest du irgendwann komisch wegen dieser Liebesbrief-Sache.« Tommys Augenbrauen wippen, während er den letzten Satz sagt.

Ich erstarre.

»Tommy, bist du fertig?« Yashs Stimme scheint aus ganz weiter Ferne zu kommen, während ich noch versuche, Tommys Worte zu verarbeiten. Es ist Jahre her, dass jemand den Liebesbrief vor mir offen angesprochen hat. Jahrelang hat diese Scham nur noch in meinem Kopf existiert. Kate will mir immer einreden, dass ich die Einzige bin, die sich daran überhaupt noch erinnert. Peinliche Situationen seien für einen selbst immer so viel schlimmer als für alle anderen. Die hätten die Peinlichkeiten im nächsten Moment schon wieder vergessen und würden eh nicht mehr daran denken. Kate sagt, man würde sich nur selbst verrückt machen. Aber in mir ist nicht nur Scham für mein peinliches sechzehnjähriges Ich, das einen Liebesbrief an den Freund ihrer Schwester geschrieben hat.

Nein, da ist auch verdammt viel Wut.

Wut auf Yash, der diesen Brief überall herumgezeigt und mich zur Witzfigur gemacht hat.

»Liv, alles gut bei dir?«, fragt Tommy.

Ich blinzele. »Ja, alles gut, danke Tommy.«

»Also was sagst du zu den Drinks?«

Aber statt zu antworten, mache ich auf dem Absatz kehrt und marschiere einfach los. Ohne ein Wort des Abschieds. Ich laufe die Crowscombe Road entlang, als könne ich so meinen Gedanken an den Brief und Yash entfliehen, was natürlich zum Scheitern verurteilt ist – denn meine Gedanken laufen mit.

»Olivia!«, ruft Tommy, aber ich ignoriere ihn und marschiere weiter. Immer weiter. Bis ich irgendwann einen schnellen Atem hinter mir höre. »Was machst du?« Yash überholt mich und läuft jetzt rückwärts, damit er mir ins Gesicht sehen kann. »Wo willst du hin?«

»Zurück nach Hause«, presse ich zwischen zusammengebissenen Zähnen hervor.

»Aber die Straße ist da hinten noch gar nicht geräumt! Willst du wirklich durch den Schnee stapfen?«

Ich bleibe stehen und durchbohre Yash mit meinem Blick. »Wann kapierst du endlich, dass ich lieber noch mal im Schnee stecken bleiben würde, als auch nur eine Sekunde länger in deiner Gegenwart zu verbringen?«

Ich schiebe ihn wütend zur Seite und marschiere an ihm vorbei zurück Richtung Dorf. Zum Glück folgt er mir nicht mehr, sonst könnte er jetzt diese bescheuerten Tränen auf meinen Wangen sehen.

Kapitel 4

Wenn die Laune richtig im Keller ist, kann ich empfehlen, rohen Lebkuchenteig zu naschen. Das macht zwar nicht alles besser, aber schon einiges. Ich sitze mit meiner Mutter in der Küche und baue Lebkuchenhäuser – mir geht es inzwischen schon wieder ein bisschen besser. Vielleicht sollte ich mir das für meine Zeit in London merken und dort für schlechte Tage ein bisschen rohen Teig im Gefrierfach lagern. Weil meine Mutter eben meine Mutter ist, basteln wir aber nicht nur *irgendwelche* Lebkuchenhäuser, sondern drei »Sehenswürdigkeiten« aus Granbury, die auch noch möglichst realistisch aussehen sollen. Diese Lebkuchenhäuser sollen die Preise für die ersten drei Plätze der Nikolaus-Markt-Tombola sein. Gebäude, die man als Sehenswürdigkeiten bezeichnen könnte, sind aber gar nicht so leicht auszumachen in einem Städtchen wie Granbury: Wir entscheiden uns als erste Sehenswürdigkeit für das *Toast Office*, in das ich mich bisher ja noch nicht getraut habe, weil dort meine ehemalige beste Freundin Rachel arbeitet. Damit die beiden übrigen Gewinner-Lebkuchenhäuschen auch gut erkennbar sind, wählt meine Mutter als zweite »Sehenswürdigkeit« die Wassermühle von Yashs Familie und als dritte das Kuriositätenmuseum aus, zu dem der alte Gebrauchtladen von Granbury irgendwann umgewandelt wurde, weil dort niemand mehr etwas gekauft hat. Jetzt kann man sich dort von der Gemeinde gesponserte Büstenhalter aus dem 19. Jahrhundert und Porzellansuppentöpfe mit Hasen, Rehen, Füchsen und Kindern mit sehr bleichen Gesichtern darauf angucken. Aber das Haus, in dem das Kuriositätenmuseum liegt, verfügt immerhin über ein kleines Türmchen, das es von den anderen Steinhäusern in Granbury unterscheidet.

Das macht es aber auch nicht gerade einfach, das Gebäude aus Lebkuchen nachzuformen. Meine Mutter und ich kaschieren die gröbsten Schnitzer mit einer Unmenge an Zuckerguss und trinken dabei mehrere Liter Schwarztee (entkoffeiniert, wobei ich Letzteres einfach ausblende, das klappt ja mit mehreren Dingen in meinem Leben ganz gut). Die ganze Zeit überlege ich, ob ich den mysteriösen Brief vor meiner Mutter ansprechen soll. Vielleicht weiß sie ja, wer ihn mir geschickt hat? Ich bin mir ziemlich sicher, dass sie es nicht war, denn sie würde sofort durchdrehen, wenn sie einen Liebesbrief von mir an Yash finden würde. Zu subtilen Drohungen und kryptischen Nachrichten wäre sie dann nicht mehr fähig. Sie würde mich sofort anrufen und mich geradeheraus fragen, was ich mir dabei gedacht habe. Und vor allem würde sie damit kein halbes Jahr warten. Das Donnerwetter, das dann auf mich herabgeregnet wäre, will ich mir gar nicht vorstellen. Meine Mutter kann solche Familiendramen nämlich überhaupt nicht ausstehen. Und würde ich sie auf den Brief ansprechen, würde sie ja erfahren, was ich damals auf die Serviette geschrieben habe.

Je länger ich darüber nachdenke, desto überzeugter bin ich davon, dass ich meiner Familie besser kein Sterbenswort davon erzählen sollte – die Reaktionen und die Peinlichkeiten will ich mir lieber ersparen.

»Ich glaube, das ist jetzt genug Puderzucker.« Meine Mutter deutet auf den Giebel der Wassermühle, die ich gedankenverloren über und über mit dem weißen Pulver bestäubt habe.

»Glaubst du, man erkennt, was das sein soll?« Sie deutet auf die schiefe Nachbildung des Museums aus Lebkuchen, Zuckerguss und Smarties.

»Vielleicht sollen wir zur Sicherheit doch ein paar Schilder mit den Namen der Gebäude davorstellen.«

»Das ist eine äußerst gute Idee, Olivia«, sagt meine Mutter so ernst, als hätte ich gerade eine sehr sinnvolle Änderung der Britischen Verfassung vorgeschlagen. »Deine Schwester hat doch so eine schöne Handschrift, die soll das machen.«

»Wenn noch einmal jemand fragt, ob Caroline und ich wirklich Geschwister sind, zeig ihnen unsere fast identische grauenhafte Handschrift. Ich kann das also auch übernehmen.«

»Aber deine Schwester hat doch diesen Kalligrafie-Kurs gemacht.«

»Ja, damit sie ihre Politiker-Unterschrift üben kann.«

»Hast du die mal gesehen? Man würde es nicht für möglich halten.« Meine Mutter gluckst.

Ich schüttele amüsiert den Kopf und nehme noch einen Schluck aus meinem Schwarztee mit Hafermilch. Letztere haben meine Eltern extra auf einem Trip nach Birmingham besorgt. »Vielleicht sollte ich mir mal eine Autogrammkarte von ihr geben lassen.«

Meine Mutter schnalzt mit der Zunge. »Nein, die kriegen nur Anwohner aus ihrem Wahlkreis und da du nicht in Granbury, Cressley oder Dunmere wohnst, stehen deine Chancen schlecht.«

Mir fällt nichts ein, was ich darauf erwidern könnte, also beginne ich, mir den Zucker von den Händen zu waschen.

»Oh, es ist schon siebzehn Uhr, wir müssen den Salat vorbereiten.«

»Wofür das denn?«

»Deine Geschwister kommen, hab ich das nicht erwähnt?«

Ich schüttele den Kopf. »James auch?«

»Ja, warum bist du so überrascht?«

»Früher hat er kaum einen Abend hier verbracht.« James hatte immer was Besseres zu tun, als mit seiner Familie abzuhängen – aber so könnte mein Verhalten der letzten Jahre ja auch beschrieben werden. Vielleicht hat James sich aber ja auch total verändert, nachdem er seinen Job verloren hat? Soweit ich weiß, ist es gar nicht so einfach, hier in der Gegend einen festen IT-Job zu finden, und er hält sich seitdem als Freelancer über Wasser.

Meine Mutter lacht, als hätte ich etwas total Albernes gesagt. »Ach, Livy, damals wart ihr doch Kinder, Jugendliche, Teenager eben. Er kommt jetzt mindestens einmal die Woche zum Abendessen vorbei, seine Frau auch, wenn sie kann. Hab ich dir erzählt, dass sie jetzt eine Ausbildung als Buchhalterin in der Abendschule macht?« Meine Mutter ist dazu übergegangen, Sabrina nur noch »seine Frau« zu nennen. Offenbar ist sie immer noch wahnsinnig begeistert davon, dass eins ihrer Kinder tatsächlich verheiratet ist.

Während ich meine Hände einschäume, denke ich darüber nach, dass ich scheinbar die Einzige bin, die die Vergangenheit nicht abschütteln kann.

Der lange Esstisch in der Wohnküche ächzt unter den Weihnachtsdekorationen meiner Eltern. Überraschenderweise war dafür aber nicht meine Mutter zuständig, sondern mein Vater. Den Blicken nach zu urteilen, die meine Mutter mir aus den Augenwinkeln zuwirft, findet sie das Ganze so lustig wie ich. »Wenn du so weitermachst, sehen die Truscotts das durchs Fenster und der alte Dekostreit flammt wieder auf«, sage ich, während ich versuche, auf dem Tisch zwischen einem Miniaturweihnachtsmann samt Schlitten und seiner fünfköpfigen Rentier-Crew noch einen Platz für die Teller zu finden. Mein Vater grummelt etwas Unverständliches.

»Wie bitte, Schatz?«

»Ich habe gesagt, dass Nigel den doch nur gewonnen hat, weil er ein gebrochenes Bein hatte und alle Mitleid mit ihm hatten. Ich habe mir bei meinem Sturz vom Fahrrad damals ja leider nur eine kleine Schürfwunde zugezogen, als er mich mit seiner Pseudo-Schneekanone getroffen hat.«

»Jetzt sag schon, was du sonst immer sagst, George.«

Mein Vater hat immerhin den Anstand, ein bisschen kleinlaut auszusehen. »Ich habe nur einmal angemerkt, dass wir uns ja gar nicht sicher sein können, ob er wirklich sein Bein gebrochen hatte.«

»Dad!« Diesmal bekomme ich einen Lachanfall von meiner eigenen Empörung.

»Er ist *vom Dach gefallen*, weil er auch so einen Rentier-Schlitten dort installieren wollte, wie wir ihn hatten.«

Meine Mutter gluckst leise und reicht mir einige Messer, die auf den Esstisch gehören, als es an der Tür klingelt.

Natürlich hat mein Vater für den Dezember extra die Anfangstöne von *Thank God it's Christmas* als Klingelgeräusch eingestellt.

Meine Schwester Caroline steht auf der anderen Seite der Tür, in jeder Hand eine Auflaufform. »Livy, du bist doch nicht erfroren, was für ein Wunder!« Sie grinst und drückt mir einen Kuss auf die Wange, bevor sie sich voll beladen an mir vorbei schiebt. Im Gegensatz zu meinen braunen Locken hat sie glatte dunkelblonde Haare, die sie heute Abend wie so häufig zu einem hohen Zopf gebunden trägt, und ihre Lippen schimmern rot. Eine Duftwolke steigt mir in die Nase, aber nicht nur nach überbackenem Käse, sondern auch nach ihrem *seriösen Parfüm*, das wir vor ein paar Jahren für sie ausgesucht haben. Zwei kichernde junge Frauen in einer Parfümerie in London, die einen möglichst *professionellen* Duft kaufen wollten. Es rührt mich irgendwie, dass sie ihn immer noch auflegt, wenn sie eine öffentliche Veranstaltung hat, so wie heute, auch wenn mich die scharfen Zitrusnoten ein bisschen in der Nase kitzeln.

»Yash konnte sich leider nicht loseisen«, höre ich sie im Hintergrund zu meinen Eltern sagen. »Irgendwas mit einem Rotorblatt an der Mühle, fragt mich nicht.«

»Hat so eine Mühle überhaupt Rotoren?«, fragt mein Vater misstrauisch.

Das klingt für mich nach einer ziemlich fadenscheinigen Ausrede. Und repariert nicht normalerweise Yashs Vater Suresh die Mühle? Ich kann nicht anders, als darüber nachzudenken, ob Yash wegen unserer kleinen Auseinandersetzung heute Nachmittag das Familien-Abendessen sausen lässt. Ein schlechtes Gewissen macht sich in meiner Brust breit. Von wegen Familienvereinigung: Ich bin gerade mal einen Tag hier und schon bringe ich die Familie schon wieder auseinander. Aber dann muss ich daran denken, was für ein rücksichtsloser Typ Yash eigentlich ist. Anders als meine Eltern werde ich nicht auf seine trügerische charmante Fassade hereinfallen. Eigentlich ist es nur gut, dass er nicht zum Essen gekommen ist.

Ich will die Türe gerade wieder schließen, da taucht mein Bruder von der Seite auf, als wäre er soeben aus einem der Büsche geklettert. »Schwesterherz, willst du mich etwa erstechen?«

Er deutet auf die Messer in meiner linken Hand und lacht über seinen eigenen Witz, bis ihm die Tränen aus den Augen laufen.

»Schön dich zu sehen, James.« Ich gebe mir alle Mühe, nicht die Augen zu verdrehen.

»Moment, ich hab noch einen!« Er formt die Hände wie einen Trichter um den Mund. »Achtung, Achtung, Juliette kehrt heim – bitte alle Fensterläden sichern, sonst flattern wieder Liebesbriefe durch die Gegend.«

Das Lächeln gefriert auf meinem Gesicht und ich lasse ihn einfach an der Tür stehen. Juliette ist tatsächlich mein zweiter Name, aber das ist es nicht, was mich so trifft. Es gibt ein stilles Einverständnis in meiner Familie, dass wir über diese Liebesbrief-Sache nicht mehr sprechen. »Du bist so ein Arsch, weißt du das?«

Mein Bruder wirft mir den Arm um die Schulter. »Ist doch nur Spaß, Livy.«

»Super-witzig.«

»Ich hab doch gesagt, die Großstadt wird dir den Humor austreiben.«

Zum Glück erreichen wir in diesem Moment das Wohnzimmer, wo Caroline gerade ihre beiden Auflaufformen platziert. »Einmal haben wir hier Lamm mit Kartoffeln und einmal Gemüse.« Sie zwinkert mir zu und ich kapiere sofort, dass Gemüse *vegan* bedeutet. Aber das ist ein Wort, das wir bei meinen Eltern lieber vermeiden, sonst wird direkt wieder eine endlose Schleife der immer gleichen Sprüche abgespielt: *Aber wir essen doch nur Fleisch von glücklichen Tieren. Menschen haben schon immer Fleisch gegessen. Hast du schon mal dein Blut auf Eisenmangel kontrollieren lassen. Wo bekommst du Vitamin B12 her?* Und egal wie oft ich auch sage, dass es mir doch egal ist, was *sie* machen, solange sie *mich* essen lassen, was ich will, dringt das irgendwie nicht zu meinen Eltern durch.

Wir nehmen unsere Plätze ein und meine Mutter erhebt ihr Glas für einen Toast. »Wie schön, dass wir hier alle zusammen sind.« Sie lächelt warm in die ganze Runde. »Na ja, Sabrina fehlt«, wendet James ein. »Sie gehört ja auch zur Familie.« Dann sieht er sich im Raum um und fügt noch hinzu: »Und was ist mit Yash? Wann findet eigentlich endlich die Hochzeit statt, Caroline? Ihr wart jahrelang vor mir verlobt und habt es immer noch nicht geschafft?«

Meine Schwester wirft ihm ein zuckersüßes Lächeln zu. »Wir haben einfach keinen Zeitdruck, uns aneinanderzubinden, weil wir keine Angst davor haben, verlassen zu werden, weil wir eine Liga unter unserem Partner spielen.«

Ich verstecke mein Prusten hinter einem Hüsteln.

»Kinder, seid nett zueinander.« Meine Mutter nimmt einen großen Schluck aus ihrem Wein. »Jetzt aber los, ich habe Hunger.«

Mein Vater beginnt die Teller zu füllen, und als er zu mir kommt, fragt er mich: »Lamm oder Gemüse oder beides?«

Diesmal ist es Caroline, die ein Lach-Hüsteln nicht unterdrücken kann, aber wahrscheinlich auch nur, weil ich klinge wie ein erstickender Frosch, als ich ohne einen weiteren Kommentar »Gemüse« sage.

Das Essen schmeckt köstlich und ich bin beeindruckt, wie sich Carolines Kochkünste in den letzten Jahren verbessert haben. Ich erinnere mich da an das eine oder andere Küchendesaster in unserer Jugend. Als ich das anmerke, schnaubt meine Schwester. »Ich würde diese Lorbeeren gern annehmen, aber der Dank gebührt Yash, er hat gekocht.«

»Was kann dieser Mann eigentlich nicht?«, seufzt meine Mutter verträumt, woraufhin mein Vater davon zu erzählen beginnt, wie vorzüglich seine Kartoffelpuffer schmecken, die er einmal im Jahr zubereitet. Und James muss direkt einwerfen, dass er gelernt hat, eine richtig tolle Pizza zu backen, seit er im Homeoffice arbeitet. Auf die Frage, ob er und seine Frau dementsprechend nur noch von Pizza leben, wirft er Caroline einen düsteren Blick zu. Meine Schwester prostet mir zu und zum ersten Mal, seit ich im Graben gelandet bin, bin ich doch ein bisschen froh, zurück nach Granbury gekommen zu sein.

Ich lasse mir die Kartoffeln und die Zucchini auf der Zunge zergehen und spüle alles mit ein bisschen Wein runter, der mich schneller betrunken macht, als er sollte. Während ich den Wein trinke, spüre ich den Blick meiner Mutter auf mir – offenbar habe ich sie noch immer nicht vollends davon überzeugt, nach meinem Graben-Desaster kein Alkoholproblem zu haben. Natürlich wendet sich das Gespräch schnell meinem Unfall zu. Nachdem ich einen kurzen Bericht über die Ereignisse und meine Rettung abgegeben habe, meldet sich James zu Wort. »Da habe ich aber eine andere Version der Geschichte gehört«, sagt er, während er sich mit dem Zeigefinger ein bisschen Spinat aus den Zähnen pflückt. »Greg hat mir vorhin im *Toast*

Office erzählt, dass du mit voller Geschwindigkeit in den Graben geschlittert bist, dir beide Beine und Arme gebrochen hast und wahrscheinlich nie wieder richtig laufen können wirst.«

»Die Granbury-Gerüchtemühle ist wieder am Mahlen, wie ich sehe.« Meine Schwester schürzt die Lippen.

Doch James lässt sich davon nicht aufhalten. »Über dich gibt es auch wieder was Neues zu erzählen, Schwesterherz. Willst du's hören?«

»Nicht wirklich.«

James erzählt es natürlich trotzdem. »Greg hat mir erzählt, dass Clarissa ihm erzählt hat, dass du nur im Bezirksrat bist, damit Yash niedrigere Steuern auf sein Mehl zahlen muss.«

Caroline nimmt einen großen Schluck aus ihrem Glas. »Ich hab Yash sogar gesagt, dass er die Mühle nicht übernehmen soll, solang ich noch im Wahlkampf bin.«

»Yash hat die Mühle übernommen? Was ist denn mit seinem Job bei dieser Unternehmensberatung?«, frage ich.

»Den macht er nicht mehr.« Caroline blickt zu Boden und scheint das Thema nicht weiter vertiefen zu wollen.

»Warum hat mir niemand davon erzählt?«

James schnaubt. »Warum sollte man dir das erzählen? Du lässt dich doch ohnehin nur hier blicken, wenn es gar nicht anders geht.«

»James!«, bellt mein Vater.

Mein Bruder zuckt die Achseln und schüttet sich Wein nach. Seine Nase glänzt mittlerweile ganz rot vom Alkohol. »Ist doch so.«

»Jedenfalls finde ich es so schön, dass wir hier alle endlich wieder an einem Tisch zusammensitzen, so wie früher«, sagt meine Mutter, während sie den Apple-Crumble auf den Tisch stellt – wobei der Crumble-Anteil aus dem Ergebnis unserer misslungenen Lebkuchenversuche des Nachmittags besteht.

Wir alle kratzen die Kristallform jedoch bis auf den letzten Krümel aus; irgendwie versteht meine Mutter es, aus jedem schiefgegangenen Rezept noch etwas Schmackhaftes zu zaubern.

Meine Schwester Caroline legt irgendwann ihren Löffel zur Seite und klopft sich den vollen Bauch. »Ich glaube, ihr müsst mich nach Hause rollen wie einen riesigen Schneeball.«

»Ich sehe schon die Schlagzeile.« James lacht. »Bezirksrat-Mitglied Caroline Lennox identifiziert sich in ihrer Freizeit als Schneemann.«

Niemand stimmt in sein Lachen ein, was meinen Bruder allerdings nicht zu stören scheint. Ganz subtil nimmt meine Mutter ihm das noch halb volle Weinglas ab, trägt es zum Waschbecken und kippt es dort aus.

Die funkelnden Augen meiner Schwester richten sich jetzt auf mich. Es war schon immer ein wunderbares Gefühl, so direkt von ihr angeguckt zu werden, als wäre man das Wichtigste auf der Welt. Ich bin mir sicher, wenn sie so auch ihre Wähler anguckt, gewinnt sie die Wahl Ende Januar locker, egal was für ein konservativer Kotzbrocken da auch gegen sie antreten mag. »So, Livy, wo bleiben unsere Geschenke?«

»Geschenke?«

»Na, wir bekommen von dir an Weihnachten doch immer einen *Wundersack* voller Produkte aus eurer Firma geschickt.«

»Meine Gesichtscreme ist leer!«, ruft in diesem Moment auch mein Vater dazwischen. »Ich brauche dringend Nachschub.«

»Ihr wisst aber schon, dass heute der 4. Dezember ist und nicht der 25., oder?«

Caroline verdreht die Augen. »Dezember ist doch der Make-up-Monat schlechthin, oder, Mum?«

»Jaja, Schatz«, ruft meine Mutter aus der Küche zurück. Sie hat genau den Tonfall, bei dem ich ganz genau weiß, dass sie keine Ahnung hat, worüber wir gerade geredet haben.

Caroline schiebt ihre Unterlippe vor und sieht damit wieder aus wie mit sechzehn, als sie mich darum angefleht hat, mein Glätteisen ausleihen zu dürfen. »Außerdem habe ich morgen ein wichtiges Shooting für die Zeitung und brauch dringend noch ein paar neue *Mossy-Deer*-Produkte.«

Ich verdrehe die Augen und stehe auf, um meinen Wundersack zu holen, wie Caroline ihn so treffend bezeichnet hat. Alle Mitarbeitenden der Firma dürfen sich zum Ende des Jahres aus Samples und überproduzierten Einheiten alles Mögliche aussuchen – und so kann ich meine komplette Familie immer mit Make-up- und Pflegeprodukten versorgen. Wobei eigentlich nur Caroline so richtig scharf darauf ist – und natürlich mein Vater, seit ich ihn vom revolutionären Konzept »Gesichtscreme« überzeugt habe.

Als ich den Sack auf dem Esstisch über Dads Weihnachtsdekorationen auskippe und meine ganze Familie sich darauf stürzt, wirkt es so, als wäre Weihnachten ein paar Wochen zu früh gekommen.

Mein Bruder gibt irgendwann ein Ächzen von sich. »So, Zeit für mich zu gehen. Ich muss die Gattin noch abholen von ihrem Abendkurs.«

Ich schnaube. »Die Gattin? Sag mal, James, bist du fünfzig?«

Mein Bruder wirft mir ein fieses Grinsen zu. »Ich habe immerhin jemanden gefunden, der mich heiraten will.«

Ich verdrehe die Augen. »Es ist für dich unvorstellbar, dass nicht alle Menschen auf der Welt an einem wunderbaren winzigen Dorfleben wie deinem interessiert sind, oder?«

Er küsst unserer Mutter auf beide Wangen und klopft unserem Vater auf die Schulter, bevor er mir antwortet. »Weißt du was, Hammernäschen? Das sagen immer nur die Leute, die es nicht geschafft haben, damit glücklich zu werden. Leute, die vor ihrer eigenen Vergangenheit fliehen. Leute wie du.«

Ich bleibe mit heruntergelassener Kinnlade sitzen, während James sich bei meinen Eltern für das Essen bedankt. Doch als ich ihn draußen im Flur seine Jacke anziehen höre, ist der Schock einer Wut gewichen, die sich zu einer brennenden Faust in meinem Magen zusammenballt. Caroline legt ihre Hand auf meine. »Livy, das lohnt sich nicht …«

Doch ich stehe auf und stürme ihm hinterher. Ich erwische meinen Bruder, als er gerade die Tür geöffnet hat, und ziehe ihn am Kragen zurück. Eiskalte Luft vermischt sich mit der heißen Wut in meinen Lungen zu einem explosiven Gemisch. »Hast *du* mir den verdammten Brief geschrieben? Willst du Geld?«

Mein Bruder lässt sich von meiner Wut kein bisschen aus der Ruhe bringen. Er dreht sich ganz langsam zu mir um und grinst mich in aller Seelenruhe an. »Wovon redest du, Juliette? Wenn jemand von uns Briefe schreibt, dann ja wohl du.«

Ich lasse seinen Kragen los und balle die Hände hinter meinem Rücken zu Fäusten. James‘ Blicke flattern ihnen nach; er weiß genau, wie wütend ich bin.

»Hast du mir den Brief geschrieben und mich damit nach Granbury gelockt?«

Er hebt eine Augenbraue. »Du redest wirres Zeug, Schwesterherz. Hast du vielleicht ein bisschen zu viel Wein getrunken?« Er beugt sich vor und blickt mir tief in die Augen. »Oder bist du auf Drogen? War ja nur eine Frage der Zeit, bis Londons Unterwelt dich erwischt.«

»Londons Unterwelt? Ich bitte dich.«

»Jedenfalls weiß ich nicht, von was für einem Brief du da sprichst.«

Ich starre meinen Bruder an und er starrt zurück. »Livy?«, fragte er langsam. »Wirst du wirklich von jemandem bedroht, oder so? Wer will Geld von dir?«

Meine Wut ist einem Gefühl gewichen, das meine Luftröhre zusammenschnürt. »Bedroht? Was für ein Quatsch.« Meine Stimme klingt viel höher und quietschiger als beabsichtigt.

Ich stolpere einen Schritt zurück, als ich mich daran erinnere, dass ich meiner Familie ja eigentlich gar nichts von dem verdammten Brief erzählen wollte, um mir die Peinlichkeit zu ersparen.

James verengt die Augen zu Schlitzen. »Muss ich jemandem eine Abreibung verpassen?«

Diese Formulierung löst in meinem Rachen ein hysterisches Kichern aus, das mir über die Lippen rollt, bevor ich es zurückhalten kann. »Eine Abreibung? Bist du plötzlich wieder dreizehn Jahre alt?«

Doch mein Bruder ist nicht mehr zu Späßen aufgelegt. »Livy.« Wieder sagt er meinen Namen so ernst und langsam, wie ich es selten von ihm gehört habe. »Du weißt, dass du immer zu mir kommen kannst, wenn du ein Problem hast, oder?«

»Ich hab keine Probleme!« Wie die Karikatur einer Person, die lässig wirken will, schiebe ich meine Hände in die Hosentasche. »Alles gut bei mir.«

»Und was für einen Brief meintest du dann gerade?«

»Eine … Weihnachtskarte, ja, eine blöde Weihnachtskarte, die ich bekommen habe. War wahrscheinlich nur ein Gag von Kate.« Er wirkt nicht ganz überzeugt. Ich deute mit meinem Daumen über die Schulter zur Treppe, die ins Obergeschoss führt. »Ich ruf sie am besten gleich mal an und geige ihr meine Meinung.«

»Okay …“

»Bis die Tage, Bruderherz!« Ich schiebe ihn nach draußen und knalle die Tür zu, bevor er noch etwas erwidern kann. Dann renne ich tatsächlich die Treppen nach oben, aber nicht, um Kate anzurufen, sondern um den Brief unter meinem Kissen hervorzuholen und ihn immer und immer wieder zu lesen.

Liebe Olivia,
komm am 5. Dezember um Mitternacht zur Grünen Dame. Ich habe das hier gefunden.

Und dann ist da die zerknickte Serviette:

Ich kann nicht fassen, dass ich dich immer noch liebe, Yash.
Dass ich es immer noch körperlich spüre, sobald du einen Raum betrittst.
Dass mir weich in den Knien wird, wenn du mich ansiehst – so wie damals, als ich sechzehn war und dir diesen bescheuerten Liebesbrief geschrieben habe.
Ist das nicht erbärmlich?
Ich hasse dich, Yash. Ich hasse, dass du so eine Macht über mich

hast – immer noch und nach allem.
Aber es stimmt auch, dass ich dich liebe.
Ich bin dir für immer verfallen.

Und darunter mein Name:

Olivia

Olivia + Yash forever

Kapitel 5

Am nächsten Morgen wird wieder deutlich: Ich muss dringend irgendwoher Kaffee auftreiben. Sonst überlebe ich den Dezember nicht. Als ich aufwache, hat es wieder zu schneien begonnen und ein Blick aus dem Fenster offenbart die Sicht auf die potthässlichen Weihnachtsdekorationen der Truscotts gegenüber. Ich habe es wieder nicht früh aus dem Bett geschafft, weil ich bis spät in die Nacht noch alle Ereignisse der letzten beiden Tage haarklein mit Kate am Telefon durchgehen musste. Sie lag mir mit tausend Fragen zu Yash in den Ohren, die ich immer möglichst einsilbig beantwortet habe. Ich weiß nicht, warum sie denkt, mein Teenie-Crush auf den Verlobten meiner Schwester wäre irgendwie noch relevant, denn ich habe viel Zeit und Anstrengung investiert, ihr klarzumachen, dass ich inzwischen eine selbstbewusste und unabhängige Frau bin, die über solchen Kinderkram längst hinweg ist. Außerdem hasse ich ihn ja eigentlich. Das sagte ich ihr, als ich unter dem Justin-Bieber-Poster in meinem Bett lag, in dessen Lattenrost ich vor vielen Jahren *Olivia + Yash* mit meinem Taschenmesser geritzt habe. Doch zwischen mir und diesem Lattenrost liegen mehrere Schutzschichten: eine Matratze, ein Matratzenschoner, ein Bettlaken und eine Daunendecke. Und mindestens so viele Schutzschichten liegen auch zwischen mir und Yash.

Mein langes Ausschlafen bedeutet leider auch, dass ich schon wieder von der Blasorchester-Probe meines Vaters aus den Federn gerissen werde. Diesmal tue ich mir einen Besuch in der Wohnküche gar nicht erst an. Stattdessen packe ich mich frisch geduscht in einen warmen Pullover, verknote meine Locken zu einem Nest auf meinem Kopf und versenke meine Füße samt Wollsocken in meinen Stiefeln. Dann verlasse ich das Haus. Vor der Tür halte ich noch mal kurz inne und lausche dem Blasorchester. Ich höre die sechs Blasinstrumente, aber der tiefe volle Klang der Tuba, die Yashs Vater gespielt hat, fehlt immer noch.

Eigentlich kann man zum *Toast Office* von meinen Eltern aus entspannt zu Fuß gehen, aber da ich nichts in Granbury entspannt machen kann, muss ich mich dazu zwingen, nicht hektisch zu rasen und völlig verschwitzt dort anzukommen. Die Vorstellung, dass mich jemand erkennt und auf der Straße anspricht, ist schrecklich für mich. Ich komme an der Straßenecke vorbei, wo ich meinen ersten Fahrradunfall hatte, von dem ich immer noch eine kleine Narbe am Knie trage. Und kurz darauf auch an der Stelle, an der ich im Sommer immer mit Kreide einen Zebrastreifen für die Enten gemalt habe, damit sie gefahrenlos vom Fluss zum kleinen Ententeich und wieder zurücklaufen können, ohne überfahren zu werden.

Früher hätte ich mir nie vorstellen können, so plötzlich und endgültig die Flucht zu ergreifen. Als ich ein Kind war, war die Welt in Granbury noch in Ordnung – bis sie es eben nicht mehr war und ich gar nicht schnell genug abhauen konnte.

Ich vermisse dieses Gefühl: Eine Straße lang zu gehen, die man in- und auswendig kennt und doch alle paar Schritte grinsen zu müssen, weil man an etwas Schönes erinnert wird. Wo man den Nachbarn zuwinkt und ein kleines Pläuschchen auf der Straße hält, weil man es eigentlich gar nicht so eilig hat. Wo man genau weiß, bei wem man sich einen Rasenmäher oder ein Stück Hefe leihen kann. Ich vermisse dieses Gefühl der Sicherheit und Geborgenheit, das es in der Großstadt einfach nicht gibt. Aber dort gibt es dafür Anonymität und man findet Gleichgesinnte, wenn es einem in einem solchen Dorf zu eng geworden ist. Auch wenn ich London und mein neues Leben dort liebe, wünschte ich gerade doch irgendwie, ich könnte hier ein zweites, gemütliches Leben führen und nicht eins, bei dem ich mein Gesicht in der Kapuzenjacke meines Vaters verstecken möchte. Allerdings musste ich ihm die Jacke wieder zurückgeben, weil er gestern meine angezogen hat und diese nicht über seinem Bauch schließen konnte und draußen deswegen ganz schön gefroren hat. Das habe ich dann doch eingesehen.

Die Straße meiner Eltern geht nach einigen Hundert Metern in die Hauptstraße von Granbury über, die einmal durchs ganze Dorf führt. Die Straßenlaternen von Granbury sind schon mit Tannenzweigen und roten Bändern geschmückt, aber es fehlen hier und da noch einige Lichterketten zwischen den Häusern. Eigentlich ist meine

Mutter dafür zuständig, aber sie hat dieses Jahr ja leider eine üble Sehnenscheidenentzündung und muss ihre Hand ruhigstellen. Immer wenn ich wissen will, wie es meiner Mutter wirklich geht, muss ich meinen Vater fragen. Ich glaube, mir gegenüber hat sie noch nie in ihrem Leben etwas anderes als »gut« geantwortet, wenn ich sie nach ihrem Befinden gefragt habe. Dieses Jahr hat sie mich um Hilfe gebeten – das kann nur bedeuten, dass es diesmal richtig übel ist.

Ich komme am kleinen Supermarkt von Bridget und Michael vorbei, aus dem Bridget mir voller Begeisterung zuwinkt, als sie mich sieht. Ich winke erleichtert zurück. Anders als in meinen Albträumen, zeigt sie gar nicht spöttisch mit dem Finger auf mich. Dann passiere ich den Friseursalon, in dem mir einmal die schrecklichste Dauerwelle meines Lebens verpasst wurde. Der Friseur wollte eigentlich meine Haare dauerglätten, aber am Ende hatte ich einen richtigen Pudel-Heiligenschein um den Kopf. Wenn es in einem Dorf wie Granbury nur einen Friseur gibt (Guiseppe, genannt Chief), kann das schnell dazu führen, dass alle Leute im Dorf die gleiche Frisur haben. Man sieht den Leuten tatsächlich direkt an, ob sie bei Guiseppe waren oder in eine andere Stadt abgehauen sind. Und so wie es die »Granbury-Frisur« gibt, gibt es auch die »Granbury-Diät«, die eigentlich nur aus unterschiedlich belegten Toasts besteht.

Das *Toast Office* liegt am Marktplatz von Granbury, in dessen Zentrum die große Tanne namens Grüne Dame steht. Der Marktplatz ist schon geschmückt, nur die Tanne noch nicht. Lichterketten ziehen sich über die Hausdächer und an den Fassaden entlang, und vor dem *Toast Office* steht ein Schlitten, der mit ganz vielen aus Stein gemeißelten und

POST

bunt bemalten Toastbroten beladen ist. Diese zweifelhafte Skulptur hat Quentin Plum gefertigt, unser dorfeigener Künstler. Tommy zieht den Schlitten jedes Jahr mit einem Abschlepper durchs Dorf zum Marktplatz, während die Anwohner daneben herumstehen und klatschen.

Das ist eine der Traditionen in Granbury, bei denen ich es nicht bedauere, sie dieses Jahr verpasst zu haben. Schon durch die Scheiben des *Toast Office* höre ich weihnachtliche Jazz-Musik und als ich die Tür aufstoße, erschlägt mich der Duft von Zimt, Bratäpfeln, und – selbstverständlich – Toast. Das Personal hat ihre üblichen Postuniformen gegen Weihnachtsmann- und Weihnachtselfen-Outfits ausgetauscht. Normalerweise hängen hier nur Briefumschläge an dursichtigen Fäden von der Decke, aber jetzt gibt es zusätzlich auch noch kleine Weihnachtsbäume mit winzigen Briefumschlägen und roten Wachssiegeln als Dekoration. Wie auch schon vor zehn Jahren ist das *Toast Office* gut besucht, aber ich entdecke noch einen kleinen Tisch am Fenster, der ein bisschen versteckt in einer Nische liegt. Vielleicht kann ich mich dorthin schleichen, ohne dass ich gesehen werde.

»Olivia!«, dröhnt in diesem Moment eine Stimme durch den Raum. »Die kleine Olivia Lennox, ist das denn die Möglichkeit!«

Ich verfolge die Stimme quer durch den Raum zu Colin Baker, einem alten Arbeitskollegen meines Vaters, der bei jeder Veranstaltung des Dorfes gerufen wird, falls die Lautsprecher ausfallen, weil er so eine laute Stimme hat. Wirklich, wenn einmal eine Naturkatastrophe über Granbury hereinbricht und keine der Notsirenen mehr funktioniert, muss einfach nur Colin Baker auf die große Tanne auf den Marktplatz klettern und so laut schreien, wie er nur kann – selbst im letzten Winkel des Dorfes würde man das mitkriegen.

»Hi, Colin«, murmele ich matt. Meine letzte Chance auf Anonymität ist soeben verpufft.

Ich entdecke ein paar alte Klassenkameraden unter den Anwesenden, zwei Freundinnen meiner Mutter und einige mir völlig fremde Gesichter. Auch wenn ich nie den Eindruck hatte, verändert sich so ein Dorf scheinbar schon ein wenig, wenn man zehn Jahre weg ist. Es ist, als hätte man ewig lange eine TV-Serie nicht mehr geschaut und wenn man wieder einsteigt, sieht man viele bekannte Gesichter, aber auch völlig neue Darsteller, an die man sich erst mal gewöhnen muss.

»Stimmt es, dass du von einem riesigen Schneeball getroffen wurdest, von der Straße abgekommen und anschließend mit deinem Wagen in den Graben der Crowscombe Road gerutscht bist?«, fragt Shirley, eine Freundin meiner Mutter, die gerade mit fleißigen Fingern an einem rot-weiß-grünen Ungetüm strickt.

»Das hab ich auch gehört!«, pfeift ein kleiner Junge dazwischen. Voller Schrecken sehe ich, wie er auf den Schoß eines Mädchens klettert, das früher eine Klasse unter mir in der Schule war und für einen Moment denke ich, dass ich ja gar nichts von ihrer Teenie-Schwangerschaft gehört habe.

Dann fällt mir auf, dass ich selbst Mitte zwanzig bin und ebenfalls schon Mutter eines Kindes im Alter des Jungen sein könnte, ohne mit sechzehn schwanger geworden zu sein. Ich erschaudere am ganzen Körper.

»Ich wette, das waren diese Rabauken aus Cressley. Im Sommer erst haben sie das Wasser des Flusses angestaut, sodass bei uns nichts mehr ankam. Und jetzt lassen sie offenbar riesige Schneebälle auf die Bewohner Granburys los, ist das denn zu fassen!«, beschwert sich meine frühere Mitschülerin.

»Das sollte man melden!«, pflichtet Shirley bei und wirft mir einen strengen Blick über die Ränder ihrer schmalen Brille zu. »Kannst du das mal mit deiner Schwester besprechen?«

Ich hebe abwehrend die Hände. »Kein großer Schneeball, alles gut. Mein altes Auto hat die Steigung am Hügel nur nicht gepackt und ich bin deswegen rückwärts wieder runtergerutscht.« Aus den Augenwinkeln sehe ich, wie jemand sich meinen perfekten Fensterplatz schnappt.

So ein Mist!

Also marschiere ich zur Theke, während von allen Seiten die absurdesten Theorien auf mich einprasseln. »Also ich habe ja gehört, dass du einen Schwächeanfall am Steuer hattest!«, ruft jemand von hinten, den ich nicht mal zuordnen kann.

»Keine Sorge, mir geht's gut.«

»Nein, Quatsch. Ihr ist das Benzin ausgegangen, weil das Leben in London so teuer ist, dass sie sich keins mehr leisten konnte.«

»Nicht unrealistisch«, gebe ich zurück, »aber auch nicht das, was passiert ist.«

Ich trete an die Theke heran und erkenne zu spät, dass die Person, die dort an der Siebträgermaschine steht, tatsächlich meine ehemalige beste Freundin Rachel ist. Sie trägt eine Weihnachtsmannmütze und einen künstlichen weißen Rauschebart. Deswegen kann ich ihren Gesichtsausdruck nicht richtig erkennen – zumindest die untere Hälfte davon nicht, aber ich sehe trotzdem deutlich, wie ihre fein gezupften kupferroten Augenbrauen sich in ein einem steilen Dreieck nach oben ziehen.

»Was darf's sein?«

Anders als alle anderen Personen in diesem Raum, die gerade nur so tun, als wüssten sie ganz genau über mich Bescheid, kennt Rachel mich wirklich – ironischerweise tut sie jedoch so, als hätten wir uns noch nie gesehen.

Das tut weh, und ich räuspere mich gegen meinen auf einmal ganz trockenen Hals. »Einen Iced Latte mit Hafermilch, bitte.«

»Einen Iced Latte«, wiederholt Rachel und wirft ihre kupferroten Haare über die Schulter zurück. »Einen Iced Latte, mitten im Winter?«

Sie starrt mich direkt an. Ihre wunderschönen grünen Augen sehen dabei ganz hart aus und gar nicht so liebevoll, wie ich es in unserer jahrelangen Freundschaft gewöhnt war.

»Ja, wenn das geht?« Ich bin zu nervös, um ihrem Blick standzuhalten.

»Um diese Jahreszeit haben wir keine Eiswürfel. Ich könnte dir aber einen Latte machen.« Sie deutet aus dem Fenster, während sie scheinbar gelangweilt auf einem Kaugummi kaut. Jedenfalls glaube ich, dass es das ist, was sie tut, unter ihrem weißen Rauschebart kann ich das ja nicht so ganz erkennen. »Du kannst dir da draußen ja einen Eiszapfen abbrechen.«

»Okay«, sage ich, weil ich nicht verstehe, ob das ein Witz sein soll oder nicht. »Gute Idee.«

Sie wirft mir noch einen weiteren Blick aus verengten Augen zu, bevor sie sich umdreht und an der Siebträgermaschine zu hantieren beginnt.

Ich möchte mehr zu ihr sagen, irgendwie eine Verbindung zu dieser Fremden aufbauen, die früher einmal meine beste Freundin war. Aber bevor ich dazu komme, rutschen von beiden Seiten neugierige Granbury-Bewohner an mich heran.

»Greg hat mir erzählt, dass dich eine Bande wütender Dachse in den Graben gejagt hat, weil der alte Dobbins die Brombeerhecke an seinem Feld weggeschnitten hat, unter der die gelebt haben. Ich habe ihm doch gesagt, er soll das lassen.«

Ich kann nicht anders, als zu schnauben. »Ehrlich gesagt, würde ich mir wünschen, das wäre so passiert. Tiere sollten insgesamt ein bisschen radikaler werden, nach allem, was wir Menschen ihnen so antun.«

In diesem Moment rutscht Colin auf den Barhocker neben mir und stößt seine Schulter gegen meine. »Und ich habe gehört, dass unser lieber Yash dich gerettet hat.« Seine Augen blitzen und ich versteife mich instinktiv. »Also eigentlich war das Pudding.«

»Hast du ihm als Dankeschön wieder einen Liebesbrief geschrieben?«

Ich weiß nicht, wer das gesagt hat, aber auf einmal wird es ganz still im *Toast Office* – und mir rutscht das Herz in die Hose. Alle starren mich an und auch nach all den Jahren weiß ich nicht, wie ich mich dazu verhalten soll.

Also wirbele ich zu Weihnachtsmann-Rachel herum. »Bitte mach den Latte in einen To-Go-Becher.«

»Das habe ich eh«, sagt sie und drückt energisch einen Papp-Deckel auf den Becher. »Ich dachte mir, dass du sowieso gleich wieder abhaust. So wie immer.«

Bevor ich etwas erwidern kann, verschwindet Rachel durch eine Tür in die Küche und mir bleibt nichts anderes übrig, als mit zitternden Fingern ein paar zerknickte Geldscheine aus meiner Tasche zu kramen und auf den Tresen zu legen, bevor ich das Café fluchtartig verlasse. Direkt vor der Tür stolpere ich dann auch noch über die Kufen des Toast-Schlittens und verschütte dabei den kompletten Kaffee. *So ein Mist.*

Auf dem Nachhauseweg kaufe ich mir als Alternative lösliches Kaffeepulver und echten Schwarztee im kleinen Supermarkt von Bridget & Michael, der von allen im Dorf nur *B&M Market* genannt wird. »Schön, dass du wieder da bist!«, ruft Bridget mir zu, während sie die Produkte über das Kassenband zieht, das sie mit einem Pedal unter dem Tisch steuert. Im B&M ist wirklich die Zeit stehen geblieben. Bridget hat den Laden vor vielen Jahrzehnten von ihren Eltern übernommen. Auch damals wurde er schon B&M genannt – nach Brian & Margaret, ihren Eltern. In Granbury hält sich seitdem das Gerücht, dass Bridget ihren Mann Michael nur deswegen geheiratet hat, damit der Name des Ladens noch passt und sie diesen nicht umbenennen muss. Seit ich denken kann, hat sie hier nichts verändert. Ich habe sogar die Vermutung, dass ein paar der eingelegten Rettiche im hintersten Regal, die nie jemand kauft, tatsächlich schon seit Jahrzehnten dort versauern.

»Du hast dich kein bisschen verändert in den letzten Jahren, Livy.«

»Ich weiß nicht, ob das ein Kompliment ist.«

Bridget beäugt mich aus ihren winzigen Augen, die sich wie blitzschnelle Murmeln nach rechts und links bewegen und denen nie was entgeht. »Für mich schon«, sagt sie und wenn ich ihren geliebten Laden so betrachte, dann glaube ich ihr das sogar.

»Du hast dich auch kein bisschen verändert«, gebe ich deswegen zurück und das stimmt tatsächlich. Bridget ist ein Urgestein von Granbury und war in meiner Kindheit schon genauso faltig wie heute. Bridget ist eine Frau Ende siebzig mit schockrot gefärbten Haaren und einem Faible für Halstücher. Sie hat eine ganze Sammlung davon – aber ausnahmslos alle beißen sich furchtbar mit ihrer Haarfarbe. In anderen Worten: Sie ist eine Ikone.

»Bedeutet dein Auftauchen hier, dass du wieder nach Granbury zurückziehst?«

Ich schüttele den Kopf. »Nein. Nicht wirklich.«

»Aber warum denn nicht?«

»Ich arbeite in London.«

»Auch hier gibt es Arbeit«, echauffiert sie sich. »Du könntest mir zum Beispiel beim Regale einräumen helfen.«

»Das ist ein äußerst nettes Angebot.«

Sie schnalzt mit der Zunge. »Und hier könntest du dir eine größere Wohnung leisten als diesen Schuhkarton in der Großstadt.«

»Das ist zweifelsohne wahr.«

»Aber?«

Sie reckt ihr Kinn und erinnert mich damit an eine tollkühne Schildkröte. »Es … es ist nicht so einfach.«

»Oh, gibt es jemanden in London?« Jetzt strahlen ihre Augen.

Ich schüttele den Kopf. »Das ist es nicht.«

Jetzt starrt mich Bridget fragend an, als gäbe es ansonsten keinerlei logische Erklärung dafür, warum ich nicht lieber in Granbury als in London leben wollen würde.

»Wie viel macht das?«, frage ich irgendwann.

»Oh, das geht aufs Haus.« Sie macht eine wegwerfende Bewegung.

»Bridget, das ist nicht nötig.«

Sie blitzt mich schelmisch an. »Ich schmiere dir nur ein bisschen Honig ums Maul, damit unser altes Granbury in deiner Gunst steigt.«

Für einen Moment frage ich mich ernsthaft, ob *sie* vielleicht den mysteriösen Brief geschrieben hat, um mich zurück nach Granbury zu locken. Wie dringend braucht sie denn jemanden, der ihr die Regale einräumt? Und sie war ja auch auf James' Hochzeit eingeladen, das heißt, sie hätte die Möglichkeit gehabt, meine peinliche Serviette zu finden. Nein, das ist ein total absurder Gedanke … oder?

Meine Grübeleien werden von einem lauten Fluchen unterbrochen, das durch die dünnen Fenster des Ladens ins Innere dringt. »Geh zur Seite, du mieser Köter!«

Ich klemme meine Geschenke von Bridget unter den Arm, werfe ihr noch ein schnelles »Danke!« über die Schulter zu und verlasse den Laden. Dort sehe ich, wie der alte Mr Dobbins mit seinem Stiefel nach Pudding tritt.

»Hey!« Ich hechte zwischen den Mann und das Tier, bevor sein Stiefel Puddings Fell berühren kann. »Was machen Sie denn da?«

Der alte Bauer guckt mich aus blutunterlaufenen Augen an, offenbar ohne mich zu erkennen – obwohl ich so viele Nachmittage auf seiner Farm verbracht habe, kostenlos beim Stall ausmisten geholfen habe oder einfach nur zum Tierestreicheln da war. »Ist das Ihr Hund?«, motzt er mich an. »Nehmen Sie ihn gefälligst an die Leine!«

Dann stiefelt er an mir vorbei, während sich Pudding hinter meinen Beinen zusammenkauert. Ich starre dem Mistkerl noch mit offenem Mund nach, als mein Vater um die Ecke kommt. »Liv, hast du Pudding gesehen? Ah, da ist der kleine Racker ja!« Schwer atmend hält mein Vater vor mir an und stützt seine Hände auf die Knie. Er trägt mal wieder zwei Brillen auf seinen verwuschelten Haaren und seine dicke Jacke, die ich ihm gestern geklaut habe. »Pudding ist auf einmal losgerannt, als hätte er einen Braten gerochen.« Mein Vater japst. »Aber jetzt kapiere ich, dass du der Braten warst.«

»Wie bitte?«

Mein Vater grinst zu mir hoch. »Na ja, er hat dich gerochen, nehme ich an.« Pudding drückt sich immer noch gegen meine Beine, aber sobald ich ihm meine Finger hinstrecke, schleckt er sie voller Hingabe ab. »Hast du mich etwa vermisst, Kleiner?«

Ich kraule ihn hinter den Ohren, wo sein Fell besonders weich und lockig ist. Pudding bellt leise. »Ich dich auch«, flüstere ich ihm zu, als wäre das ein Geheimnis, von dem niemand anderes wissen darf.

Dann kommt mir ein Gedanke. »Du gehst mit Pudding Gassi? Ich dachte, der Grund, warum er damals nicht bei uns bleiben durfte, war deine schreckliche Hundehaarallergie.«

Mein Vater blickt jetzt etwas zerknirscht drein. »Das war vielleicht … eine kleine Übertreibung.«

Pudding versucht, auf meinen Arm zu springen, als wäre er immer noch ein Welpe und nicht ein gut genährter älterer Hund mit schon ziemlich grauer Schnauze, dessen Kopf mir bis zum Oberschenkel geht. Trotzdem nehme ich ihn natürlich auf den Arm und ächze unter seinem Gewicht, während er wie wild mit dem Schwanz wedelt. »Na ja, deine Mutter und ich haben damals noch gearbeitet und so ein Hund ist sehr zeitintensiv.«

Ich starre ihn empört an. »Ist das dein Ernst?«

Er verzieht das Gesicht. »Verzeihst du mir meine Lüge, wenn ich uns Waffeln zum Mittagessen mache? Sogar vegane - mit heißen Kirschen, so wie du sie liebst?«

Ich schnaube. »Du musst mir jetzt jede Woche Waffeln backen bis in alle Unendlichkeit und dann überlege ich, ob ich dir verzeihen kann.«

»Würde ich ja, wenn du einmal die Woche nach Hause kämst! So weit ist London jetzt auch nicht weg, Livy.«

Ich antworte ihm nicht, sondern lasse mir von Pudding das Gesicht abschlecken. Was mein Vater nicht versteht, ist, dass es nicht der geografische Abstand zwischen London und Granbury ist, der mich jahrelang davon abgehalten hat, an Weihnachten nach Hause zu kommen. Nein. Der Grund ist, dass ich nicht damit klarkomme, wie fucking gut sein zukünftiger Schwiegersohn aussieht und dass ich in seiner Nähe weiche Knie bekomme. Obwohl ich ihn verdammt noch mal hasse.

Mein Vater hält sein Versprechen und backt uns Waffeln mit heißen Kirschen, die sogar fast den grauenhaften Geschmack des löslichen Kaffees überdecken. Währenddessen sitze ich an der Kücheninsel und beantworte ein paar E-Mails. Meine Chefin Amina war nicht sehr erfreut über meinen kurzfristigen Urlaubsantrag, aber nachdem ich eingewilligt habe, während der nächsten Tage punktuell aus dem Homeoffice zu arbeiten, hat sie zähneknirschend zugestimmt. Ich habe vorher noch nie Urlaub genommen, seit ich bei *Mossy Deer* angefangen habe. Das hatte zwei Gründe: Erstens hatte ich sowieso zu wenig Geld zum Verreisen und zweitens sowieso keine Lust, nach Hause zu fahren. Unsere Laborantin Kelly schickt mir jetzt allerdings alle zehn Minuten eine Frage, die sie sich anschließend dann doch selbst beantworten kann. Jeder Frage von ihr folgt die gleiche Nachricht: Hat sich erledigt!

Die aktuelle Charge der Everkind-Gesichtscreme hat nicht die richtige Konsistenz!!!!!!!! Glaube, die Maschine ist schon wieder kaputt!
→ Hat sich erledigt!

Wer unterschreibt das eigentlich jetzt, wenn du nicht da bist?
→ Hat sich erledigt!

Was mache ich, wenn an der GC-MS das grüne Lämpchen blinkt?

Diese Frage hat sich noch nicht erledigt, also schicke ich ihr eine kurze E-Mail mit der Anweisung, tief durchzuatmen und zu warten, weil wahrscheinlich einfach noch nicht die Solltemperaturen erreicht sind und die alten Maschinen von *Mossy Deer* einfach ein bisschen länger brauchen.

Mein Vater pfeift Weihnachtslieder, während er Waffeln in zwei Eisen brutzelt und mir alle paar Minuten eine neue rüberschiebt. Irgendwann kommt meine Mutter vollbepackt mit Einkäufen heim, gerade rechtzeitig, um eine Waffel mit Vanilleeis zu verspeisen. Dann tanzen meine Eltern noch eine Runde durch die Küche, während mein Vater summt und meine Mutter mit dem Absatz ihrer Schuhe auf dem Fliesenboden den Takt vorgibt.

Ein warmes Gefühl breitet sich in meinem Bauch aus, während ich ihnen zugucke. Diese Tanz-Routine führen sie auf, seit ich ein Kind war. Mal zu Weihnachtsliedern oder den Rest des Jahres über zu Frank-Sinatra-Melodien; der Tanz ändert sich dabei jedoch nie. Mittlerweile kommen meine Eltern beim Pirouetten-Drehen ganz schön ins Schnaufen, aber das scheint sie nicht zu stören. Ich futtere noch eine weitere Waffel und klappe dann meinen Laptop zu. Weihnachten könnte eigentlich ganz schön sein. Doch ich bin ja nicht zum Entspannen hier – ein Brief hat mich nach Granbury gelockt und ich werde herausfinden, wer der mysteriöse Absender ist und was er von mir will. Und zwar heute um Mitternacht am Marktplatz dieses gottverdammten Ortes. Denn auch wenn der seltsame Brief, den ich bekommen habe, vielleicht nur ein blöder Scherz ist, lässt mich der Gedanke nicht los, dass der geheime Briefeschreiber meine Serviettenkritzelei veröffentlichen könnte. Und mich dadurch wieder so bloßstellen könnte wie damals, als ich sechzehn war. Warum habe ich überhaupt etwas auf diese Serviette geschrieben? Wieso war ich so doof? Mir fiel es schon immer leichter, meine Gefühle über das geschriebene Wort auszudrücken als im Gespräch. Ich habe deshalb schon als Kind angefangen, Tagebuch zu führen – und jeden Tag ein paar Sätze in mein grün glitzerndes Büchlein geschrieben und dann später in eins, das lila und ein bisschen cooler war. So konnte ich meine Gedanken ordnen. Aber seit damals alle meinen Liebesbrief an Yash gelesen haben, habe ich kein Wort mehr in ein Tagebuch geschrieben, aus Angst, jemand könnte auch dieses finden und herumzeigen.

Nur ein einziges Mal habe ich meine Gefühle noch zu Papier gebracht – oder besser zu Serviette. Ich habe sie danach zusammengeknüllt, daran erinnere ich mich noch genau. Ich hätte niemals gedacht, dass jemand dieses Gekritzel findet.

Und mich damit ein halbes Jahr später zurück nach Granbury lockt. Warum sollte jemand so etwas tun?

Es gibt nur einen Weg, es herauszufinden.

Ich schleiche mich aus meinem Zimmer, als wäre ich wieder Teenagerin und würde heimlich zu einer Party abhauen. Da mein eigener Mantel rot und unfassbar auffällig ist, klaue ich auf dem Weg nach draußen trotz meines Versprechens, es nicht mehr zu tun, wieder die Jacke meines Vaters (er braucht sie heute Nacht ja sowieso nicht!). Dazu trage ich Jeans und meine alten Dr Martens. Ich bin also perfekt vorbereitet, um in der Dunkelheit zu verschwinden. Was wird mich wohl bei der alten Tanne erwarten?

Natürlich marschiere ich nicht auf der Hauptstraße zum Marktplatz, wo mich jeder sehen könnte. Nein, ich schleiche an unserem Haus vorbei in den Garten und verlasse das Grundstück durch das kleine verwitterte Tor, das direkt auf die Wiese führt, auf der ich als Kind im Sommer immer versucht habe, einen Fluss zu graben. Der Schnee ist immer noch nicht geschmolzen, also stapfe ich durch die glitzernde Masse an der Rückseite der Häuser entlang Richtung Ortskern. Ich will nicht von dem mysteriösen

Briefeschreiber überrascht werden – ganz im Gegenteil: Ich will das Überraschungsmoment auf meiner Seite haben.

Auf halber Strecke fällt mir ein, dass ich das Pfefferspray, das sich in London immer in meiner Jackentasche befindet, vergessen habe. Ich werfe einen Blick auf mein Smartphone, aber es ist schon sechs vor zwölf und ich will nicht zu spät kommen. Also stecke ich mir einen kleinen Spitzen Ast in die Jackentasche, mit dem ich mich notfalls verteidigen könnte – besser als nichts. Ich habe wirklich nicht die leiseste Ahnung, was mich auf dem Marktplatz von Granbury erwartet. Wahrscheinlich will mich nur irgendjemand auslachen, irgendein Arschloch aus meiner Schulzeit. Vielleicht ein Kumpel von James? Schließlich muss die Person, die meine Serviette auf der Hochzeit meines Bruders gefunden hat, dort ja auch eingeladen gewesen sein.

Die Nacht hier in Granbury ist wolkenlos und das Funkeln der Sterne spiegelt sich in der glitzernden unberührten Schneedecke. In der Nähe des Waldes sehe ich einen Fuchs umherhüpfen, als würde er mit dem Schnee spielen und ich bleibe ein bisschen zu lang stehen, um ihn zu beobachten.

Der Briefeschreiber weiß bestimmt genau, wo das Haus meiner Eltern liegt und aus welcher Richtung ich kommen muss. Vielleicht beobachtet die Person mich sogar jetzt gerade, in diesem Augenblick. Ich werfe einen Blick über meine Schulter, aber die Umgebung wirkt ganz ruhig, niemand ist nachts auf den Straßen von Granbury unterwegs. Warum auch? Es gibt hier ja absolut nichts, was man gerade tun könnte. Mein Atem bildet Kältewölkchen in der Luft, aber zum Glück ist die Jacke meines Vaters so dick, dass ich nicht friere. Ich kann mich also komplett darauf konzentrieren, mich an den Marktplatz anzupirschen. Ich kenne

Granbury immer noch wie meine eigene Manteltasche (ja, wie die Manteltasche, in der sich gerade mein vergessenes Pfefferspray befindet) und schleiche mich deswegen durch die kleinste und dunkelste Gasse an den Marktplatz heran. Dort leuchten zwar noch die Straßenlaternen, aber sonst ist alles ausgeschaltet – sogar die Lichterketten, die an den Hausdächern hängen.

Der Schein der Straßenlaternen erwärmt das Kopfsteinpflaster auf dem leeren Marktplatz. Nichts rührt sich. Ich werfe einen Blick auf mein Smartphone. Es ist schon kurz nach Mitternacht, aber niemand wartet auf dem Marktplatz auf mich.

Habe ich Zeit und Datum in dem Brief vielleicht falsch gelesen?

Oder war das alles ein Prank und niemand wird auftauchen?

Ich verstecke mich hinter dem kitschigen Geschenkeschlitten, der vor dem *Toast Office* steht, und lasse meinen Blick über jeden Winkel des Marktplatzes schweifen, den ich von hier aus sehen kann.

Dann fällt es mir auf: Unter den ausladenden Zweigen der großen Tanne steht ein Bollerwagen, der mit einer schwarzen Decke bedeckt ist, auf der ein Schild aus Pappe liegt. Darauf hat jemand etwas geschrieben, das ich aus dieser Entfernung nicht entziffern kann. Der Bollerwagen stand heute Morgen definitiv noch nicht da, das weiß ich ganz genau.

Ob der Briefeschreiber ihn dorthin gestellt hat? Es juckt mir in den Fingern, sofort zum Wagen zu rennen, die Nachricht auf dem Schild zu lesen und die Decke runterzuziehen. Auf dem Marktplatz bewegt sich nichts, auch nicht in den nächsten Minuten. Schließlich halte ich es nicht mehr aus und trete auf leisen Sohlen aus meinem Versteck hinaus.

Nichts passiert, also schleiche ich mich weiter vor, bis der Schatten der riesigen Tanne über mich fällt und der würzig-harzige Duft der Nadeln mir in die Nase steigt. Nun kann ich den Text erkennen: *Die Tanne schmückt sich nicht von allein.*

Ich stupse das unförmige Etwas, das sich unter der schwarzen Decke im Bollerwagen befindet, vorsichtig an. Keine Bewegung. Es liegt also zumindest kein Mensch unter der Decke, der mich gleich erschrecken wird – das ist doch schon mal etwas Gutes. Der Druck meiner Finger löst aber ein leises Rascheln aus, als würde sich unter der Decke so etwas wie Stroh befinden. Meine Neugierde siegt und ich ziehe ganz vorsichtig die schwarze Decke vom Bollerwagen. Darin befinden sich Weihnachtsbaumdekorationen – Strohsterne, Strohpferde, Strohlämmer und daneben unzählige fein säuberlich zusammengerollte Lichterketten. An der Seite des Bollerwagens lehnt auch noch eine zusammengeschobene Malerleiter.

»Was zur Hölle« murmele ich. Meine Mutter und ihre Freundinnen haben diese Dekorationen gefaltet, bis die Hände meiner Mutter fast abgefallen sind – wer hat sie wohl hierhergebracht? Meine Mutter ist die Vorsitzende der kleinen Gruppe, die Granbury zu jeder Jahreszeit in ein anderes Gewand kleidet. Ich weiß auch, dass sie gerade total gestresst ist, weil sie die Grüne Dame noch rechtzeitig vor der dem Nikolausmarkt morgen am 6. Dezember schmücken muss. Das wollte sie alles morgen früh mit meiner Hilfe erledigen, weil sie es bisher noch nicht geschafft hat – der Nikolausmarkt beginnt zum Glück erst nachmittags (vermutlich, weil die Bewohner Granburys dann kein schlechtes Gewissen haben müssen, wenn sie literweise Glühwein in sich reinkippen).

In diesem Moment höre ich Schritte auf dem Kopfsteinpflaster und wirbele herum. Ein Mann kommt mir entgegen, bleibt im Schein der Straßenlaternen stehen und dreht sich dann einmal im Kreis, als würde er nach etwas suchen. Es ist eigentlich zu dunkel, um ihn zu erkennen, aber als er sich am Hinterkopf kratzt, erkenne ich ihn wegen dieser Bewegung sofort.

»Yash?« Ich trete aus dem Schatten der Tanne heraus. »Was machst du denn hier?«

Er fährt zu mir herum, blinzelt mich an. »Olivia.«

Yash ist ähnlich gekleidet wie ich, in dunklen Farben und seiner typischen Fliegerjacke.

»Hast *du* mir den Brief geschrieben?« Ich verenge die Augen zu Schlitzen. »Oder willst du mir etwa erzählen, dass du zufällig um Mitternacht auf dem Marktplatz aufkreuzt? Was zur Hölle, Yash?«

Seine Augenbrauen wandern immer weiter seine Stirn hinauf. »Ich dachte, *du* wolltest mich hier treffen.«

»Was?«

»Du warst es doch, die mir einen Brief geschrieben hat.«

Mein Hirn kommt ohnehin schon kaum hinterher, all die Informationen zu verarbeiten, und jetzt wird alles noch merkwürdiger.

»*Ich* habe dir einen Brief geschrieben?«

Er nickt ruhig, als wäre es das Normalste der Welt. Als hätte er nicht schon mal einen Brief von mir bekommen, den er nie hätte erhalten sollen.

»Was … wovon redest du?«

Yash stößt schnell seine Atemluft aus, die vor seinem Gesicht weiße Wölkchen bildet.

Er greift in seine Tasche und holt einen cremefarbenen Umschlag heraus, der identisch aussieht wie der, den ich vor ein paar Tagen in London erhalten habe. Nur, dass auf dem Adressfeld sein Name steht und nicht meiner. Er zieht ein Blatt Papier aus dem Umschlag, faltet es auf und hält es mir hin.

Die Worte verschwimmen vor meinen Augen, weil ich so aufgeregt bin. »Ich … ich hab dir keinen Brief geschrieben«, stottere ich vor mich hin, während mein Blick über die Zeilen fliegt.

Lieber Yash,
es ist lange her, dass ich dir geschrieben habe – aber manche Dinge haben sich nicht geändert.
Triff mich am 5. Dezember um Mitternacht an der Grünen Dame.

An dieser Stelle ist der Brief zu Ende. Das ist alles.

»Wie … wie kommst du auf die Idee, dass ich dir den Brief geschrieben habe?« Ich mache einen Schritt auf Yash zu und fuchtele mit dem Blatt Papier vor seiner Nase herum. Als wäre ein einziger mysteriöser Brief nicht schon genug, bringt mich dieser zweite endgültig schrecklich durcheinander – ganz zu schweigen von Yashs Gegenwart.

Er zeigt mir die Rückseite des Briefumschlags. »Weil da dein Name draufsteht.«

Ich beuge mich vor, um die Buchstaben im schwachen Schein der Lichterketten erkennen zu können.

Absender: Olivia Lennox

Mein Name steht dort klar und deutlich. Allerdings in einer Handschrift, die definitiv nicht meine ist.

»Das … das war ich nicht!«

»Du hast diesen Brief nicht geschrieben?« Das Licht der Straßenlaternen spiegelt sich in seinen fast schwarzen Augen. Er zieht eine Augenbraue hoch und sofort kocht Wut in mir hoch. Er glaubt mir nicht – natürlich nicht.

»Dann beweis du mir erst mal, dass du *diesen* Brief nicht geschrieben hast«, sage ich wütend und halte ihm meinen eigenen Brief unter die Nase. Die Serviette zeige ich ihm aber natürlich nicht.

Yashs Augen weiten sich vor Überraschung. »Was meint der Absender damit, dass er etwas gefunden hat?«

Schnell ziehe ich das Blatt Papier zurück und stopfe es wieder in meine Jackentasche. »Keine Ahnung, aber darum geht es ja auch gar nicht.« Ich trete nervös von einem Fuß auf den anderen und versuche, meine Souveränität zurückzuerlangen.

»Du behauptest also immer noch, dass du mir den Brief nicht geschrieben hast?« Vor meinem inneren Auge laufen Szenen aus TV-Gerichtsshows ab. Ich versuche, wie eine Richterin zu klingen, um möglichst einschüchternd zu wirken.

»Ja, das war ich nicht.«

»Kannst du das irgendwie beweisen?«

»Dasselbe könnte ich dich fragen«, schießt Yash zurück und hat damit leider völlig recht.

Für einen Moment funkeln wir uns an.

Dann deutet Yash auf den Bollerwagen unter den Tannenzweigen. »Was ist das?«

»Jemand hat uns den Christbaumschmuck für die Grüne

Dame hingestellt. Und diese Nachricht hinterlassen.« Ich deute auf das Pappschild, das inzwischen auf dem Boden liegt: *Die Tanne schmückt sich nicht von allein.*

»Was soll das?«

»Woher soll ich das wissen? Vielleicht will jemand, dass wir die Bäume schmücken, ich habe keine Ahnung. Ich bin nur hierhergekommen, um herauszufinden, wer mir diesen mysteriösen Brief geschrieben hat und egal, was du sagst, Yash, ich glaube immer noch, dass du es warst.«

»Warum das denn?«

Mir entweicht ein fassungsloses Schnauben, das kleine Kältewölkchen vor meiner Nase aufsteigen lässt, als wäre ich ein wütender Drache, der gleich Feuer spuckt. »Weil man dir verdammt noch mal nicht trauen kann.« *Und weil du schon mal etwas von mir gegen meinen Willen veröffentlicht hast*, füge ich in Gedanken noch hinzu.

Yash starrt mich an und einen Augenblick lang wirkt es so, als hätten meine Worte ihn richtig getroffen.

Vielleicht ist das der Moment, denke ich, *der Moment, in dem er sich endlich nach all den Jahren bei mir entschuldigt. Für all das, was er damals getan hat.*

Aber Yash schüttelt nur den Kopf. »Im Gegensatz zu dir habe ich einen Brief bekommen, auf dem der Name der Absenderin steht und das ist deiner, Olivia. Warum soll ich nicht glauben, dass du *beide* Briefe geschrieben hast?«

Ich verdrehe die Augen. Das hat doch alles keinen Sinn. Egal ob Yash es zugibt, oder nicht: Ich bin mir sicher, dass er für den Brief verantwortlich ist. Die einzige andere Option wäre, dass sich jemand einen fiesen Scherz erlaubt hat, um uns gemeinsam hier zusammenzubringen. Meinen Teenie-Schwarm und mich. Wirklich sehr witzig.

Ich mache auf dem Absatz kehrt und stapfe durch den

Schnee davon – das ist jetzt schon das zweite Mal seit meiner Ankunft in Granbury, dass ich Yash einfach so stehen lasse.

Doch gerade, als ich den Rand des Marktplatzes erreicht habe, höre ich ein Geräusch, das mich innehalten lässt. Ein Rascheln, das eindeutig aus Richtung der Grünen Dame kommt. Ich drehe mich um und sehe, wie Yash einzelne Strohsterne aus dem Bollerwagen hebt.

»Was zur Hölle machst du da?«, zische ich und laufe mit schnellen Schritten zurück. Leider kann ich Yash nicht anschreien, weil ich dann die Anwohner wecken würde.

Yash beginnt mit einer nervtötenden Seelenruhe, kleine Papier- und Strohsterne an den Baum zu hängen. »Ich schmücke den Baum, was sonst. Egal wer das hier hingestellt hat, deine Mutter wird sich bestimmt freuen, wenn jemand ihr die Arbeit abnimmt.«

»Das kann nicht dein verdammter Ernst sein, Yash.«

Er dreht sich zu mir um und hebt eine Augenbraue. »Das ist mein voller Ernst.«

»Das ist mal wieder typisch!« Ich stampfe zu dem Bollerwagen hinüber und ziehe ein paar Strohsterne aus dem Wagen.

»Wovon redest du?«

»Dass du dich mal wieder als der perfekte Schwiegersohn präsentierst, obwohl du eigentlich ein mieser Verräter bist. Das war ja so klar.«

Yash lässt sich von mir nicht aus der Ruhe bringen und hängt weiter Strohsterne an die unteren Äste. »Ich weiß nicht, wovon du redest. Alles, was ich will, ist, deiner Mutter Arbeit zu ersparen.«

Jetzt begegnen sich unsere Blicke und seine Augen funkeln auf eine Weise, die mir eindeutig beweist, dass er das alles mit Absicht macht. Er weiß genau, wovon ich rede!

Ja, die ganze Welt mag vielleicht denken, dass Yash Mehra ein perfekter Engel ist, aber ich weiß es besser.

Meine eigenen Finger sind in der Kälte allerdings schon halb abgefroren, weshalb ich ziemlich lange brauche, um die goldenen Fäden an den Strohsternen zu entwirren und sie in die Zweige zu hängen. Ich werde es sein, die meiner Mutter morgen erzählen wird, dass sie den Baum geschmückt hat – nicht Yash. Er kommentiert nicht mal, was ich tue, sondern hängt einfach nur in aller Seelenruhe weiter Dekorationen an den Baum. Die Grüne Dame erhebt sich meterhoch über uns, sie ist die einzige Zeugin unseres verbissenen Wettschmückens. Immer wieder spüre ich Yashs Blick auf mir, aber ich gucke ihn erst an, wenn er mir wieder den Rücken zudreht.

»Was denkt Caroline eigentlich, was du gerade machst?«, frage ich schließlich, während ich eine Handvoll Strohsterne aus dem Bollerwagen ziehe.

»Sie ist heute Nacht ohnehin nicht da, weil sie gleich morgen früh bei einer Alumni-Veranstaltung in Oxford spricht.«

Ob er ihr etwas von dem Brief erzählt hat? Aber den hat er ja wahrscheinlich sowieso selbst geschrieben – so wie meinen auch.

»Du hast doch auch in Oxford studiert, oder nicht? Warum bist du nicht auf dem Treffen?«

»Ich glaube nicht, dass ich dort noch gern gesehen wäre.«

»Was? Es gibt also doch noch andere Menschen außer mir, die deine perfekte Fassade durchschauen? Unfassbar!«

Er beugt sich über einen Zweig zu mir rüber. »Du findest mich also *perfekt*, Olivia?«

Ich bin wirklich kurz davor, ihm die Zähne zu zeigen wie

TOAST

ein Raubtier. Stattdessen reiße ich ihm die Weihnachtsdeko aus den Fingern und hänge sie auf meiner Seite des Baums auf.

Es wird schnell deutlich, dass ich Yash gegenüber einen entscheidenden Nachteil habe: Ich bin kleiner als er und komme bald nicht mehr an die weiter oben hängenden Zweige heran.

Also hieve ich irgendwann die Leiter, die an der Seite des Bollerwagens lehnt, in eine aufrechte Position und fahre sie aus.

»Sei vorsichtig, die Leiter könnte bei diesem Wetter ziemlich rutschig werden.«

»Kümmere dich um deinen Kram, Yash. Ich weiß ganz genau, was ich tue.«

»Ich habe inzwischen übrigens eine Vermutung, warum du wieder nach Granbury zurückgekommen bist.«

Nein, die Genugtuung, nachzufragen, werde ich ihm nicht geben. Also schweige ich. Aber ob ich nachfrage, scheint ihm ohnehin völlig egal zu sein. »Das hat nichts mit deinem seltsamen Brief zu tun, den ich angeblich geschrieben haben soll.«

»Ach ja?« Die Frage rutscht mir raus und ich beiße mir sofort auf die Zunge. Lass dich nicht provozieren, Olivia!

»Du hast einfach festgestellt, wie sehr du mich vermisst hast.«

»Das hättest du wohl gerne. Ist dir klar, wie bescheuert das klingt?«

»Nein, nein, das ist vollkommen einleuchtend. Lass mich mal ausreden.«

»Warum sollte ich dich vermissen?« Ich steige die ersten Stufen der Leiter empor, als Yash die Tanne umrundet, bis er unter mir steht. Er zieht eine Lichterkette aus dem

Bollerwagen hervor und hält sie mir hin. Ich entreiße sie ihm, ohne mich dafür zu bedanken.

»Na ja«, sagt er und fährt sich über den Bart. »Du brauchst jemanden, den du hassen kannst. Ich wette, dein Leben in deiner winzigen Londoner Wohnung ist wahnsinnig langweilig. Und du brauchst einen Feind, um dich von ihm abgrenzen zu können – es gibt das Gute nicht ohne das Böse. Dank mir kannst du dir einreden, du wärst die Gute.«

»Wie bitte?« In welchem Marvel-Film hat er diesen Quatsch denn bitte aufgeschnappt?

Er zuckt die Achseln und starrt mit schiefem Grinsen zu mir empor. »Ich wette, du liegst nachts in deinem schmalen Bettchen in deinem schuhkartongroßen Zimmer in einer der aufregendsten Städte der Welt und denkst vor dem Einschlafen an mich. Und dann sagst du dir: Ich, Olivia Lennox, bin die Gute. Oder es geht dir einfach nur um den Nervenkitzel des Hasses? Wut und Adrenalin?«

»Was zur Hölle redest du da?« Aber mein Herz pocht schneller, während ich die Lichterkette in die Zweige der Grünen Dame hänge.

Wenn er wüsste, wie oft ich nachts tatsächlich an ihn denke, in diesem Dämmermodus kurz vor dem Einschlafen, wenn alle verbotenen Gedanken in meinem Hirn ihr Unwesen treiben …

»Ich glaube«, dringt Yashs Stimme vom Boden zu mir hoch. »Du liebst es, mich zu hassen, Olivia.«

In diesem Moment verliere ich das Gleichgewicht.

Ich weiß nicht, ob es seine Worte sind, die mir einen solchen Schreck einjagen, oder ob die Stufe der Leiter, auf der ich stehe, durch den sanft um uns herum fallenden Schnee rutschig geworden ist.

Jedenfalls stürze ich in die Tiefe. Ich habe nicht einmal Zeit, zu schreien.

Doch ich lande weich. Zunächst denke ich, dass ich in einem Schneehaufen unter dem Baum gelandet bin, aber dann beugt sich Yashs Gesicht über mich und ich merke, dass er mich aufgefangen hat – der Mistkerl!

»Hab ich recht?«

Kapitel 7

In dieser Nacht träume ich zum ersten Mal seit langer Zeit wieder von dem Liebesbrief. Ich erlebe immer wieder den Moment, kurz bevor mir klar wurde, worüber alle da tuscheln. Ich spüre wieder die Blicke meiner Mitschüler auf mir, halb belustigt, halb mitleidig.

Ich hätte damals wahrscheinlich viel früher kapiert, was hier eigentlich abging, wenn meine beste Freundin Rachel nicht vorher schon quer durch die Schule gerannt wäre und all die ausgedruckten Fotos von meinem heimlichen Liebesbrief an Yash abgerissen hätte. Später habe ich ein paar der Fotos allerdings im Müll gefunden, mich daraufhin im Schulklo eingesperrt und mich dort erst mal übergeben.

Mir waren davor zwar schon einige peinliche Dinge in meinem Leben passiert (Stichwort: *Hammernase*), aber die Veröffentlichung des heimlichen Liebesbriefs an den Freund der eigenen Schwester, war das Schlimmste, was ich mir je hätte vorstellen können.

Dieser verdammte Brief hätte nie das Licht der Welt erblicken sollen.

Und ich hatte auch zu keiner Sekunde vor, ihn abzuschicken.

Bis heute weiß ich nicht, wie Yash ihn in meinem Zimmer finden und Fotos davon machen konnte. Er sollte den Brief doch nie zu Gesicht bekommen! Ich habe diesen Brief für *mich* geschrieben.

In meinem Traum erlebe ich vor allem, wie alle über mich reden, über mich lachen, mich mit Sprüchen über Liebesbriefe erniedrigen und mit rosafarbenen scharfkantigen Briefumschlägen bewerfen.

Ich wache auf und starre mit rasendem Herzen die Zimmerdecke an. Auch abseits meiner Albträume muss ich oft daran denken, wie ich Yash und meine Schwester nach der Veröffentlichung des Briefs zum ersten Mal gesehen habe. Wie sie beide so taten, als wäre nichts passiert, obwohl sie natürlich ganz genau wussten, was los war. Yash war ja sogar selbst schuld daran. Ich weiß auch noch, wie Rachel kleinen Sechstklässlern bei den Mülltonnen auf dem Schulhof mit Prügel drohte, wenn sie noch ein weiteres Wort über den Liebesbrief von Olivia Lennox verlieren würden und wie sie mich danach dann ganz fest in den Arm genommen hat. Geholfen haben die Drohungen eines 1,50-großen Mädchens mit Zahnspange aber leider nicht so viel.

Alle redeten darüber.

Ich rannte damals so schnell von der Schule nach Hause, dass ich dafür im Sprinten bestimmt ein A bekommen hätte. Es schneite an diesem Tag und ich zog eine Schneematschspur hinter mir her, die erst in meinem Kinderzimmer endete. Mir war schlecht und schwindelig und ich zitterte am ganzen Körper, sodass ich die geheime Box unter meinem Bett kaum aufbekam.

Und da lag er. Als hätte ihn nie jemand gefunden.

Der Liebesbrief, unversehrt. Dort, wo ich ihn zurückgelassen hatte.

Lieber Yash …

Ich verbrannte den Brief daraufhin im Waschbecken unseres Badezimmers und löste damit auch noch den Feueralarm im Flur aus. Bis ich den wieder ausbekam, waren bereits ein Löschzug aus Cressley als auch meine Eltern angerückt.

Ich erzählte ihnen nicht, was los war, und bekam Handyverbot fürs Schuleschwänzen.

Das war mir aber eigentlich ganz recht. Ich wollte sowieso nie wieder mit irgendjemandem reden, auch nicht per Textnachricht.

Die nächsten Tage blieb ich zu Hause und musste meinen Eltern die Bauchschmerzen nicht mal vorspielen, weil mir vor Scham wirklich so übel war, dass ich mich immer wieder übergeben musste.

Als ich dann wieder zur Schule ging, hoffte ich so sehr, dass es inzwischen ein neues Thema gab, über das alle redeten.

Aber dem war nicht so. Die Peinlichkeit eines innigen Liebesbriefs an den Freund der älteren Schwester musste man erst mal toppen.

Und so kam ich zu dem neuen Spitznamen, der mich bis heute verfolgt: *Liebesbrief-Liv.*

Woran ich mich auch noch ganz genau erinnere, ist der Moment, in dem ich herausfand, dass es Yash gewesen war, der den Liebesbrief gefunden und ein Foto davon veröffentlicht hatte. Ein paar Tage waren vergangen, seitdem alle meinen Liebesbrief an Yash gelesen hatten, und ich hatte mich mal wieder in meinem Zimmer verschanzt. Ich traute mich nur noch vor die Tür, wenn es unbedingt sein musste. In mein Tagebuch schreiben wollte ich auch nicht mehr und Rachel hatte gerade auch keine Zeit für mich, weil sie beim Ballett war. Eigentlich machten wir das gemeinsam, aber dort wollte ich aktuell auch nicht mehr hin. Das Balletttraining hatte ich eh nie gemocht, redete ich mir ein. Obwohl ich noch immer am Boden zerstört war und Angst vor allen Bewohnern Granburys hatte, bekam ich es langsam auch mit der Langeweile zu tun. Glücklicherweise hatte mein Vater am Tag zuvor auf dem Dachboden ein kaputtes Modellflugzeug gefunden, das man eigentlich durch die Luft steuern konnte, und das versuchte ich jetzt mit unzähligen YouTube-Videos zu reparieren. Dennoch drohte mir langsam aber sicher die Decke auf den Kopf zu fallen. Es dauerte eine Weile, bis ich die Geräusche aus dem Zimmer neben mir vernahm. Über meinen Laptop lief *Shape of You* von Ed Sheeran, aber ich hörte noch etwas anderes. War das ein Schluchzen?

Direkt neben mir wohnte meine Schwester Caroline und ich hatte sie in meinem ganzen Leben noch nicht weinen gehört – nicht mal, als unsere Großeltern sich hatten scheiden lassen. Alarmiert stolperte ich in den Flur, mein eigener Schmerz war mir plötzlich völlig egal.

Als ich mit den Fingern gegen Carolines Tür klopfte, verstummte das Schluchzen auf einmal. »Caroline?«

Stille.

»Caroline, ist alles okay bei dir?«

Ich legte mein Ohr gegen die Tür. Waren das gedämpfte Stimmen oder bildete ich mir das nur ein?

Als ich schon darüber nachdachte, die Tür einfach aufzureißen, öffnete sie sich endlich. Aber da stand nicht Caroline vor mir, sondern Yash. Seine Haare standen in alle Richtungen ab, als wäre er mit den Fingern mehrfach durch sie hindurch gefahren. Er war außerdem ganz blass um die Nase.

»Olivia, hey.«

»Hey«, quiekte ich zurück. Plötzlich fühlte es sich so an, als hätte mich hier jemand an Ort und Stelle festgenagelt. Ich hatte Yash seit der Sache mit dem Liebesbrief nur einmal beim Mittagessen gesehen, wo er und Caroline über alles andere geredet hatten, nur nicht *darüber*. Aber jetzt begegneten sich unsere Blicke und ich wusste genau, dass er in diesem Moment an den ultrapeinlichen Liebesbrief dachte, den ich ihm geschrieben hatte.

»Ich … ich muss dir was sagen«, sagte er leise.

»W-Was denn?«

Ich warf einen Blick über seine Schulter und hoffte, dass Caroline jeden Moment rauskommen und mich aus dieser Situation retten würde. Doch Yash schloss die Zimmertür hinter sich und lehnte sich dagegen. Caroline würde mir also nicht zur Hilfe eilen. »Es geht um den Brief.«

Das hier entwickelte sich immer mehr zu meinem persönlichen Albtraum. »Wir … wir müssen nicht darüber reden. Wirklich nicht.«

»Doch«, gab er mit ernster Stimme zurück.

Fieberhaft überlegte ich, womit ich Yash ablenken könnte. Vielleicht sollte ich fragen, ob ich mal wieder mit Pudding Gassi gehen dürfte.

Aber dafür müsste ich ja das Haus verlassen und das hatte ich definitiv nicht vor in nächster Zeit. Oder ich könnte einfach zum Bad rennen und mich dort einschließen, bis er unser Haus verlassen hatte. Allerdings blieb er in letzter Zeit immer häufiger über Nacht und verhungern wollte ich im Bad eigentlich nicht.

»Olivia, sieh mich an.«

Automatisch folgten meine Augen seiner Aufforderung. Yash hatte wunderschöne dunkle Augen, aus denen normalerweise ein belustigter Funke sprühte. Jetzt sahen sie aber ganz matt aus, wie Glas, das vom Meer abgeschliffen worden war.

»Ich war es, der den Brief gefunden und fotografiert hat.«

Mir wurde schwindelig, ich musste mich am Treppengeländer hinter meinem Rücken festklammern. »Aber … aber warum?« Ich konnte die Tränen nicht zurückhalten, die in meine Augen traten.

Yash schüttelte den Kopf und senkte den Blick. »Ich habe in deinem Zimmer Carolines Nintendo 3DS gesucht … da habe ich ihn gesehen.«

Was passierte hier gerade? Das fühlte sich noch viel schlimmer an als die öffentliche Blamage. Yash hatte den Brief in meinem Zimmer gefunden. Er hatte ein Foto davon gemacht und es allen rumgezeigt, weil er den Brief offenbar so peinlich fand, dass alle davon erfahren sollten. Er hatte mich öffentlich bloßgestellt.

Bevor auch nur ein Wort über meine Lippen kommen konnte, nahm ich Reißaus, rannte in mein Zimmer und knallte die Tür hinter mir zu. Ich warf mich aufs Bett und heulte in mein Kissen. Wie konnte mir Yash so was denn nur antun?

Kein Wunder, dass Caroline ebenfalls geweint hatte. Sie machte bestimmt gerade Schluss mit ihm, da war ich mir ganz sicher.

Aber mit dieser Einschätzung lag ich falsch: Caroline und Yash blieben ein Paar und wir redeten nie wieder über den Brief.

Als ich am nächsten Morgen das Bett verlasse, bin ich unfassbar müde - die Tannenschmückaktion und meine Albträume der letzten Nacht haben dafür gesorgt, dass ich definitiv nicht auf die Anzahl an Schlafstunden gekommen bin, die einen halbwegs erträglichen Tag ermöglichen. Ich brauche jetzt erst mal einen starken Iced Coffee, denke ich, bevor mir einfällt, dass das in Granbury ja geradezu unmöglich ist. Mein Kopf schwirrt noch immer von dem, was gestern Nacht passiert ist. Der dunkle Marktplatz, Yashs plötzliches Auftauchen und dann gab es auch noch diesen seltsamen Brief, den ich angeblich an Yash geschrieben haben soll.

Gestern Nacht war ich mir ziemlich sicher, dass Yash für all das verantwortlich war, doch heute kann ich mir keinen Reim mehr darauf machen: Was hätte er denn davon? Und Geld schien er auch nicht von mir zu wollen? Davon haben Caro und er ja sowieso genug. Könnte also doch jemand anderes für die Briefe verantwortlich sein? Aber warum sollte jemand versuchen, Yash und mich auf diese Weise zusammenzubringen, außer, um sich über mich lustig zu machen? Ich hätte den Briefeschreiber so gern konfrontiert und ihn gefragt, was er mit meiner bekritzelten Serviette von James‘ Hochzeit vorhat. Und das Schlimmste ist, dass eine Veröffentlichung der Serviette immer noch wie eine dunkle Gewitterwolke über mir schwebt. Und es könnte jederzeit einen Wolkenbruch geben.

Ich nehme mir vor, den Morgen zu nutzen, um die Kaffeemaschine meiner Eltern zu reparieren – bis ich die zwanzig panischen Nachrichten meiner Chefin Amina sehe. Die Pumpe des Destillationsgeräts macht anscheinend ein seltsames glucksendes Geräusch, als würde sie jeden Moment explodieren. Das ist natürlich alles andere als gut. Noch im Schlafanzug rufe ich also im Labor in London an und kann das Problem in wenigen Sätzen lösen (ich vermute mal, dass der Zulaufschlauch einfach nicht richtig sitzt). Dann reicht meine Chefin das Handy allerdings weiter an den nächsten Kollegen, der eine Frage zum Vakuumverdampfer hat, und dann möchte auch Amina noch meine Theorien darüber hören, warum unser Magnetrührer für Proben sich auf einmal rückwärts dreht.

Als ich auflege, ist es bereits Mittag und mein Magen knurrt. Kurz darauf pingt mein Handy mit einer Dankesnachricht meiner Chefin, die nicht nur mit ihren üblichen dreien, sondern sogar mit sechs Ausrufezeichen versehen ist. Vielleicht muss ich öfter mal London verlassen, damit sie merkt, dass sie mich dringend braucht, denke ich. Nein, Amina ist eigentlich eine Gute, wenn auch arbeitssüchtige Chefin, die nicht so gut verstehen kann (es aber zähneknirschend akzeptiert), dass manche Menschen auch noch etwas anderes in ihrem Leben haben als die Arbeit. Sie hat die vegane Skincare-Linie *Mossy Deer* aus ihrer Garage heraus gegründet und zu einem Unternehmen mit über zwanzig Mitarbeitern aufgebaut. Würde ich diesen Job (und Kate) nicht haben, wäre ich wahrscheinlich schon längst aus London weggezogen. In eine kleinere Stadt, vielleicht sogar ein Dorf, mit Schafen drumherum und einem kleinen Wald. Eigentlich genau so ein Dorf wie Granbury, nur eben nicht Granbury. *Nein, garantiert nicht Granbury.*

Ein bisschen nervös macht mich das Homeoffice aber schon. Worüber reden meine Kollegen in der Mittagspause, wenn ich nicht da bin? Sind sie sauer, dass ich so kurzfristig von Amina Urlaub bekommen habe?

Ich höre das Schlagen der Eingangstür und Stimmen im Untergeschoss. Warum haben meine Eltern eigentlich die ganze Zeit Besuch? Statt mal wieder in meinem Schlafanzug unten zu erscheinen, dusche ich mich also schnell und ziehe mir Jeans und Pullover an. Aber dieser Aufwand wäre gar nicht nötig gewesen: Es ist nur meine Schwester Caroline, die gerade über die Kücheninsel gebeugt mit meiner Mutter tuschelt, während diese Äpfel schält. Caroline ist schon wieder perfekt zurechtgemacht, mit einer eleganten Pferdeschwanzfrisur, makellos geschminktem Gesicht und einem Blazer, mit dem sie problemlos die Downing Street besuchen könnte.

Es duftet köstlich nach Zimt und ich verkünde meine Ankunft durch ein lautes Magenknurren.

»Oh hey, du Schlafmütze!« Meine Mutter gibt mir einen schnellen Kuss auf die Schläfe. Caroline grinst mich an. »Na, wilde Nacht gehabt?«

Ich erstarre. Hat sie etwa mitbekommen, dass ich gestern Nacht mit Yash unterwegs war? Und warum wäre das überhaupt ein Problem, wenn sie es mitbekommen hätte? Es spricht ja nichts dagegen, mit seinem zukünftigen Schwager Weihnachtsbäume zu schmücken, oder? Aber sie weiß ja, dass wir uns nicht ausstehen können … Sofort wird mein Hunger wieder von diesem flauen Gefühl vertrieben. Und hatte Yash nicht gesagt, dass Caroline bei einem Alumni-Treffen in Oxford sei?

»Ich glaube, Livy ist noch ein bisschen zu müde für deine Witze.« Meine Mutter deutet mit dem Apfelschäler auf mich. »Wunderst du dich nicht, dass ich dich so lange habe schlafen lassen?«

»Warum denkt ihr eigentlich alle, dass ich gerade erst aufgewacht bin?« Ich watschele zur Kaffeemaschine rüber und drücke auf ein paar Knöpfen herum, bis ich mich daran erinnere, dass sie ja kaputt ist. In der Spiegelung der Chrom-Oberfläche sehe ich meine Augenringe. *Ach so, deswegen.* »Tatsächlich bin ich schon stundenlang wach und habe aus dem Homeoffice gearbeitet.« Ich weiß nicht, warum ich den Drang verspüre, mich vor meiner Familie so zu rechtfertigen. Na ja, eigentlich weiß ich es doch ganz genau: Weil Caroline früher immer die Schwester war, die ihr Leben im Griff hatte und ich »die Chaotische«. Und James kann ohnehin machen, was er will, denn er ist männlich – so ist das halt.

»Und das hast du ohne Kaffee geschafft?« Meine Schwester setzt eine empörte Miene auf, dann geht sie zum Kühlschrank und öffnet ihn. »Zum Glück habe ich dir dein Lebenselixier mitgebracht.« Sie hält mir ein Glas hin, das zur Hälfte mit Eiswürfeln, zur anderen Hälfte mit einer perfekt-cremigen Mischung aus Hafermilch und Espresso gefüllt ist. Ich falle meiner Schwester quietschend um den Hals. Dann nehme ich einen Schluck. »Du bist die Beste!«

Caroline schnaubt. »Bedank dich bei Yash. Er hat ihn gemacht.«

Sofort rollt wieder eine Welle des Unwohlseins über mich. Was führt Yash jetzt schon wieder im Schilde?

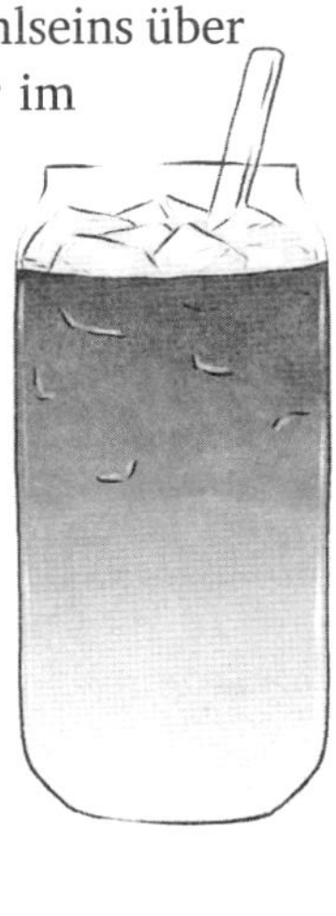

»Alles gut bei dir, Livy?« Meine Schwester lacht und wedelt mit der Hand vor meinem Gesicht herum. »Hat dir der erste Schluck das Gehirn eingefroren?«

»Mum, was wolltest du eigentlich sagen? Warum sollte ich mich wundern, dass du mich so lang schlafen lässt?«

Meine Mutter legt für diese Geschichte sogar den Apfelschäler zur Seite. »Ich bin heute Morgen zum *Toast Office* gefahren und habe die Lebkuchenhäuser für die Tombola dort abgegeben. Und was sehe ich da?« Sie macht eine bedeutungsvolle Pause. Ich nippe an meinem Iced Coffee, der wirklich extrem köstlich ist. Ich weiß es natürlich schon, aber ich lege mühsam meinen unschuldigsten Gesichtsausdruck auf.

»Die Grüne Dame ist geschmückt!«

»Was?« Ich versuche, meinen gespielten Schock nicht zu übertreiben, während ich die Gesichter von Caroline und meiner Mum auf eine Reaktion absuche, die mir verraten könnte, dass eine von ihnen hinter dem Brief steckt. Aber meine Mutter wirkt ganz aus dem Häuschen und Caroline einfach so gelassen wie immer. Ich würde mit den beiden so gern über den seltsamen Brief reden, damit sie mir meine Angst nehmen können. Aber erstens hasse ich es, über meine Gefühle zu reden (und das wäre bei einem solchen Gespräch unausweichlich) und zweitens dürfen die beiden nie von meinem erbärmlichen Servietten-Liebesbrief erfahren. Wie würde sich Caroline denn fühlen, wenn ich mit Mitte zwanzig schon wieder schmachtende Worte an ihren Verlobten schreibe?

Allein der Gedanke daran jagt mir einen Schauer der Scham über den Rücken.

»Und niemand hat was gesehen!«, fährt meine Mutter fort. »Rachel hat mir erzählt, dass der Baum einfach so geleuchtet hat, als sie heute Morgen ins Café gekommen ist.« Meine Mutter hat den Apfelschäler noch immer nicht wieder in die Hand genommen. Also stelle ich meinen Iced Coffee ab und schnappe mir das Werkzeug, um weiter ihre Äpfel zu schälen, während sie noch durch ihre Erzählung abgelenkt ist. Meine Mutter lässt sich solche Arbeiten wirklich kaum abnehmen, aber ich weiß genau, dass ihr Handgelenk dringend eine Pause braucht. Meine Dickköpfigkeit habe ich ganz sicher von ihr geerbt.

»Ein echtes Weihnachtswunder«, stimme ich ihr zu.

Meine Schwester wirft mir einen Blick zu. Sie weiß ganz genau, wie ich zu dem ganzen Weihnachtstrara stehe.

»Aber gibt es nicht Überwachungskameras auf dem Marktplatz?«, fragt Caroline. »So können wir doch eigentlich ziemlich schnell herausfinden, wer die kleinen Weihnachtswichtel sind.«

Ich erstarre.

»Überwachungskameras? In Granbury?« Meine Mutter lacht.

Offensichtlich haben Yash und Caroline nicht darüber geredet, was er heute Nacht gemacht hat. Ich beäuge meine Schwester misstrauisch. Könnte sie vielleicht hinter diesen seltsamen Briefen an Yash und mich stecken? Aber was für ein Motiv hätte sie dafür? Warum sollte sie wollen, dass er und ich gemeinsam nachts Weihnachtsbäume schmücken? Ich schüttele den Kopf. Mir fällt *überhaupt kein Motiv* für die Briefe ein, außer dass sich jemand über mich lustig machen will. Aber auch das ergibt keinen Sinn: Warum ist dann niemand zwischen den Häusern hervorgesprungen und hat mich ausgelacht? Oder verfolgt die Person einen langfristigen Plan und der gestrige Abend mit Yash war nur ein Baustein davon? Ja, in Granbury gibt es zwar keine offiziellen Überwachungskameras, aber es könnte ja trotzdem jemand eine Kamera aufgestellt haben, um uns heimlich zu filmen.

»Caroline, solltest du nicht eigentlich bei einem Vortrag in Oxford sein?«, platzt es aus mir heraus, bevor ich mich daran erinnere, dass mir ja nicht sie selbst davon erzählt hat, sondern *ihr Verlobter* Yash.

Sie zuckt die Achseln. »Der ist längst vorbei.«

»Deine Schwester hat wieder mal alle beeindruckt.«

Caroline legt die Hände unter dem Kinn zusammen. »Das lag nur daran, dass ich das neue Fixing Spray drauf habe, das Livy mir geschenkt hat. Guck mal, wie gut das Make-up hält, das wollte ich dir noch zeigen.«

»Sieht super aus«, bestätige ich – allerdings sieht meine Schwester immer super aus, das Fixierspray verpasst ihr lediglich den letzten Schliff an Perfektion.

»Hey, hast du mir den Schäler geklaut?«, bemerkt meine Mutter jetzt. Ich schiebe sie mit der Hüfte zur Seite. »Setz du dich jetzt mal hin, trink deinen schrecklichen koffeinfreien Tee und gönn deiner Hand eine Pause.«

Meine Mutter schnaubt, lässt sich aber von Caroline auf das Sofa bugsieren. »Das ist eines dieser Dinge, das sie einem nicht erzählen, bevor man selbst Kinder bekommt!«, ruft sie mir zu. »Irgendwann werden aus den süßen tollpatschigen Zwergen erwachsene Menschen, die sich nützlich machen wollen. Schrecklich!«

Ganz Granbury hat sich auf dem Marktplatz versammelt. Überall wird über das Weihnachtswunder getuschelt, das heute Nacht passiert ist, und es werden Vermutungen darüber angestellt, wer wohl hinter dem prachtvoll geschmückten Weihnachtsbaum steckt. Mein Name fällt glücklicherweise nicht – dem Weihnachtsmuffel Olivia traut so was natürlich niemand zu. Es ist ein schönes Gefühl, mal nicht im Zentrum des Getuschels zu stehen. Ob der mysteriöse Briefeschreiber gerade auch hier ist? Wahrscheinlich hält sich die Person genau jetzt unter all den Anwesenden auf

und ich habe keinen blassen Schimmer, wer es ist. Ich schiebe mich gemeinsam mit meiner Mutter und Caroline durch das Gedränge.

Auf der gegenüberliegenden Seite des Marktplatzes pustet sich mein Vater mit seinem Blasorchester die Seele aus dem Leib und ich muss sagen, dass ihre Version von *It's Beginning to Look a Lot Like Christmas* um einiges besser klingt als noch vor ein paar Tagen in unserem Wohnzimmer. Vielleicht sind es die Lichterketten in den Tannenzweigen, der Duft von Glühwein, der von einem Stand in der Nähe zu mir herüberweht, die vereinzelten Schneeflocken oder doch die Musik, aber in diesem Moment bekomme sogar ich fast … *FAST!* … ein bisschen so etwas wie Weihnachtsgefühle.

Ich erschaudere. Nein, das bin nicht ich und auf diese Propaganda werde ich ganz sicher auch nicht reinfallen.

Ich betrete das *Toast Office* also mit gemischten Gefühlen. Die Speisekarte des Cafés preist heute besonders ihren Apfel-Zimt-Toast an – jetzt weiß ich auch, wofür meine Mutter das Fruchtmus vorhin vorbereitet hat. Sie muss wirklich damit aufhören, die Probleme aller Menschen lösen zu wollen. Rachel kann ja wohl ihre eigenen Zutaten für ihre Toasts anfertigen? Meine Mutter wird alle paar Meter von jemandem angehalten und in ein Gespräch verwickelt, und zu meiner Überraschung sprechen auch mich viele frühere Mitschüler an und fragen freundlich, wie es mir geht. Im Gegenzug erzählen sie mir dann von ihren Kindern, die sie auf dem Arm halten oder, dass sie auch nur für die Weihnachtszeit nach Granbury zurückgekommen sind und eigentlich wo ganz anders wohnen. Ich habe fast den Eindruck, dass sie sich wirklich freuen, mich zu sehen, jedenfalls wirft mir niemand einen seltsamen Blick zu. Dabei haben sie früher allesamt und ohne Skrupel über mich gelästert. *Liebesbrief-Liv*. Das *Toast Office* hat sich seit meinem letzten Besuch verändert: Die quadratischen Tische wurden zu langen Tafeln zusammengeschoben und mit weißen Tischtüchern aus Papier bedeckt, sodass darauf die Christbaum-Kugeln für die Grüne Dame angemalt werden können. Die werden jedes Jahr von Quentin Plum selbst geblasen, dem ortsansässigen Künstler, der auch für den Toast-Schlitten vor dem Café verantwortlich ist. Dementsprechend sind die Kugeln alle ein bisschen schief und nicht perfekt rund, aber dennoch irgendwie wunderschön. Und jedes Jahr nach Weihnachten kann man dann die Kugeln abholen, die man selbst bemalt hat, und sich diese im nächsten Jahr dann an die eigene Tanne hängen. An unserem Baum zu Hause ist deshalb immer eine Art künstlerische Evolution meiner Geschwister und mir abzulesen: In meiner Gothic-Phase habe ich zum Beispiel in zwei aufeinanderfolgenden Jahren meine Kugeln völlig schwarz bemalt. Auf einer anderen Kugel von Caroline steht *Smash the patriarchy!* und auf einer von mir *Go vegan!* – die würde ich mir beide auch an meinen Weihnachtsbaum in London hängen, um ehrlich zu sein. Aber dort gibt es gar keinen Baum, weil Kate und ich nicht genug Platz dafür haben. Stattdessen haben wir nur einen Wandteppich, auf dem eine Tanne abgebildet ist und an dem eine Lichterkette hängt, die manchmal funktioniert und manchmal nicht.

Die Glasvitrinen, in denen sonst Scones, Muffins und Croissants liegen, wurden vom Tresen im *Toast Office* entfernt. Stattdessen thronen dort nun die drei Lebkuchenhäuser, die ich gestern mit meiner Mutter gebacken und dekoriert habe. Gerade baut Caroline daneben eine kleine Kasse auf, um die Tombola-Tickets zu verkaufen. Die Spenden gehen dieses Jahr an ein Projekt für kostenloses Mittagessen in Schulen, für das sich Caroline in ihrer Rolle als Bezirksrätin besonders einsetzt. Und der Verkauf von Tombola-Tickets ist für sie natürlich auch ein guter Weg, um Präsenz zu zeigen und mit ihrer Wählerschaft ins Gespräch zu kommen.

Tommy winkt mich zu seinem Platz an einem der langen Tische, also mache ich direkt eine Kehrtwende und setze mich schnell auf den nächsten freien Stuhl, den ich finden kann und der nicht in Tommys Reichweite liegt. Zu meiner

Rechten sitzen zwei kleine Mädchen, die miteinander tuscheln und zu meiner Linken eine ältere Frau, die, glaube ich, die Großmutter einer früheren Mitschülerin von mir ist. Sie ist allerdings höchst konzentriert damit beschäftigt, eine ziemlich blutige Szene auf ihrer Weihnachtskugel zu verewigen, dass ich sie lieber nicht stören will: Ein junger Mann wird auf dem Geweih eines Rentiers aufgespießt – na, frohe Weihnachten!

Es gehört zur Tradition, dass man neben die gemalten Bilder auch noch einen oder zwei Sätze schreibt: Wünsche fürs kommende Jahr oder Danksagungen an die engsten Freunde und Verwandten. Ich bin wirklich sehr gespannt, was die Oma neben mir zu dieser blutigen Szene schreiben wird.

Zu spät bemerke ich allerdings, wer mir direkt gegenübersitzt.

»Da will ich einmal meine Fünfminutenpause nutzen, um entspannt meine Kugel zu bemalen, und jetzt tauchst du hier auf«, schnauft Rachel. Es ist laut im *Toast Office.* Alle reden und lachen, außerdem dröhnt auch noch Weihnachtsmusik aus den Lautsprechern – doch trotzdem höre ich Rachels gegrummelten Worte ganz genau.

»Ich … ich hab dich nicht gesehen.«

Meine frühere beste Freundin hebt nicht einmal den Blick von ihrer Kugel, auf die sie gerade etwas malt, das einem weihnachtlichen Strickmuster ähnelt. »Wäre ja nichts Neues.«

Ich schlucke und nehme mir eine der etwas unförmigen Glaskugeln aus einem Korb in der Mitte. Die Farben stehen überall in kleinen Töpfchen und es gibt sogar noch ein paar saubere Pinsel.

»Keine Sorge«, fährt Rachel fort, immer noch, ohne mich eines Blickes zu würdigen. »Ich werde keine Fotos deiner geheimen Liebesbriefe rumschicken.«

Mir fällt vor Schreck beinahe meine Glaskugel aus der Hand. »Was?«

Rachel hebt nun ihren Blick. Ihre Kiefermuskeln mahlen, als bräuchte ich noch mehr Hinweise darauf, wie wütend sie ist. »Das glaubst du doch, oder? Dass ich damals deinen Brief gefunden, abfotografiert und rumgezeigt habe, oder?«

»Was? Nein, Rachel, ich –« Ich sehe mich in alle Richtungen um, ob uns jemand belauscht, aber es ist viel zu laut, als dass jemand unsere gezischten Worte verstehen könnte. Ich weiß ja, dass sie es nicht war, sondern Yash – aber ich habe es damals nicht mal übers Herz gebracht, meiner besten Freundin von seinem Verrat zu erzählen. Stattdessen habe ich mich immer weiter zurückgezogen.

»Und selbst jetzt geht es dir wieder darum, was die anderen denken. Dieser verdammte Liebesbrief ist acht Jahre her und du lässt dir immer noch dein Leben davon kaputtmachen. Ist dir eigentlich klar, wie kindisch das ist? Also ich hatte ja wirklich Verständnis dafür, wie sehr dich das damals mitgenommen hat, aber …«

»Das weiß ich«, fahre ich dazwischen. »Rach, ich weiß, dass du das nicht warst. Ich denke nicht …«

Sie fährt fort, als hätte ich sie gar nicht unterbrochen. »Aber irgendwann muss man auch mal klarkommen, Liv. Mach eine verdammte Therapie oder so was.«

Jetzt schiebt sie ihren Stuhl zurück, steht auf und lässt mich sprachlos am Tisch zurück. Dachte meine beste Freundin wirklich, dass ich sie für die Schuldige hinter meiner damaligen Bloßstellung halte? Aber ich habe doch gesehen, wie sie zu mir gehalten hat, wie sie anderen sogar für mich gedroht hat und wie sie mich in den Arm genommen hat, wenn alles wieder zu viel war.

Und dann bin ich trotzdem aus Granbury abgehauen und habe nicht mehr zurückgeblickt. Alles habe ich hier zurückgelassen – auch Rachel. Ich habe Rachel allein hier zurückgelassen.

»Scheiße«, murmele ich.

»Aber warum findest du deine Kugel denn blöd?«, fragt mich das kleine Mädchen neben mir. »Du hast doch noch nicht mal damit angefangen.«

Kapitel 8

Rachel hat wahrscheinlich recht. Ich drehe mich viel zu sehr um mich selbst und diese Schamgefühle, die immer und immer wieder hochkommen, wenn ich hier in Granbury unterwegs bin. Aber ich kann nicht anders. Ich war so sehr mit mir und meinen eigenen Gefühlen beschäftigt, dass ich irgendwie schon dachte, dass auch Rachel froh war, mich nach dem Schulabschluss loszuwerden. Endlich musste sie nicht mehr mit mir im Abseits stehen. Endlich musste sie niemandem mehr für mich Prügel androhen. Doch jetzt ist mir klar, dass ich sie verletzt habe. Obwohl sie die ganze Zeit zu mir gestanden hat, habe ich sie einfach so verlassen.

Ich lasse meine unbemalte Kugel an meinem Platz liegen und schiebe mich durch das Gedränge im *Toast Office* nach draußen. Auf einmal ist es mir viel zu laut und zu eng da drin und die Weihnachtsmusik geht mir unglaublich auf die Nerven. Es war vielleicht ein Fehler, damals so abrupt aus Granbury abzuhauen – aber noch schlimmer ist es, jetzt wieder hierhergekommen zu sein. Ich hätte diesen bescheuerten Brief einfach in den Müll pfeffern und keinen Gedanken mehr daran verschwenden sollen. Ich hätte Weihnachten einfach ganz entspannt mit Kate und unseren Freunden in London feiern können. So wie die letzten Jahre auch. Vielleicht hatte der mysteriöse Briefeschreiber nie vor, meine peinliche Liebesbrief-Serviette überhaupt zu veröffentlichen. Woher will ich denn wissen, dass mich jemand bloßstellen will? Vielleicht wiederhole ich einfach nur die Muster meiner Vergangenheit? Und: Warum tue ich mir das alles eigentlich an?

Immerhin gibt es einen Vorteil am Dezember: Daydrinking ist eine völlig akzeptierte Tätigkeit. Ich schiebe mich also zum Glühweinstand vor, bezahle mein Getränk und verbrenne mir am ersten Schluck die Zunge.

»Vorsicht, Vorsicht, nicht zu gierig!«, bellt eine ältere Frau mir viel zu laut ins Ohr. Ich fahre herum und mein Glühwein schwappt dabei fast über den Glasrand. »Grandma!« Ich drücke die alte Frau am mich, wobei mir ihre überdimensionierte rote Brille in die Wange sticht. Meine Großmutter hat eine wunderbare und sehr üppige Brillen-Sammlung, bei der ich mich als Kind immer bedient habe, um mich zu verkleiden. Als ich irgendwann alte Fotoalben mit Bildern von Grandma sah, auf denen sie immer die gleiche langweilige Brille trug, erkannte ich sie erst gar nicht. Irgendwann, als ich älter wurde, habe ich kapiert, dass die Oma, die ich kenne und liebe, eigentlich erst so richtig aus ihrer Höhle gekrochen ist, als sie sich von meinem Opa getrennt hat.

Ein Skandal in Granbury – der nur davon überschattet wurde, dass sie danach auch noch mit der besten Freundin ihrer Tochter zusammengekommen ist, die zwanzig Jahre jünger ist als sie. »Was ist denn dir für eine Laus über die

Leber gelaufen, Schätzchen!«, brüllt meine Großmutter mich an.

Ich beuge mich zu ihr vor, um direkt in ihr Ohr zu sprechen, und atme dabei eine volle Ladung ihres blumigen Parfüms ein. »Hast du dein Hörgerät wieder rausgenommen?«

Meine Großmutter lacht und steckt sich das kleine Gerät zurück ins Ohr. Als sie weiterspricht, hat sie ihre Lautstärke angepasst. »Das nehme ich immer raus bei den Auftritten deines Vaters. Dieses elendige Getute ertrage ich sonst einfach nicht.«

Ich muss prusten und verschütte dabei fast zum zweiten Mal meinen Glühwein. Meine Großmutter nimmt nie ein Blatt vor den Mund.

»Ich habe gehört, du bist schon ein paar Tage da und hast dich trotzdem noch nicht bei uns blicken lassen?«

Ich versenke das Gesicht in meinem Glühwein. »Hilft es, wenn ich sage, dass ich es zutiefst bereue?«

»Wenn du bereit bist, mir auch noch deinen Glühwein abzutreten, wäre ich geneigt, dir zu verzeihen.« Sie grinst und ich halte ihr das Glas hin. Ehrlich gesagt bin ich nach meiner Aktion im Straßengraben auch noch nicht wieder bereit für dieses Getränk. »Soraya, komm mal rüber, ich habe meine Enkelin gefunden!«, ruft meine Großmutter über die Köpfe der Menge hinweg. Ich bin froh, dass sie gerade nicht meinen Namen, sondern nur den ihrer Frau über den Platz schreit. Hier im Schutz des Glühweinstandes fühle ich mich gerade nämlich einigermaßen sicher.

Meine Großmutter und ihre Ehefrau, Soraya, schaffen es, mich in kürzester Zeit aus meinem dunklen Loch zu holen. Sie kaufen mir einen Kinderpunsch und erzählen mir alle möglichen Geschichten über Granbury, von denen die meisten ganz sicher nur erfunden sind … Soraya, eine kleine rundliche Frau mit warmen Augen und ansteckendem Lachen, zwinkert mir immer zu, wenn meine Großmutter eine Geschichte erzählt, die sie sich offenbar selbst ausgedacht hat.

Aus einem Kinderpunsch werden irgendwann zwei und schließlich greife ich doch wieder zum Alkohol.

Unsere kleine Zusammenkunft wird irgendwann von einem misstönenden Mikrofonquietschen unterbrochen. Das Blasorchester hat die kleine hölzerne Bühne, die am Rande des Marktplatzes etwas erhöht aufgebaut ist, geräumt, und dort haben jetzt meine Mutter und meine Schwester Stellung bezogen – wie jedes Jahr, nur dass ich das normalerweise ja nicht mitkriege.

»Ein offizielles und ganz herzliches Willkommen zum Auftakt der Weihnachtsfeierlichkeiten in Granbury!«, ruft meine Mutter und die Menge johlt und applaudiert daraufhin. Im Hintergrund tragen Tommy und Yash gerade einen Tisch zur Bühne, auf dem die drei Lebkuchenhäuschen präsentiert werden, die man bei der Tombola gewinnen kann.

Meine Mutter übergibt das Mikrofon an meine Schwester. »Bevor wir jedoch die glücklichen Gewinner*innen unserer diesjährigen Tombola ziehen, wollen wir erst die Grundschüler aus der Cressley Primary School dabei begleiten, wie sie die Kugeln an den Baum hängen, die heute im *Toast Office* bemalt wurden.«

Auch das ist eine jährliche Tradition in Granbury: Die Kinder der nächstgelegenen Grundschule dürfen die Kugeln an den Baum hängen und ihre Vorlesekünste zum Besten geben, indem sie die kleinen Nachrichten auf den Kugeln vorlesen. Tatsächlich sind so schon einige Schwangerschaften, Verlobungen und sonstige frohe Botschaften auf diesem Wege verkündet worden. Dementsprechend neugierig sind die Menschen auf dem Platz auch, als die Kinder eins nach dem anderen an die Kiste mit den frisch bemalten Kugeln herantreten und jeweils eine davon herausnehmen. Soraya stellt sich sogar auf die Schuhspitzen, um ein bisschen besser sehen zu können.

Ein kleiner blonder Junge mit Bommelmütze tritt als erster ans Mikrofon heran, das meine Schwester an einem niedrigen Ständer befestigt hat. »Auf dieser Kugel hier ist einfach nur ein Haus mit Baum drauf – keine Nachricht«, spricht er feierlich, bevor er von der Bühne steigt, um anschließend den Weg zur riesigen Tanne zu marschieren und die Kugel an deren Zweige zu hängen. Die Menge lacht ein bisschen und dann geht es auch schon weiter.

»Wir sind bald zu viert! Sarah & John Adams«, liest ein Mädchen mit dunklem Lockenkopf vor. Applaus und Jubelrufe gehen durch die Menge, während neben mir sofort darüber diskutiert wird, ob die beiden denn jetzt wohl Zwillinge erwarten oder parallel zur Schwangerschaft vielleicht auch noch einen Hund adoptierten. Bislang sind sie nämlich nur zu zweit. Sarah McLeach ist mit mir in eine Klasse gegangen und war damals ganz vorne mit dabei, wenn es darum ging, mich zu hänseln. Sie hat einmal sogar mit Filzstift *Hammernase* auf mein wunderhübsches neues Federmäppchen geschrieben. Ich applaudiere also nicht. Mir doch egal, ob diese Mobberin Nachwuchs erwartet.

Die nächsten Kugeln werden vorgelesen. Eine davon ermahnt die Bewohner der Churchfield Lane, ihre Mülltonnen in Zukunft nicht mehr mitten in der Nacht rauszustellen und auf einer anderen wird überschwänglich die Liebe zu Granbury ausgedrückt. Daraufhin werden die Tassen gehoben, es wird applaudiert, gelacht und gegrölt.

Ich gehe glücklicherweise total in der Menge unter, bin nur eine von vielen, die hier aufgewachsen sind. Meine Großmutter sieht mich über den Rand ihrer Brille hinweg an und prostet mir zu. Und für einen kleinen Moment wird mir ganz warm ums Herz. Ich proste zurück.

Ein ziemlich nervöses Mädchen mit roter Nase und Ohrenwärmern liest die nächste Kugel vor. Sie schluckt erst mal laut hörbar ins Mikrofon, die nächsten Worte kommen ihr dann aber leider viel zu klar über die Lippen. »Olivia + Yash forever«, schallt es über den Platz– und für mich fühlt es sich so an, als hätte jemand den kompletten Schnee vom Dach des *Toast Office* genommen und mir gerade über den Kopf gekippt. Wieder lacht und johlt die Menge, aber dieses Mal hört es sich nicht mehr liebevoll an.

»Olivia …«, setzt meine Großmutter an, aber ich höre sie schon gar nicht mehr. Ich mache auf dem Absatz kehrt, schiebe mich grob und ohne Entschuldigung zwischen den Menschen hindurch weg vom Marktplatz. Aber überall sind hier Menschen, auch in den Seitenstraßen. Die Marktwägen und Menschengruppen versperren mir den Weg. Das *Toast Office* ist der einzige Rückzugsort, der mir gerade einfällt, ich steuere also darauf zu.

Der Gastraum ist mittlerweile leer, alle sind draußen und gucken sich das Spektakel an – nicht einmal Rachel ist noch hier. Mit zitternden Knien steige ich die Treppen runter, bis ich zu den Toiletten komme. Hier unten werden die Stimmen und Geräusche vom Marktplatz endlich leiser. Ich sperre mich in einer Klokabine ein, als wäre ich wieder sechzehn.

Neben mir, direkt über der Trommel, in der sich das Toilettenpapier befindet, habe ich mit dem Taschenmesser vor vielen Jahren etwas in die Wand geritzt. Man kann es immer noch sehen, auch wenn jemand (wahrscheinlich Rachel) die Wand mittlerweile mit einem schicken Salbei-Grün überstrichen hat. Aber meine Schnitte gingen tief, genau wie die Wut, die ich damals verspürt habe.

Ich hasse Yash, steht dort so krakelig, dass wahrscheinlich nur ich es entziffern kann. Wer hasst, ist kein passives Opfer. Hassen ist aktiv.

Das gilt damals wie heute.

Ich höre Schritte auf der Treppe und weiß ganz genau, dass es Caroline ist, die nach mir sehen will – bestimmt hat sie mitbekommen, wie ich abgehauen bin. Caroline wird in solchen Momenten von meinen Eltern immer vorgeschickt, weil sie so eine gute Diplomatin ist. »Erst nur bei uns zu Hause, später irgendwann bei den Vereinten Nationen«, hat meine Großmutter immer gescherzt, aber allmählich habe ich das Gefühl, dass sie das damals ernst gemeint hat. Aber vielleicht ist es Caroline auch einfach genauso peinlich wie mir, dass der Name ihrer Schwester mit dem ihres Verlobten in dieser Form auf der Weihnachtskugel steht. Ja, vielleicht hält auch sie die Scham nicht aus und ist ebenfalls hierhergekommen, um sich vor den Menschen aus Granbury zu verstecken?

»Liv?« Es ist nicht Carolines Stimme, die da von den Fliesenwänden widerhallt, sondern Yashs. Ich starre den Schriftzug an, den ich vor vielen Jahren dort in die Wand geritzt habe.

Ich hasse Yash.

Ich beschließe, nicht zu antworten.

»Liv?«, wiederholt er und öffnet jetzt eine Kabine nach der anderen, bis er zu meiner kommt. Dort hält er inne. »Bist du da drin?«, fragt er, obwohl er es natürlich ganz genau weiß.

Ich muss mich bewusst daran erinnern, dass ich nicht mehr sechzehn Jahre alt bin, sondern fast fünfundzwanzig. Dass ich mittlerweile eine bessere Emotionsregulierung entwickelt habe. Zumindest dachte ich, dass es so wäre. Schließlich habe ich in der Uni eine Art Gruppentherapie besucht, die von Psychologiestudierenden geführt wurde. Das muss mir doch irgendwas gebracht haben?

»Ja«, antworte ich, bevor ich auf die Spülung drücke und aufstehe.

Ich öffne die Tür mit schweißnassen Fingern und pochendem Herzen. »Spionierst du öfters Frauen hinterher, wenn sie aufs Klo gehen?«

Yash steht direkt vor mir. Seine Haare sind wieder perfekt frisiert, so wie früher, und er trägt einen schick geschnittenen, hellbraunen Wollmantel. Yash stützt sich am Rahmen meiner Klokabine ab, als wäre er kurz davor gewesen, sie einzutreten.

»Ich …« Sein Blick fährt mein Gesicht ab, als würde es dort nach Hinweisen auf den Zustand meines Inneren suchen. »Du warst aber nicht wirklich auf dem Klo, oder?«

»Natürlich nicht.« Ich schürze die Lippen. »Yash, was willst du hier? Bist du gekommen, um dich über mich lustig zu machen?« Ich schiebe mich an ihm vorbei zum Waschbecken und lasse kaltes Wasser über meine Finger laufen.

»Warum sollte ich mich über dich lustig machen?«

Ich hebe mein Gesicht und werfe ihm durch den Spiegel über dem Waschbecken einen durchdringenden Blick zu. »Mmh, lass mich überlegen? Vielleicht, weil irgendjemand auf eine Weihnachtskugel *Olivia + Yash forever* geschrieben hat, damit ganz Granbury das hört?«

»Aber warum sollte ich darüber lachen?«

Dieser Typ ist unglaublich. Ich reiße mehr Papierhandtücher aus dem Spender als nötig und trockne mir aggressiv die Hände ab.

»Hast du das auf die Weihnachtskugel geschrieben?«

»Warum sollte ich das tun?«

»Kannst du vielleicht ein verdammtes Mal eine meiner Fragen nicht mit einer Gegenfrage beantworten?«

Yash zieht die Augenbrauen zusammen. Ich hasse, wie er dort gegen die Wand gelehnt steht, so relaxed, so entspannt, als wäre das hier ein ganz normaler netter Plausch unter Freunden. Doch eine Sache hasse ich fast noch mehr: Trotz seines geschniegelten Outfits sieht er mal wieder verdammt gut aus. Und heute fällt mir auch auf, wie gut ihm der kurze Vollbart steht, den er mittlerweile trägt. Einfach zum Kotzen. Kann man ihn dafür anzeigen?

»Ich habe die Kugel nicht bemalt.«

»Und warum sollte ich dir das glauben?«

Er hebt die Schultern. »Warum stellst du mir überhaupt irgendwelche Fragen, wenn du mir meine Antworten darauf ohnehin nicht glaubst?« So etwas wie Frustration blitzt in seinen Augen auf und zum ersten Mal, seit dieses Gespräch begonnen hat, denke ich über die Option nach, dass er vielleicht wirklich nicht hierhergekommen ist, um mich zu verhöhnen. Aber was hat er sonst hier zu suchen?

»Ich war es auch nicht, falls du das denkst.«

»Was?« Seine dunklen Augen bohren sich in meine.

»Ich hab das auch nicht auf die Kugel geschrieben.« Ich pfeffere die zusammengeknüllten Papiertaschentücher in den Mülleimer unter dem Waschbecken. »Das alles ist so absurd. Diese Sache ist vor so vielen Jahren passiert, ich kann es nicht fassen, dass die Leute immer noch darüber reden. Das war nur ein kleiner dummer Crush, den ich damals mit sechzehn hatte.« Ich atme theatralisch laut aus und schaffe es nicht, ihm bei diesen Worten in die wunderschönen Augen zu sehen.

Weil du lügst, flüstert die Stimme in meinem Inneren.

Klappe!, zische ich zurück.

»Zwei Wochen später hätte ich das Ganze, also *dich*, schon wieder völlig vergessen, wenn nicht alle nach der Sache mit dem Brief so viel darüber geredet hätten. Ich könnte mich nie in dich verlieben. Du bist der Freund meiner Schwester, und überhaupt …« Ich schüttele den Kopf.

»Überhaupt *was*?«, fragt er, auf einmal ganz ruhig und mir wird bewusst, dass ich wie ein Wasserfall auf ihn eingeredet habe.

»Na, du bist … eben *du*.« Ich verziehe das Gesicht, als wäre das alles eine widerliche Vorstellung. »Die Leute sollten endlich darüber hinwegkommen«, sage ich und gehe zur Tür. »Ich bin es jedenfalls längst.«

Ich lasse Yash im Frauenklo stehen und kehre nach oben ins *Toast Office* zurück. Aber auf den Marktplatz traue ich mich nicht zurück. Stattdessen fliehe ich aus dem Hinterausgang und laufe durch die tanzenden Schneeflocken nach Hause.

Kapitel 9

Ich halte es keinen weiteren Tag nur mit Tee oder der Brühe aus, die man in Bridgets Supermarkt kaufen kann. Die Schneedecke draußen hat sich über Nacht geschlossen, aber ich kann am nächsten Morgen eine ganze Menge Tierspuren darauf sehen, die sich kreuz und quer durch unseren Garten ziehen. Niemand ist daheim, als ich mich daran mache, den altersschwachen Vollautomaten meiner Eltern auf dem Esstisch zu zerlegen. Dafür muss ich erst mal die Hälfte der Weihnachtsdeko meines Vaters abbauen. Dann lege ich ein paar Küchenhandtücher unter die Maschine und beginne. Wieder mal wird mir bewusst, dass so ein Vollautomat von innen eine ganz schön eklige Angelegenheit ist – aber gleichzeitig realisiere ich auch, dass ich beim Reparieren der Maschinen in unserem Testlabor in den letzten Jahren ziemlich viel gelernt habe. Ich merke schnell, dass die Fehlermeldung von einem verschmutzten Rohr kommt, aber ich baue trotzdem lieber die ganze Maschine auseinander und reinige sie, bevor jemand auch nur einen Tropfen aus diesem Monster trinken kann.

Ich drehe gerade wieder die letzten Schrauben rein, als sich die Haustür öffnet und meine Eltern eine ganze Schneewehe mit sich in den Hausflur tragen.

»Dobbins hat wirklich zu mir gesagt, dass fast alle Gänse schon reserviert sind«, tönt meine Mutter über das Abklopfen ihrer Schuhe. »Und ich habe ihn angeguckt und geantwortet: Dobbins, ich bestelle seit Jahren zwei Gänse, wie kannst du mich vergessen haben? Und dann hat er natürlich doch noch zwei gefunden, aber das ist ja jedes Jahr das Gleiche mit ihm.«

Allein bei dem Gedanken an die zwei Gänsebraten, die meine Mutter jedes Jahr zu Weihnachten macht, erschaudere ich. Auch wenn ich jahrelang nicht beim Weihnachtsessen dabei war, dreht sich mir schon allein beim Anblick der alljährlichen Fotos der Magen um. Doch meine Mutter ist einfach nicht vom traditionellen Gänsebraten abzubringen: Direkt nach Weihnachten ist sie zwar immer offen für alles, aber im Dezember lässt sie nicht mit sich diskutieren. Zumindest war es früher so.

Grundsätzlich verstehe ich ja auch, warum meine Mutter Weihnachtstraditionen so sehr liebt. Ihr ist das alles wunderbar vertraut, *es war immer schon so*, es gibt ihr ein heimeliges Gefühl der Kontrolle. Und dazu gehört eben auch der Gänsebraten. Leider kann sie aber nicht sehen, dass genau dieses Immer-Gleiche auch das Problem an so vielen Traditionen ist. Sie stammen aus einer anderen Zeit, aber die Welt entwickelt sich weiter. Wir alle entwickeln uns – hoffentlich! – weiter. Und nur weil man vielleicht keinen Gänsebraten mehr essen mag, heißt das ja nicht, dass wir uns nicht trotzdem alle um einen Tisch versammeln und dort zusammen Weihnachten feiern können. Das ist es doch, worauf es ankommt.

Wahrscheinlich weiß meine Mutter das insgeheim auch. Aber sie hat offenbar schreckliche Angst davor, dass alles zusammenbricht, wenn sich nur das kleinste Detail verändert.

Also gibt es wieder Gänsekeule dieses Weihnachten. Das heißt: Beilagen für mich. Als ich noch in der Schule war, habe ich mal einen ziemlich ausgefeilten Plan entwickelt und wollte in den Bauernhof hier in der Nähe einbrechen, um dort alle Gänse und Kaninchen freizulassen. Diesen Plan habe ich dann aber nie in die Tat umgesetzt.

Ich kann mein Glück kaum fassen, als ich ganz hinten im Küchenschrank doch noch ein paar alte Kaffeebohnen finde. Kurz darauf lasse ich mir auch schon einen Kaffee aus der reparierten Maschine ein, um das Gespräch meiner Eltern im Flur damit zu übertönen. Als meine Mutter die Küche schließlich betritt, stehe ich also da, mit meinem Iced Coffee in der Hand, dicken Wollsocken an den Füßen und einem wilden Nest aus Haaren auf dem Kopf.

»Olivia!« Sie ruft meinen Namen so überrascht, als wäre sie davon ausgegangen, dass ich mich letzte Nacht wieder aus dem Staub gemacht hätte. Ganz an den wilden Nest-Haaren herbeigezogen ist das wahrscheinlich auch nicht, denn ich habe durchaus schon mit diesem Gedanken gespielt.

»Wo hast du denn den ganzen Abend gesteckt? Yash meinte, du wolltest früher heim. Der Arme hängt schon den ganzen Morgen in der alten Wassermühle fest, die mal wieder verrückt spielt. Es ist so toll, was er dort alles leistet.« Lange ertrage ich dieses »Yash ist der Beste«-Gerede meiner Mutter nicht mehr.

»Ganz schlimme Kopfschmerzen«, antworte ich, was eigentlich gar keine Lüge ist. Die Ereignisse des gestrigen

Nachmittags haben wirklich üble Verspannungen in meinem Nacken ausgelöst.

Meine Mutter stellt die Tasche mit ihren Einkäufen auf der Kücheninsel ab. »Oh, Livy, du hast ja noch gar nichts von deinem Lebkuchenhaus gegessen!«

Sie deutet auf die Wassermühle aus Teig und Zucker, die wir vor ein paar Tagen gemeinsam gebastelt haben.

»*Mein* Lebkuchenhaus?«

»Ja, die hast du gestern bei der Tombola gewonnen! Ist das zu fassen? So viel Glück muss man erst mal haben.«

»Ich habe die Wassermühle von Yashs Vater gewonnen?«

»Guck mich nicht so überrascht an, das Glück ist wohl auf deiner Seite, weil du endlich wieder zurück in Granbury bist.«

Ich schnaube und nippe an meinem Iced Coffee. »Das bezweifle ich stark. Ich habe bei der Tombola doch gar nicht mitgemacht.«

Meine Mutter bricht sich ein mit Zucker bestäubtes Stück des Mühlenrads ab und schiebt es sich in den Mund. »Aber ich hab für dich einen Losschein ausgefüllt. Deshalb steht mir auch ein Teil des Gewinns zu, finde ich.«

Sie spricht nicht an, was gestern Nachmittag passiert ist. Vielleicht war das mit der Weihnachtskugel ja wirklich nur ein harmloser Witz für sie und sie hat gar nicht kapiert, wie sehr mir das zugesetzt hat? Und sie weiß ja nicht, wie sehr mich das heute noch beschäftigt. Oder dass mir jemand einen Drohbrief nach London geschickt hat. *Drohbrief, übertreib nicht so, Olivia.*

»Livy, komm mal zur Tür!«, ruft mein Vater.

Mit meinem Eiskaffee in der Hand schlendere ich zu ihm den Flur entlang. Mit jedem Schritt wird es kälter, weil die Eingangstür immer noch offensteht. Ich tänzele um

die Schneespuren herum, die meine Eltern reingeschleppt haben, bis ich auf der Fußmatte kurz vor der Türschwelle stehe. Hier ist es kalt und ich bereue es auf einmal, Eiswürfel in meinem Kaffee zu haben.

»Was ist denn los?«

Mein Vater deutet auf den Mistelzweig, der draußen auf der Veranda vor der Tür hängt. Ich hebe den Blick und sehe, dass zwischen den grünen Zweigen und den weißen Beeren ein Briefumschlag mit einem roten Band befestigt ist. »Der ist für dich.«

Ich greife zwischen die Zweige und drehe den Umschlag um, damit ich dessen Beschriftung lesen kann.

Olivia

steht da einfach nur. Sonst nichts – nicht mal mein Nachname. Mit einem Stirnrunzeln löse ich das rote Band aus den Zweigen und nehme den Brief an mich.

»Hast du dich mit einem Weihnachtswichtel angefreundet?«, fragt mein Vater mit einem Zwinkern und ich bin einfach nur froh, dass er mich nicht fragt, ob ich einen heimlichen Verehrer habe.

Auf einmal ist mir die Kälte völlig egal, ich trete auf die Veranda hinaus, bis ich mit den Füßen fast im Schnee stehe. Aber weit und breit ist niemand zu sehen, nur die Lichterketten der Truscotts blinken bunt durcheinander. »Hast du mitbekommen, wer den Brief hierhin gehängt hat?«

Mein Vater zuckt die Achseln. »Der muss schon da gehangen haben, als wir zurückgekommen sind, ich hab ihn aber jetzt erst bemerkt.«

»Danke«, murmele ich, »ich muss mal kurz meine Mails checken.« Das ist natürlich eine Ausrede, die vor allem im Arbeitskontext funktioniert und nicht, wenn man bei seinen Eltern auf Weihnachtsurlaub ist. Aber mein Vater lässt sie trotzdem durchgehen und ich springe, zwei Stufen auf einmal nehmend, hoch in mein Zimmer. Dort werfe ich mich auf mein Bett und starre den Briefumschlag eine Weile an. Ich erkenne die Schrift nicht, aber das heißt ja nichts. Leider bin ich keine Forensikerin und habe bedauerlicherweise auch keine Freundin, die so etwas kann – obwohl Kate wirklich die fähigste Person ist, die ich je getroffen habe.

Ich drehe den Umschlag um und fahre mit meinen Fingern den Rand der Lasche entlang. Ob der Absender den Brief wohl mit seinem eigenen Speichel versiegelt hat? Da steckt ja so viel DNA drin. Soll ich ihn zur Polizei bringen? *Nein, die würden Liebesbrief-Liv nur auslachen.*

Ich reiße den Umschlag auf und ziehe mit zitternden Fingern einen gefalteten Bogen Papier daraus hervor.

Früher war das Fingerzittern in Momenten der Nervosität bei mir noch viel schlimmer – bis ich im Studium beim Löten von Schaltkreisen dann trainieren musste, möglichst ruhige Handbewegungen zu machen. Seither kann ich mich eigentlich ganz gut beherrschen. Trotzdem brauche ich drei Anläufe, um das Blatt Papier zu entfalten.

Liebe Olivia,
diesmal sollst du endlich die Entschuldigung bekommen, auf die du schon acht Jahre gewartet hast. Komm am 9. Dezember um 19 Uhr zum Großen Ententeich – und bring deine Schlittschuhe mit!

Ich lese den Brief einmal. Zweimal. Dreimal.

Diesmal sollst du endlich die Entschuldigung bekommen, auf die du schon acht Jahre gewartet hast.

Meine Gedanken rasen und ich setze mich auf meinem Bett auf.

»Dieser Mistkerl!« Es gibt nur eine Person, die mir seit acht Jahren eine Entschuldigung schuldet. »Ich wusste, dass Yash hinter den Briefen steckt!«

Obwohl ich ja weiß, dass er ein abgebrühtes Arschloch ist, schockt es mich doch ein bisschen, dass er vor zwei Tagen einfach seelenruhig mit mir den Baum geschmückt und dabei so getan hat, als hätte er mit den Briefen nichts zu tun. Es gab sogar einen winzigen Teil in mir, der ihm das gerne geglaubt hätte. Dass er, um die Täuschung perfekt zu machen, sich selbst ebenfalls einen Brief geschrieben hat, setzt dem Ganzen die Krone auf. Es ist nicht zu fassen. Schäumend vor Wut trampele ich die Treppe nach unten.

»Ich bin kurz weg!«, rufe ich meinen Eltern zu. Und

diesmal werfe ich meinen eigenen roten Mantel über, bevor ich das Haus verlasse.

»Wo willst du denn hin, mein Schatz?«, höre ich meine Mutter noch fragen, aber ich antworte ihr nicht.

Der siebte Dezember ist ein sonniger Tag in Granbury. Überall um mich herum tropft der schmelzende Schnee von Zweigen und Geländern. Ich bin froh, dass die meisten Bürgersteige freigeschippt wurden und dass ich jetzt nicht durch den Matsch bis zur Wassermühle laufen muss. Der Bach mit dem Namen Little Cherwell führt parallel zur Hauptstraße durch Granbury und mündet kurz hinter der Dorfgrenze in den *Großen* Ententeich.

Es gibt auch noch den *Kleinen* Ententeich (auch genannt, die Entenpfütze), der nahe beim Haus meiner Eltern liegt. Er ist kaum mehr als eine kleine Verbreiterung des Flusses, bevor er am Rand des Dorfes durch das große Rad der Wassermühle fließt. Das ist auch der Teich, in dessen Nähe ich morgens vor der Schule immer den Zebrastreifen auf die Straße gemalt habe, um die Enten so vor den Autos zu beschützen.

Die Enten von Granbury sind sehr aktiv und wechseln immer wieder zwischen dem größeren und dem kleineren Ententeich hin- und her. Als würden sie beim jeweils anderen Teich ein paar Tage Urlaub machen.

Als ich den kleinen Teich erreiche, ist er allerdings komplett mit Eis überzogen und entenleer. Ich folge dem Flusslauf weiter durch die Stadt.

Überall in Granbury gibt es kleine Brücken, die den Little Cherwell überkreuzen. Und an ein paar Stellen wurden sogar Häuser über den Fluss gebaut. Caroline und Yash wohnen im Penthouse eines solchen Gebäudes, das einfach über den Fluss gebaut wurde.

Als die Abstände zwischen den einzelnen Häusern größer werden, kommt die Alte Wassermühle schließlich in Sicht, an der Yash laut meiner Mutter heute herumwerkelt – und dahinter wartet der Große Ententeich. Auch er ist jetzt mit einer Eisschicht bedeckt, auf der man laut Yashs Brief sogar Schlittschuh laufen kann. Oder wollte er mich damit nur täuschen, damit ich ins Eis einbreche, wenn ich es versuche? Ist das seine Vorstellung eines Gags?

Früher hat mich Caroline manchmal mit zur Eishalle nach Birmingham genommen, aber ich habe eigentlich immer davon geträumt, auf unserem eigenen Teich meine Kreise zu ziehen. Dieses Jahr ist es kälter als sonst in Granbury und vielleicht würde das ja tatsächlich funktionieren?

Das Mühlrad dreht sich vor dem alten Backsteingebäude mit dem schiefen Dach. Efeu zieht sich bis über den zweiten Stock aufs Dach hinauf und der Schnee tropft von den dunkelroten Fensterläden. Es ist eins der schönsten

Gebäude in ganz Granbury und erinnert mich immer an ein verwunschenes Cottage, in dem ein Märchen spielen könnte. Im Obergeschoss wohnt seit Jahren Yashs Vater Suresh, der mit meinem Vater im Blasorchester spielt.

Als Yash noch klein war, haben seine Eltern die Alte Wassermühle tatsächlich noch betrieben, um dort große Mengen an Mehl zu mahlen und zu verkaufen, aber als Yashs Mutter vor vielen Jahren gestorben ist, hat sein Vater die Mühle dann zu einem Museum umgewandelt und im Untergeschoss seitdem Führungen und Brotbackkurse angeboten. Mehl wird dort zwar noch immer gemahlen, aber nicht mehr im großen Stil (manchmal denke ich, meine Mutter ist die einzige Kundin). Als ich näher an die ebenfalls dunkelrot gestrichene Tür der Mühle herantrete, steigt mir der Geruch nach Mehl und frisch gebackenem Brot in die Nase.

Ich betätige den goldenen Türklopfer. »Yash?«

Aus dem Inneren der Mühle dringt ein Rattern und ein Klackern, aber Yash antwortet nicht. Ich würde so gern in einem Haus wie diesem wohnen und direkt auf die Natur und den Ententeich blicken, statt in meiner kleinen engen Wohnung in London, aber das ist nur ein unrealistischer Wunschtraum.

Erst jetzt bemerke ich das kleine Schild mit dem Schriftzug *open*, das neben der Tür hängt. Sobald ich die Mühle betrete und an der Treppe vorbei in den Hauptraum des Mühlbetriebs stiefle, lande ich in einer Mehlwolke. Ich muss husten und mir schießen von den kleinen Partikeln Tränen in die Augen. Es dauert deswegen einen Moment, bis ich Yash bemerke, der vornübergebeugt in dem Konstrukt aus Zahnrädern und Röhren hängt, das am Ende das feine Mehl ausspuckt. »Yash?«

Ich erschrecke ihn offenbar, denn er richtet sich so schnell auf, dass er mit dem Hinterkopf gegen einen Balken knallt. Dann dreht er sich zu mir herum.

Obwohl es Winter ist, trägt Yash nur ein T-Shirt und darüber eine graue Schürze. Der weiße Mehlstaub hebt sich von seiner braunen Haut ab und als er sich die Stelle am Hinterkopf reibt, die er sich gerade angeschlagen hat, treten auf seinen Armen die Muskeln hervor. Er sagt irgendwas, aber ich kann ihn über das laute Rattern der Mühle kaum verstehen. Dann macht Yash mit dem Schraubenzieher in seiner Hand eine abwehrende Geste.

Mit vor Wut immer noch zitternden Fingern ziehe ich den Brief aus der Hosentasche und halte ihn ihm unter die Nase. »Sehr witzig, was du da geschrieben hast!«

Er blickt von mir zum Brief und wieder zurück und legt seine Handfläche hinters Ohr. Er kann mich offensichtlich genauso wenig verstehen wie ich ihn.

»Ich weiß, dass du den Brief geschrieben hast!«, schleudere ich ihm jetzt lauter entgegen.

Ich bin mir nicht sicher, ob er mich wirklich nicht verstanden hat oder ob er mich einfach nicht verstehen will. Wie nervtötend kann ein Mensch eigentlich sein?

Ich lasse meinen Blick über die Maschine schweifen. Sie unterscheidet sich zwar sehr von den Messgeräten, mit denen ich im Labor zu tun habe, aber komplizierter als der Vollautomat meiner Eltern wird so eine Wassermühle ja wohl auch nicht sein. Ich deute auf die Maschine und dann auf mein Ohr, aber er zuckt nur die Achseln und zeigt auf einen Tisch neben dem Mahlwerk, auf dem vergilbte Planzeichnungen liegen, die ebenfalls komplett mit Mehl bestäubt sind. Ich trete an den Tisch heran und beuge mich über die Pläne. Das laute Rattern der Wassermühle löst allmählich ein schmerzhaftes Pochen hinter meiner Schläfe aus. Dieses nervtötende Geräusch soll endlich aufhören, aber dafür muss ich wohl selber sorgen.

Yash beugt sich neben mich über den Plan und tippt an eine Stelle auf der Zeichnung. Er riecht nach Mehl, Duschgel und nach ihm selbst – eine wunderbare Mischung, die ich gierig einatme, bis ich mich daran erinnere, dass ich ihn nicht leiden kann. Ich blicke von den Plänen zur Maschine und wieder zurück. Mit so einer Mühle habe ich natürlich noch nicht gearbeitet, aber die Konstruktion wirkt recht simpel auf mich. Ich gehe in die Hocke und finde schließlich eine Walze, die sich dreht, aber das Getriebe daneben scheint nicht richtig zu greifen, weil das Koppelstück zu locker ist. Ich deute auf die Stelle, aber Yash schüttelt nur mit gerunzelter Stirn den Kopf, als hätte er nicht die leiseste Ahnung, was er jetzt tun soll.

»Wo steckt dein Vater?«, schreie ich über den Lärm hinweg. »Der könnte das doch bestimmt im Handumdrehen reparieren!«

Aber Yash zuckt nur die Achseln, als könnte er mich immer noch nicht verstehen.

Seufzend schnappe ich ihm also den Schraubenzieher aus der Hand und beuge mich weit über einen Balken, um die betroffene Schraube festzuziehen. Meine Arme sind aber nicht lang genug, also muss ich mein ganzes Gewicht auf den Balken legen, um mich weit genug vorbeugen zu können. Um mich herum rattert alles. Mehl rieselt auf meinen Kopf und ich versuche, es mir aus den Augen zu blinzeln. Deswegen verpasse ich auch den Moment, um mich abzustützen. Ich stürze kopfüber in Richtung des Mahlwerks und werde zum Glück noch rechtzeitig von zwei kräftigen Händen an der Hüfte festgehalten. Ich spüre den Druck seiner Finger durch meine Jeans und atme scharf ein, was dazu führt, dass ich schon wieder Mehl in den Hals bekomme und husten muss.

Durch tränende Augen fixiere ich die Schraube. Ein Ruck. Die Walze klackt, rattert – und läuft plötzlich rund – und um einiges leiser.

»Yash? Bist du da?«

Die Tür zur Mühle öffnet sich und wir fahren auseinander. Freundlicherweise zieht Yash mich vorher allerdings noch an der Gürtelschlaufe meiner Jeans zurück, bis ich wieder aufrecht stehe. Meine Schwester Caroline betritt den Raum. Ob sie gesehen hat, wie Yash mich gerade festgehalten hat?

Pudding rennt zwischen Carolines Beinen hindurch auf mich zu und springt bellend an mir hoch. Ich beuge mich runter, um ihn zwischen den Ohren zu streicheln. »Hey, Kleiner.« Meine Stimme klingt, als hätte ich ein ganzes Kilo trockenes Mehl verschluckt.

Caroline wedelt mit der Hand vor ihrem Gesicht herum, um die Mehlwolke zu zerstäuben. »Oh, hi, Livy, dich habe ich vor lauter Mehl gar nicht gesehen!«

Mein Herz rast auf einmal, als hätte Caroline uns tatsächlich beinahe bei etwas Verbotenem erwischt. Dabei habe ich Yash doch nur mit seiner Maschine geholfen und er hat mich dabei festgehalten, damit ich nicht das Gleichgewicht verliere.

Während Pudding versucht, mir das Gesicht abzulecken, umrundet Yash die Maschine und betätigt den Hebel, der das Mühlrad vom Rest der Mechanik löst, sodass daraufhin nur noch das Plätschern des Baches draußen vor dem Fenster zu hören ist und das Mehl nicht mehr ständig in neuen Wolken aufgewirbelt wird. »Olivia hat mir dabei geholfen, die Wassermühle zu reparieren«, erklärt Yash und gibt Caroline einen Kuss auf die Wange.

Meine Schwester zwinkert mir zu. »Alles, um nicht mit Mum Weihnachtsgeschenke an die Damen aus dem Verschönerungskomitee zu verteilen, nehme ich an?«

Ich verziehe das Gesicht. »Da bin ich glücklicherweise drum herumgekommen.« Als ich noch zu Hause gelebt habe, hatte ich damit weniger Glück und musste mit meiner Mutter oft quer durchs Dorf marschieren und Geschenke verteilen, nur damit mich die älteren Frauen begutachten, mein Aussehen kommentieren oder meine Schulnoten abfragen konnten. Ich habe es gehasst – und bin mir sicher, dass sie mir auch heute noch die gleichen Fragen stellen würden.

Okay, die Frage nach meinen Schulnoten würden sie wahrscheinlich durch die ersetzen, wann ich denn vorhätte, endlich Kinder zu bekommen.

»Aber warum bist du eigentlich hier?«, fragt Yash mich jetzt. Er reicht mir ein Handtuch, damit ich mir damit das Mehl aus dem Gesicht wischen kann, während Pudding aufgeregt zwischen uns hin und herläuft. »Ach stimmt! Ich wollte dich eigentlich fragen, ob …« Ich halte kurz inne. Caroline darf auf keinen Fall von den mysteriösen Briefen erfahren. Wenn sie am Ende noch erfährt, dass ich schon wieder einen Liebesbrief an ihren Verlobten geschrieben habe, muss ich endgültig untertauchen und mir eine neue Identität zulegen.

»… ob du mir so einen leckeren Kaffee machen kannst wie vor ein paar Tagen.«

Caroline verdreht spielerisch die Augen. »Ihr Süchtlinge. Aber wenigstens scheint ihr euch bei diesem Thema zur Abwechslung mal zu vertragen.«

Yash hebt die Brauen. »Mein Kaffee hat dir also geschmeckt?«

Ich nicke.

Yash kratzt sich am Kinn und betrachtet mich mit funkelnden Augen. »*Wie sehr* hat er dir geschmeckt?«

Ich beiße die Zähne zusammen. »Es war der beste Kaffee, den ich je getrunken habe – bist du jetzt zufrieden?«

Caroline blickt zwischen uns beiden hin und her und seufzt. »Und ich dachte wirklich, wir hätten endlich mal ein Thema gefunden, bei dem ihr beiden euch nicht provozieren müsst.« Pudding drückt mir seine feuchte Nase zwischen die Finger, als würde er Caroline zustimmen.

»Bist du bereit für unseren Notar-Termin, Yash?« Caroline blickt skeptisch an Yashs mehlbestäubtem T-Shirt hinab. Die Schürze hat nicht wirklich geholfen, es sauber zu halten. Seine dunklen Haare sehen fast grau aus, so viel von dem weißen Staub hat sich darin gesammelt.

Ich würde gern fragen, warum die beiden zu einem Notar fahren. Haben sie also doch vor, demnächst zu heiraten und lassen einen Ehevertrag aufsetzen? Mir wird übel bei dem Gedanken, dabei wusste ich ja schon seit Jahren, dass dieser Tag irgendwann kommen würde.

»Oh, den hätte ich komplett vergessen.« Yash reißt seine Schürze vom Körper und wendet sich wieder mir zu. »Aber vorher muss ich Olivia einen Kaffee machen.« Er wirft mir einen amüsierten Seitenblick zu. »Das ist schließlich der Beste, den sie je getrunken hat, stimmt's, Livy?«

Ich werfe ihm einen bösen Blick zu.

»Die Eiswürfel sind oben im Gefrierschrank. Magst du kurz mitkommen?«

»Aber braucht nicht zu lang, okay?«, sagt Caroline und lacht. »Der Notar soll mich schließlich wählen im Januar.«

Meine Schwester verlässt die Mühle, während sie leise über ihren eigenen Witz kichert, und dabei einen sich sträubenden Pudding hinter sich herzieht. Yash führt mich durch die Tür zum Eingang und eine quietschende Holztreppe hinauf ins obere Stockwerk. Wir gelangen in einen gemütlichen Wohnbereich. Auf dem Sofa liegt ein Tablet, zwei benutzte Tassen stehen auf dem Couchtisch und als Yash den Kühlschrank öffnet, um mir das Gefrierfach zu zeigen, sehe ich, dass es mit Eiswürfelformen aus Silikon bestückt ist. Er füllt ein Glas zur Hälfte mit Eiswürfeln und gibt es mir, bevor er auf die Kaffeemühle und die kleine Siebträgermaschine daneben deutet. »Bekommst du den Rest allein hin? Ich muss mich beeilen.«

»Ich bin nicht wirklich hier für Kaffee.«

Er hebt die Augenbrauen, als hätte er den wahren Grund meiner Gegenwart tatsächlich schon wieder vergessen. »Warum dann?«

»Na, weil du mir schon wieder einen bescheuerten Brief geschrieben hast!« Ich ziehe den Brief ein zweites Mal aus der Hosentasche. Diesmal schnappt Yash ihn mir aus den Fingern und liest den Inhalt.

»Das darf doch wohl nicht wahr sein«, flüstert Yash.

»Willst du damit sagen, dass du ihn nicht geschrieben hast?«

»Natürlich nicht!«

»Und wieso sollte ich dir das glauben? Das mit der Entschuldigung kann sich nur auf genau eine Sache beziehen und du weißt ganz genau, welche!« Noch während ich spreche, spüre ich, wie meine Wangen rot werden. Ich wünschte, das ganze Drama um den Liebesbrief wäre mir nach all der Zeit egal. Ich wünschte, es wäre für mich nur noch eine lächerliche kleine Sache aus der Vergangenheit, mehr nicht. Ich wünschte, ich wäre wegen alledem nicht mehr so wütend. Aber irgendwie habe ich das nie verarbeitet – jedenfalls fühlt es sich immer noch genauso peinlich und unangenehm an wie damals.

Wenn du über deine Gefühle sprechen könntest, wäre alles einfacher, höre ich Kates Stimme in meinem Kopf. Aber über Gefühle sprechen kann ich nicht mehr. Seitdem mein Liebesbrief von meiner ganzen Schule gelesen wurde, fühlt es sich für mich verdammt gefährlich an, mein Inneres mit irgendjemandem zu teilen. Ich will nicht noch mal so verletzt werden.

»Weil es keinen Sinn ergibt, dass ich dir solche Briefe schreiben sollte. Schließlich habe ich selbst auch wieder einen bekommen.« Yash hebt das Tablet an, das auf dem Couchtisch liegt, und darunter kommt ein fast identischer cremefarbener Umschlag zum Vorschein. Er hält ihn mir hin und ich nehme ihn vorsichtig an mich, ohne dabei Yashs Finger zu berühren. Ich spüre immer noch, wie er mich vorhin festgehalten hat, damit ich nicht in die Maschine stürze; der Druck seiner kräftigen Finger an meiner Hüfte …

Ich ziehe den Briefbogen aus dem Umschlag hervor.

Lieber Yash,

es ist Zeit, dich zu entschuldigen.

Du weißt, warum.

Wer mit der Vergangenheit nicht abschließt, kann nicht in die Zukunft blicken.

Die perfekte Gelegenheit bietet sich dir am 9. Dezember um 19 Uhr bei einer Runde Schlittschuhlaufen auf dem Großen Ententeich.

Ich runzele die Stirn. »Was soll das denn jetzt bedeuten?«

»Ich habe nicht die leiseste Ahnung.«

»Aber das beweist überhaupt nichts. Du könntest dir diesen Brief schließlich auch selbst geschrieben haben.«

»Habe ich aber nicht, okay?« Er fährt sich durch die Haare und kleine Mehlwölkchen rieseln davon herab. »Meine Schrift sieht vollkommen anders aus! Und außerdem …«

Er bricht ab und presst die Zähne aufeinander.

»Außerdem *was*?«

Für einen Moment schweigt er und sein Blick flackert über mein Gesicht, auf einmal fast unsicher. So habe ich Yash selten gesehen.

»Außerdem würde ich mir doch nicht selbst einen Auftrag geben, den ich gar nicht erfüllen kann.«

Ich starre ihn an, er starrt zurück.

Da ist sie also. Die bittere Wahrheit liegt klar und deutlich vor uns. Er will sich wirklich immer noch nicht bei mir dafür entschuldigen, dass er damals den Liebesbrief veröffentlicht hat.

Dabei wäre es doch verdammt einfach: Ein paar ehrliche Worte in meine Richtung und fertig. Aber er weigert sich.

Er will sich nicht entschuldigen, weil er ein arrogantes Arschloch ist. Wahrscheinlich hat sich Yash in seinem ganzen Leben noch nie für irgendwas entschuldigt. »Du bist so ein Scheißkerl, weißt du das eigentlich?«

Seine Augen beginnen wieder zu funkeln und er macht einen Schritt auf mich zu. »Ein Scheißkerl also, das denkst du von mir?«

Ich nicke. Mein Mund ist auf einmal ganz trocken. »Ein Scheißkerl, der es nicht mal schafft, die Mühle zu reparieren, weil er sich sein Leben lang um nichts selbst kümmern musste«, gifte ich. »Frag doch nächstes Mal deinen Daddy, ob er dir hilft. So wie sonst auch immer.«

Yashs Augen weiten sich. Seine Kiefermuskeln mahlen, als müsste er sich in diesem Moment zusammenreißen. Warum, wird mir im nächsten Moment klar. »Mein Vater ist tot.«

Der Satz hallt durch das Obergeschoss der Mühle hinauf zu den schrägen Balken, über denen ein paar Tauben gurren. Sonst ist es vollkommen still. »W-was?«

Auf einmal glitzern Tränen in Yashs Augen.

»Mein Vater ist tot, Olivia. Seit fünf Monaten. Herzinfarkt.«

Suresh. Tot. Ich höre zwar die Worte, verstehe sie aber nicht. Ich kenne Suresh seit meiner Kindheit. Dass er nicht mehr lebt, ergibt für mich keinen Sinn. Und es ist verdammt unfair: Suresh war ein liebenswerter Mensch, der es immer wieder geschafft hat, mich zum Lachen zu bringen. Und er hat mir damals sogar dabei geholfen, den Zebrastreifen für die Enten zu malen. Als er mich mit der Kreide auf dem Boden sah, dachte ich, dass ich von ihm (einem Erwachsenen!) jetzt Ärger bekommen würde. Aber er fand die Idee so gut, dass er mir geholfen hat. Jetzt wird er nie wieder jemandem helfen. Auch nicht seinem Sohn.

Mein Herz ist mir in die Hose gerutscht. »Das wusste ich nicht.«

Yash macht einen Schritt nach hinten und schüttelt den Kopf. Auf einmal ist jeder Kampfesgeist aus ihm gewichen und er sieht einfach nur noch müde aus. »Würde es einen Unterschied machen, wenn du das gewusst hättest?«

Ich schlucke. »Wie-wie meinst du das?«

»Du hasst mich so oder so. Ganz egal, ob mein Vater jetzt tot ist oder nicht.«

»Ich … niemand aus meiner Familie hat mir von Sureshs Tod erzählt«, beteuere ich jetzt. Auf einmal ist es mir ganz wichtig, dass er das weiß. Er soll nicht denken, dass ich völlig herzlos bin.

Yash hebt die Schultern. »Ja, weil ich das nicht wollte. Es hätte dich doch sowieso nicht gekümmert.«

»Ich wäre auf die Beerdigung gekommen.«

Er legt den Kopf schief. »Wirklich, Olivia? Du kommst *nie* nach Granbury und wie gesagt: Du hasst mich.«

»Natürlich wäre ich zu seiner Beerdigung bekommen.«

Er schüttelt den Kopf, als würde er mir das nicht glauben.

»Es tut mir so leid, Yash«, sage ich und ärgere mich darüber, wie kleinlaut ich klinge.

»Ich gehe jetzt duschen«, entgegnet er tonlos und verschwindet ins Badezimmer.

Ich bleibe allein zurück, schlucke den Kloß in meinem Hals runter und setze mich beschämt auf die weiche zerbeulte Couch, die wahrscheinlich mal Suresh gehört hat.

Kurz darauf höre ich das Wasser laufen und versuche, nicht daran zu denken, was gerade passiert ist. Ich vergrabe mein Gesicht in meinen Händen. Ich kann nicht glauben, dass ich nicht von Sureshs Tod wusste – dass niemand aus meiner Familie mir davon erzählt hat.

Ich stöhne.

»Du bist so ein Trottel, Olivia Lennox«, flüstere ich. Ich lasse meine Hände wieder sinken und mein Blick bleibt an einem aufgeschlagenen Taschenkalender hängen, der neben dem Tablet auf dem Couchtisch liegt. Darin sind mit schwarzem Kugelschreiber ein paar Termine notiert. Ich sehe dort mehrere Wahlkampfveranstaltungen von Caroline und heute, am 7. Dezember, einen umkringelten Termin, der einfach nur mit dem Wort »Notar« beschrieben ist. Mein Herz rutscht mir noch weiter in die Hose und ich mache mir Sorgen, dass es bald durch mein Hosenbein auf den Dielenboden fällt. Und diese Sorge wird noch größer, als ich erkenne, dass Yashs Schrift in diesem Kalender tatsächlich völlig anders aussieht als die des mysteriösen Briefeschreibers. Sein eckiges Gekrakel hat wirklich ganz und gar nichts gemein mit der verschnörkelten Schrift auf den Briefen. Wenn ich mir seine hässliche Schrift so anschaue, bezweifle ich stark, dass er die Fähigkeit hätte, solch elegante Buchstaben zu formen … Vielleicht hat er mich gar nicht angelogen. Vielleicht hat er wirklich nichts mit den Briefen zu tun …

Auf einmal kann ich nicht schnell genug aus der Mühle verschwinden. Die Scham ist einfach zu groß, um Yash gleich noch mal in die Augen zu blicken. Ich bin schon auf halbem Weg zur Treppe, als die Badezimmertür sich öffnet. »Liv, warte.«

Yash steht in der halb geöffneten Tür und hält ein Handtuch um seine Hüfte fest. Wasser tropft aus seinen Haaren und läuft in kleinen Bächen seinen Oberkörper herunter. Zu meiner Überraschung hat er ein Tattoo auf der Brust, die stilisierte Zeichnung eines Hundes. »Ist das Pudding?« Ich deute auf seine nackte Brust.

Yash blickt irritiert an sich herab. »Ja, wer sonst.« Meine Ohren glühen. Ich muss hier so schnell wie möglich raus.

Aber ich will ihm zeigen, dass ich nicht so bin, wie er es jetzt von mir denken muss. Ich wende meinen Blick von seinem nackten Oberkörper ab und starre betreten auf meine Schuhspitzen. »Tut mir leid, dass ich dachte, du warst das mit dem Brief. Ich … glaube dir.«

Ich höre, wie er sich mit einem zweiten Handtuch die Haare abrubbelt. »Hast du dir schon einen Kaffee gemacht?«

Ich runzele die Stirn, irritiert von dem plötzlichen Themenwechsel. »Ich … nein?«

»Dann würde ich mich an deiner Stelle damit mal beeilen, wir müssen gleich los.« Damit verschwindet er wieder im Bad und lehnt die Tür hinter sich an. Ich höre das Klackern seiner Gürtelschnalle. Das war's also. Mehr wird er nicht mehr zu diesem Thema sagen?

Ich zucke die Achseln und nutze die Chance, um mir tatsächlich noch einen Kaffee zu machen, der nicht nach bitterer Erde schmeckt. Ich weiß nicht, ob Yashs Reaktion bedeutet, dass er mir verziehen hat. Und falls ja, dann weiß ich auch nicht, was das für unser Verhältnis in der Zukunft bedeutet.

Vom Fenster aus kann man den Großen Ententeich sehen, wie er glatt und still auf der Wiese liegt wie eine riesige Münze. Warum sollte jemand Yash und mich dorthin zum Schlittschuhfahren beordern? Über diesen zweiten Teil der Nachricht habe ich noch gar nicht richtig nachgedacht, weil ich mich so an der Entschuldigung aufgehängt habe, die ich eh nie von Yash bekommen werde. Das mit dem Schlittschuhfahren stupst eine Erinnerung in meinem Hirn an, eine, die ich eigentlich jahrelang zu verdrängen versucht habe. Eine Erinnerung, die vor allem dann hochkommt, wenn ich nach einer betrunkenen Nacht mit Kate heulend auf der löchrigen Couch in unserer WG sitze. Erst das Tannenbaumschmücken, dann das Schlittschuhlaufen … das sind doch beides Dinge, die ich in meinem damaligen Liebesbrief an Yash vor acht Jahren erwähnt habe, oder?

Nachprüfen kann ich das leider nicht mehr, weil ich das Original längst verbrannt habe. Aber könnte es sich bei den mysteriösen Briefen um eine Art Schnitzeljagd handeln, die mit meiner Liebesbekundung vor acht Jahren zu tun hat?

Wenn ich das herausfinden will, muss ich irgendwie an eine Kopie des unsäglichen Liebesbriefs kommen, ansonsten kann ich ja nicht überprüfen, ob meine Vermutung stimmt. Während ich den frisch gebrühten Espresso über die Hafermilch in meinem Glas gieße, wird mir immer klarer, dass es nur eine Person gibt, die mir helfen kann – auch wenn mir ganz und gar nicht danach zumute ist, sie darum zu bitten.

Ich schnappe mein Glas und verschwinde die Treppe runter, bevor Yash wieder aus dem Badezimmer kommt.

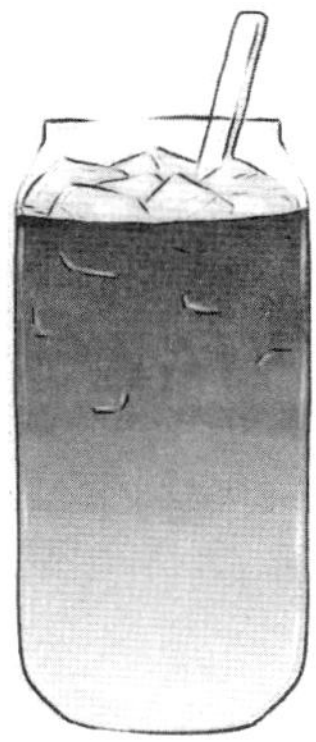

Kapitel 10

Eine halbe Stunde später sitze ich im *Toast Office* und bestelle einen Käsetoast sowie meinen zweiten Iced Latte des Tages. Wie bei meinem letzten Besuch läuft wieder jazzige Weihnachtsmusik, wieder ist das Café an einem normalen Wochentag um die Mittagszeit gut gefüllt, wieder weiche ich den Blicken der Anwesenden aus. Diesmal habe ich allerdings den Tisch am Fenster ergattert und ein Mädchen, das ich noch nie zuvor gesehen habe, nimmt meine Bestellung auf.

Als sie kurz darauf mit einem köstlich duftenden Avocado-Toast und einem Iced Latte zurückkommt, dessen Eiswürfel diesmal offenbar doch ohne Probleme aufzutreiben waren, halte ich sie kurz zurück. »Ist Rachel heute da?«

Das Mädchen nickt. Ihr Eyeliner ist so dick auf der unteren Wasserlinie aufgetragen, dass sie ein bisschen wie eine Cartoonfigur aussieht, die mich böse anguckt.

»Vielleicht könnte sie kurz vorbeikommen, wenn sie mal einen Moment hat?«

Das Mädchen nickt, ohne zu antworten, und verschwindet dann wieder in der Küche. Ich verspeise meinen Avocado-Toast und nehme einen Schluck aus dem Iced Coffee, während ich mich hinter meinem Buch verstecke, von dem ich tatsächlich aber kein einziges Wort lese. Aus dem Augenwinkel sehe ich die geschmückte Grüne Dame, an der jetzt bis zur Spitze auch die bemalten Weihnachtskugeln hängen. Irgendwo dort baumelt also auch eine Kugel, auf der *Olivia + Yash forever* steht. Ich versuche, sie zwischen den anderen kleinen Kunstwerken zu finden, und merke viel zu spät, dass Rachel schon vor mir steht. Sie räuspert sich, damit ich endlich zu ihr aufblicke.

»Oh, hi, Rachel, hast du einen Moment?«

»Eigentlich nicht.« Heute ist sie wie eine Weihnachtselfin gekleidet und ich muss an die Worte meines Vaters denken, der heute Morgen ja gefragt hat, ob ich mich mit einem Weihnachtswichtel angefreundet hätte, als er den Brief am Mistelzweig gesehen hat. Wenn niemand aus meiner Familie dahintersteckt, wäre es eigentlich auch sehr gut möglich, dass Rachel die geheime Briefeschreiberin ist. Ich muss also vorsichtig sein.

Meine frühere beste Freundin hat sich mit verschränkten Armen vor mir aufgebaut und da sie steht und ich sitze, kann sie gerade so richtig von oben herab auf mich runter starren. Ich schlucke. »Magst du dich vielleicht kurz setzen?«

Rachel seufzt, schnaubt, setzt sich dann aber tatsächlich zu mir. »Worum geht's hier? Ich muss zurück in die Küche.«

»Ich …«, beginne ich und spiele verlegen mit dem Glasstrohhalm in meinem Iced-Coffee-Glas herum. »Es tut mir wirklich leid, dass ich damals abgehauen bin, Rachel.«

Sie zuckt die Achseln. »Schön zu hören.«

Ich runzele die Stirn. »War es nicht das, was du von mir hören wolltest?«

»Das wollte ich vor sechs Jahren hören, Liv. Jetzt ist es zu spät. Mach dir keine Mühe.«

Ihre Worte stechen in meinen Ohren. »Ich bin nicht deinetwegen gegangen.«

»Aber du bist auch nicht meinetwegen geblieben.«

»Ich …«

»Weißt du noch, was wir uns immer ausgemalt haben? Du wolltest in Oxford studieren, damit du nicht weit von Granbury weg bist, und ich wollte das Café meiner Tante übernehmen. Das Granbury-Dreamteam Olivia und Rachel – wir wollten uns niemals trennen.« Sie lehnt sich auf ihrem Stuhl zurück, verschränkt wieder die Arme vor der Brust und nagelt mich mit einem scharfen Blick fest.

»Aber du hast deinen Lebenstraum doch erreicht, Rach?«

Sie schnauft. »Du warst bisher nicht ein einziges Mal hier.« Rachel beugt sich zu mir vor. »Ich habe ein Kind, Olivia.«

»Was?«

Sie zuckt die Achseln, als wäre das nichts Neues, während mein Hirn explodiert. »Was?«, wiederhole ich.

»Meine Mutter hat mir das gar nicht erzählt ich, ich … ich hätte mich natürlich gemeldet, wenn ich das gewusst hätte.

»Für Joey hättest du dich also gemeldet, aber nicht für mich?«

»Dein Kind heißt Joey?«

»Problem damit?«

»Nein, nein. Ich … kann nur einfach kaum glauben, dass du inzwischen eine Mutter bist.«

Rachel seufzt.

»Ehrlich gesagt hatte ich das auch nicht geplant. Joeys Vater ist ein Arschloch und die Beziehung war eigentlich schon vorbei, als es passiert ist. Na ja, irgendwie sollte ich ihm wohl auch dankbar sein: Ich bin verdammt froh, dass er Joey in mein Leben gebracht hat.«

Jetzt nickt Rachel in Richtung der anderen Menschen im *Toast Office* und flüstert die nächsten Sätze.

»Du kannst dir ja denken, wie viel Gerede und Drama es gab, nachdem ich schwanger wurde. Ein paar Wochen war das in Granbury das einzige Gesprächsthema.«

»Rachel, ich …«

»Spar dir deine Entschuldigungen, ich will sie wirklich nicht hören, Liv.«

»Doch«, sage ich und beuge mich nun ebenfalls vor. »Ich war eine miese Freundin, Rach, und vor diesem Fakt werde ich mich auch nicht verstecken.«

Rachels grüne Augen weiten sich vor Überraschung.

»Du warst nie der Grund, warum ich aus Granbury abgehauen bin«, fahre ich fort. »Im Gegenteil. Wenn ich für jemanden geblieben wäre, dann für dich. Aber ich konnte damals nicht bleiben. Dieses Dorf wurde mir einfach zu eng und zu klein und das Gerede … ich habe es nicht mehr ausgehalten.«

Rachels Blick ist schwer zu deuten, also spreche ich einfach weiter. »Du musst mir nicht verzeihen oder so was, aber … ich weiß, dass ich damals nur an mich gedacht habe, dass ich egozentrisch war. Ich wollte die Beziehung zu dir nicht verlieren, aber ich habe … ich habe wirklich nur an mich gedacht.«

Rachel holt tief Luft. Auf einmal scheinen ihr meine Zugeständnisse unangenehm zu sein. »Ist schon okay, Liv. Ich verzeihe dir vielleicht nicht sofort, aber ich kann das teilweise schon verstehen.«

»Warum bist *du* denn geblieben? Du hast ja scheinbar auch erlebt, wie es ist, wenn das ganze Dorf über dich spricht?«

Rachel schließt ihre Finger um den Zuckerstreuer und beginnt, ihn auf dem Tisch hin und her zudrehen. »Weil ich Granbury irgendwie auch liebe. Ich glaube, wenn man so lang an einem Ort lebt, gibt es vieles, was einem missfällt. Aber jetzt bin ich hier, schmeiße das einzige Café im ganzen Ort und kann … das Leben hier mitgestalten, weißt du?«

Sie deutet auf eine Kreidetafel, die hinter der Theke neben der Getränkekarte hängt.

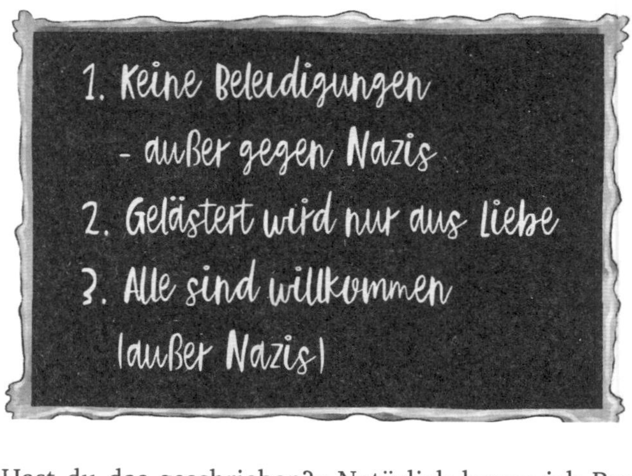

»Hast du das geschrieben?« Natürlich kenne ich Rachels Handschrift noch. Sie schreibt wie jemand, die in ihrer Jugend gern Minnie-Mouse-Ohren in der Schule getragen hat.

»Na, klar.« Rachel dreht wieder den Zuckerstreuer in der Hand. »Wenn mir jemand blöd kommt, weise ich einmal auf meine Tafel hin und beim nächsten Verstoß fliegt er raus.«

Mir fällt ein Stein vom Herzen.

Rachel kann ich wohl auch von meiner Liste der Verdächtigen entfernen. Sie hat die Briefe ganz bestimmt nicht geschrieben.

»So, warum wolltest du mich jetzt sprechen?« Rachel sieht mich an, als würde sie erwarten, dass ich ihr gleich ein lukratives Geschäftsmodell pitchen, sie dabei aber eigentlich nur in ein Pyramidensystem verwickeln möchte.

»Ich …«

»Du …?«

»Ich … ich hab mich gefragt, ob du noch Fotos von meinem Brief von damals hast. Das ist wichtig für mich – ich muss etwas nachschauen.«

Die Überraschung fegt für einen Moment jedes Misstrauen aus Rachels Gesicht. Sie muss nicht fragen, welchen Brief ich meine. »Was? Wofür das denn? Schreibst du deine Memoiren?«

»Du meinst, darüber, wie man in London am Existenzminimum lebt?«

Rachel lacht schnaubend, bevor sie mich mit einem nachdenklichen Blick beäugt.

»Und was ist der wahre Grund, warum du den Brief brauchst?«

»Kann ich dir leider nicht sagen.«

Sie beäugt mich jetzt kritisch. Doch dann sagt sie: »Ich muss danach suchen.«

»Das wäre toll. Und könnte ich mir die Fotos dann bei dir anschauen, wenn du sie finden solltest?«

Für einen Moment starrt Rachel mich an und kaut auf

ihrer Unterlippe herum. Ich sehe, wie die Gedanken in ihrem Kopf rattern. »Gut, komm heute Abend um zwanzig Uhr bei mir vorbei. Ich wohne jetzt in der Highfield Road, letztes Haus rechts.«

Ich schlucke. »Okay, gerne.«

Rachel steht auf. »Jetzt muss ich wirklich zurück in die Küche. Bring heute Abend was zu essen mit.« Sie rümpft die Nase. »Und nichts mit Brot oder mit Käse, das kann ich nicht mehr sehen.«

Sie wendet sich schon zum Gehen, aber ich halte sie noch einmal auf. »Hey, Rach?«

Sie dreht sich um. »Mh?«

»Lern ich dann auch Joey kennen?«

Sie zögert für einen Moment. »Wir werden sehen«, sagt sie dann schließlich, bevor sie in der Küche verschwindet.

Ein paar Stunden später leihe ich mir das Auto meiner Mutter, um zwei Dörfer weiterzufahren und Essen für Rachel und mich zu holen. Wie man sich vorstellen kann, ist »öffentlicher Nahverkehr« in Granbury ein Fremdwort. Ich hoffe, dass es nicht direkt zu durchschauen ist, dass ich versuche, mir Rachels Gunst mit ihrem Lieblingsessen zu erkaufen.

Als ich mit den dampfenden Boxen vor dem kleinen Backsteinhaus in der Highfield Road stehe, kommt mir der Gedanke, dass ich sie ja gar nicht nach Allergien oder anderen Einschränkungen gefragt habe. Was, wenn sie kein Gluten mehr verträgt? Und will sie überhaupt noch die gleichen fettigen Nudeln essen, für die wir als Teenagerinnen sogar unsere Nieren verkauft hätten?

Die Tür geht auf und Rachel steht vor mir. Sie trägt einen Jogginganzug mit rot-weiß gestreiften Zuckerstangen darauf. »Rieche ich da etwa *Golden Chopsticks*?« Sie quietscht und nimmt mir freudestrahlend die Boxen ab. »Wir müssen leise sein, Joey schläft schon.«

Ich versuche, mir die Enttäuschung nicht anmerken zu lassen, ich hätte Rachels Sohn wirklich gerne kennengelernt. Aber das ist natürlich allein ihre Entscheidung.

Ihr Haus liegt in einer Reihe zusammenhängender schmaler Gebäude, die allesamt über zwei Stockwerke und einen winzigen Garten verfügen. Schon im schmalen Eingangsbereich stolpere ich über Kinderschuhe und Spielzeug. Überall an den Wänden hängen Fotos, die Rachel mit einem kleinen rothaarigen Jungen zeigen. »Ist er das?«, flüstere ich, auch wenn es ein bisschen creepy wäre, wenn Rachel so viele Fotos mit einem kleinen Kind aufgehängt hätte, das nicht ihr eigenes ist.

Sie nickt und auf einmal wird ihr Gesicht ganz weich. »Das ist Joey. Er hat mein Leben verändert. Vielleicht nicht auf die Art, wie ich es mir vorgestellt oder gewünscht habe, aber ich würde ihn für nichts auf der Welt wieder hergeben.«

Ich weiß nicht so recht, was ich sagen soll. Keine meiner Freundinnen in London hat Kinder und ich weiß nicht, ob Rachel jetzt Bestätigung oder so etwas erwartet. »Er ist wirklich sehr süß.«

Sie nickt zufrieden und ich bin erleichtert – offenbar habe ich das Richtige gesagt. Rachel führt mich in ein vollgestopftes kleines Wohnzimmer, das schon für Weihnachten geschmückt ist. In der Ecke steht ein blinkender Weihnachtsbaum und auf dem Couchtisch neben einer schwarzen Kiste eine Weihnachtskugel aus Plüsch, die so aussieht, als würde sie sofort anfangen zu singen, wenn man sie fest drückt.

»Setz dich.« Rachel verschwindet durch einen kleinen Durchgang in die Küche und kommt kurz darauf mit Besteck und Servietten zurück.

»Ich hatte ewig kein *Chopsticks* mehr.« Sie atmet tief ein, als ich die Deckel von den dampfenden Nudeln ziehe.

»Zwei Mal Gemüse mit Tofu.«

»Ich bin im Himmel.«

»Guten Appetit.« Instinktiv stoßen wir mit unseren Gabeln an, so wie wir es früher auch immer gemacht haben, und auf einmal fühle ich mich zurückgeworfen in Nächte, in denen wir Tommy überredeten, mit uns zum *Chopsticks* zu fahren und ihn dann eine Stunde ignorierten, während wir die Nudeln inhalierten und über die letzte Episode von *Stranger Things* sprachen.

Ich rolle mir einen ersten Bissen Nudeln auf die Gabel und schiebe ihn mir in den Mund. Es schmeckt immer noch genauso gut wie früher: ein bisschen zu salzig und der Tofu heftig frittiert, genau so, wie ich es mag.

Wir genießen schweigend unser Essen, bis Rachel auf einmal in ihre Nudeln kichert. »Gerade musste ich daran denken, dass ich mir für das erste Date mit Joeys Vater ein Dinner im *Chopsticks* gewünscht habe.«

Unser liebster Nudelladen ist eher ein Imbiss als ein romantisches Restaurant. »Wie fand er's?«

»Überhaupt nicht gut.« Sie verschluckt sich vor Lachen und ich reiche ihr die Limonade, die ich mitgebracht habe. »Das hätte mir von Anfang an ein Zeichen sein sollen.«

Ich grinse. »Wer *Chopsticks* nicht zu schätzen weiß, sollte nie mehr als einen Kuss bekommen. Das sehe ich auch so.«

»Hast du damals deshalb mit Tommy geschlafen? Weil er uns immer dorthin gefahren hat und das *Chopsticks* sehr wohl zu schätzen wusste?«

Ich pikse Rachel mit meinem Essstäbchen ins Bein und auf einmal kichern wir, bis uns die Tränen kommen. Rachel reicht mir eine von den Servietten und ich tupfe mir damit die Augenwinkel.

»Jetzt kommen wir mal zum ernsten Teil des Abends«, sagt Rachel und trägt unsere Essensboxen in die Küche. Dann zieht sie die schwarze Kiste zu uns heran und hebt den Deckel hoch.

Mir stockt kurz der Atem. »Du hast noch so viele davon?«

In der Box zwischen uns auf dem Sofa befindet sich nämlich nicht nur eine Kopie des Briefes – da sind Dutzende. Mit zitternden Fingern greife ich danach und schaue sie mir an. Manche der Blätter sind halb zerrissen oder mit ganz viel schwarzem Edding bekritzelt – meine Schrift.

Rachel weicht meinem Blick aus. »Ich hab doch gemerkt, wie sehr dir das damals wehgetan hat. Dass diese verfickten Blätter überall waren. Ich hab jedes einzelne abgerissen oder aufgesammelt, weil ich nicht wollte, dass dir das jemand auf deinen Platz in der Schule legt. Wenn das passiert ist, war immer dein ganzer Tag gelaufen.«

»Manchmal habe ich sogar welche davon in meinem Rucksack gefunden«, flüstere ich. Rachel hebt die Augenbrauen. »Das hast du mir nicht mal erzählt.«

Ich ziehe meine Knie auf das Sofa hoch und schlinge meine Arme darum.

»Jedenfalls konnte ich die Blätter bis heute nicht wegwerfen. Ich hatte das Gefühl, wenn ich das tue, dann würde auch der Beweis für deinen Schmerz irgendwie verloren gehen, weißt du? Wie verrückt das alles damals wirklich war.«

Ich schüttele den Kopf, weil ich nicht sprechen kann. Ein dicker Kloß versperrt meinen Hals. »Oh, Livy.« Rachel schiebt die Box zur Seite und drückt mich an sich. Sie riecht nach fettigen Nudeln und Parfüm, aber darunter auch eindeutig nach dem Erdbeershampoo, das sie schon benutzt hat, als wir noch sechzehn waren.

»Es tut mir leid«, flüstere ich. »Es tut mir so leid, dass ich dich zurückgelassen habe.« Ich schniefe und drücke sie fester an mich. Und im nächsten Moment höre ich auch sie schniefen. »Es ist okay, Livy.«

Ich schüttele den Kopf, ohne sie loszulassen. »Nein, ist es nicht.«

»Okay, ist es nicht.« Rachel lacht und heult gleichzeitig.

»Du darfst ruhig weiter auf mich sauer sein.«

Rachel löst sich von mir und reibt sich mit dem Finger die verlaufene Mascara unter den Augen weg. »Vielleicht sollte ich das sein«, entgegnet sie mit einem wässrigen Lächeln. »Aber ich habe gerade überhaupt gar keine Lust dazu.«

Ich lache und dabei tropft meine Nase. Rachel reicht mir eine Serviette. »Danke. Ich bin ja so erbärmlich.«

Rachel grinst. »Aber du bist *meine* Erbärmliche.«

Ich zwicke sie in den Oberarm und wir lachen wieder, bis wir völlig erschöpft auf der Couch liegen – so wie früher an ewig langen Sommernachmittagen auf meinem Bett. »Weißt du, was das Verrückteste ist?«, fragt Rachel irgendwann.

»Mmh?«

»Dass das alles nur passiert ist, weil ein Mädchen verliebt war.«

Ich öffne den Mund, um zu protestieren, aber sie kommt mir zuvor. »Das ist nichts Peinliches oder so. Nichts, für das man sich schämen muss. Du hast niemanden beschimpft oder beleidigt, du hast nichts Böses oder Verbotenes getan. Du hast einfach nur einen Liebesbrief geschrieben. Liebe Worte an jemanden, der dir viel bedeutet hat.«

Ich kaue auf meine Unterlippe herum, um nicht direkt wieder loszuheulen. »Aber Yash war der Freund meiner Schwester.«

»Ich glaube nicht mal, dass es darum ging«, sagt Rachel. »Und ich habe in den letzten Jahren viel darüber nachgedacht. Ich glaube, das wäre alles auch ziemlich genau so passiert, wenn es irgendein anderer Junge gewesen wäre. Warum um alles in der Welt bringen wir jungen Menschen bei, dass Liebe das Peinlichste ist, was ihnen passieren kann?«

Kapitel 11

Trotz Rachels ermutigender Worte, habe ich mich am nächsten Morgen noch immer nicht getraut, den Brief zu lesen. Eine der unbeschädigten Kopien liegt versteckt unter meinem Kopfkissen und wartet auf mich. Aber jedes Mal, wenn ich unter das Kissen greife, um zu überprüfen, ob der Brief noch da ist, schnürt es mir sofort die Kehle zu. Ich habe Angst, mich wieder so zu fühlen wie damals, mich so zu *schämen*. Denn auch wenn ich glaube, dass Rachel mit ihrer Einschätzung recht hatte, gibt es doch eine Sache, die sie nicht weiß und die ich selbst immer wieder zu verdrängen versuche: dass ich nicht nur *damals* in Yash verliebt war. Sondern dass meine verdammten Knie auch heute noch weich werden, wenn er mich anguckt. Natürlich habe ich in den letzten Jahren auch andere Männer kennengelernt, die mir gefallen haben. Aber es ist nie eine Verbindung entstanden, die sich auch nur annähernd so angefühlt hat wie das Kribbeln in meinem Bauch, wenn Yash mich ansieht. Es fühlt sich an, als könnte er direkt in mein Innerstes sehen, weil ich es ihm einmal geöffnet habe – in dem verdammten Liebesbrief, der gerade unter meinem Kissen liegt.

Je länger ich über Yash und meine Gefühle für ihn nachdenke, desto mehr glaube ich, dass es im Endeffekt vielleicht gar nicht schlecht ist, dass mich der mysteriöse Brief zurück nach Granbury gelockt hat. Vielleicht kapiere ich jetzt endlich mal, dass die Schmetterlinge in meinem Bauch ersticken müssen. Dass diese Gefühle ein Ende haben müssen – dass diese Gefühle mit der Realität kollidieren und aufhören müssen: Yash und Caroline werden heiraten. Bestimmt waren sie gestern wirklich beim Notar, um einen Ehevertrag abzuschließen. Und ich muss es irgendwie schaffen, diese Hochzeit ohne einen Nervenzusammenbruch zu überstehen. Ich liebe meine Schwester doch und möchte, dass sie glücklich ist.

Auf einmal ist mir alles klar: Dieser Adventsmonat ist dafür da, um Abschied zu nehmen, endlich mit meiner Vergangenheit abzuschließen und diesen Teil meines Lebens hinter mir zu lassen. Es muss so sein, sonst werde ich mich in Zukunft nie auf jemand anderen als Yash einlassen können.

Das klingt doch eigentlich ziemlich vernünftig, oder?

»Olivia, bist du da?«, fragt meine Chefin Amina, nachdem ich ihr schon zum dritten Mal in diesem Call nicht zugehört habe.

»Ja, sorry, die Verbindung ist hier so schlecht«, lüge ich. »Kannst du das Letzte noch einmal wiederholen?«

Abseits meiner momentanen Ablenkung klappt es überraschend gut, aus dem Homeoffice zu arbeiten. Ich hatte eigentlich ohnehin nicht vor, jahrelang im Labor zu stehen, das habe ich nur gemacht, weil Amina damals eine Person gesucht hatte, die ein Händchen fürs Reparieren verschiedenster Labormaschinen hat.

Seitdem ist unser Team aber gewachsen und meine Rolle hat sich mehr in Richtung Management und Qualitätssicherung entwickelt – und ich arbeite gerade sogar an der Entwicklung einer kompakten Emulsionsmaschine für all die neuen Produkte, die Amina sich so ausdenkt. Dennoch würde mir das Reparieren der Maschinen schon ein bisschen fehlen, wenn ich nicht nur noch von zu Hause aus arbeiten würde.

»Olivia?« Ich habe schon wieder nicht zugehört. »Wenn das Homeoffice zur Regelmäßigkeit werden soll, brauchst du auf jeden Fall einen besseren Internetanschluss.« Sie lacht, tief und kehlig – und ehrlich gesagt war es dieses Lachen, das mich damals für sie und die Firma begeistert hat. Amina ist ein leidenschaftlicher, wenn auch chaotischer Mensch und wir ergänzen uns gut.

Mir gelingt es, den Rest des Calls aufmerksamer zu sein, und so können wir alle anstehenden Probleme schnell lösen. Danach verbringe ich den Tag damit, mit meinem Vater den Dachboden auszumisten. Irgendwann schaltet er seinen alten Plattenspieler an und zeigt mir die ganzen Schätze, die er in den letzten Jahrzehnten dort oben unter dem Dach angesammelt hat. Allerdings hat das zur Folge, dass er sich von all diesen Dingen dann plötzlich doch nicht mehr trennen will – am Ende bekommt er nicht mal einen halben Wäschekorb mit Dingen voll, die er aussortieren möchte. Ich habe jedoch die Chance genutzt und meine Schlittschuhe aus der hintersten Ecke des Dachbodens hervorgekramt – man kann ja nie wissen.

Erst als ich abends im Bett liege und die Dunkelheit sich um mich herabsenkt, traue ich mich, den alten Liebesbrief unter dem Kissen hervorzuholen und ihn nach so vielen Jahren zum ersten Mal wieder zu lesen.

Lieber Yash,
ich muss dir was sagen.

Na ja, eigentlich muss ich es einfach mal aufschreiben, weil ich es sonst nicht aus dem Kopf bekomme. Vielleicht hast du auch sowieso schon gemerkt, dass ich immer rot werde und stottere, wenn ich dich sehe.

Ich weiß, dass du mit meiner Schwester zusammen bist.

Aber ich muss dir einfach sagen, dass ich dich liebe. Ich habe jetzt lang drüber nachgedacht und was anderes kann es einfach nicht sein. Oder wie erklärst du dir das hier sonst:

Wenn du den Raum betrittst, wird alles um mich herum heller und wenn du mich angrinst, wird mir ganz weich in den Knien. Du hast so eine schöne Stimme und wenn du mit mir sprichst, dann klopft mein Herz bis in meinen Kopf. Besonders liebe ich aber deine Hände, mit denen du alles um dich herum so sanft berührst. Das klingt vielleicht verrückt, aber ich träume davon, dass du mich so streichelst, wie du Pudding gestreichelt hast, als du uns beide vom Tierarzt abgeholt hast. Ich bin dir so dankbar, dass du den kleinen Hund gerettet hast, das glaubst du gar nicht.

Ich habe gesehen, wie lieb du mit den Enten umgehst, die im Sommer immer über meinen Kreide-Zebrastreifen laufen, ich hab sogar gesehen, wie du eine von ihnen mal schnell über die Straße getragen hast, bevor ein Auto kam.

Immer wenn ich an dich denke, fallen mir tausend Dinge ein, die ich gerne mit dir machen möchte:

Wenn es Dezember ist, so wie jetzt, dann würde ich mit dir gerne über Nacht die ganze Stadt schmücken und wenn morgens alle aufwachen, hätten wir Granbury einfach in ein Weihnachtsparadies verwandelt.

Ich würde gerne mit dir auf dem zugefrorenen Ententeich Schlittschuh fahren und dann die Kaninchen und Gänse von der

Dobbins-Farm vor ihrem Schicksal als Weihnachtsschmaus retten.

Und dann, irgendwann, würde ich dich gerne unter einem Mistelzweig küssen.

Ich weiß, dass das niemals passieren wird, so naiv bin ich nicht. Aber man kann ja träumen … und wenn ich träume, dann träum ich von dir, Yash.

Das Jahr ist bald zu Ende und ich muss das irgendwem erzählen, bevor ich ein neues Jahr beginnen kann – selbst wenn es nur dieses Stück Papier ist, denn im echten Leben darf natürlich niemals jemand von meiner Liebe für dich erfahren.

Also schreib ich das hier nur für mich, das Papier und den Yash in meinem Kopf.

Ich liebe dich.
Deine
Olivia

Es ist eine seltsame Erfahrung, den Brief noch mal zu lesen. Immer, wenn ich meinen Stift abgesetzt habe, um über die nächsten Worte nachzudenken, ist die Tinte in den nächsten Buchstaben etwas dicker. Und ich habe offenbar viel nachgedacht, über jedes einzelne Wort.

Ich wollte genau das in Worte fassen, was damals in meinem Herz gebrannt hat.

Und ich habe diesem verdammten Blatt Papier vertraut.

Beim Schreiben habe ich mich damals nicht geschämt, nicht für einen einzelnen Buchstaben. Das war einfach meine Wahrheit, die aus mir raus musste.

Die Scham kam erst später, als überall Fotos von dem Brief hingen, als alle auf mich gezeigt haben und mir das Gefühl gegeben haben, dass ich etwas Falsches getan hatte, als ich meine Gedanken und Gefühle ausgedrückt habe.

Ich ziehe die anderen beiden Briefe zum Vergleich heran. Die bunt blinkenden Lichter des Truscott-Hauses gegenüber fallen durch mein Schlafzimmerfenster auf meine Bettdecke und färben das Papier der Briefe abwechselt rot, grün und blau. Aus der Wohnküche klingt leise Weihnachtsmusik zu mir empor, die meine Mutter jeden Abend anschaltet, während sie mit meinem Vater auf der Couch sitzt und beide an ihren jeweiligen Kreuzworträtseln arbeiten.

Es ist offensichtlich, dass der mysteriöse Unbekannte mit seinen zwei Briefen auf den Liebesbrief anspielt, den ich Yash vor vielen Jahren geschrieben habe. Erst das Schmücken des Weihnachtsbaums, jetzt das Schlittschuhlaufen auf dem Ententeich – das sind zwei der Dinge, die ich damals gerne mit Yash machen wollte. Aber warum erinnert mich jemand auf diese Weise daran? Und wer könnte ein Interesse daran haben, diese alte Sache wieder aufzukochen?

Nach einer weiteren Nacht mit viel zu wenig Schlaf erledige ich ein bisschen was für die Arbeit und helfe meiner Mutter anschließend dabei, Weihnachtskarten zu schreiben, die sie mir diktiert, um ihre Hand zu schonen. Nachdem der Nikolaus-Markt vor ein paar Tagen erfolgreich über die Bühne gegangen ist, steckt sie schon wieder knietief in den Vorbereitungen für das große Weihnachtsfest in Granbury, das am 20. Dezember stattfinden wird. Offiziell trägt es den Namen *Hearth & Holly Fest*, was dazu geführt hat, dass ein Zwillingspärchen, das vor ein paar Jahren an diesem Tag in Granbury geboren wurde, tatsächlich auf die Vornamen Hearth und Holly getauft wurde. Die beiden Kinder sind jetzt so was wie die Weihnachtsmaskottchen von Granbury und werden jedes Jahr von ihren Eltern als Engel verkleidet. Ja, auf die Pubertät der beiden darf man durchaus gespannt sein.

Meine Mutter erzählt mir von der Tanzperformance, die sie mit ihrer Freundin Judy und einer Gruppe von Grundschülern aus Cressley vorbereitet hat, und ich muss daran denken, wie ich einst selbst in einem Engelskostüm über die Bühne auf dem Marktplatz gestolpert bin. Damals hatte ich noch Spaß daran, wenn die Aufmerksamkeit auf mich gerichtet war und ich andere Menschen unterhalten konnte. Jetzt jagt mir diese Vorstellung einfach nur einen eisigen Schauer über den Rücken.

Wir trinken tassenweise koffeinfreien Schwarztee, der eigentlich doch gar nicht so übel ist, wie ich vor ein paar Tagen dachte. Irgendwo habe ich mal gelesen, dass man etwas zweihundert Mal trinken oder essen muss, bis es einem schmeckt. Ob ich diese Zahl an Schwarzteetassen schon erreicht habe, ohne es zu merken? Vielleicht bin ich aber auch einfach nur zu lang wieder hier in Granbury und die Eigenheiten der Dorfbewohner färben auf mich ab.

»Mum?«, frage ich irgendwann, während ich Briefumschläge zuklebe, möglichst beiläufig.

»Mmh?« Die Lesebrille meiner Mutter sitzt ganz vorne auf ihrer Nase und sie überprüft konzentriert die Liste aller Geschäfte und Personen, an die wir eine Einladung schicken wollen.

»Kannst du mir Yashs Handynummer geben?« Mit einem Ruck reiße ich den nächsten Klebestreifen vom Briefumschlag und klebe die Lasche zu.

»Wieso das denn?«

»Ach, ich will nur etwas zu Carolines Weihnachtsgeschenk mit ihm besprechen.« Ich klinge so verdächtig, dass ich mich auf der Stelle selbst verhaften würde, wenn ich gerade in einem Kriminalfall ermitteln würde.

»Nein, ich meine, es kann doch nicht sein, dass du die Handynummer von Yash nicht hast. Er gehört immerhin zur Familie.«

Als Teenagerin hatte ich Yashs Nummer tatsächlich noch, aber ich habe sie demonstrativ gelöscht, als er mich dann so schlimm hintergangen hat.

»Ich muss sie verloren haben, als ich meine eigene Nummer gewechselt habe.«

Über den Rand ihrer Brille wirft mir meine Mutter einen kritischen Blick zu. »Ich weiß, dass du und Yash euch nicht so gut versteht«, sagt sie. »Aber er und Caroline werden bald heiraten. Du solltest dich daran gewöhnen, dass er ein Teil unserer Familie ist.«

Bei diesen Worten zieht sich mein Herz zusammen. Sie sagt nichts, was ich nicht sowieso schon wusste, aber das so direkt von ihr zu hören, tut trotzdem weh.

»Ich weiß«, sage ich leise.

»Kannst du nicht wenigstens versuchen, mit ihm klarzukommen?« Sie schüttelt den Kopf. »Er ist so ein lieber Junge.«

»Er ist sechsundzwanzig Jahre alt, Mama.«

Sie seufzt. »Unfassbar, wie die Zeit vergeht.« Sie hängt ihren Gedanken nach und scheint meine Frage schon wieder vergessen zu haben.

Ich räuspere mich. »Deswegen dachte ich ja, es wäre eine gute Idee, direkt mit dem Brückenbauen anzufangen. Gibst du mir seine Nummer?«

Ich traue mich erst, Yash zu schreiben, als ich zwei Stunden später wieder auf meinem Bett liege.

Olivia: Ich habe eine Idee, wie wir herausfinden können, wer hinter den Briefen steckt.

Ich halte den Atem an und warte auf eine Antwort. Zum Glück kommt sie überraschend schnell.

Yash: Wer bist du?

Mist, ich habe so lang überlegt, was ich Yash schreiben soll, dass ich vergessen habe, ihm zu sagen, von wem die Nachricht stammt. Es ist ja logisch, dass auch er meine Nummer gelöscht hat. Peinlich. Mein Smartphone rutscht mir aus den schweißnassen Fingern und landet in meinem Gesicht. Fluchend überlege ich, was ich antworten soll, als schon die nächste Nachricht von Yash auftaucht.

Yash: … und was hast du mit Olivia gemacht? Sie würde mich niemals freiwillig kontaktieren, also musst du, wer auch immer du bist, ihr Handy geklaut haben.

Olivia: Haha, sehr witzig.

Yash: Danke, finde ich auch. Jetzt lass mal deinen genialen Plan hören?

Olivia: Hattest du die ganze Zeit meine Nummer?

Für einen Moment tanzen die drei Punkte unter Yashs Namen auf und ab.

Yash: Nur für den Katastrophenfall natürlich. Falls uns spontan die Gesichtscreme ausgeht, oder so etwas.

Ich schnaube … oder ist das etwa ein Lachen? Nein, ganz bestimmt ist es kein Lachen. Trotzdem bin ich froh, dass Yash mich gerade nicht sehen kann.

Yash: Jetzt rück schon raus mit deinem Plan.

Ihm gefällt mein Plan überhaupt nicht, aber ich werde ihn trotzdem durchziehen. Und da Yash nicht geheuer ist, dass ich das allein mache (vielleicht ist er aber auch einfach nur zu neugierig), hat er schließlich zähneknirschend zugestimmt. Heute ist der Abend gekommen, an dem ich endlich rausfinden werde, wer uns diese seltsamen Briefe schickt. Deswegen habe ich mich als Lockvogel gegen neunzehn Uhr zum Großen Ententeich begeben, während Yash mich mit einem Nachtsichtgerät seines Vaters vom Fenster der alten Wassermühle aus beobachtet, als wäre er ein Geheimagent. Wenn er etwas Verdächtiges sieht, wird er mich sofort anrufen. Der Ententeich ist von einer Wiese umgeben und das Schilfrohr, das an einigen Stellen drumherum wächst, ist definitiv nicht hoch genug, um sich darin zu verstecken. Yash hat alles genau im Blick und sollte der mysteriöse Briefeschreiber auftauchen, wird er es hoffentlich sehen. Wir werden unseren Beobachter beobachten und ihn mit seinen eigenen Waffen schlagen. Obwohl Yashs und meine letzte Begegnung so unschön geendet ist und ich einfach abgehauen bin, war er erstaunlich nett zu mir, als ich vor etwa einer halben Stunde bei der Wassermühle aufgetaucht bin. Dass ich dem wahren Briefeschreiber eine Falle stellen will, scheint ihn davon überzeugt zu haben, dass ich ihn nicht mehr verdächtige, und das tue ich ja tatsächlich nicht mehr.

Es ist längst dunkel geworden in Granbury und mir ist kalt, obwohl ich wieder die warme Jacke meines Vaters geklaut habe. Yash hat mir außerdem seine superdicken Handschuhe und einen meterlangen Schal aufgezwungen, wodurch meine Bewegungsfreiheit ein bisschen eingeschränkt ist. Trotzdem laufe ich in Kreisen vor dem Seeufer auf und ab, damit meine Zehen nicht einfrieren, und versuche, im Halbdunkel jede Bewegung an der weit entfernten Baumgrenze oder den Häusern auf der anderen Seite wahrzunehmen. Es ist eine wunderschöne, sternenklare Nacht; eigentlich wäre sie ziemlich perfekt zum Schlittschuhlaufen. Ich habe meine Schlittschuhe sogar mitgebracht; sie liegen gut sichtbar neben meiner Tasche am Seeufer, auch wenn sie vermutlich nicht zum Einsatz kommen werden. Aber für den mysteriösen Briefeschreiber soll es zumindest so wirken.

Und dann tut sich tatsächlich etwas. In der Straße, die von der alten Wassermühle zum Rest des Dorfes führt, ist ein Schatten zu sehen. Ich kann nicht viel mehr erkennen, außer dass es eine schlanke hochgewachsene Gestalt ist. Ob das der Briefeschreiber ist? Vielleicht macht aber auch einfach nur irgendein Dorfbewohner seinen Abendspaziergang? Andererseits ist es dafür eigentlich viel zu kalt.

Yash kann die Person von seiner Beobachterposition aus wahrscheinlich nicht sehen. Ich überlege kurz, ob ich ihm Bescheid sagen soll. Das könnte die Person jedoch mitkriegen und ich will nicht riskieren, dass sie uns entwischt. Die Gestalt drückt sich jetzt in den Schatten der Wassermühle – das ist definitiv ein höchst verdächtiges Verhalten.

Ganz langsam gehe ich in die Hocke und greife mit meinen überdimensionierten Handschuhen nach dem Schnee auf dem Boden, den ich daraufhin ungelenk zu einem Ball forme.

»Hey!«, rufe ich dann und werfe den Schneeball in die Richtung der unbekannten Person. Er fliegt mehrere Meter an ihr vorbei. »Komm sofort raus!«

Die Person rührt sich nicht und verschwimmt mit den Schatten der alten Mühle.

»Zeig dich, du Feigling!« Ich will schon den nächsten Ball werfen, als sich die Gestalt tatsächlich aus den Schatten der Mühle löst. Sie stapft jetzt in meine Richtung.

Ich runzele die Stirn, während ich sicherheitshalber doch noch mal einen Schneeball forme.

»Tommy?« Mein ehemaliger Mitschüler schält sich aus der Dunkelheit. »Was machst *du* denn hier?«

Tommy guckt sich nach beiden Seiten um und vergräbt seinen Hals noch tiefer in der Jacke. »Hey, Livy …« Er sieht total verlegen aus, aber vielleicht ist das auch nur die Kälte, die seine Wangen und seine Ohren knallrot färbt.

»Du bist es also?«, frage ich mit schwirrendem Kopf. Irgendwie ergibt das alles einen Sinn. Tommy war damals ganz vorne dabei, mich nach der Liebesbrief-Sache zu hänseln. Er hat nicht nur den Namen *Hammernase* geprägt, sondern auch *Liebesbrief-Liv* erfunden. Seine Demütigungen gingen so weit, dass ich irgendwann alles getan habe, um ihm zu gefallen. Damit er endlich damit aufhört. Ich habe schließlich sogar mit ihm geschlafen. Das war zum Glück keine traumatische Erfahrung, ich hasse aber trotzdem, dass ich das getan habe. Ich wünschte, ich könnte in der Zeit zurückreisen und der 17-jährigen Olivia sagen, dass sie nur noch ein bisschen aushalten muss, weil sie bald sowieso nach London abhauen wird.

»*Du* hast mir die Briefe geschrieben und mich zurück nach Granbury gelockt?« Ich werfe noch einen zweiten Schneeball nach ihm und diesmal treffe ich ihn an der Schulter. Das hat er verdammt noch mal verdient.

»Wovon redest du?« Tommy sieht sehr verwirrt aus, aber vielleicht ist er auch einfach nur ein viel besserer Schauspieler, als ich dachte. Mein nächster Schneeball trifft ihn am Knie.

Tommys blaue Augen blitzen in der Dunkelheit und auf seinen Lippen breitet sich ein schiefes Lächeln aus. »Du bist immer noch so abenteuerlich wie früher, mh?«

Ich schnaube. »In deinen ekelhaften Träumen war ich vielleicht abenteuerlich.«

»Ach, ich kann mich schon an ein oder zwei Abenteuer erinnern, die wir zusammen hatten.«

Boing! Der nächste Schneeball trifft ihn gegen den Kopf – ich bin selbst überrascht, dass ich ihn dort getroffen habe.

»Was soll das denn?« Jetzt geht er in die Knie und wirft auch einen Schneeball nach mir. Er kann sehr viel besser zielen als ich und trifft mich mitten in der Brust. Es tut zwar nicht weh, aber ich bin trotzdem empört. »Erst«, setze ich an und forme schon den nächsten Schneeball, »hänselst du mich jahrelang für meinen Liebesbrief und dann« – Ich werfe ihm den Schneeball an den Kopf und beginne sofort, Schnee für einen neuen zusammenzukratzen – »findest ausgerechnet du auch noch diese bescheuerte Serviette auf James' Hochzeit?«

»Olivia, wovon redest du da?«, ruft Tommy, lässt es sich aber nicht nehmen, mehrere Schneebälle zurückzuwerfen. »Ich habe keine Ahnung, was du meinst.«

»Tu nicht so unschuldig!«, brülle ich. Es tut ziemlich gut, meine ganze Wut so rauszulassen. Ich werfe einen Schneeball nach dem anderen in Tommys Richtung und er wirft genauso viele zurück. Irgendwann sind meine Haare nass vom Schnee und ich bin mir sicher, dass ich auf dem Oberschenkel einen blauen Fleck bekommen werde – die Schneeballschlacht lohnt sich aber trotzdem!

»Was machst du denn sonst hier?«

»Ich war einfach nur spazieren!«, brüllt Tommy zurück und lässt mich mit einem gezielten Schneeball gegen die Schulter rückwärtsstolpern.

»Ja, sicher! Du weißt doch nicht mal, was spazieren bedeutet – du fährst überall mit deinem heiß geliebten Auto hin. Ich lasse mich nicht mehr von dir verarschen!«

»Warum sollte ich dir einen Brief schreiben?«, fragt Tommy mich jetzt, schon leicht außer Atem. »Sehe ich aus wie so ein Langweiler, der in Buchläden geht, Gedichte schreibt und Nachrichten per Brieftaube verschickt? Ich habe keinen Brief mehr geschrieben, seit wir das in einer Klassenarbeit in der siebten Klasse machen mussten!«

»Du lügst!«

»Und glaubst du wirklich, dass ich dich aus London hergelockt habe? Wozu denn?«

Ich zucke die Achseln und werfe ihm einen Schneeball ans Schienbein. »Du willst dich bestimmt über mich lustig machen. So wie früher. Oder warum bist du sonst hier aufgetaucht?«

»Spazieren! Hab ich doch gesagt!«

Jetzt werfe ich ihm einen Schneeball mitten auf die Nase. »Wer's glaubt.«

Tommy schleudert einen Schneeball zurück in meine Richtung und ich stolpere noch ein paar weitere Schritte nach hinten. Allerdings habe ich nicht auf meine Umgebung geachtet und auf einmal befindet sich unter meinen Schuhen kein Gras mehr, sondern nur noch Eis. *Scheiße.*

Es geht alles so schnell, dass ich nicht mal angemessen schreien kann. In einem Moment stehe ich noch auf festem Untergrund, im nächsten umgibt mich bereits eiskaltes Wasser. Ich tauche komplett ein, Eissplitter stechen in meine Haut, ich sinke tiefer und tiefer. Und dann sehe ich plötzlich nichts mehr außer Dunkelheit und höre nur noch das Rauschen in meinem Kopf. Niemals hätte ich gedacht, dass der Ententeich so verdammt tief ist. Ich will strampeln, aber mein Körper fühlt sich so schwer an. Meine Klamotten saugen sich immer mehr mit Wasser voll und ziehen mich weiter nach unten. Die eiskalte Temperatur des Wassers lähmt mich zusätzlich. Ziemlich schnell beginnen dann auch noch meine Lungen zu brennen; ich hatte ja nicht mal Zeit Luft zu holen. *Mach irgendwas, mach irgendwas!*

Plötzlich greifen mich feste Arme an den Schultern und ziehen mich hoch. Der einzige Gedanke in meinem Kopf ist, dass es sich für mich jetzt doch gelohnt hat, dass Tommy so viele Stunden im Gym verbringt und an Autos rumbastelt. Er zieht mich aus dem Wasser und bricht glücklicherweise selbst nicht ein. Mein ganzer Körper brennt und ich halte die Augen fest zusammengengepresst. Auf einmal spüre ich borstiges Gras unter meinen Fingern – ein herrliches Gefühl. Wir sind wieder an Land. Ich hole Luft und muss direkt husten. »Olivia!« Tommys Stimme überschlägt sich. »Olivia!«

Ich kann nicht antworten, weil meine Zähne so sehr klappern.

»Deine Lippen sind ganz blau.« Tommys Stimme zittert jetzt auch, als würde er jeden Moment anfangen loszuheulen.

»Olivia!«, dringt auf einmal eine weitere Stimme an mein Ohr. »Tommy?«

»Das Eis ist eingebrochen«, erklärt Tommy kleinlaut, als wäre er persönlich dafür verantwortlich. Ich schließe derweil wieder meine Augen, weil ich auf einmal ganz müde werde. »Aber ich hab sie rausgezogen, also alles gut.«

»Alles gut?« Die andere Stimme zittert vor mühsam zurückgehaltener Wut. »Hast du nicht gesehen, dass sie blutet? Und sie hat sich wahrscheinlich eine Unterkühlung geholt, wir müssen sie sofort aufwärmen.«

»Kein Problem, ich hol meinen Wagen.«

»Das dauert viel zu lange, das kannst du dir sparen. Ich bring sie in die Mühle.« Im nächsten Moment wird das Gras unter mir weggerissen und meine Wange wird gegen ein weiches Polster gedrückt, während meine Füße auf einmal in der Luft hängen. »Yash?«, murmele ich und mir ist ziemlich schwindelig.

Seine Stimme vibriert gegen meine Wange. »Wieso muss ich dich eigentlich ständig vor einem Kältetod retten?«

Ich will darauf etwas antworten, aus meinem Mund kommt aber nur ein Schluckauf raus.

»Was ist hier los?« Ich hebe den Kopf und sehe zu meiner Überraschung eine ältere Frau auf uns zulaufen. »Olivia Lennox, bist du das? Geht es dir gut?«

Ich blinzele so lange, bis ich wieder etwas besser sehen kann. »Ms Whitlow?«, frage ich durch klappernde Zähne. »Mir geht's gut … hier ist nur eine kleine Schneeballschlacht außer Kontrolle geraten.«

Meine alte Mathe-Lehrerin aus der *Cressley Secondary School* schnalzt missbilligend mit der Zunge.

»Ich bring sie ins Warme«, erklärt Yash und verstärkt den Griff um mich.

Mir kommt ein irritierender Gedanke. »Aber Ms Whitlow, was machen Sie denn hier draußen? Haben Sie mir etwa diese Briefe geschickt?« Meine Zähne klappern bei jedem Wort.

Es ist nur ein kleiner Moment, aber ich sehe ganz genau, wie Tommy und Ms Whitlow schnelle Blicke tauschen und beinahe parallel erröten.

»Du bringst sie jetzt lieber schnell ins Warme«, sagt Tommy und kratzt sich am Ohr. »Nicht, dass Olivia sich unterkühlt.«

Yash grummelt etwas Unhörbares und trägt mich davon, während ich meinen Hals nach Tommy und Ms Whitlow verdrehe. »Noch einen schönen Abend!«, rufe ich – auf einmal bin ich mir ganz sicher, dass die beiden nichts mit den Briefen zu tun haben. Die beiden hatten hier etwas ganz anderes vor.

Kurz darauf verlagert Yash mein Gewicht auf sein rechtes Knie und das Quietschen einer Tür erklingt.

Im nächsten Moment steigt mir der Duft von frisch gebackenem Brot in die Nase und auf einmal wird es ganz warm um mich, was aber nur dazu führt, dass meine Haut wieder verstärkt zu brennen beginnt.

»Hab ich das gerade nur so wahrgenommen, oder … läuft da was zwischen Tommy und Ms Whitlow?«, flüstere ich.

Yashs dunkle Augen blitzen zu mir herab. »Das, oder sie verticken zusammen Drogen.«

Ich seufze. »Er ist also nicht unser Briefeschreiber, oder?«

Yash schüttelt den Kopf. »Nein, leider nicht.«

»Das heißt, ich bin umsonst im Eis eingebrochen?«

Daraufhin höre ich das Geräusch einer zuschlagenden Tür und Yashs Gegrummel, das ich nicht verstehen kann. Dann trägt er mich eine Treppe hoch ins Obergeschoss der Wassermühle.

»Du kannst mich jetzt runterlassen«, murmele ich und keine Sekunde danach legt er mich auf das knautschige Sofa im Wohnbereich. Ich beginne sofort wieder vor Kälte zu zittern.

»Bleib kurz hier«, sagt er und verschwindet aus meinem Blickfeld. Ich rolle mich zu einem kleinen zitternden Ball zusammen. Ob ich von außen gerade so wirke wie Pudding damals, als ich ihn im Schneehaufen gefunden habe?

Im Hintergrund höre ich das Plätschern von Wasser und kurz darauf wird der Geruch nach Brot von dem nach Lavendelduft verdrängt.

»Komm, wir müssen dich aus den nassen Klamotten kriegen.« Yash fragt nicht mal, ob ich laufen kann, sondern hebt mich einfach wieder hoch und trägt mich quer durch das Wohnzimmer ins Bad, wo er mich auf den Waschtisch setzt. Ich zittere immer noch am ganzen Leib, während er vor mir auf die Knie geht und damit anfängt, meine Stiefel aufzuschnüren. Ich muss mich dabei an seiner Schulter festhalten, weil ich nicht das Gefühl habe, ohne diese Stütze aufrecht sitzen zu können.

Er trägt ein moosgrünes Henley, das er bis zu den Ellenbogen hochgekrempelt hat, und ich kann nicht anders, als ihn anzustarren. Yash war für mich immer schon der schönste Mensch, den ich je getroffen habe. Schon als ich ihn zum ersten Mal gesehen habe: Ich war dreizehn, er war fünfzehn und war zu uns nach Hause gekommen, um mit Caroline an einem Projekt zu arbeiten. Aber er war nicht einfach so bei uns aufgetaucht, sondern mit einem kleinen Spatz, der sich den Flügel gebrochen hatte. Ich verliebte mich sofort in den kleinen Piepmatz, den wir aufpäppelten, bis er wieder fliegen konnte – erst viel später merkte ich, dass ich mich in diesem Moment auch in die Hände verliebt habe, die den Vogel von der Straße gerettet haben.

Jetzt stabilisieren genau diese Hände meine Hüften und Yash blickt unter seinen dunklen Wimpern zu mir auf. Allerdings schaut er mich nicht so verzückt an wie in meinen Träumen, sondern eher besorgt. »Kannst du noch kurz sitzen bleiben?«

Ich nicke. Für ihn könnte ich auch für immer hier sitzen bleiben.

Er zieht mir beide Stiefel aus, dann steht er auf und dreht den Wasserhahn der Badewanne zu. Sie ist jetzt bis zum Rand mit Schaum gefüllt.

Yash dreht sich zu mir um und sieht auf einmal ein bisschen unsicher aus. »Wenn du magst, kannst du deine Klamotten beim Baden einfach anlassen.«

Ich rümpfe die Nase. *Baden mit Klamotten? Das klingt gar nicht angenehm.*

Also beginne ich damit, mir die tropfnasse Jacke vom Körper zu schälen und mir den Pullover über den Kopf zu ziehen. Darin bleibe ich allerdings hängen und sehe vermutlich aus wie eine Geisel, der man einen Sack über den Kopf gestülpt hat.

»Brauchst du Hilfe?« Yashs Stimme klingt auf einmal ganz nah.

»Ja, bitte«, antworte ich mit klappernden Zähnen.

Seine Hände fühlen sich heiß auf meiner Haut an, als er mir dabei hilft, den Pullover über den Kopf zu ziehen. Dabei streift er mir, ohne es zu wollen, auch mein T-Shirt mit ab.

Auf einmal sitze ich nur in Jeans und meinem BH vor ihm. Mir ist kalt und das merken auch meine Nippel. Yash schaut sofort zur Seite. Dann faltet er sorgfältig mein T-Shirt und meinen Pullover.

Währenddessen nestele ich am Knopf meiner Jeans herum, aber meine Finger sind immer noch halb gefroren.

»Brauchst du Hilfe?«, fragt Yash wieder. Diesmal klingt seine Stimme rau und tief.

Ich nicke und umklammere mit meinen Fingern die Kante des Waschtischs. Yash beugt sich über mich und öffnet den Knopf meiner Jeans. Ich spüre seinen Atem auf meinem Gesicht und auf meinem Dekolleté. Ich rieche nur noch ihn. Jetzt zittert mein ganzer Körper, weil ich so angespannt bin. Plötzlich wage ich kaum noch, zu atmen.

Das hier ist gefährlich. *Verdammt gefährlich.*

Er löst den Knopf und zieht daraufhin meinen Reißverschluss nach unten. Natürlich trage ich ausgerechnet heute den durchsichtigen Spitzentanga, den Kate mir zum Geburtstag geschenkt hat. Wenn die beste Freundin bei einer Unterwäsche-Marke arbeitet, akzeptiert sie nicht, dass man in löchrigen Unterhosen durch die Wohnung spaziert. Yash hält für einen Moment inne, als müsse er nachdenken, was die nächsten Handgriffe sind. Dann greift er nach meiner Jeans. Ich halte mich wieder an seinen Schultern fest, während er die hautenge, vollkommen durchnässte Hose über meinen Po und die Beine hinabrollt. Für einen Moment starrt er auf den blauen Fleck, der sich allmählich auf meinem Oberschenkel bildet. In solchen Momenten bin ich heilfroh, dass ich keinen Penis habe und er nicht sehen kann, was seine Berührungen in mir auslösen – nass ist schließlich ohnehin schon alles.

Ich blicke zu Yash hinab und als würde er meinen Blick bemerken, hebt er den Kopf. Seine Augen sind dunkel und groß und ich sehe, wie sich die Kiefermuskeln unter seinem Bart anspannen. Sein Gesicht schwebt jetzt genau über meinem Schritt, wenn er sich ein paar Zentimeter vorbeugt, könnte er sein Gesicht zwischen meine Beine pressen.

Wer braucht überhaupt noch ein heißes Bad, wenn man auch Yash haben kann? Auf seinen Knien, zwischen meinen Beinen.

Er rollt meine Jeans komplett runter und hebt meine Füße einen nach dem anderen nach oben, um mir die Jeans von den Füßen zu streifen.

»So ist es okay«, flüstere ich, noch immer mit klappernden Zähnen.

Sobald er mich loslässt, merke ich, dass meine Beine weich wie Pudding sind.

Bevor ich einknicke, hebt Yash mich jedoch an der Hüfte hoch und legt mich sanft in die Badewanne. Als wäre ich ein Hund, der im Dreck gewühlt hat. Also ganz behutsam.

»Wo steckt eigentlich Pudding?« Ich versinke bis zur Nasenspitze in den duftenden Blubberblasen. Die Hitze des Wassers brennt auf meiner Haut, aber ich weiß, dass dieser Schmerz gleich aufhören wird und dass mich dann die himmlische Wärme umschließt. Ich muss nur noch ein bisschen die Zähne zusammenbeißen.

»Er ist heute bei Caroline.« Die Erwähnung meiner Schwester reißt mich jäh aus meinen Träumereien. *Was zur Hölle mache ich hier?* Ich lasse mich vor Scham noch tiefer in die Badewanne sinken.

»Ich bin gleich wieder da.« Yash verlässt den Raum und ich höre ihn ein paar Küchenschränke und Schubladen öffnen, bevor er mit einem kleinen Erste-Hilfe-Set in der Hand zurückkommt. »Du hast dich wahrscheinlich am Eis geschnitten.«

FIRST AID
KIT

Er deutet auf meine Stirn und als ich diese mit meinen Fingern berühre, fährt mir ein stechender Schmerz durch den Kopf. »Au.«

Meine Fingerspitzen sind voller Blut und als ich sie in die Wanne sinken lasse, färben sie das lilafarbene Wasser rötlich. Yash kniet sich vor die Badewanne und öffnet das Erste-Hilfe-Set. Daraus entnimmt er ein Wattepad und tropft etwas Alkohol darauf. Dann nimmt er mein Kinn in seine linke Hand und tupft mir mit der rechten Hand über die Stirn. Ich verziehe das Gesicht, der Alkohol brennt in der Schnittwunde. Yash ist völlig darauf fokussiert, mich zu verarzten – also kann ich ihn in Ruhe aus der Nähe beobachten. Ich habe ihn noch nie von so nah gesehen und mir ist deshalb auch noch nie aufgefallen, dass von der Nase ausgehend kleine dunkelbraune Sommersprossen seine Wangen bedecken. Optisch ist er allgemein eine wunderschöne und auf gewisse Weise beeindruckende Person, aber diese Sommersprossen sind irgendwie … süß. Ich würde gerne mit meinen Fingern darüber streichen, aber ich lasse sie schön brav unter der Wasseroberfläche. Die Wärme sickert allmählich in meine Haut und meine Zähne klappern endlich nicht mehr.

»Was meinte Tommy, als er von Abenteuern gesprochen hat, die ihr zusammen hattet?« Yash guckt mir immer noch nicht in die Augen und tupft weiter meine Wunde ab, auch wenn ich ihn mit meinen eigenen Augen zu durchbohren versuche.

»Das hast du gehört?«

»Ihr zwei habt ziemlich gebrüllt.«

Ich seufze und bin auf einmal wieder unglaublich müde. »Das ist eine lange Geschichte.«

Yash lässt seine Hand mit dem Wattepad sinken und kramt in seinem Kit herum. »Also war da mal was zwischen euch?«

Ich seufze und fahre mit meinen Fingern durch den Schaum. »Tatsächlich hatte ich mit ihm mein erstes Mal.«

Ich bereue sofort, Yash das erzählt zu haben. Er verzieht das Gesicht. »Uh, wirklich? Hat das auf der Motorhaube eines Autos stattgefunden?«

Ich spritze ihm ein bisschen Wasser ins Gesicht. »Warum bist du so überrascht?«

»Ich …« Er kramt jetzt wieder in seinem Erste-Hilfe-Kit. »Ich dachte einfach nicht, dass er dein Typ ist.«

»Was hattest *du* denn für eine Vorstellung davon, was mein Typ ist?« *Und warum hast du dir bitte Gedanken darüber gemacht?*

Yash wird fündig und zieht ein Pflaster aus dem Kit hervor. Als er es auf meine Stirn drückt, grinst er. »Na ja, ich dachte, dass er ziemlich wenig Fell hat. Ich hatte mir dich immer mit jemandem vorgestellt, der gerne Stöckchen fängt oder auf irgendeiner Weide steht.«

Noch einmal spritze ich ihm ein bisschen Wasser ins Gesicht, nur dass ich es diesmal übertreibe und sein ganzes Gesicht dadurch nass wird. »Hey!« Er versenkt seine Hand im Wasser der Wanne und spritzt zurück.

»Das bringt nichts«, kichere ich. »Ich bin schon nass.«

»Bist du sicher?« Er spritzt mir so viel Wasser ins Gesicht, dass ich es einatme und zu husten beginne. »Okay, du gewinnst.«

Als ich die Augen wieder öffne, ist sein Oberkörper direkt über meinem. Seine Haare sind jetzt tropfnass und fallen ihm in Locken in die Stirn. Yash richtet sich wieder auf. »Ich lege dir ein paar meiner Klamotten raus, wenn du fertig bist.« Ohne ein weiteres Wort erhebt Yash sich und verlässt das Zimmer.

Und ich bleibe mit klopfendem Herzen liegen, bis das Badewasser kalt geworden ist.

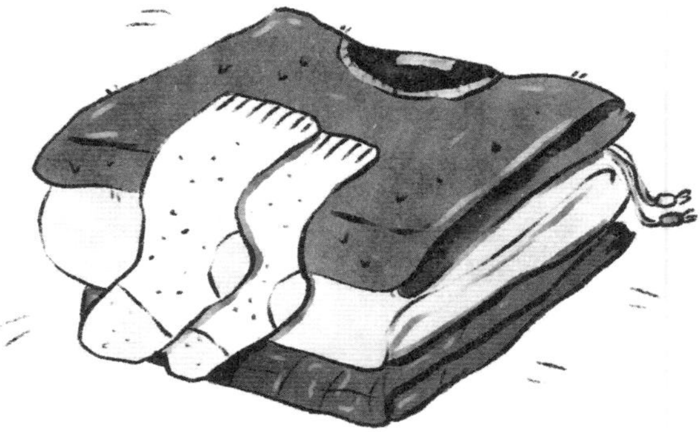

Kapitel 12

Eingepackt in einen großen flauschigen Bademantel, öffne ich die Badezimmertür und finde davor einen sorgsam gefalteten Stapel trockener Kleidung. »Yash?«, rufe ich, aber er reagiert nicht und ich habe keine Ahnung, wohin er verschwunden ist. Da meine eigenen Klamotten immer noch komplett durchnässt sind, schlüpfe ich also in die Jogginghose, das T-Shirt und den Pullover, die Yash mir rausgelegt hat. Sogar ein Paar Boxershorts hat er mir dazu gelegt und ich bin froh, dass ich meinen nassen Tanga dagegen tauschen kann. Die Jogginghose ist mir zwar viel zu groß, aber das ist nichts, was man mit dem Kordelzug nicht lösen könnte. Der Pullover ist einer von Yashs selbstgestrickten, der nach einer Mischung aus Wolle und seinem Parfüm riecht, als hätte er ihn kürzlich noch getragen. Ich bin gerade dabei, mir Socken überzuziehen, als ich höre, wie sich die Tür zur Wassermühle öffnet.

»Yash?«

Für einen Moment höre ich nur das Geräusch, wie jemand sich seine Schuhe abklopft, doch dann taucht Yashs Kopf im Treppenaufgang auf.

»Hey.«

»Hi. Was hast du gemacht?« Auf einmal bin ich ganz verlegen, weil ich gar nicht mehr weiß, wie ich mit ihm umgehen soll, wenn wir uns nicht streiten. In den letzten Jahren bin ich ihm ja konsequent aus dem Weg gegangen und weiß deshalb nicht, wie ich mich jetzt verhalten soll. Es tut mir so leid mit seinem Vater und dass ich nichts davon mitbekommen habe. Yash hebt die Tasche ins Licht, in der sich meine Schlittschuhe befinden. »Die lagen noch draußen. Hab sie reingeholt, bevor sie zugeschneit werden.«

»Danke.« Ich vergrabe meine Finger in seinen viel zu langen Pulloverärmeln und spüre, wie sein Blick der Bewegung folgt.

»Kommst du klar mit den Klamotten?«

»Ja, vielen Dank.«

Für einen Moment herrscht Stille. Das ist neu zwischen uns, diese Verlegenheit. Ich bin sonst immer viel zu beschäftigt damit, ihm Vorwürfe zu machen. Er steigt langsam die letzten Stufen der Treppe empor und ich trete zur Seite, um ihm Platz zu machen. Ich höre ohrenbetäubend laut meinen eigenen Herzschlag, während Yash die Tüte mit den Schuhen mit einem Handtuch abtrocknet und dann neben das Sofa stellt.

»Möchtest du einen Tee?«

»Hast du vielleicht auch … eine heiße Schokolade?«

Unsere Blicke treffen sich und ich spüre, wie ich schon wieder rot werde. Irgendwie gefällt mir das ganz und gar nicht, ich muss dringend wieder etwas finden, das ich ihm vorwerfen kann.

Yash nickt. »Aber diesmal wirklich heiß?«

Jetzt weiß ich, dass er an die gleiche Situation denkt wie

ich: An James' Hochzeit vor einem halben Jahr. Damals wurden wir gemeinsam in den Weinkeller eingesperrt – und kurz darauf habe ich meinen zweiten peinlichen Liebesbrief an Yash verfasst, der mich überhaupt erst in diese Situation gebracht hat.

Ich nicke und tue so, als hätte ich Yashs Anspielung nicht verstanden. Er holt eine Packung Hafermilch aus dem Schrank und erhitzt sie in einem kleinen Topf auf dem Herd. Ich schlendere währenddessen zum zerbeulten Sofa. Das Obergeschoss der Mühle sieht nicht so aus, als hätte hier seit Monaten niemand mehr gewohnt. Ganz im Gegenteil: Auf dem Wäscheständer in der Ecke trocknen nicht nur meine Klamotten, sondern auch T-Shirts und Boxershorts. Und als Yash den Kühlschrank öffnet, um die Milch wieder dort reinzustellen, sehe ich, dass dort auch frisches Gemüse lagert. Vielleicht ist das Yashs Weg, mit dem Tod seines Vaters umzugehen? Er füllt den absoluten Lieblingsort seines Vaters, diese Mühle, mit Leben und fühlt sich ihm so ein Stück näher?

Yash tippt etwas in sein Smartphone, während er darauf wartet, dass die Milch heiß wird. Er hat die dunklen Augenbrauen dabei konzentriert zusammengezogen und das bläuliche Licht des Bildschirms reflektiert in seinen Augen. Yash ist auch neutral betrachtet verdammt attraktiv, mit seinem starken Kinn, den hohen Wangenknochen und dichten Augenbrauen, die sein Gesicht noch ausdrucksstärker machen. Aber mein Lieblingsdetail an ihm kann man gerade nicht sehen. Er hat hinten links eine kleine Zahnlücke, die man nur sieht, wenn er richtig breit grinst. Als Teenagerin habe ich diese Zahnlücke entdeckt und sie hat mein Herz hüpfen lassen. Ich weiß nicht mal, ob er sie noch hat oder ob sie zu einem anderen Yash gehört, den es längst nicht mehr gibt.

Er ist so sehr in sein Handy vertieft, dass er nicht bemerkt, wie die Milch überkocht. Ich springe vom Sofa auf und schlittere auf Socken über den Dielenboden zum Herd rüber, um den Topf von der Gasflamme zu ziehen. Dabei bin ich ein bisschen zu schnell unterwegs und stolpere gegen Yash, aber immerhin gelingt es mir, die Milch zu retten und dabei nicht selbst in der Gasflamme zu landen. Allerdings stoße ich Yash versehentlich sein Smartphone aus den Fingern, das einmal in hohem Bogen durch die Luft fliegt und auf dem Teppich unter dem Couchtisch landet. »Oh, sorry!«

Auf einmal stehen Yash und ich ganz nah beieinander. Er blickt zu mir herab und ein schiefes Grinsen breitet sich auf seinem Gesicht aus. »Jetzt sind wir quitt.«

Ich runzele die Stirn. »Wovon redest du?«

»Na ja, ich hab dich vor der Unterkühlung gerettet und du mich vor der überkochenden Milch.«

Ich unterdrücke ein Grinsen und verdrehe stattdessen die Augen. »Sei froh, dass ich dich nicht *in* die Milch geschubst habe.«

Er hebt die Augenbrauen. »Das würdest du nicht wagen.« Yash beugt sich zu mir vor und für einen absurden, aber sehr kurzen Moment habe ich das Gefühl, dass er mich im nächsten Moment küssen wird. Aber natürlich tut er das nicht. Er bewegt seine Lippen nur ganz nah an mein Ohr. »Du fährst verbal zwar immer deine Krallen aus, aber insgeheim kannst du keiner Seele was zuleide tun, hab ich recht?«

Sein Atem kitzelt meine Wange und lässt mir einen Schauer über den Rücken laufen.

»Wir können nicht alle *gefühllose Arschlöcher* sein«, murmele ich und trete einen Schritt zurück.

Yash scheint von meiner Beleidigung allerdings nicht sonderlich getroffen zu sein. Er legt nur den Kopf schief und beobachtet mich aufmerksam – viel zu aufmerksam. Mein Blick fällt auf sein Smartphone, das noch immer auf dem Teppich liegt, und ich gehe schnell in die Hocke, um es aufzuheben. Der Bildschirm ist noch an – also scheint es zumindest nicht kaputt gegangen zu sein – und darauf sehe ich die Webseite einer … Eishalle?

»Was ist das denn?«, frage ich.

»Spionierst du mir etwa nach?«

»Was? Nein! Ich wollte dir nur dein Smartphone zurückgeben. Was kann ich denn dafür, dass du den Browser nicht schließt, bevor ich dir dein Smartphone aus der Hand schlage?«

»Du kannst ruhig zugeben, dass du auf der Suche nach süßen Fotos von Pudding bist.«

Ich ignoriere seinen Ablenkungsversuch. »Warum hast du nach einer Eishalle gesucht?«

Yash steckt sein Smartphone in die Hosentasche und öffnet den Hängeschrank über dem Herd. Dann kippt er Kakaopulver in die Hafermilch und rührt das Gemisch mit einem Schneebesen um. »Na ja. Du hast extra deine alten Schlittschuhe rausgesucht und weil sich der Abend so entwickelt hat, wie er sich leider entwickelt hat, bist du jetzt gar nicht dazu gekommen, sie zu benutzen.«

»Die hatte ich ja sowieso nur dabei, damit die Täuschung perfekt ist.«

Doch Yash ignoriert meinen Einwurf zu den Schlittschuhen einfach. Er greift noch mal in den Schrank und zieht eine Packung veganer Marshmallows daraus hervor. »Ein Misserfolg auf ganzer Linie, das können wir doch nicht so stehen lassen.«

»Was meinst du?«

»Wenn wir schon nicht herausfinden konnten, wer hinter den Briefen steckt, dann können wir doch zumindest das mit dem Schlittschuhlaufen noch nachholen. Oder was meinst du?«

Ich stelle mich neben Yash an den Herd, um ihm ins Gesicht gucken zu können. »Du willst *jetzt* mit mir Schlittschuhlaufen gehen?«

Er zuckt die Achseln. »Die Halle hat bis 22 Uhr offen.«

Ich deute an mir herab. »Aber ich habe deine viel zu große Jogginghose an.«

»Wen kümmert das? Ich hätte da auch noch eine Jacke von meinem Vater, die ich dir geben kann.«

»Will Caroline nicht mit dir den Abend verbringen?«

Ein kleines Lächeln huscht über sein Gesicht, als er sich zu mir umdreht und die Arme vor der Brust verschränkt. »Ich kann dir hiermit versichern, dass Caroline und ich nicht durch einen magischen Fluch verbunden sind, der uns sofort umbringt, wenn wir uns nicht ständig in unmittelbarer Nähe zueinander aufhalten.«

Ich runzele die Stirn. »Aber willst du nicht lieber bei ihr sein?«

»Woher kommen denn diese seltsamen Fragen, Olivia?«

Auf einmal spüre ich wieder diese Wut in mir hochkochen, noch ganz leise, aber es brodelt schon ein wenig in mir. Allerdings weiß ich zum ersten Mal nicht so recht, ob es Wut gegen Yash oder gegen mich selbst ist. »Liebst du meine Schwester denn nicht?«

Yash seufzt und schließt die Augen. »Caroline ist heute Abend auf einer Wahlkampfveranstaltung.«

»Und warum begleitest du sie nicht?«

»Sie braucht mich nicht.«

»Aber willst du sie nicht trotzdem unterstützen?«

»Wann ist das hier denn zu einem Verhör geworden? Sollte ich mir vielleicht einen guten Anwalt besorgen? Und wenn ja: Sind auch Hunde zugelassen? Pudding würde mich bestimmt liebend gerne verteidigen.«

Ich hebe die Schultern. »Ich frag ja nur.«

Er seufzt und reibt sich mit der schneebesenfreien Hand das bärtige Kinn. »Ich hasse solche Veranstaltungen, okay?«

»Wahlkampfveranstaltungen?«

Er zuckt die Achseln. »Ja, aber auch alles andere. Dieses offizielle Auftreten, das Trennen der öffentlichen und privaten Persona. Alles, was von Politikerinnen und deren Beziehungspersonen in der Öffentlichkeit eben erwartet wird.«

Ich sehe ihn mit großen Augen an und bin überrascht, dass er mir so ehrlich geantwortet hat.

Yash seufzt und in diesem Geräusch liegt auf einmal ganz viel Erschöpfung. »Und bevor du fragst: Caroline weiß das. Wir haben schon oft darüber gesprochen – es ist okay für sie.«

»Ich will mich auch gar nicht einmischen«, sage ich schnell, auf einmal unangenehm berührt.

Das Funkeln kehrt in Yashs Augen zurück. »Oh doch, ich glaube, das ist genau das, was du willst.«

Ich schüttele vehement den Kopf.

»Ich meine das nicht als Vorwurf«, sagt er. »Du liebst deine Schwester eben und willst, dass sie von ihrem Partner gut behandelt wird. Du willst sie vor toxischen Menschen beschützen.«

»Damit habe ich ja gigantischen Erfolg«, schnaube ich.

»Wenn ich mich recht entsinne, hast du mich vor einigen Jahren ohne mein Wissen, oder meine Zustimmung bei einem Stipendium beworben, für das ich nach Amerika hätte ziehen müssen. Nur damit ich endlich aus Carolines Leben verschwinde.«

»Du wusstest davon?«

Er zuckt die Achseln. »Ich hab eine Zusage bekommen.« Plötzlich grinst er und fügt noch hinzu: »Ich hätte dich für die Aktion anzeigen können. Identitätsdiebstahl.«

»Das war ein schwacher Moment, okay?«

»Du wolltest in diesem schwachen Moment, dass ich für ein Stipendiumspraktikum bei einer amerikanischen Unternehmungsberatung anfange. Rein zufällig genau in dem Zeitraum, als ein gemeinsamer Familienurlaub in Frankreich geplant war, bei dem *alle* mitkommen sollten.«

Ich zucke die Achseln und weiche seinem Blick aus. »Es war einen Versuch wert, oder? Wer hätte denn ahnen können, dass du lieber mit meiner Familie in der Normandie abhängst, als in einer der prestigeträchtigsten Unternehmensberatungen in Nordamerika zu arbeiten? Aber du hast völlig recht: Ich hätte mir den Aufwand sparen sollen, weil du ja trotzdem mitgekommen bist.«

»Aber du nicht.«

»Ja, ich saß stattdessen in meinem winzigen Wohnheimzimmer in London, in das es den Sommer über reingeregnet hat.«

»Also bist du echt nicht mit in den Urlaub gekommen, nur weil ... ich dabei war?«

»Jep.«

Sein Blick springt zwischen meinen Augen hin und her. Die jetzt eingetretene Stille zieht sich wie Kaugummi zwischen uns. »Pudding hat dich dort jedenfalls schrecklich vermisst«, sagt Yash irgendwann leise – was mich sehr verwirrt, denn die Art, wie er mich dabei anguckt, wirkt so, als würde er meinen, mein Lieblingshund wäre nicht der einzige gewesen.

»Wird die heiße Schokolade nicht langsam kalt?«

Yash blinzelt und wendet sich wieder dem Herd zu. Aus

einer Schublade darunter zieht er zwei Thermobecher. »Die können wir auf der Fahrt trinken.«

»Auf der Fahrt wohin?«

»Na, zur Eishalle. Wenn wir dort sind, bleibt uns noch eine Stunde zum Schlittschuhlaufen, schätze ich.«

Er leiht mir ein altes Paar Stiefel von seinem Vater, die mir überraschenderweise nur eine Größe zu groß sind, und einen kuscheligen gefütterten Wintermantel bekomme ich auch noch. Kurz darauf sitzen wir dann auch schon nebeneinander in seinem Volvo und brausen aus Granbury hinaus in Richtung Birmingham.

Die Straßen sind geräumt, also fährt man nur ungefähr eine halbe Stunde dorthin. Im Radio laufen natürlich wieder Weihnachtssongs und ich muss zu meinem Schock feststellen, dass ich die meisten davon nicht hasse.

Yashs Finger trommeln auf dem Schaltknüppel bei Mariah Carey mit und die verdammten Schmetterlinge in meinem Bauch, die ich eigentlich schnellstmöglich loswerden will, flattern wie wild durcheinander, als sich unsere Blicke im Rückspiegel treffen.

Ich sitze ziemlich in der Patsche, merke ich, aber nach allem, was heute passiert ist, schaffe ich es nicht, mich da jetzt auch noch selbst rauszuziehen. Dafür fehlt mir wirklich die Energie.

Und dann sind wir auch schon angekommen.

Ich folge Yash aus seinem Auto über den verschneiten Parkplatz in die bunt beleuchtete Eishalle, die mich ein bisschen an die blinkende Weihnachtsdeko der Truscotts erinnert. Yash leiht sich ein paar Schlittschuhe und wir treten an das Eis heran, wo er mir erzählt, dass er das noch nie zuvor gemacht hat.

»Du bist wirklich *noch nie* Schlittschuh gefahren?«

Er schüttelt den Kopf, während er vorsichtig den rechten Fuß samt Kufe auf das Eis setzt, als würde er erst mal testen, ob man wie auf dem Ententeich einbricht.

»Ich bin auch ewig nicht gefahren«, murmele ich ziemlich leise, während ich es ihm gleichtue.

»Dabei gibt es in London doch bestimmt fünfzehn Eishallen.«

»Irgendwie bin ich nicht dazu gekommen.« Zu meiner Erleichterung stelle ich fest, dass Eislaufen zu den Dingen gehört, die man nicht so schnell wieder verlernt. Ich muss mich nur kurz ein bisschen orientieren und dann setzt mein Muskelgedächtnis schon wieder ein. Plötzlich bin ich wieder die Olivia, die ihre Schwester Caroline früher stundenlang übers Eis gejagt hat. Ich drehe ein paar Runden und komme dann vor Yash wieder zum Stehen, der sich noch immer nicht vollständig aufs Eis getraut hat.

»Was machst du denn sonst so die ganze Zeit in London?«

Yash setzt endlich das zweite Bein aufs Eis und klammert sich dabei am Geländer fest, das einmal rund um die Eisfläche führt. Um uns herum kreischen und lachen Teenager und einige Pärchen kreisen Arm in Arm übers Eis.

»Mit der Tube von A nach B fahren, mit Freunden kochen, um kein Geld auszugeben, Partys, Demos, Kino, was man halt so macht.«

»Also gibt es niemanden in deinem Leben?«

Ich grinse ihn an. »Fragst du mich, ob ich ein Haustier habe?«

Yash grinst zurück. »Genau das.«

»Ich habe keinen Partner, falls du das meinst.«

Yash zieht sich langsam am Geländer entlang. »Ich dachte nur, dass es vielleicht an einer anderen Person liegt, dass du an den Feiertagen nie nach Granbury kommst. Weil du mit ihm oder ihr Weihnachten feierst, weißt du? Ich dachte eine Zeit lang, dass du möglicherweise mit jemandem zusammen bist, der starke Allergien hat und deshalb keinesfalls ein Dorf betreten darf. Jemand, der neben dem Dorfschild von Granbury direkt tot umfallen würde.«

Ich muss lachen.

»Die Luft in London ist auch nicht so toll. Aber ja, ich feiere Weihnachten meistens tatsächlich mit meiner Freundin Kate und ein paar anderen Freunden.«

»Aber nicht dieses Jahr?«

Ich schüttele den Kopf und will gerade etwas antworten, als Yash von einem Augenblick auf den anderen das Gleichgewicht verliert und auf dem Hintern landet. Dabei ist er eigentlich noch nicht mal richtig losgefahren. Ich kann ein kleines Lachen nicht unterdrücken. »Wie kann es sein, dass du *so* schlecht darin bist?«

»Du meinst, weil ich sonst so gut in allem bin?«

Ich zucke die Achseln und strecke ihm eine Hand hin. »Ja?«

Jetzt lacht auch er. »Dann hast du ein sehr falsches Bild von mir.«

Yashs Finger umgreifen meine und er lässt sich von mir hochziehen. Wir tragen beide keine Handschuhe. Meine sind vorhin durch meine Tauchaktion im See vollkommen durchnässt worden. Richtig spüren kann ich seine Berührung aber trotzdem nicht – dafür sind meine Finger gerade viel zu kalt. Ist vielleicht aber auch besser so. Mit einem Ächzen schaffe ich es, Yash auf die Beine zu hieven und schon steht er in seinen Schlittschuhen wieder vor mir wie ein frisch geborenes Rehkitz. »Dann sag mir mal drei Dinge, die du nicht gut kannst«, fordere ich ihn heraus.

Seine Antwort kommt sofort. »Vor vielen Menschen sprechen, Dinge reparieren und … ganz offensichtlich, Fehler der Vergangenheit wiedergutmachen.«

Statt ihm zu antworten, verstärke ich den Griff um seine Finger und ziehe ihn ein Stück weit nach vorne. »Du darfst dich nicht so gegen die Bewegungen wehren«, erkläre ich ihm. »Lass sie einfach geschehen und achte darauf, dass dein Gewicht gleichmäßig verteilt ist.«

»Es gibt noch eine Sache, die ich nicht kann«, sagt er, während er sich in Zeitlupe übers Eis hinter mir herziehen lässt.

»Ach ja?«

Er nickt. »Ich bin richtig schlecht darin, Anweisungen zu verstehen und ihnen zu folgen.«

»Hat das nicht ausschließlich mit mangelndem Willen zu tun?«

»Durchaus möglich.«

Ich lasse seine linke Hand los, um Schwung zu holen, halte seine rechte aber weiterhin fest, um ihn zu stabilisieren. Schnell lerne ich, dass Yash ein ziemlich übermütiger Eisläufer ist, was dazu führt, dass er mich mehrmals mit zu sich auf den eiskalten Boden zieht. Aber jedes Mal steht er sofort wieder auf, streckt mir seine Hand hin, und dann probieren wir es noch mal. Irgendwann schaffen wir es sogar, ohne Sturz mehrere Kreise über die ganze Fläche zu fahren.

»Das waren schon fünf!«, jubiliert Yash irgendwann. Seine Wangen sind gerötet und er ist völlig außer Atem.

»Gleich sind es sechs!«, rufe ich, aber ich bin zu sehr

damit beschäftigt, ihn anzuschauen, und stolpere im nächsten Moment über meine eigenen Füße. Ich falle aufs Eis und bleibe dort kurz liegen. Mir ist ein bisschen schwindelig.

»Olivia, ist alles okay?«

Sein Gesicht taucht in meinem Sichtfeld auf und hinter seinem Kopf blinken die bunten Weihnachtslichter. »Alles gut!«, keuche ich grinsend und merke, dass auch ich ziemlich außer Atem bin. »Tun wir einfach so, als wär das nie passiert!«

Er zieht mich hoch und grinst ebenfalls. »Ich werd's niemandem verraten!«, verspricht er und diesmal hält *er* meine Hand fest, während wir übers Eis gleiten. Obwohl ich die Berührung noch immer kaum spüren kann, nehme ich nichts anderes mehr wahr als seine Hand in meiner. Ich fange an zu lachen und kann nicht mehr damit aufhören. Yash stimmt mit ein und als unsere Blicke sich treffen, sehe ich sie auf einmal – die kleine geheime Lücke zwischen seinen linken Backenzähnen.

Später liege ich in meinem Bett und mir tut alles weh. Vom Sturz in den See oder aufs Eis, kann ich nicht genau sagen. Gleichzeitig pumpt mein Herz immer noch ganz aufgeregt Blut durch meine Adern. Ich fühle mich lebendig, ja irgendwie betrunken, ohne einen Schluck Alkohol getrunken zu haben.

Alles wegen Yash.

Und ich weiß, dass es falsch ist, dass es nicht echt ist und dass er einfach nur nett zu mir war. Zur kleinen Schwester seiner Freundin.

Aber für diesen einen Abend erlaube ich mir, es einfach zu genießen und den Gefühlen in meiner Brust ein wenig Raum zu geben. Irgendwann vibriert mein Handy neben mir auf dem Nachttisch und als ich es in die Hand nehme, sehe ich, dass Yash mir ein Bild geschickt hat.

Darauf zu sehen ist Pudding mit einem gelben Regenmantel.

Yash: Hier das Bild, nach dem du auf meinem Handy gesucht hast.

Ich lasse mich aufs Bett zurückfallen. Ich habe ein gewaltiges Problem, das weiß ich genau, aber in diesem Moment lasse ich einfach zu, dass sich ein Grinsen auf meinem Gesicht ausbreitet.

Ich erwache mit einer verschnupften Nase und einem dröhnenden Schädel – und mit fünf neuen Bildern von Pudding auf meinem Handy. Auf einem davon liegt er ausgestreckt in Yashs Bett, als hätte er vor, nie wieder aufzustehen.

Jedenfalls glaube ich, dass es Yashs Bett ist – auch wenn ich in seinem und Carolines schickem Apartment eher Seidenbettwäsche in Beige-Tönen als dunkelrot karierte Baumwolle erwartet hätte. Ich taste gähnend meine Stirn ab – glücklicherweise habe ich mir beim Einbruch in den See nur einen kleinen Kratzer geholt, der schon fast wieder verheilt ist. Es hätte wirklich schlimmer kommen können.

Heute komme ich zum ersten Mal seit Jahren wieder in den Genuss, von meinen Eltern aufgrund einer Erkältung verhätschelt zu werden. Ich bekomme jede halbe Stunde einen frischen Tee gebracht und mein Vater trägt mir sogar den zweiten Fernseher in mein Zimmer, damit ich mich nicht allzu sehr langweile. Also glotze ich eine Weihnachtsschnulze nach der anderen, zwischendrin gepfeffert mit einer Runde *Stirb langsam* und *Kevin – Allein zu Haus*. Meine Mutter schneidet mir Toast-Sandwiches in kleine Dreiecke und ich muss meinen Vater geradezu davon abhalten, mir eine Hühnersuppe zu kochen.

»Die hat dir als Kind auch nicht geschadet!«, sagt er und scheint wirklich nicht zu verstehen, was mich daran stören könnte.

»Aber dem Huhn schon!«, erwidere ich, woraufhin er schimpfend abzieht und mir eine Gemüsesuppe kocht. Natürlich bleibt er aber weiterhin der festen Überzeugung, dass ich mit einer Hühnersuppe sehr viel schneller gesund geworden wäre. Meine Mutter fährt sogar in den großen Tesco nach Cressley, um mir all meine Lieblingssnacks zu kaufen.

Irgendwann stellt mir meine Mutter sogar das alte Schnurtelefon auf den Nachttisch, damit ich mit Kate telefonieren kann. Sie war offenbar schon ganz panisch, weil ich mich nach der Ententeich-Aktion nicht gemeldet habe.

Irgendetwas hält mich allerdings davon ab, ihr zu erzählen, dass ich mit Yash auch noch in der Eishalle war – vermutlich habe ich Angst davor, dass sie mir sagen wird, dass ich mir keine falschen Hoffnungen machen und mit meinen dämlichen Träumereien aufhören soll. *Er ist der Freund deiner Schwester, verdammt!* Trotzdem macht es Spaß, mit Kate zu telefonieren und als ich auflege, habe ich ein Grinsen im Gesicht.

Gegen Nachmittag schmuggelt mir Caroline dann sogar einen Iced Coffee ins Zimmer. »Ich hab gehört, du bist sterbenskrank.«

Ich lege mir die Hand auf die Stirn und seufze theatralisch. »Hat dir Dad auch schon erzählt, dass ich nichts von seiner Hühnersuppe essen will? Bestimmt denkt er, dass ich längst wieder gesund sein könnte, wenn ich mich ordentlich ernähren würde.«

Caroline kichert, schiebt meine Füße beiseite und nimmt auf der Bettkante Platz. Sie trägt mal wieder einen Blazer und ist perfekt geschminkt. Wahrscheinlich ist ihr Besuch bei uns nur ein Zwischenstopp vor dem nächsten Wahlkampftermin. Es ist bewundernswert, wie viel Energie meine Schwester in ihre Karriere steckt, ohne dabei ihre Prinzipien zu verraten. Wenn sie Spenden von der lokalen Landbesitzer-Lobby annehmen würde, wäre sie wahrscheinlich schon im Unterhaus, statt immer noch im Bezirksrat Politik zu machen.

»Yash hat mir berichtet, dass du gestern in den See gefallen bist.«

Ich schlucke und weiche ihrem Blick aus. Natürlich hat er Caroline davon erzählt, es gibt ja auch keinen Grund, das zu verheimlichen. *Komm endlich mal klar, Olivia.*

Meine Schwester wirft einen Blick auf ihre Armbanduhr.

»Ach Mist, ich muss bald schon weiter, wollte mich nur noch kurz von dir verabschieden, weil ich ja gehört habe, dass du Hühnersuppenverweigerin an diesem Schnupfen sterben wirst.« Sie deutete auf meinen Iced Coffee, an dem ich nur ganz langsam nuckele, damit er länger hält. »Also trink mal schneller, ich muss dieses Glas ja wieder aus dem Haus schmuggeln, bevor unsere Eltern was merken. Ihnen würde gar nicht gefallen, dass du deine Erkältung mit Kaffee bekämpfst.«

»Gibt es denn wirklich eine Studie, dass man keinen Kaffee trinken soll, wenn man krank ist?«

Caroline verdreht spielerisch die Augen. »Nein. Aber für Mum und Dad ist das trotzdem ein Fakt. Es gibt ja auch keine Studie, dass man durch Hühnerbrühe gesund wird.«

»Stimmt, die gibt es wirklich nicht.«

Caroline lacht. »Eben.« Sie dreht sich jetzt so zur Seite, dass sie die letzten Minuten *Tatsächlich ... Liebe* noch mit mir schauen kann, solang ich meinen Iced Coffee leere. »Ich weiß nicht, wie dieser Film es macht«, sagt sie schließlich, »jede Szene ist schlechter gealtert als die andere, aber dann wackelt Hugh Grant schließlich mit den Hüften und das Fatshaming und Stalking ist vergessen.«

»Da hast du deine Antwort; es liegt einzig und allein an Hugh Grants Hüftschwung.«

»Würde er auf der Straße so vor mir laufen, wäre ich verloren.«

Mir bleibt ein bisschen Iced Coffee im Hals stecken, und Caroline klopft mir pflichtschuldig den Rücken, während ich huste. »Lass das nicht Yash hören«, krächze ich. Meine Schwester wirft mir einen schnellen Seitenblick zu, den ich nicht ganz deuten kann. »Ich meine, es geht hier um Hugh Grant«, sagt sie dann.

»Also ich habe in einem Interview gehört, dass er die Tanzszene eigentlich gehasst hat. Und er ist inzwischen über sechzig.«

Caroline steht von meinem Bett auf und streckt die Hand nach meinem Iced-Coffee-Glas aus. »Du Spielverderberin«, sagt sie. »Erst willst du keine Hühnersuppe haben und dann musst du mir auch noch *Tatsächlich ... Liebe* kaputtmachen.«

»Ich bin schrecklich, ich weiß.«

Meine Schwester schnappt sich die Fernbedienung und stellt einen Sender ein, auf dem den ganzen Tag über nur die kitschigsten Weihnachtsschnulzen mit ziemlich plumpen Produktplatzierungen für Duftkerzen oder Staubsauger laufen. Anschließend legt sie die Fernbedienung außerhalb meiner Reichweite auf der Kante des Fernsehers ab. »Das hast du jetzt davon. Viel Spaß bei deinem Abendprogramm.«

Sie wirft mir noch eine Kusshand zu und verschwindet dann aus dem Zimmer. Eigentlich mag ich Liebesfilme, aber diese Kitschparaden sind schon hart an der Grenze des Erträglichen. Ich lasse die Filme trotzdem so lange laufen, bis eine Storyline mit der nächsten verschwimmt und ich wegdämmere. Irgendwann in der Nacht wache ich allerdings noch mal auf, weil ich pinkeln muss, und schon wieder erklärt irgendein Typ seiner Angebeteten auf dem Fernsehbildschirm seine Liebe unter einem Mistelzweig und vor einem riesigen Schneehaufen, der alles andere als echt aussieht. Auf dem Weg ins Badezimmer schalte ich den Fernseher endlich aus – die restliche Nacht über träume ich trotzdem von Weihnachtskugeln, Männern in engen Strickpullovern und irgendwelchen Prinzen aus Schlössern in erfundenen europäischen Kleinstaaten.

Kapitel 13

Meine Nase ist am nächsten Tag zwar immer noch verstopft, aber mein Kopf tut nicht mehr so weh und ich kann zumindest ein paar Stunden das Bett verlassen – das ist ein Fortschritt. Ich schaffe es sogar, mit meiner Mutter durch Granbury zu fahren und überall Veranstaltungsplakate für das *Hearth & Holly Fest* aufzuhängen – als wüsste nicht ohnehin schon jeder Dorfbewohner, wo man sich am 20. Dezember einzufinden hat.

Als wir gerade dabei sind, eines der Poster an der Anschlagtafel neben dem *Toast Office* aufzuhängen, kommt Rachel aus dem Laden (heute wieder als Weihnachtsmann mit Rauschebart verkleidet) und nimmt mir das Versprechen ab, dass ich ihr am nächsten Tag bei ihrer Frühschicht Gesellschaft leiste. Sie strahlt mich an und umarmt mich trotz meiner Schnupfnase, was ein warmes Gefühl in meiner Brust auslöst.

Es tut unheimlich gut, Rachel als meine Freundin zurückzuhaben, und ich werde alles dafür tun, dass es diesmal auch so bleibt.

Den Rest des Nachmittags verbringe ich eingemummelt auf dem Sofa, während Caroline und meine Mutter in der Küche Plätzchen backen. Sogar James und Sabrina kommen kurz vorbei und holen sich eine Portion davon ab. Ich grüße sie von meinem Kissennest auf dem Sofa aus und knabbere währenddessen Mums Mince Pies. Ich kann erst damit aufhören, als ich alle aufgegessen habe. Diese Mince Pies sind definitiv die besten auf der ganzen Welt. Ehrlich gesagt kann ich mir gar nicht erklären, warum meine Mutter so gut kochen und backen kann. Von meiner Großmutter hat sie es definitiv nicht gelernt.

Im Fernsehen laufen wieder Weihnachtsschnulzen und gerade, als sich ein junges Paar vor einem Weihnachtsbaum küsst, setzt Mum sich mit einem Seufzen und zwei Tassen Schwarztee neben mich aufs Sofa.

»Wow, bin ich deiner Meinung nach etwa endlich gesund genug für Earl Grey?«

Meine Mutter wirft mir einen neckenden Blick zu. »Es ist immer noch entkoffeiniert, wir wollen es ja nicht übertreiben.«

Ich lache und huste dabei ein bisschen.

»Tut dir das nicht weh?«

»Was meinst du?«

Ich verstehe wirklich nicht, was meine Mutter von mir wissen will.

»Na ja, diese Weihnachtsfilme zu schauen. Weil du selbst ja niemanden hast.«

Ich nehme einen viel zu großen Schluck aus meinem Schwarztee.

»Aber darum geht's bei solchen Filmen doch gar nicht«, sage ich schließlich, bin aber noch immer von der Frage meiner Mutter überrumpelt.

»Das sind doch alles Liebesfilme, Olivia, und in denen geht es darum, dass die Hauptfigur *den einen* Menschen für sich findet. Oder?«

»Ja, kann schon sein, aber das hat doch nichts mit mir zu tun. Ich will ganz bestimmt keinen Prinzen aus irgendeinem erfundenen Königreich in Osteuropa.«

Meine Mutter nimmt nun ebenfalls einen Schluck aus ihrem Tee und verdreht dabei die Augen. »Natürlich nicht. Aber man kann das ja auf das echte Leben übertragen. Es muss ja kein Prinz sein.«

»Im *echten Leben* werde ich nicht einfach mit irgendjemandem eine Beziehung eingehen, nur um eine zu haben.«

»Es geht ja auch nicht um irgendjemanden.«

»Sondern um was?«

»Na ja, hattest du jemals eine langfristige Beziehung?«

Ich starre sie an. »Ist das dein Ernst? Soll ich mit jemandem, den ich eigentlich gar nicht wirklich liebe, in einer Beziehung bleiben, nur weil meine Mutter findet, ich sollte langfristige Beziehungen haben?«

»Du hast uns noch nie jemanden vorgestellt.«

»Oh, ich habe bis jetzt ja gar nicht gewusst, dass es bei Beziehungen nicht darum geht, dass ich glücklich bin, sondern darum, dass meine Familie glücklich ist.«

Meine Mutter kräuselt die Nase. »So war das doch gar nicht gemeint. Ich will doch nur, dass du nicht einsam bist.«

»Das bin ich doch gar nicht!«, rufe ich. »Wenn ich irgendwann jemanden finde, mit dem ich zusammen sein will, freut mich das, aber ich werde mir doch nicht irgendjemanden suchen, nur um dann jemanden zu haben. Ich habe Freunde, Mum, Freunde wie Kate, mit denen ich ein wunderschönes Leben habe.«

»Und was ist mit Kindern?«

Ich bin drauf und dran, meine Teetasse wütend gegen den Fernseher zu werfen, da schiebt sich plötzlich meine Schwester Caroline zwischen uns. »Vielleicht sollten wir alle mal tief Luft holen.«

»Nein«, knurren meine Mutter und ich gleichzeitig.

Caroline wirft uns einen strengen Blick zu.

»Ihr seid hier nicht allein und ich habe wirklich keine Lust, mir noch länger euer Gezanke anzuhören.« Sie schaut jetzt Mum an und sagt: »Ab jetzt werden keine Fragen mehr zu Livys Beziehungsleben gestellt, verstanden?« Dann dreht sie sich zu mir: »Und du hältst Mum jetzt bitte keinen Monolog darüber, weshalb solche Fragen übergriffig und nicht in Ordnung sind. Insgeheim weiß sie das schon.«

Meine Mutter und ich setzen beide an, aber Caroline hebt einen Finger. »Ruhe, jetzt. Trinkt euren Tee und redet über was anderes. Dann wird der Abend vielleicht noch schön. Wollen wir das ausprobieren?«

Zähneknirschend gehorchen Mum und ich. Und überraschenderweise wird der Abend dann wirklich noch ganz nett. Irgendwann erzählt Mum uns, wie sie und ihre Freundin Judy daran scheitern, mit der Kindertanzgruppe von Granbury eine Vorführung für das *Hearth & Holly Fest* einzustudieren, bis Caroline und ich vor Lachen Tränen in den Augen haben. Ich hasse und liebe es gleichermaßen, wenn meine Schwester recht hat.

Das *Toast Office* öffnet seine Tore bereits um acht, damit die Einwohner von Granbury auf dem Weg zur Arbeit noch einen Kaffee mitnehmen können. Eigentlich bin ich noch viel zu müde, aber ich habe Rachel ja versprochen, sie bei ihrer Frühschicht zu besuchen. Ich sehe den Menschen gähnend dabei zu, wie sie sich mit Koffein versorgen, während ich meinen eigenen Iced Coffee schlürfe (den ich heute zum Glück schon wieder einigermaßen schmecken kann) und in meinem Buch schmökere. Es ist ein Liebesroman, den Kate mir geliehen hat. Grummelnd muss ich an die gestrigen Kommentare meiner Mutter denken. Es ist so engstirnig und falsch, zu denken, man würde nur Liebesfilme oder -romane konsumieren, weil man sich selbst nach einer Beziehung sehnt. Es berührt einfach etwas in mir, wenn Menschen sich verlieben, sich öffnen, sich gegenseitig so akzeptieren, wie sie sind. Außerdem würde das ja heißen, dass alle Menschen, die in glücklichen Beziehungen sind, sofort aufhören müssten, Liebesromane zu lesen. Und das wäre ja völlig absurd.

Es ist ein seltsames Gefühl, hier so entspannt zu sitzen, während so viele andere Menschen auf dem Weg zur Arbeit sind. Von meinem Fensterplatz aus sehe ich das rege Treiben auf dem kleinen Marktplatz. Auch wenn ich Urlaub habe, ist heute ein ganz normaler Tag in Granbury. Ich hatte so lang keinen Urlaub mehr, dass es sich auf eine gute Art ein bisschen verboten anfühlt, mich hier zurückzulehnen. Ein paar Minuten genieße ich das, dann stehe ich auf und frage Rachel, ob ich ihr bei der Arbeit helfen kann. Erst schickt sie mich wieder zurück, aber sobald meine Schmolllippe zum Einsatz kommt, wird sie augenverdrehend schwach. »Okay, wenn es unbedingt sein muss, kannst du ein paar Bestellungen aufnehmen.«

Allerdings merke ich schnell, dass das überhaupt kein Job für mich ist. Ich vergesse sofort, was Thomas von der Tankstelle zu Trinken bestellt hat, und muss zwei Mal nachfragen. Dann vergesse ich, für wen welches Getränk gedacht war, und habe schließlich zwei Earl Grey im Pappbecher herumstehen, die eigentlich niemand haben will.

Nach einer halben Stunde – die Schlange vor der Theke im *Toast Office* ist inzwischen schon ziemlich lang geworden – kommt Rachels Mitarbeiterin Sarah, um mich zu retten. Völlig erschöpft ziehe ich mich mit einem frischen Iced Coffee wieder zu meinem Fensterplatz zurück. Ich würde ausrasten, wenn ich in meinem Beruf jeden Tag mit so vielen Menschen zu tun hätte. Die kaputten Maschinen und meine wenigen Kollegen und Kolleginnen sind mir da deutlich lieber.

Schließlich ist der morgendliche Hochbetrieb vorbei und Rachel lässt sich mir gegenüber auf einen Stuhl plumpsen. Ohne zu fragen, greift sie nach meinem Iced Coffee und nimmt einen tiefen Schluck. Sie hat sich vorhin geweigert, ihn von mir bezahlen zu lassen, also erscheint es mir nur fair, dass wir ihn uns jetzt teilen. Es ist schön, zu sehen, wie weit wir in ein paar wenigen Tagen gekommen sind. Ich glaube, sie kann mich wieder leiden.

Rachel verzieht das Gesicht. »Ich kapiere nicht, wie du diese Brühe trinken kannst. Kaffee muss richtig heiß sein.«

»Banausin.« Theatralisch verstecke ich mein Gesicht hinter dem Liebesroman und tue so, als würde ich Rachel jetzt ignorieren. Doch sie streckt einen manikürten Zeigefinger aus, auf dem kleine Lebkuchenmännchen gemalt sind, und drückt damit mein Buch einfach wieder runter. »Ich habe gehört, dass du fast im Eis ertrunken bist.«

Ich lege das Buch zur Seite. »Warum bleibt eigentlich nichts in diesem Dorf geheim?«

Rachel verengt die Augen zu Schlitzen. »Warum willst du, dass das geheim bleibt?« Dann breitet sich ein Grinsen auf ihrem Gesicht aus. »Oh, jetzt ist mir alles klar.«

»Was ist dir klar?«

»Na, dass du auf einem Date mit Tommy warst.« Sie starrt mich an und sucht mein Gesicht nach einem Beweis dafür ab, dass sie mit ihrer Vermutung richtig liegt.

»Wie kannst du denken, dass ich so etwas mache! Niemals würde ich Tommy daten.« Ich hebe beide Arme, als wäre Rachel eine Polizistin, der ich zeigen muss, dass ich unbewaffnet bin.

»Aber ihr wart beide zum Schlittschuhfahren am Ententeich?«

»So ähnlich. Ist eine lange Geschichte.«

Rachel wirft einen Blick durch den Raum und lehnt sich dann zurück. »Was für ein Glück, dass hier gerade nicht viel los ist.«

Ich seufze. »Es ist auch eine ziemlich verrückte Geschichte.«

»Umso besser.«

Ich zögere und klaue mir dann von Rachel meinen Iced Coffee zurück. Während ich daran nippe, ordne ich meine Gedanken. »Du erinnerst dich doch daran, dass ich von dir eine Kopie meines alten Liebesbriefs haben wollte.«

»Das ist noch nicht lange her, Olivia, natürlich erinnere ich mich daran.«

Jetzt rutsche ich nervös auf meinem Stuhl hin und her. Soll ich ihr wirklich erzählen, weshalb ich nach Granbury gekommen bin?

»Ja? Du warst bei mir, weil du den Brief noch mal sehen wolltest. Und weiter?«

Ich gebe mir einen Ruck.

»Na ja, sagen wir es so – ich bin aus einem ganz bestimmten Grund in Granbury. Und der hat mit diesem verdammten Brief zu tun.«

»Oh, aber ich dachte, du bist hergekommen, weil du deine beste Freundin Rachel so vermisst hast.« Sie grinst mich an und ich bin froh, dass sie darüber lachen kann, auch wenn ich mich ihr gegenüber immer noch schlecht fühle.

»Ehrlich gesagt, bin ich hergekommen, weil ich Anfang Dezember von einem anonymen Absender einen mysteriösen Brief bekommen habe.«

»Wie meinst du das? Mysteriös?«

In den folgenden Minuten erzähle ich Rachel alles, was sich in den letzten Wochen zugetragen hat. Sogar von meiner peinlichen Kritzelei auf der Serviette berichte ich ihr. Und von Yash und davon, dass auch er zwei Briefe bekommen hat. Auch das Weihnachtsbaumschmücken und die gestrige Aktion am Ententeich lasse ich nicht aus.

Rachel folgt meiner Geschichte mit zusammengekniffenen Augen – diesen Blick von ihr kenne ich noch von früher aus dem Matheunterricht. Das ist Rachels Rätselblick. Sie guckt wie ein Hund, der gerade eine Fährte aufgenommen hat, an deren Ende hoffentlich sein Lieblingssnack wartet.

»Ich hätte dir gleich sagen können, dass der Brief nicht von Tommy stammt.«

»Ach ja?«

»Ich bezweifle, dass er schreiben kann.«

Daraufhin muss ich lachen.

»Als er am Ententeich aufgetaucht ist, war ich mir sicher, dass er für die Briefe verantwortlich ist. Und es hat echt gutgetan, ihn mit Schneebällen zu bewerfen.«

»Wegen dieser Schneeballschlacht wärst du fast erfroren.«

»Du übertreibst schon fast so sehr wie Yash.«

Bei diesem Namen tritt ein Funkeln in Rachels Augen. »Ich frage mich, was das alles mit Yash zu tun hat. Warum schickt euch jemand auf solche *romantischen Dates*?«

So hatte ich das alles noch nicht betrachtet. Könnte es sich wirklich um Dates gehandelt haben, die jemand für uns arrangiert hat?

»Ja, es ist definitiv super romantisch, mit meinem zukünftigen Schwager Schlittschuhlaufen zu gehen.« Mir bleibt nur noch Ironie, um dieses unangenehme Thema auszuhalten.

Rachel hebt die Hände. »Caroline und Yash sind *noch nicht* verheiratet.«

Ich beuge mich zu ihr vor und zwicke Rachel in die Nase, so wie wir das als Kinder schon immer gemacht haben.

»Was denn?«, sagt sie sich und reibt ihre Nasenspitze. »Ist doch wahr. Vielleicht hat ein Weihnachtswichtel diese Briefe geschrieben, der euch heimlich zusammenbringen will?«

»Ein Weihnachtswichtel?« Ich deute auf ihre heutige Uniform – sie ist als Wichtel verkleidet.

»Hey! Ich war's nicht!« Rachel legt die Handflächen aufeinander und verschränkt ihre Daumen – der Schwur, den wir als Kinder immer schon gemacht haben, wenn es ernst wurde. Ich muss lachen. »Okay, okay, ich glaube dir ja.«

»Hast du echt gedacht, ich könnte dir diese Briefe geschrieben haben?«

Ich zucke die Achseln. »Irgendjemand muss das ja gemacht haben und es war nicht der Weihnachtsmann. Aber nein, deine Schrift sieht ganz anders aus.« Ich deute zur Tafel rüber, auf der noch immer die Hausregeln des *Toast Office* stehen.

»Mmh, vielleicht waren es deine Eltern, die wollen, dass du wieder nach Granbury zurückkommst?«

Ich rümpfe die Nase. »Wenn die diese Serviette auf James' Hochzeit gefunden hätten, würden sie mir eine Standpauke halten. Sie lieben Yash und planen quasi schon seine baldige Hochzeit mit meiner Schwester. Niemals würden die beiden Dates für Yash und mich organisieren. Das wäre einfach völlig absurd.«

Rachel beobachtet mich nachdenklich. »Ich kenne diesen Blick: Du hast eine andere Theorie?«

Ich seufze. »Ich habe viele Theorien.«

»Aber eine, an die du glaubst.«

Ich nicke und senke den Blick.

Rachel stößt mein Schienbein mit ihrer Schuhspitze an. »Jetzt sag schon.«

»Was, wenn es einer unserer Mitschüler ist, der die Vergangenheit wieder aufleben lassen will? Eine Art Klassentreffen, bei dem ich im Zentrum stehe?«

»Was meinst du?«

»Was wenn mich jemand hierhergelockt hat, um mich zu demütigen. Um mich bloßzustellen? Er oder sie könnte die Treffen mit Yash heimlich gefilmt haben und eine Veröffentlichung des Materials planen. Das Ganze riesig aufziehen?«

Als ich den Blick hebe, starrt Rachel mich mit offenem Mund an.

»Was?«, frage ich. »Das ist doch möglich.«

»Klar ist das möglich, Liv, aber … aber ich meine … wie soll ich das sagen.«

Ich rutsche unangenehm berührt auf meinem Stuhl hin und her. »Jetzt sag schon.«

Sie plustert ihre Backen auf. »Ich meine … niemand hier interessiert sich noch für einen Liebesbrief, den du mit sechzehn geschrieben hast. Nicht wirklich, jedenfalls.«

Ich schlucke. Irgendwie tut es weh, dass sie das sagt. Als wäre ich albern und überdramatisch. Ich will mich zurücklehnen, aber Rachel schnappt sich in diesem Moment meine Hand. »Und ich meine damit nicht, dass es für dich nicht mehr relevant ist, Liv. Das war damals unglaublich traumatisch für dich, das weiß ich.«

Ich beiße mir ganz fest auf die Unterlippe, um nicht loszuheulen. »Und der Fakt, dass es niemand anderen kümmert, macht es wahrscheinlich nur noch schlimmer und nicht besser für dich. Dass das für alle anderen, die dich damals gemobbt haben, einfach nur ein kleiner Spaß war, den sie sofort vergessen haben, tut bestimmt weh, oder?«

Ich kann nicht sprechen, also nicke ich nur, während mein Sichtfeld verschwimmt.

»Oh, Liv. Das alles tut mir so leid.«

Ich will wirklich nicht losheulen. Nicht hier, mitten im *Toast Office* und vor allem nicht wegen diesem bescheuerten Liebesbrief, an den ich in meinem Leben schon viel zu viele Tränen verschwendet habe.

Aber ich tu's trotzdem. Und Rachel rutscht neben mich auf den Stuhl und schlingt ihre Arme um mich.

Ich vergrabe mein Gesicht an ihrer Schulter. Das tut gut. Rachel umarmt mich anders als früher. Sie wiegt mich hin und her. Und sie streichelt mir den Rücken, als wäre ich ein kleines Kind. Als wäre ich *ihr* Kind. Irgendetwas daran rührt mich so doll, dass ich noch heftiger heulen muss als ohnehin schon.

»Ich mach dir jetzt erst mal einen Tee, okay?«, flüstert mir Rachel ins Ohr. »Und dann machen wir einen Plan, wie wir herausfinden, wer hinter den Briefen steckt.«

»Aber musst du nicht arbeiten?«, krächze ich. Sie löst sich von mir und hält mir ein Taschentuch aus ihrer Hosentasche hin.

»Dafür habe ich ja Mitarbeiter«, sagt sie. »Das ist wirklich der größte Erfolg meines Lebens.«

Kurz darauf holt Rachel extra einen Stift und einen Notizblock aus ihrem Büro-Hinterzimmer, damit wir darauf eine Liste aller Verdächtigen anlegen können.

»Deine Eltern schließt du also schon mal aus?«

Ich nicke.

»Tommy müssen wir auch gar nicht mehr aufschreiben. Er war es ganz bestimmt nicht.«

»Und dich selbst kannst du auch weglassen.«

Rachel fokussiert mich mit einem spielerisch ernsten Blick. »Wenn am Ende rauskommt, dass du dir die Briefe selbst geschrieben hast, bin ich richtig sauer.«

»Ich schwöre, dass ich das nicht war.«

»Hast du einen Beweis?«

»Ich kann dir die Briefe zeigen. Du kennst ja meine Handschrift.«

»Okay.« Sie gibt vor, noch einen Moment lang über meine Antwort nachzudenken. »Ich bin gewillt, dir zu glauben. Aber wen soll ich auf die Liste setzen?«

Ich seufze. »Meiner Oma ist alles zuzutrauen.«

Rachel notiert sie auf der Liste.

»Was ist mit deinem Bruder?«

»James?«

»Soweit ich weiß, hast du nur einen. Und der kann ein ziemlicher Fiesling sein. Erinnerst du dich daran, wie er dir im Schlaf mal Honig ins Gesicht geschmiert hat?« Daran erinnere ich mich leider noch viel zu gut. Es hat damals Stunden gedauert, bis ich wieder richtig blinzeln konnte.

»Ja, er ist ein Fiesling. Aber was hätte er denn davon? Glaubst du, er würde mich einfach nur nach Granbury locken, um mich hereinzulegen? Außerdem habe ich ihn schon auf den Brief angesprochen und er wirkte total verwirrt.«

Rachel zuckt die Achseln. »Das muss nichts bedeuten. Vielleicht ist es eine Strafe, weil du an seiner Hochzeit heimliche Liebesbriefe an den Freund eurer Schwester geschrieben hast.«

»Ich kann mir das irgendwie nicht vorstellen … James funktioniert viel zu simpel für so einen langfristigen Plan. Ihm würde auch die Geduld dafür fehlen. Die Hochzeit ist schon ein halbes Jahr her.«

Rachel zupft an ihrer Wichtelmütze herum. »Wir setzen ihn trotzdem auf die Liste.« Sie macht eine kurze Pause, räuspert sich und fragt dann: »Was ist mit deiner Schwester?«

Ich schüttele sofort den Kopf. »Wieso sollte sie so was machen?«

»Ich meine …« Rachel rümpft die Nase. »Deine Schwester ist smart und strategisch. Vielleicht hat sie den Liebesbrief gefunden und möchte aus dir ein Geständnis rauskitzeln? Möglicherweise will sie eine Entschuldigung von dir?«

»Aber würde sie mich dann nicht einfach damit konfrontieren? Wozu der Aufwand? Sie würde mich niemals so gemein behandeln.«

Rachel hebt die Schultern. »Wenn Menschen verletzt wurden, können sie ganz schön fies werden, Olivia.«

»Aber doch nicht Caroline!«

Rachel sieht mich voller Mitleid an und legt ihre Hand quer über den Tisch auf meinen Arm. »Ich sag ja nicht, dass ich es sicher weiß oder so. Aber ich glaube, wir können sie als Verdächtige nicht ausschließen.«

Ich starre auf Rachels Finger hinab. Würde Caroline mir so etwas wirklich antun?

Kapitel 14

Wie jedes Jahr besteht meine Mutter auch in diesem Dezember darauf, ein großes Weihnachtsessen mit der *ganzen* Familie auszurichten, obwohl unsere Wohnküche eigentlich zu klein für dreißig Personen ist. Doch das hat meine Mutter noch nie abgehalten, auch im nächsten Jahr wieder viel zu viele Menschen zu uns einzuladen. Als älteste Tochter der Familie ist es meiner Mutter wahnsinnig wichtig, diejenige zu sein, die dieses Fest ausrichtet. Da darf es dann ruhig auch etwas zu eng werden. Seit ich denken kann, liefert sie sich mit meiner Tante Margaret einen erbitterten Konkurrenzkampf um diese Veranstaltung. Meine Tante würde uns alle auch gerne mal zu sich in den Nachbarort einladen. Doch meine Mutter hat bisher immer gewonnen. Margaret versucht jedoch, meine Mutter in Sachen Essen zu übertrumpfen, um immerhin auf diesem Gebiet die Nase vorne zu haben: Jedes Jahr bereitet sie deshalb zwei riesige Truthähne in ihrem Hightech-Ofen zu. Meiner Meinung nach sollte niemand den Platz dafür haben, zwei Truthähne auf einmal in einem Ofen zu brutzeln, aber mich fragt ja niemand. Diese Tradition hat die letzten sechs Jahre meiner Abwesenheit leider überlebt.

In den Stunden vor dem Familien-Weihnachtsessen bin ich meinen Eltern früher immer aus dem Weg gegangen – und so mache ich es auch heute. Die beiden bekommen sich nämlich immer wegen der winzigsten und unwichtigsten Dinge in die Haare. Und wie früher macht mich das auch heute noch unglaublich nervös. Caroline, James und ich haben die Zeit vor dem Familienessen in unserer Kindheit oft dazu genutzt, um unbeaufsichtigt Computerspiele in Dads Büro zu zocken und heute … heute sitze ich allein auf dem Fensterbrett meines alten Zimmers und rauche die letzte Menthol-Zigarette aus einer Packung, die ich als Teenagerin mal ganz hinten in meinem Schrank versteckt habe.

Sie schmeckt grauenhaft und ich bringe es nicht über mich, mehr als drei Züge zu nehmen. Irgendwie hatte ich mir mehr erhofft – dass mich die Zigarette entspannt, vielleicht? Denn ich bin nicht nur nervös, weil mich Familientreffen ohnehin immer nervös machen, oder weil meine Eltern gerade streiten. Nein. Ich habe eine Mission, die ich erfüllen muss: Heute Abend ist die perfekte Gelegenheit, um herauszufinden, ob jemand aus meiner Familie hinter den mysteriösen Briefen steckt.

Yash: Pudding putzt sich raus für das Dinner heute Abend!

Olivia: Apropos heute Abend ... Wir müssen rausfinden, ob der anonyme Briefeschreiber nachher anwesend ist.

Yash: Du glaubst also wirklich, es könnte jemand aus deiner Familie hinter den Briefen stecken?

Olivia: Es muss ja jemand sein, der bei James' Hochzeit da war. Alles andere ergibt keinen Sinn.

Yash: Wieso das denn?

Scheiße, er weiß ja gar nichts von der Serviette. Und das soll auch so bleiben.

Olivia: Ist so ein Bauchgefühl.

Yash: Wen verdächtigst du denn?

Olivia: Vielleicht ist es einfacher, Familienmitglieder auszuschließen?

Yash: Dann schieß los.

Olivia: Meine Eltern stecken ganz bestimmt nicht hinter dem Brief.

Yash: Warum nicht?

Olivia: Erstens kenne ich die Schrift meiner Eltern und zweitens wissen sie ganz genau, wie mies es mir in meiner Jungend wegen des anderen Briefes ging. Das würden sie niemals machen.

Ich verschweige, dass meine Mutter unglaublich wütend auf mich wäre, wenn sie die Serviette gesehen hätte. Denn davon soll Yash ja nichts wissen.

Yash: Okay, also nicht deine Eltern. Und was ist mit James?

Olivia: Der könnte als Briefeschreiber durchaus infrage kommen, auch wenn es eher unwahrscheinlich ist.

Yash: Und deine Oma?

Olivia: Auch eine vielversprechende Kandidatin – sie ist zu ALLEM bereit.

Yash: Und deine Tanten/Onkels/Cousins?

Olivia: Die interessieren sich nicht genug für mich, haha. Aber ganz ausschließen lassen sie sich natürlich nicht.

Yash: Und gibt es sonst noch jemanden, dem wir heute auf den Zahn fühlen sollten?

Olivia: Du würdest schon mitkriegen, wenn deine eigene Freundin hinter so was steckt, oder? :D

Darauf antwortet Yash nicht – und ich weiß nicht, was ich davon halten soll. Habe ich ihn damit beleidigt? Oder konfrontiert er Caroline, meine Hauptverdächtige, vielleicht gerade in diesem Moment und sie gesteht ihm alles? Wenn sie es war, wird sie ihm bestimmt von der peinlichen Serviette erzählen, die sie gefunden hat und dann denkt er … ughh, das wäre mir so unangenehm.

Irgendwann wird es dunkel, der Duft von im Ofen gebackenem Rosenkohl und Kartoffeln steigt mir in die Nase und ich sehe von meinem Platz am Fensterbrett aus die ersten Autos unserer Verwandten die Straße hochrollen. Meine Tante Margeret und ihr Mann Lorenzo scheinen auf dem Weg zur Tür einen Streit auszutragen, während meine beiden Cousins Oliver und Edward zwei Auflaufformen mit Truthähnen den Plattenweg zu unserem Haus entlang schleppen. Sobald unten die Tür aufgeht, ändert meine Tante allerdings abrupt ihre genervte Stimmlage und klingt unfassbar fröhlich, als sie meine Eltern begrüßt. Dieses Verhalten meiner Tante erinnert mich daran, warum ich dieses Familiendinner in den letzten Jahren immer geschwänzt habe. Aber dieses Jahr ist alles anders: Ich habe wie gesagt eine Mission und möchte sie auf jeden Fall zu einem erfolgreichen Abschluss bringen. Auf der Straße sind nun wieder Geräusche zu hören. Als Nächstes kommen mein Onkel Mike und sein Mann bei uns an. Langsam wird es wohl Zeit für mich, runterzugehen und schön artig die Gäste zu begrüßen.

Ich will gerade schon meinen Platz auf dem Fensterbrett verlassen und mich unten ins Getümmel stürzen, da sehe ich Carolines Volvo über die Straße rollen. Sie parkt ziemlich weit entfernt von unserem Haus, aber ich kann von hier aus trotzdem genau beobachten, wie sie und Yash aussteigen und Seite an Seite den Bürgersteig entlang zu unserem Grundstück laufen; Pudding haben sie natürlich auch dabei.

Die beiden sehen so gut aus zusammen – aber das haben sie schon immer. Zwei elegante und erfolgreiche Menschen. Als sie ihren Schulabschluss gemacht haben, hat sogar eine Lokalzeitung über Yash und Caroline berichtet: Bis zur Zeugnisvergabe haben sich die beiden ein Kopf-an-Kopf-Rennen darum geliefert, wer schlussendlich den besten Abschluss des Jahrgangs machen würde. Am Ende lagen die beiden genau gleich auf. Auch in dieser Hinsicht waren sie also das perfekte Paar. Die Zeitung taufte sie schon das »Powercouple der Zukunft« und auch ich war mir damals sicher, dass die beiden irgendwann gemeinsam in der Downing Street wohnen würden.

Die Glocken der kleinen Granbury-Kirche schlagen gerade zwanzig Uhr und von meiner Großmutter fehlt noch jede Spur. Grandmas Bruder und seine Frau sind jedoch bereits angekommen. Und auch meine andere Tante hat mit ihrem Mann und den drei Kindern schon unser Haus betreten. Ich muss jetzt wirklich Hallo sagen und mich zeigen.

Doch bereits auf dem Weg nach unten fühle ich mich

von der Geräuschkulisse völlig erschlagen. Wieso mache ich das alles noch mal?

Ich grüße die Gäste kurz und begebe mich dann auf die Suche nach Pudding, meiner flauschig gefleckten Rettung. Als ich ihn finde, bewacht er gerade die beiden Truthähne, die meine Tante mitgebracht hat.

Yash und meine Schwester stehen vor dem Fenster und unterhalten sich mit meinen Cousins. Es ist erstaunlich, wie weh es mir auch heute noch tut, die beiden zusammen zu sehen. Als mein Blick auf den von Yash trifft, nickt er mir kurz zu und ich nicke zurück.

Nach ein paar Minuten trudelt dann auch mein Bruder James mit seiner Frau Sabrina ein, mit der ich mich glücklicherweise immer gut über alles Mögliche unterhalten kann. In einer anderen Welt könnten wir, glaube ich, sogar richtig gute Freundinnen sein, wenn sie nicht die bescheuerte Idee gehabt hätte, meinen nervigen Bruder zu heiraten. Das werde ich einfach nie verstehen; Sabrina ist nett und witzig und könnte jeden haben. Aber sie hat sich für meinen langweiligen, desinteressierten und gleichzeitig abgehobenen Bruder James entschieden. *Wo die Liebe hinfällt und sich dabei sämtliche Knochen bricht*, denke ich. Aber vielleicht sollte ich andere Menschen nicht dauernd für ihre Gefühle verurteilen, wenn ich doch selbst seit über zehn Jahren insgeheim in den Freund meiner Schwester verliebt bin. Wer im Glashaus sitzt und so weiter.

Meine Mutter guckt immer wieder abwechselnd nervös auf die Uhr und aus dem Fenster. Grandma fehlt noch immer und schließlich platzt meiner Mutter der Kragen: »Ach egal. Wir fangen jetzt einfach an. Zu Tisch, ihr Lieben!«

Wie so oft hält sich meine Großmutter nicht an die

abgemachten Zeiten. Vielleicht ist das eine Folge ihrer späten Rebellion, oder es liegt daran, dass sie tief in ihrem Inneren eine hoffnungslose Chaotin ist. Eins von beidem wird es sein. Ich hoffe aber, sie und Soraya kommen überhaupt, schließlich muss ich auch sie heimlich verhören.

Ich lasse meinen Blick durch die Wohnküche gleiten: Alle der heute Abend anwesenden Gäste haben vor einem halben Jahr auch James' und Sabrinas Hochzeit besucht.

Und dann nehmen wir alle unsere Plätze an der langen zusammengewürfelten Tafel ein. Gerade als meine Mutter ein paar Worte an die Runde richten will, klingelt es jedoch an der Tür.

Meine Mutter lässt sich ihren Ärger vor der versammelten Familie nicht anmerken, aber ich kann ihr Gesicht so gut lesen, als wäre es ein riesiges und offensiv formuliertes Werbeplakat: Sie ist verdammt angepisst und geht davon aus, dass meine Großmutter extra zu spät gekommen ist, um auch diese Familienfeier wieder kaputtzumachen. In den Augen meiner Mutter hat Grandma sowieso schon die ganze Familie zerstört, als sie sich damals von meinem Opa getrennt hat. Der verbringt seine letzten Jahre seither in einem Resort in Florida und ruft nur einmal im Jahr an Weihnachten bei meinen Eltern an – er scheint uns also nicht sonderlich zu vermissen.

»Ich mach auf!«, rufe ich schnell. Vielleicht kann ich so verhindern, dass es direkt im Eingangsbereich unseres Hauses zu einem Streit zwischen meiner Oma und meiner Mutter kommt. Das wäre für alle Anwesenden und vor allem für Soraya wahnsinnig unangenehm. Wahrscheinlich würde Soraya vor Schock einfach sofort wieder umkehren und aus dem Haus flüchten. Meine Mutter gibt Soraya immer das Gefühl, dass sie nicht richtig zur Familie gehört, obwohl sie früher selbst so gut mit ihr befreundet war.

Manchmal kommt mir der Gedanke, dass es überhaupt nicht die Lebensentscheidungen meiner Oma waren, die diese Familie belastet haben, sondern vor allem die Reaktionen meiner Mutter darauf – aber ich will sie auch nicht zu sehr verurteilen. Ich fände es ja auch nicht toll, wenn meine Mutter meinen Vater verlassen und dann mit Rachel zusammenkommen würde. Andererseits liebe ich es auch, wie befreit und zufrieden meine Großmutter wirkt, seit sie meinen Opa verlassen hat. Meine Mutter wiederum hat das Gefühl, dass ihre komplette Kindheit und Jugend eine Lüge waren. Diesen Vorwurf habe ich zumindest mal bei einem anderen Familienfest gehört, als weder Caroline noch ich schnell genug waren, um einen Streit zwischen Oma und Mum zu verhindern.

»Guck dich an, Livy!«, kreischt meine Großmutter und küsst mich auf beide Wangen. »Du siehst wunderbar aus!« Natürlich fällt ihr sofort auf, dass ich nicht wie sonst mit Jeans und einem riesigen Pullover am Weihnachtsessen teilnehme, sondern heute ein kurzes rotes Samtkleid trage. Dabei handelt es sich um mein *Date-Kleid* und ich habe das Gefühl, dass meine Großmutter das direkt merkt. Wenn ich allerdings länger darüber nachdenke, muss ich zugeben, dass ich es auch angezogen habe, weil Yash heute bei uns ist und ich darin verdammt gut aussehe.

Die Augen meiner Großmutter funkeln. »Sind alle anderen schon da?«

Ich nicke.

»Gut.« Sie lacht bellend. »Ich hasse dieses Vorgeplänkel.« Sie wendet sich an Soraya. »Ich hab dir doch gesagt, wir sollten lieber eine halbe Stunde später kommen, dann können wir uns den Aperitif und diese anstrengenden Reden sparen.«

Soraya sieht alles andere als glücklich aus, als ich ihr die Jacke abnehme. Ich wette, sie hasst es, zu spät zu kommen, und schämt sich.

»Schön, dass du da bist«, flüstere ich und drücke sie besonders fest.

Als wir zurück in die Wohnküche kommen, steht der Truthahn bereits auf dem Tisch.

Ich lasse mich auf meinem Platz nieder und meine Großmutter direkt daneben. Yash sitzt uns gegenüber, während mein Onkel Lorenzo zu meiner Linken sitzt.

»Wo steckt Pudding?«, fragt meine kleine Nichte Anabelle schmollend.

»Er mag den Trubel nicht so und hat sich im Nebenzimmer verkrochen«, erkläre ich ihr, woraufhin sie noch expressiver schmollt.

Caroline schnaubt. »Bei mir ist es genau das Gegenteil. Wenn es um mich herum ruhig ist, könnte ich die Wand hochlaufen. Ich liebe Gesellschaft.«

»Ich fasse es nicht, dass du dann immer noch hier wohnst«, gebe ich quer über den Tisch zurück. »Und nicht mitten in London, so wie ich.«

Meine Schwester wirft Yash einen kleinen Seitenblick zu. »Das liegt definitiv nicht an mir.«

»Wohnst du also nur noch hier, weil du Bezirksrätin bist?«, fragt Tante Margaret und verwickelt Caroline damit in ein Gespräch über die anstehenden Wahlen.

Ich sehe meine Chance gekommen, meiner Großmutter jetzt ein bisschen auf den Zahn zu fühlen. »Wie läuft dein Dezember denn bis jetzt so, Oma?«

»Mein grünes Kleid mit den bunten Bommeln darauf ist beim Waschen eingegangen, es ist eine Katastrophe.«

Ich gluckse. »Das klingt grauenhaft.«

Soraya beugt sich an meiner Großmutter vorbei in meine Richtung, sodass sie mit mir sprechen kann. »Beatrice will einfach nur nicht zugeben, dass sie die Schrift auf der Waschmittelflasche nicht mehr lesen kann, weil ihre Augen mit der kleinen Schrift nicht mehr klarkommen.«

»Das ist eine infame Unterstellung«, gibt meine Großmutter zurück und richtet dabei ihre Brille. Diesmal trägt sie ein golden glitzerndes Modell.

»Du bräuchtest wahrscheinlich nicht mal eine Operation, um die Augen zu verbessern. Das meinte zumindest meine Freundin, die als Optikerin arbeitet. Eine spezielle Brille würde schon reichen. Aber du stellst Exzentrik ja immer über praktischen Nutzwert und kaufst deine Brillen in irgendwelchen Etsy-Shops.«

Ich merke, dass ich da in etwas reingeraten bin, was schon länger ein Streitpunkt zwischen den beiden ist. Eigentlich wollte ich mit meiner Oma ja über die Briefe reden.

»Komm du erst mal in mein Alter, Livy. Wenn man anfängt, sich dann um jedes kleine Wehwehchen zu kümmern, ist man den ganzen Tag mit nichts anderem mehr beschäftigt – nein, danke!«

»Aber …«, versucht es Soraya und wird sofort von Grandma unterbrochen.

»Ich mochte das Kleid ohnehin nicht mehr. Gut, dass es jetzt weg ist.«

»Das mit deinen Augen ist aber keine Kleinigkeit.« Soraya legt in diesem Gespräch überraschende Beharrlichkeit an den Tag, aber das muss man vielleicht auch, wenn man sein Leben mit meiner Großmutter verbringt. »Du spielst das einfach so runter, genau wie deinen Tremor.«

»Tremor?«, frage ich.

Meine Großmutter verdreht die Augen. »Es ist noch gar nicht so schlimm. Ich kann noch alles Mögliche machen.«

Sie stellt ihr Glas ab und streckt ihre Hände vor mir aus. Es ist deutlich zu sehen, dass sie zittern.

»Außer malen«, wendet Soraya ein. »Was du liebst.«

»Inzwischen ist das doch egal. Livy, hast du gewusst, dass man heutzutage auch einfach mit einem iPad malen kann, das ist genial! Da kann man dann fehlerhafte Striche einfach so rückgängig machen.«

Ich hebe die Augenbrauen. »Oma, du kleines Technik-Genie.«

»Du hasst das Ding, das hast du erst gestern Abend zu mir gesagt.«

Meine Großmutter verdreht die Augen. »Ich hasse es nicht.«

»Und außerdem kannst du kaum noch schreiben. Als ich letztes Mal im Supermarkt stand und deinen Einkaufszettel entziffern wollte, habe ich alle möglichen falschen Sachen gekauft. Schau mal, Livy, ich hab sogar ein Foto davon gemacht.«

Soraya streckt mir ihr Smartphone hin. Darauf ist ein Bild von einem karierten Zettel zu sehen, auf den meine Oma ein paar total unleserliche Worte geschrieben hat.

»Oh je, Oma, da würdest du im Schönschreiben aber wirklich eine miese Note bekommen.« Sie kann gar nicht hinter den Briefen stecken. Erleichterung durchströmt mich. Es macht gar keinen Spaß, der eigenen Familie so misstrauisch gegenüberzutreten. Eine Verdächtige weniger!

»Bin gleich wieder da.« Ich stehe auf und trete hinaus in den Flur, wo ich mich auf die Treppe zum Obergeschoss setze, bevor ich mein Handy aus der Tasche ziehe und Yash, der noch immer am Esstisch neben Caroline sitzt, eine Nachricht tippe.

Olivia: Wir können meine Oma von der Liste streichen.

Yash: ???

Olivia: Sie hat eine üble Sauklaue und einen Tremor. Die Schrift der Briefe ist dafür viel zu ordentlich.

Yash: Du kleine Detektivin!

Olivia: Nenn mich Jane.

Yash: Wieso das denn? Jane Bond, wie James Bond nur in weiblich?

Olivia: Nein, das ist der Vorname von Ms Marple.

Ich blicke auf, als ein Schatten über mich fällt. Yash steht vor mir, eine Hand in der Hosentasche vergraben, die andere an seinem Smartphone. Er trägt einen dunkelgrünen Pullover, der aussieht wie selbst gestrickt. Früher hat er immer Hemden und Anzüge getragen. Aber ich habe ihn in den letzten Jahren ja auch nur auf Fotos von irgendwelchen offiziellen Anlässen gesehen.

»Kann ich mich ein bisschen zu dir setzen?«

Ich nicke und rücke auf der Treppenstufe zur Seite, sodass Yash neben mich passt. Ein paar Zentimeter Platz sind noch zwischen uns, aber nicht viel.

»Hast du auch schon was rausgefunden?«, frage ich ihn jetzt, aber er schüttelt den Kopf. »Leider nein. Ich wurde direkt in Gespräche verwickelt.«

»Na ja, immerhin können wir meine Oma wegen ihres Tremors ja schon ausschließen. Das ist ein Anfang.«

»Das mit dem Tremor tut mir leid«, sagt Yash. »Ich hoffe, es schränkt sie nicht zu sehr ein.«

Ich zucke die Achseln. »Das würde sie niemals zugeben. Aber ja, ich hoffe auch, dass sie insgesamt gut damit klarkommt.«

Er ordnet seine Beine auf der Treppenstufe anders an, sodass seine Hüfte jetzt meine berührt. Nur ganz leicht, aber ich klemme meine Hand sicherheitshalber trotzdem zwischen die Oberschenkel, um nicht auf einmal etwas Bescheuertes zu machen wie ihn anzufassen oder so. »Ist es dir auch zu viel Trubel da drin?«

Yash kratzt sich am Bart. »Dein Cousin möchte von mir hören, dass sein dubioses Investment in ein Immobilienunternehmen eine gute Idee ist.«

»Ist es keine?«

Yash zuckt die Achseln. »In moralischer Hinsicht wäre das sogar eine ziemlich schreckliche Idee.«

»Aber interessiert ihn das?«

»Er hat angefangen, mit mir darüber zu diskutieren, was Moral überhaupt für ein fiktives Konstrukt ist und dass doch jeder in dieser Wirtschaft *für sich selbst kämpfen* muss.«

Ich schnaube. »Ganze Wohnblocks zu vermieten und den Leuten die Miete hochzuschrauben ist also für sich selbst kämpfen, ja?«

Yash grinst mich von der Seite an. »Lustig, dass du das sagst. Ich habe ihm nämlich das Gleiche gesagt.«

Ich zucke die Achseln. »Er ist schon immer so.«

Yash lehnt sich jetzt zurück und stützt sich mit dem Ellenbogen auf einer der oberen Treppenstufen ab. »So waren auch ganz viele Leute in Oxford.«

Ich blitze ihn an. »Du zum Beispiel?«

Yash seufzt. Ich drehe mich ihm halb zu und lehne

meinen Rücken ans Geländer, sodass wir einander ins Gesicht sehen können. Er beobachtet mich, aber es fällt mir schwer, ihm direkt in die Augen zu schauen. Sein Blick macht mich furchtbar nervös. Ich habe Angst, dass Yash in meinen Augen all meine Gefühle ablesen kann. Ich konzentriere mich also statt auf sein Gesicht auf die Holzmaserung der Treppenstufe hinter seinem Kopf.

»Ich war tatsächlich auch mal so, ja.«

»Wie genau?«

»Rücksichtslos. Und ich hab mich für schlauer gehalten als alle anderen.«

»So schlimm warst du bestimmt nicht.«

Aber er schüttelt den Kopf. »Oh doch. Ich dachte, ich müsste so sein, um erfolgreich zu werden. Um meinen Abdruck in der Welt hinterlassen zu können. Und die Wahrheit ist …, wenn man diese Art von Erfolg will, muss man tatsächlich ein Arschloch sein.«

Ich lege den Kopf zur Seite. »Wie meinst du das?«

»Wenn man einen guten Beraterposten haben will, muss man dafür andere aus dem Weg räumen.«

»Du hast andere aus dem Weg geräumt?«

Er seufzt. »Einmal war ich kurz davor.«

»Wovon redest du?«

»Von meinem letzten Job bei *Halstead Consulting*, einer Wirtschaftsberatung«, erklärt er, aber natürlich weiß ich ganz genau, wo er gearbeitet hat. Ich habe unzählige Stunden damit zugebracht, alles über Yash im Internet zu recherchieren. »Dort waren wir spezialisiert auf Firmenübernahmen und bei diesem letzten Job ging es um einen mittelständischen Hersteller von Landwirtschaftsmaschinen, ist aber eigentlich auch egal. Jedenfalls war es mein Job, Gerüchte über die Firma aufzuschnappen und

Schwachstellen in ihren Finanzen zu entdecken, um so ihren Marktwert zu drücken und die Übernahme für unseren Klienten, eine Private Equity Group, billiger zu gestalten.«

»Das klingt nicht, als wäre so was legal?«

Yash zuckt die Achseln. »Ich sollte ja nichts erfinden, aber eben die Schwachstellen suchen. Und die gab es: Die Wachstumsprognosen der Firma waren nicht sonderlich gut, aber das lag vor allem daran, dass die Mitarbeiter anständig bezahlt wurden und in den nächsten Jahren viel in nachhaltige Technologien investiert werden sollte. Na ja, ich will dich nicht mit Details langweilen, jedenfalls hat mir mein Chef dann einen Associate-Posten in unserer Firma angeboten. Ich sollte dafür lediglich meine Loyalität unter Beweis stellen.«

Ich hebe die Augenbrauen. »Das klingt, als hätten sie dich ganz schön unter Druck gesetzt.«

Sein Blick begegnet kurz meinem und er nickt. »Das haben sie. Und mir kam das alles nicht richtig vor. Also habe ich das Gespräch mit meinen Kollegen, Freunden aus dem Studium und älteren Kontakten mit mehr Erfahrung gesucht. Und die haben das alles runtergespielt: Das sei eben der Lauf der Dinge. Der große Fisch frisst den kleinen. Jeden Tag aufs Neue.« Er schweigt für einen Moment. »Und ich konnte nicht fassen, dass ich bis zu diesem Moment so naiv gewesen war.«

»Dass du nicht früher gemerkt hast, wie zynisch der Kapitalismus ist, meinst du?«

»Ja, ich meine, ich habe mit diesen Menschen studiert. Ich habe bei diesen Professorinnen und Professoren alles gelernt, was ich über den Job weiß. Und genau diese Menschen haben dann so getan, als wäre es völlig in Ordnung, wenn ich dafür sorge, dass hundert Menschen hier in der

Gegend ihren Job verlieren.« Yash schweigt für einen Moment und fährt sich mit der Hand durch die Haare. »Es ging um James' Firma, Livy.«

»Was?«

»Es ging um die Firma, in der dein Bruder gearbeitet und IT-Systeme entwickelt hat.«

Ich schlucke. »Oh.«

»Ja. Ich habe ihm und Sabrina auf der Hochzeit gratuliert und wusste damals schon, dass er in den nächsten Tagen seinen Job verlieren würde.«

Mein Herz zieht sich zusammen. »Er hat also *deinetwegen* seinen Job verloren?«

Yash beugt sich wieder vor und stützt einen Ellenbogen auf sein Knie und sein Kinn in die Hand. Dann schüttelt er den Kopf. »Nein. Er hat *trotz* mir seinen Job verloren.«

»Was meinst du damit?«

»Ich habe direkt am Montag nach der Hochzeit die Kündigung eingereicht. Allerdings hat dann einfach ein anderer ausgeführt, was eigentlich ich hätte tun sollen.«

»Warum erzählst du mir das alles?«, flüstere ich.

Die Luft zwischen uns ist aufgeladen und mein Herz pocht wie wild. »Weil ich mir dachte: Was denkt Olivia jetzt wohl von mir, wenn sie zufällig hört, wie ich mich mit ihrem Cousin Oliver unterhalte. Denkt sie dann, ich bin auch so ein Trottel? Ich will nicht, dass du so von mir denkst.«

»Und warum?«, frage ich leise und kann mir das wirklich nicht erklären: Warum ist es Yash wichtig, was *ich* von ihm denke? Er schaut mir plötzlich direkt in die Augen und mir läuft ein Schauer den Rücken hinab.

»Yash?« Ich zucke zusammen, als auf einmal Caroline im Türrahmen auftaucht. »Da steckst du ja!«

Kapitel 15

Ein halbes Jahr zuvor

Bienen flirrten durch die Juni-Luft, es roch nach Rosen und dem englischen Regen, der hier in Südengland nie weit entfernt ist. Mein Bruder hatte gerade seine Freundin Sabrina geheiratet. Die Torte wurde angeschnitten, es gab ein Mehr-Gänge-Menü ohne vegetarische Optionen, es nieselte kurz und schließlich wurde die Tanzfläche auf der Wiese der Dobbins-Farm eröffnet. Yash, der Pudding aus dem kleinen Tümpel am Rande der alten Ziegenkoppel gerettet hatte, war vorhin kurz nach Hause gefahren, um sich ein frisches Hemd zu holen, und als er zurückkam, lockten sich seine Haare über den Ohren. James und Sabrina tanzten voller Hingabe zu der schrecklichsten Musik, die je auf einer Hochzeit gespielt wurde. Es war eine Art Techno-Dubstep-Mix, der mich auf unangenehme Art und Weise an meine Jugend erinnerte. Den anderen Gästen schien es ebenso zu gehen, aber James und Sabrina kümmerten sich nicht darum, was mich aus irgendeinem Grund beinahe zu Tränen rührte.

Dass James und Sabrina ihre Hochzeit auf der Dobbins-Farm feierten, überraschte mich nicht – das machten die meisten Paare hier so. Schon seit meiner Kindheit bestellt der alte Bauer seine Felder kaum noch und die Anzahl seiner Tiere hat sich auch immer weiter reduziert, doch mit den Hochzeitspartys verdient er sich eine goldene Nase. Oder vielleicht auch eine rote Nase, denn er ist auf diesen Veranstaltungen meistens der Erste, der besoffen unter dem Tisch liegt. Und dort lag er dann auch während der Hochzeit meines Bruders.

Der alte Geizhals hatte beim Service gespart und die beiden Teenager aus Cressley, die dafür zuständig waren, uns mit Getränken zu versorgen, nur für ein paar Stunden bezahlt. Sie gingen deshalb irgendwann nach Hause und die Gäste mussten sich seither selbst um die Getränke kümmern. Ich brauchte ohnehin mal eine Pause und erklärte mich deshalb dazu bereit, ein paar Flaschen zu holen. Nachdem ich die Treppe nach unten gestiegen war, fand ich mich im Weinkeller wieder, in dem es sehr kühl und dunkel war. Spinnennetze streckten sich in den Ecken aus und es roch ein bisschen muffig. Nach einem Blick auf die Etiketten wurde mir schnell klar, dass die Flaschen in der Nähe des Eingangs allesamt mit billigem Wein gefüllt waren, also wagte ich mich tiefer ins Gewölbe. Die Lichter waren längst kaputt gegangen, aber die letzten Strahlen der Abendsonne fielen in diesem Moment durch die vergitterten Fenster in den Keller hinein, weshalb ich die Etiketten auf den Flaschen gerade noch so entziffern konnte. Ich hatte mein Smartphone an meinem Platz gelassen und deshalb keine Taschenlampe dabei. Der Bass war das Einzige, was man von der Hochzeitsparty auf der anderen Seite des

Geländes bis hierher hören konnte, und ich war froh, dem Dröhnen und der Lautstärke der anderen Gäste für einen Moment entkommen zu können. Eigentlich war mir das alles zu viel. Wieder nach Granbury zurückzukommen. Ich war jahrelang nicht hier gewesen, hatte immer irgendeine Ausrede gefunden, um meine Familie zu vertrösten. Und mein Bruder hatte zu seiner Hochzeit natürlich fast das ganze Dorf eingeladen und ich musste hier Menschen treffen, die ich eigentlich nie wieder sehen wollte. Man hatte mich an einen Tisch mit anderen Singles in ihren Zwanzigern gesetzt, aber ich hatte heimlich das Platzschild ausgetauscht. Den bisherigen Abend hatte ich deshalb neben meiner Großmutter und Soraya verbracht. Und für die beiden musste ich nun eine neue Flasche Wein besorgen.

Ich war noch dabei, das Etikett der Flasche in meiner Hand nach einem Hinweis darauf abzusuchen, dass es sich um »guten« Wein handelte, als ich Stimmen hörte – und die Geräusche zweier Paar Schuhe, die die Treppe zum Weinkeller herunterpolterten.

»Darum geht's doch gar nicht!«, hörte ich meine Schwester durch die offene Tür des Weinkellers brüllen. »Sondern darum, dass du dich nie für etwas entscheiden und einfach mal dabeibleiben kannst!«

»Was meinst du damit?« Das war Yashs Stimme und auch er klang wahnsinnig aufgebracht.

»Das war schon mit Oxford so, mit unserer Wohnung und jetzt zweifelst du auch noch an deinem Job. Wir treffen eine Entscheidung und anstatt nach vorne zu blicken, guckst du immer zurück und zweifelst, ob es die richtige war.«

Die zwei betraten den Weinkeller und ich zog mich instinktiv in die Schatten des Gewölbes hinter ein Regal zurück.

»Na, und was schlägst du mir vor, was ich stattdessen machen soll, Caroline? Vielleicht einfach so tun, als wäre alles okay? Ist es das, was du willst?«

»Das ist doch genau der Punkt!«, zischte meine Schwester jetzt. »Du sollst selbst entscheiden, selbst etwas wollen, Yash! Du sollst diese ganzen Sachen nicht nur deshalb machen, weil ich sie will!«

»Also, verstehe ich dich richtig: Du willst, dass ich alles mache, was du willst, soll das aber gleichzeitig auch von ganzem Herzen selbst wollen?«

Ich hörte ein dumpfes Geräusch, als würde meine Schwester gerade mit dem Fuß aufstampfen. »Jetzt willst du mich doch einfach nur noch missverstehen!«

»Ich weiß überhaupt nicht, was diese ganze Diskussion soll.«

Für einen Moment herrschte Stille.

»Und vielleicht ist genau das das Problem.« Die Schuhe meiner Schwester scharrten über den Boden. Er schwieg. »Ich kann das jetzt nicht, Yash. Hol einfach irgendeinen Wein, okay? Welcher, ist mir egal, mir ist der Geschmack sowieso vergangen.«

Ich hörte das Klackern von Absätzen auf dem rauen Steinboden, dann fiel die schwere Kellertür ins Schloss. Anschließend Stille und in der Ferne der Bass. Irgendwann hörte ich dann ein lautes Ausatmen, das Klirren mehrerer Flaschen, die aus einem Regal gezogen wurden und kurz darauf das Quietschen einer Klinke, die nach unten bewegt wurde. Offenbar erfolglos, denn nach einer kleinen Pause erklang das Geräusch erneut, mehrfach hintereinander. Es hörte sich jetzt mehr wie ein verzweifeltes Rütteln an.

»Verdammte Scheiße«, zischte Yash. Und dann lauter: »Caroline? Bist du noch da? Die Tür ist verschlossen!«

»Was? Verschlossen?« Die Frage rutschte mir raus, bevor ich mich daran erinnerte, dass ich mich ja eigentlich gerade versteckte. Yash fuhr herum, aber seine Schultern sackten sofort erleichtert herab, als er sah, wem die Stimme gehörte.

Ich hob verteidigend die beiden Weinflaschen, die ich für meine Oma und Soraya rausgesucht hatte, in die Höhe. Meine nonverbale Art zu sagen: »Ich habe euch nicht belauscht, ich will mich nur mit meiner Oma betrinken.«

Bis zu diesem Zeitpunkt war ich Yash auf der Hochzeit konsequent aus dem Weg gegangen. Es war inzwischen Jahre her, dass wir ein Gespräch unter vier Augen geführt hatten.

»Weißt du, wie wir hier wieder rauskommen?« Er deutete auf die schwere Kellertür. »Die ist zugefallen.«

Ich spürte seinen eindringlichen Blick auf mir und fragte mich, ob er gerade dasselbe dachte wie ich. *Die ist zugefallen … weil Caroline wutentbrannt abgezogen ist.*

Ich schüttelte den Kopf. »Die Tür stand offen, als ich hier runtergekommen bin. Einen Schlüssel hab ich nicht gebraucht.«

Yash fuhr sich durch die Haare. Er kam mir größer vor, als ich ihn in Erinnerung hatte, aber ich hatte ihn in den letzten Jahren ja auch ausschließlich auf Fotos gesehen. Vor ein paar Monaten war er sechsundzwanzig geworden – das hatte ich durch Instagram mitbekommen. Ich hätte es zwar nie zugegeben, aber obwohl ich Yash aus dem Weg gegangen war, wollte ich doch so viel wie möglich von ihm mitbekommen. Yash sah so viel besser aus, als ich ihn in Erinnerung hatte; nicht mehr wie der hübsche Teenager mit dem schiefen Lächeln und den zu langen Armen, sondern wie ein erwachsener Mann. Ich dagegen fühlte mich wie sechzehn, obwohl ich eigentlich nur zwei Jahre jünger war als er. Und gerade war ich außerdem mit ihm in einem Weinkeller eingesperrt. *Scheiße.*

Yash zog sein Smartphone aus der Tasche. »Mist, kein Empfang.«

»Vielleicht gibt es einen zweiten Ausgang?«

Dem war leider nicht so, wie sich schnell herausstellte – und die Abstände zwischen den Gitterstäben in den Kellerfenstern waren gerade einmal breit genug für Spinnen und Ratten. Wir riefen ein paar Mal um Hilfe, doch unsere Rufe hörte über das Dubstep-Geplärre niemand. »Caroline wird irgendwann bestimmt merken, dass du fehlst.«

Yash beobachtete mich. »Hast du das etwa alles gehört?«

Ich setzte mich auf den Boden und lehnte mich mit dem Rücken gegen einen Regalpfeiler. »Nein«.

Yash seufzte und setzte sich mir gegenüber an die unebene Steinwand. »Du lügst.«

»Ja, okay, ich habe euren ultrapeinlichen Streit mitbekommen.«

Er stupste mich mit einer Schuhspitze an. »Ultrapeinlich, soso.«

Kurz herrschte Stille. Yash hatte ein Knie angewinkelt und den Arm darauf gebettet, während er sein Kinn auf seine Brust fallen ließ. »Tut mir leid, dass du das hören musstest.«

»Ehrlich gesagt, tut es ganz gut, zu merken, dass auch ihr beide nicht perfekt seid.«

Er seufzte. »Sind wir ganz und gar nicht.«

»Seid ihr nicht?« Ich wusste nicht, warum ich überhaupt fragte, denn ich wollte eigentlich überhaupt nicht über die Beziehung von Yash und meiner Schwester reden.

Er schüttelte den Kopf. »Nach außen wirkt es vielleicht so. Aber nein, sind wir nicht.«

Wir schwiegen ein paar Sekunden. Neben dem dröhnenden Bass von der Hochzeitsfeier war auch das Zirpen der Grillen in den umliegenden Wiesen zu hören.

Ich beobachtete Yash möglichst unauffällig aus den Augenwinkeln. Er hatte die Ärmel seines frischen Hemds hochgekrempelt und seine schwarzen, einstmals glänzenden Schuhe waren mittlerweile von einer Staubschicht aus dem Weinkeller überzogen. Er massierte sich mit seinen langen Fingern die Schläfen. Solange er die Augen geschlossen hatte, konnte ich ihn in Ruhe betrachten. Er trug mittlerweile einen dichten kurzen Vollbart, aber sonst sah er noch ziemlich so aus wie mein Yash von früher.

Nur dass er eben nie *mein* Yash gewesen war.

Dieser Mistkerl hat dich damals verraten und der ganzen Schule zum Fraß vorgeworfen. Das darfst du nie vergessen!, ermahnte ich mich in Gedanken.

Doch im nächsten Moment folgte mein Blick trotzdem den Sehnen in seinen Armen zu seinen Handgelenken und als ich den Kopf hob, trafen sich unsere Augen. Im Weinkeller war es mittlerweile fast ganz dunkel, aber das Glitzern in seinen Augen konnte ich trotzdem noch erkennen. Ein wunderschönes Glitzern.

»Warum schaust du mich so an?«, fragte ich.

»Ich muss nur das Bild der Olivia in meinem

Kopf mit dem Mädchen in Einklang bringen, das Granbury damals so Hals über Kopf verlassen hat.«

»Ich bin immer noch die gleiche.«

Er lachte. »Wohl kaum.«

»Pudding hat mich direkt erkannt.«

»Du hattest ja auch Snacks für ihn dabei, oder?«

»Was für eine gemeine Unterstellung. Er liebt mich nicht nur wegen der Snacks«, sagte ich und verschränkte die Arme vor der Brust. »Aber ja, ich hatte natürlich etwas für ihn dabei.«

»Sag ich doch.«

»Also glaubst du, dass er mich in Wirklichkeit gar nicht liebt?«

Yash hob die Schultern. »Du hast dich jahrelang nicht blicken lassen. Das nimmt er dir vielleicht übel.«

Ich biss mir auf die Lippe. Ob Yash wusste, dass er allein der Grund dafür war, dass ich mich so selten in Granbury blicken ließ?

»Fällt es dir also deshalb so schwer, mich mit der Olivia von früher in Einklang zu bringen, weil ich dich heute noch nicht mit Snacks gefüttert habe?«

Yash lachte kurz auf, ein kleines, überraschtes Lachen, wie ein Luftholen. »Zeig mal, was du so dabei hast.«

Das ließ ich mir nicht zweimal sagen und griff in die Tasche meines Sommerkleides, aus der ich nur ein

zerknittertes Bonbonpapierchen zutage förderte. »Mehr ist bei mir nicht zu holen, fürchte ich. Aber warte mal kurz.« Ich stand auf und tastete mich im Halbdunkel die Regale entlang. »Ich habe hier noch ein paar gute Tropfen gesehen, vielleicht helfen die deinem Gehirn ja auf die Sprünge.«

Yash seufzte. »Ich will keinen Alkohol mehr trinken, ich habe jetzt schon Kopfschmerzen.«

»Dann habe ich schlechte Nachrichten für dich … wobei, was ist denn das hier?« Ich bückte mich und zog aus einem der Regale einen noch verschlossenen Getränkekarton hervor, der mit Kakao gefüllt war. Ich kniff meine Augen zusammen und sah, dass das Ablaufdatum noch nicht allzu weit zurück lag.

»Okay, mach die Augen zu«, befahl ich.

»Ich weiß nicht, ob ich deinen mysteriösen Fund probieren will.« Zu meiner Überraschung hatte er aber trotzdem die Augen geschlossen, als ich das nächste Mal um die Regalecke lugte. Für einen Moment betrachtete ich ihn einfach nur im letzten Licht des Tages.

Ich hatte Yash schon immer wunderschön gefunden, aber wie er dort jetzt mit geschlossenen Augen auf mich wartete, in seiner schicken Anzughose und dem bis zum Ellenbogen hochgerollten Hemd, wurden meine Knie ein bisschen weich und mein Magen flatterte. Wann hatte ich mich eigentlich genau in ihn verliebt? War es passiert, als wir Pudding damals zum Tierarzt gebracht hatten? Oder lag es an seiner geheimen Zahnlücke, die man nur sehr selten zu Gesicht bekam? Was genau war es, das ihn so besonders für mich machte? Und wieso kam ich seit Jahren nicht davon los? Es fühlte sich fast so an, als hätte mein Jugendliches Ich damals sein perfekt passendes Puzzlestück gefunden und die Suche nach einem Lebenspartner damit für immer abgeschlossen.

Nur dass Yash das eben nicht so sah. Sein perfektes Puzzlestück hieß Caroline und war meine Schwester.

Ich machte ein paar vorsichtige Schritte auf ihn zu und ließ mich dann wieder auf meinen Platz ihm gegenüber nieder. »Einmal bitte die Hände ausstrecken.« Seine Finger griffen ins Nichts, also nahm ich seine Finger in meine und schloss sie um den Karton. Seine Haut fühlte sich warm und rau an und meine Finger prickelten bei der Berührung.

»Ich hoffe, du vergiftest mich nicht«, murmelte Yash, aber er hielt die Augen immer noch geschlossen. Ich schraubte den Deckel des Getränkekartons ab. »Ich kann nichts versprechen.«

Aber Yash zögerte nicht. Er setzte die Öffnung des Kartons an seinen Mund und nahm einen Schluck. »Heiße Schokolade?«

»In diesem Fall wohl eher *kalte* Schokolade.«

Er öffnete die Augen und las das Etikett. »Das stand da einfach im Regal?«

»Dobbins liebt offenbar Schokolade, ja. Da hinten steht eine ganze Palette davon.«

Yash hielt mir das Getränk hin. »Jetzt bist du dran.«

»Du tust fast so, als wäre das ein magisches Ritual.«

»Ist es das denn nicht? Wir trinken beide einen verzauberten Trank und dann erkenne ich dich hoffentlich wieder.«

Na schön, dann war ich jetzt wohl an der Reihe. Ich zögerte jedoch kurz, bevor ich einen Schluck nahm – es war zu dunkel, um all die kleingedruckten Zutaten auf der Rückseite des Kartons zu entziffern, und bestimmt lagerte der alte Dobbins hier keine vegane Hafermilch, aber ich nahm dennoch einen Schluck, um unser Ritual nicht zu gefährden. Ich bereute es sofort: Der Kakao war so schrecklich süß, dass ich das Gesicht verzog.

»Und, erkennst du mich jetzt?«

Yash beugte sich vor und starrte mich an; ein schiefes Lächeln auf den Lippen. »Na ja, die Olivia, die ich damals kannte, wäre hier auf der Hochzeit niemals ohne ein Haustier aufgetaucht. Völlig überzeugt bin ich also noch nicht. Du hast doch bestimmt fünf Hunde und drei Katzen – wieso hast du sie nicht mitgebracht?«

Ich seufzte. »Das ist in meiner winzigen Wohnung in London leider nicht möglich.«

»Wie? Du hast *gar kein* Haustier?«

Yash stupste mit seinem Knie gegen meins. »Olivia, das ist ja richtig tragisch. Wann ist dein Leben nur in diese furchtbare falsche Richtung abgebogen?«

Ich schnaubte. »Ich hab nichts zu meiner Verteidigung zu sagen.«

Er sah mich noch einen Augenblick an, dann lehnte er sich wieder zurück gegen das Regal. Ich reichte ihm den Karton wie einen Flachmann und er nahm einen weiteren tiefen Schluck. Auch er verzog dabei das Gesicht. »Das Zeug ist gleichzeitig das Ekligste und Beste, was ich je getrunken habe.«

Ich lachte. »Und du hast sogar die Bowle ertragen, die meine Grandma vor vielen Jahren mal an ihrem Geburtstag serviert hat.«

»Daran erinnerst du dich noch?«

»Ich hab davon gekotzt, so was brennt sich für immer ein.«

Yash lachte jetzt ebenfalls leise und reichte mir die kalte Schokolade zurück. »Du bist heute allein gekommen«, stellte er fest und spielte damit diesmal nicht auf die

Abwesenheit von Hunden und Katzen an.

»Ja.« Ich lehnte den Kopf gegen die kühle Steinmauer in meinem Rücken.

»Bist du glücklich?«, fragte Yash mich.

Ich zögerte. Was hieß das schon? Glücklich? »Ich mag meinen Job, ich wohne mit meiner besten Freundin zusammen, ich habe einen lieben Kreis in einer kreativen und aufregenden Stadt gefunden.«

»Aber?«

»Nichts aber.« Ich nahm einen tiefen Schluck Kakao. Er schmeckte noch immer absolut widerlich. Wieso hatte ich auch etwas anderes erwartet? Ich musste an ein berühmtes Zitat von Albert Einstein oder so denken: *Die Definition von Wahnsinn ist, immer wieder das Gleiche zu tun und andere Ergebnisse zu erwarten.* Offenbar war ich wahnsinnig. Denn gerade unterhielt ich mich ja auch noch mit Yash – und das tat ich, obwohl ich genau wusste, wie es enden würde. »Und du?«, fragte ich zurück.

Doch bevor er antworten konnte, stieg mir ein süßlicher Geruch in die Nase. »Riechst du das?«

Yash stand auf. »Ist das … Gras?«

»Wird uns gleich ein bekiffter Jugendlicher retten?«

»Hallo?«, rief Yash durch das Kellerfenster zur dunklen Wiese empor. »Ist da jemand? Wir sind hier unten eingesperrt und die Tür zum Weinkeller lässt sich nur von außen öffnen.«

»Langsam könnte sich Caroline auch mal fragen, wo du bleibst«, sagte ich und trat neben Yash. Dieser seufzte nur und fuhr sich mit der rechten Hand über die Stirn. »Die denkt wahrscheinlich, ich hocke irgendwo und denke über meine Arbeit nach. Weil ich nicht weiß, was ich will und so weiter.«

»Habt ihr deshalb gestritten?«

Er seufzte. »Unter anderem. Ich …«

Yash brach ab und rieb sich die Augen; er kam mir auf einmal ganz müde vor. Für einen Moment fragte ich mich, warum wir nicht schon viel früher miteinander gesprochen hatten wie zwei Erwachsene. Warum wir in all den Jahren nicht wenigstens Freunde hatten sein können.

Doch dann erinnerte ich mich wieder daran. Ich kannte den Grund und musste höllisch aufpassen, ihn nicht dauernd wieder zu vergessen: Yash hatte mich verraten, hatte mich bloßgestellt – und sich bis heute *nie* dafür entschuldigt.

Und auch wenn es für mich schwierig war, das Bild dieses Verräters mit dem Yash in Einklang zu bringen, der hier vor mir saß, änderte das ja nichts an der Realität: Er hatte mich verraten. Dennoch schlich sich jetzt ein Gedanke in mein Gehirn, den ich nicht erwartet hatte. Ein gefährlicher Gedanke.

Konnte es vielleicht sein, dass Yash sich inzwischen verändert hatte? Dass er inzwischen längst eingesehen hatte, was er damals für einen schrecklichen Fehler begangen und mir angetan hatte? War heute der Moment, in dem sich unser Verhältnis ändern würde? Bereute er, was damals passiert war?

»Yash?«

Mein Herz sprang sofort in meinen Hals, wo es viel zu schnell pochte.

»Mmh?«

»Erinnerst du dich daran … was damals vor acht Jahren passiert ist?«

Er ließ seine Hände sinken. »Was meinst du?«

Ich wich seinem Blick aus. *Es konnte unmöglich sein, dass er sich daran nicht erinnert.*

»An den …« Ich räusperte mich. »An den Brief.«

Aus den Augenwinkeln sah ich, dass er nickte. Aber er sagte nichts dazu und entschuldigte sich auch nicht. Also legte ich nach: »Es … das alles hat mich ziemlich verletzt.«

»Ich weiß.«

Ich holte tief Luft und dachte daran, was ich tausend Mal mit meiner besten Freundin Kate durchgesprochen hatte: Dass es okay war, eine Entschuldigung einzufordern. Dass Männer verdammt noch mal lernen mussten, sich zu entschuldigen. Dass ich es verdammt noch mal wert war.

»Also ich glaube, dass …« Ich stockte, schüttelte den Kopf. »Yash, ich brauche von dir *eine Entschuldigung* für das, was damals passiert ist.«

Auf einmal verwandelte sich das Herz in meinem Hals in einen Kloß, der mir Tränen aus den Augen drückte. Ich gab mir Mühe, ruhig zu atmen, auch wenn mir das kaum gelang.

Yash antwortete nicht – zumindest nicht sofort.

Erst als ich meinen Kopf hob, trafen sich unsere Blicke und ich konnte den Ausdruck in seinen Augen nicht lesen. War er genervt? Frustriert? Traurig?

Als er schließlich langsam den Kopf schüttelte, rutschte mir das Herz vom Hals in die Hose. »Olivia, das kann ich nicht.«

»W-warum nicht?« Meine Stimme klang unsicher und zittrig – das machte mich wütend, weil es eine Lüge war. Ich war nämlich nicht mehr das kleine verängstigte Mädchen von damals. Und wollte ihn auf keinen Fall anflehen, sich bei mir zu entschuldigen.

Also zog ich die Nase hoch und stand abrupt auf. »Ist ja auch egal.«

Yash rappelte sich ebenfalls auf. »Olivia, ich-«

»Ist okay, Yash, du musst nichts mehr sagen. Ich hab genug gehört.«

»Ich will nur, dass du weißt-«

»Hörst du das?«, unterbrach ich ihn. »Ist das Pudding?« In der Ferne erklang in diesem Moment das einzigartige atemlose Kläffen eines ganz bestimmten Hundes, den ich immer sofort erkennen würde. »Pudding, hierher!« Ich war noch nie so froh, den kleinen gefleckten Hund zu sehen wie in dem Moment, als sein Gesicht im vergitterten Kellerfenster auftauchte.

Es war Zeit, hier rauszukommen, bevor Yash sah, dass mir Tränen die Wangen runterliefen.

Kapitel 16

Ich starre in den Spiegel über dem Waschbecken des Gästeklos meiner Eltern. Mein Mund ist auf einmal ganz trocken und ich trinke ein paar Schlucke aus dem Wasserhahn. Gern würde ich mir Wasser ins ganze Gesicht spritzen, das mir auf einmal total erhitzt vorkommt, aber das würde nur meine Mascara ruinieren.

Als vorhin Caroline aufgetaucht ist, bin ich einfach abgehauen und habe mich im Klo eingeschlossen. Ich hatte das Gefühl, sie hätte Yash und mich in einer intimen Situation erwischt, dabei hat er mir doch einfach nur erzählt, weshalb er nach James‘ Hochzeit seinen Job gekündigt hat.

Er hat seinen Job gekündigt … und ich habe ihm in dieser Nacht betrunken einen Mix aus Hass- und Liebesbrief auf eine Serviette gekritzelt. *Ugggh*, warum habe ich mich eigentlich noch immer nicht unter Kontrolle? Sollte man das mit knapp fünfundzwanzig Jahren nicht eigentlich mal im Griff haben?

Als ich mich einigermaßen beruhigt habe, trockne ich meine Hände ab und verlasse die Toilette. Auf halbem Weg zurück in die Wohnküche bleibe ich dann aber schon wieder stehen, weil ich Stimmen aus dem Büro meines Vaters höre. Die Tür ist angelehnt und ich kann durch den Spalt nur Caroline sehen.

»Nicht mehr lang, okay?«, flüstert sie eindringlich. »Wir können es ihnen bald sagen.«

Mein Herz setzt einen Schlag aus. *Was* will sie *wem* sagen?

»Ich wünschte einfach …« Die andere Stimme ist die von Yash. »Du hast ja recht, aber ich wünschte einfach, wir könnten schon jetzt darüber sprechen. Diese Geheimnistuerei tut mir nicht gut.«

»Ich weiß«, flüstert Caroline. »So geht's mir auch. Nur noch ein bisschen.«

Mit schnellen Schritten stolpere ich zurück in die Wohnküche, in der noch immer eine wahnsinnig hohe Lautstärke herrscht. Ich setze mich und merke dann, dass ich den falschen Platz gewählt habe. Ich bin ganz durcheinander von dem, was ich gerade gehört habe.

»Ist alles okay, Liebling?« Meine Großmutter streckt ihre schwer beringte Hand quer über den Tisch und drückt meine Finger. Dabei merke ich, wie sehr ihre Hand zittert. Ich hatte schon fast vergessen, dass es mir an diesem Abend ja eigentlich darum ging, die Identität des Briefeschreibers zu lüften.

»Alles okay«, murmele ich. »Es ist nur immer ein bisschen laut und viel.«

Meine Großmutter nickt mitfühlend. »Das geht mir auch oft so. Deshalb komme ich auch immer etwas zu spät.«

»Beatrice«, ermahnt ihre Frau sie, aber dann grinsen sich die beiden an und Soraya drückt Omas Schulter.

Kurz darauf tauchen auch Yash und Caroline wieder am Tisch auf.

Etwas, das sich fast so ein bisschen anfühlt wie ein schlechtes Gewissen, nagt an mir. Dabei haben Yash und ich doch einfach nur miteinander geredet. Wahrscheinlich sind wir mal wieder kurz davor, uns anzufreunden. *Rede dir das ruhig ein. Du bist in ihn verliebt!*

Meine Mutter und meine Tante liefern sich gerade einen Wettbewerb im Tischabräumen, in den sich lieber niemand von den anderen einmischen will. Es ist erstaunlich, wie viele Teller die beiden Frauen auf einmal tragen können, wenn es darum geht, die andere zu übertrumpfen. Meine Mutter sollte es wegen ihres kaputten Handgelenks gerade ja eigentlich langsam angehen, aber sobald meine Tante den Raum betritt, zählt für Mum nur noch der Sieg.

Ziemlich außer Atem stellt meine Mutter schließlich ihren berühmten Christmas Pudding auf den Tisch: eine Mischung aus getrockneten Früchten, Mandeln und Brot. Dazu trinken wir alle noch eine Runde Schwarztee. Sie zwinkert mir zu, weil sie den Pudding vegan gemacht hat, das aber nicht laut ausspricht. Der Prozess zur Herstellung eines Christmas Puddings dauert mehrere Monate, in der die Teigmasse immer wieder mit Rum übergossen wird. Der tierische Anteil darin ist Rinderfett, was sich aber problemlos durch Margarine ersetzen lässt. Ich freue mich über den veganen Christmas Pudding, auch wenn ich finde, dass dieses traditionelle Gebäck in jeder Variante widerlich schmeckt. Doch jeder von uns muss etwas vom Pudding essen, weil darin immer eine silberne Münze versteckt ist. Als Kinder haben Caroline und ich uns ein Wettessen geliefert und waren sogar leicht betrunken von dem Rum, auch wenn die Menge darin wahrscheinlich viel zu gering ist.

Yash und Caroline sitzen auf der anderen Seite des Tisches und lachen über einen Witz, den mein Onkel Mike ihnen gerade erzählt – mir wird klar, dass ich Mikes Platz geklaut habe und dass er sich netterweise auf meinem alten niedergelassen hat. Meine Schultern verkrampfen sich. Es fällt mir aus mehreren Gründen wahnsinnig schwer, Caroline und Yash zusammen zu sehen: Erstens, weil ich nach all den Jahren immer noch gern statt Caroline an Yashs Seite wäre. Zweitens, weil ich gleichzeitig aber auch will, dass meine Schwester glücklich ist und mir klar ist, dass ich Abstand halten muss. Und drittens, weil ich es trotzdem einfach nicht in meinen Kopf, oder mein Herz, bekomme, dass Yash für mich tabu ist. Wütend auf mich selbst stopfe ich mir eine Riesengabel Christmas Pudding in den Mund – und beiße prompt auf etwas Hartes.

Die Münze glitzert im Licht der Kerzen, die auf dem Tisch angerichtet sind, während alle applaudieren. »Du darfst dir was wünschen!«, ruft Tante Margaret begeistert.

Ich starre die Münze an und umschließe sie dann fest mit meinen Fingern.

Die Sonne ist auf ihrem Weg nach Granbury heute offenbar falsch abgebogen und ich komme noch schlechter aus dem Bett, als ich es von mir gewöhnt bin. In London habe ich inzwischen einen Tageslichtwecker, weil Kate mich überredet hat, einen zu kaufen – nach Granbury habe ich ihn aber nicht mitgenommen. Verschlafen ziehe ich mir einen von Mums flauschigen Morgenmänteln über, stecke meine Füße in Filzpantoffeln und schleiche dann die Treppe runter zur Eingangstür. Es hängt immer noch der Geruch nach gebratenem Truthahn in der Luft, nicht gerade das, was ich morgens als Erstes riechen möchte. Mein Blick wandert zur Tür. Ob heute wohl wieder jemand einen Brief für mich hinterlassen hat? Leider ist der Rest des gestrigen Abends wie ein einziger Fiebertraum an mir vorübergezogen und ich habe absolut nichts herausgefunden, dass mich der Identität des Briefeschreibers irgendwie nähergebracht hätte. Bereits um kurz nach zehn habe ich mich in mein Zimmer zurückgezogen, um Yash und Caroline nicht mehr zusammen sehen zu müssen – ich konnte also keine weiteren Familienmitglieder von mir mehr verhören. Die ganze Zeit muss ich daran denken, dass die beiden bald ein *Geheimnis* lüften wollen. Bestimmt verkünden sie uns allen ihre anstehende Hochzeit.

»Livy, bist das du?« Obwohl ich mich angestrengt habe, möglichst leise zu sein, hat meine Mutter mich natürlich trotzdem sofort gehört. Sie sitzt am Esstisch, sortiert Weihnachtspost und erweckt den Eindruck, als hätte sie heute Morgen schon in irgendeiner Art und Weise die Welt verändert.

»Warum nutzt du deine Rente nicht mal dafür, um auszuschlafen?«

Meine Mutter lacht. »Das haben meine drei Kinder mir abgewöhnt.«

Ich denke darüber nach, wer die Macht hätte, mir das Ausschlafen abzugewöhnen, und sofort taucht Puddings flauschige Schnauze vor meinem inneren Auge auf. Für ihn würde ich sogar regelmäßig um fünf Uhr morgens aufstehen, um mit ihm Gassi zu gehen. Das würde ich eigentlich für jeden Hund tun. Zu blöd, dass meine Londoner Wohnung zu klein für ein Tier ist – und im Labor meiner Firma herrscht auch Hundeverbot. Darüber hätte ich mir bei der Berufswahl wirklich mehr Gedanken machen sollen. Aber

das sagt einem vorher ja keiner. *Wähle deinen Job danach, ob du einen Hund mitnehmen kannst*, habe ich jedenfalls bei keiner einzigen der zahlreichen Job-Orientierungsmessen gehört, die ich in meiner Schulzeit besuchen musste. Dabei wäre diese Info sehr wichtig für mich gewesen.

Das Ding mit Prioritäten ist eben: Man lernt erst, sie zu setzen, wenn es bereits zu spät ist.

Ich schlurfe zur Tür und blinzele gegen die kalte Luft, die mir von draußen entgegenschlägt.

»Was machst du denn da, Olivia? Es wird kalt!«, höre ich meine Mutter rufen.

Aber ich antworte ihr nicht, weil ich viel zu sehr damit beschäftigt bin, den Mistelzweig anzustarren, der vor der Tür hängt. Denn von einem der kleinen Äste baumelt tatsächlich wieder ein Briefumschlag. Er wurde dort wieder mit einem roten Band befestigt.

Wieso habe ich hier keine Überwachungskamera installiert?, denke ich, während ich den Brief aus dem Mistelzweig löse und in die Tasche meines Morgenmantels schiebe. »Was hast du denn da?«

Meine Mutter guckt mir interessiert über die Schulter.

»Da war nur eine kleine Spinne am Mistelzweig, die habe ich entfernt.«

»Man könnte meinen, denen wäre es zu kalt bei diesem Wetter.«

Ich schlucke. »Sachen gibt's.« Seltsam, dass meine Mutter den Brief heute Morgen nicht schon gefunden hat. Vermutlich hat ihn erst kürzlich jemand dorthin gehängt.

Während ich Normalität spiele und mir einen Kaffee aus der Maschine einlasse, rasen meine Gedanken. Ob Yash auch wieder einen Brief bekommen hat? Was wird diesmal darin stehen? Ich nehme den Brief mit nach oben, um ihn dort zu lesen.

Der Umschlag sieht aus wie bei den anderen Briefen, leicht cremefarben und aus texturiertem schwerem Papier. Vorsichtig öffne ich die Lasche und ziehe den Briefbogen raus.

Liebe Olivia,

da du meine letzten Anweisungen so wunderbar befolgt hast, habe ich diesmal eine etwas größere Herausforderung für dich. Morgen früh kommt der Schlachter zur Dobbins-Farm und holt die Gänse und Kaninchen.

Du weißt, was zu tun ist.

Mach mich stolz.

Ich starre die Worte an. *Mach mich stolz* – steht das dort wirklich? Möchte der mysteriöse Briefeschreiber, dass ich die Gänse und Kaninchen aus der Dobbins-Farm vor dem Ofen rette? Diesmal muss ich nicht mal das Foto meines alten Liebesbriefs an Yash hervorziehen, um die Referenz zu verstehen.

Ich würde gerne mit dir auf dem zugefrorenen Ententeich Schlittschuh fahren und dann die Kaninchen und Gänse von der Dobbins-Farm vor ihrem Schicksal als Weihnachtsschmaus retten. Mein Herz beginnt zu rasen. Das ist absolut verrückt. Ich kann doch nicht einfach in der Dobbins-Farm einbrechen, um die Kaninchen und Gänse zu befreien?

Sofort muss ich an die toten Truthähne denken, die gestern Abend von meiner Familie verspeist wurden, und mir wird übel.

Morgen früh kommt der Schlachter …, aber wenn ich die Tiere heute befreie, könnte ich sie davor bewahren. Wegen der Hochzeitsvorbereitungen im Sommer weiß ich, dass es auf dem Gelände von Alfred Dobbins keine Überwachungskameras gibt. Und der alte Stinkstiefel würde wohl kaum damit rechnen, dass ich dort einbreche.

Ich erinnere mich daran, wie ich als Kind zum ersten Mal davon erfahren habe, dass die süßen Gänseküken, denen man auf der Farm im Juni beim Schlüpfen zusehen konnte, an Weihnachten schließlich auf den Tischen dutzender Familien aus Granbury landen. Ich war so schockiert davon, dass alle Erwachsenen da einfach so mitmachten und nicht mal mit der Wimper zuckten, wenn die Gänse umgebracht wurden, dass ich diesen Ort für immer verlassen wollte. Also habe ich meinen kleinen Schulrucksack genommen und bin von zu Hause abgehauen. Ich kam jedoch nicht sehr weit. Es war verdammt kalt und regnerisch an dem Tag, also war ich irgendwie auch froh, als mein Vater mich an der Abzweigung nach Cressley wieder aufgabelte. Aber ich habe seitdem keinen Bissen Fleisch mehr gegessen.

Als Jugendliche habe ich davon geträumt, die Tiere aus der Dobbins-Farm zu retten, aber ich habe es nie durchgezogen. Vielleicht auch deshalb nicht, weil ich es zusammen mit Yash machen wollte und nach dem Liebesbrief-Desaster die ganze Schule darüber Bescheid wusste. Dieser bescheuerte Liebesbrief hat mich irgendwie davon abgehalten. Könnte ich im Gefängnis landen, wenn man mich erwischt?

Das wäre wahrscheinlich genau die Art einer emotionalisierenden Medienkampagne, auf die meine Chefin Amina schon seit Jahren wartet.

Ingenieurin eines veganen Beauty-Labels wegen Einbruch auf Fleischfarm angeklagt.

Ich kann jetzt schon die Spendenseite sehen, die Kate und meine Chefin für mich aufbauen würden. Natürlich mit Werbebanner der Firma.

Aber Spaß beiseite. Etwas an diesem Brief fordert mich heraus. Zwingt mich dazu, über mich nachzudenken. Bin ich immer noch so idealistisch wie damals mit sechzehn Jahren? Oder bin ich heute viel zu zynisch und realistisch? Denn selbst wenn ich wirklich bei Dobbins einbreche und die Tiere befreie, würde das ja nichts daran ändern, dass in ganz England trotzdem Tausende andere Tiere an Heiligabend auf den Tellern landen. *Aber nicht hier in Granbury, nicht in meinem Zuhause.* Jeder sollte doch erst mal vor seiner eigenen Haustür kehren, oder? In diesem Moment beschließe ich, einen Plan auszuhecken. Morgen früh soll keines der Dobbins-Tiere geschlachtet werden. Nicht, wenn ich es verhindern kann.

Doch wie soll ich das alles anstellen? Zum Glück habe ich eine beste Freundin, die so was schon mal gemacht hat.

Zwei Stunden und einen SOS-Anruf mit Kate später schwirrt mir der Kopf. Sie hält meine Idee, spontan heute Nacht in der Dobbins-Farm einzubrechen für ziemlich größenwahnsinnig – sie unterstützt mich also voll und ganz.

Kate hat sofort ihre Kontakte aktiviert und ein bisschen herumtelefoniert. Schließlich hat sie tatsächlich eine Auffangstation für Kaninchen und Gänse in Wales gefunden. Bei ihnen kann ich die Tiere unterbringen. Allerdings erst in zwei Tagen. Bis dahin muss ich leider noch irgendwo einen anderen Unterschlupf für sie finden. Im Gegenzug für ihre Hilfe habe ich ihr dann endlich auch von der Schlittschuhfahrt mit Yash erzählt … und es gleich wieder ein bisschen bereut. Kate hat mir außerdem das Versprechen abgenommen, diese Aktion nicht allein durchzuziehen. Ich soll mir eine Komplizin suchen.

Olivia: Ich habe wieder einen Brief bekommen {Foto angehängt}, hast du heute Abend schon was vor?
Rachel: Sag mir nicht, dass du das wirklich machen willst.

Ich tippe die Antwort mit schweißnassen Fingern.

Olivia: Ja. Schätze, ich werd's machen.

Rachel: WTF.

Olivia: Findest du das falsch? Weil ich Mr Dobbins damit schade?

Rachel: Nein! Scheiß auf Dobbins. Mache mir nur Sorgen um dich. Und würde dir gerne helfen. Aber leider ist meine Mutter bei ihrer Schwester in Glasgow und kann nicht auf Joey aufpassen.

Olivia: Kannst ihn doch mitbringen, Kinder lieben doch Tiere? SPASS.

Rachel: Und wo willst du die Tiere dann hinbringen?

Olivia: Kate hat eine Auffangstation gefunden. Allerdings können sie die Tiere erst übermorgen aufnehmen.

Rachel: Und wo versteckst du sie bis dahin?
Rachel: Olivia???

Olivia: Ich weiß es noch nicht. Vielleicht in der alten Scheune in der Shabby Road?

Rachel: Die ist letztes Jahr abgebrannt. Was ist mit dem Garten deiner Eltern?

Olivia: Hast du mal gehört, wie laut Gänse sind? Das würden sofort alle mitkriegen.

Rachel: Nun ja, es gäbe natürlich noch eine andere Option.

Olivia: ???

Rachel: Sorry, arbeite gerade und jemand hat sich beschwert, weil der Kaffee nicht mehr heiß war (DANN TRINK HALT SCHNELLER?). Ich meine natürlich die Option Yash.

Olivia: ???

Rachel: Ich weiß ja, dass es dir bei ihm manchmal die Sprache verschlägt, aber tu nicht so, als wüsstest du nicht genau, was ich meine. Neben seiner Mühle befindet sich doch eine Scheune, richtig?

Olivia: Ja, aber das geht doch nicht.

Rachel: Und warum nicht? Weil du zu schüchtern bist, um ihn zu fragen?

Olivia: He, frech!

Rachel: Willst du wirklich, dass diese Tiere auf den Tellern von Granbury landen, nur weil du dich nicht traust, Yash um einen Gefallen zu bitten?

Olivia: Ich hasse dich.

Rachel: Du liebst mich.

Olivia: Tu ich wirklich.

Rachel: Und deswegen trete ich dir jetzt in den Arsch.

Eigentlich hatte ich vor, erst mal einen großen Bogen um Yash zu machen – nach dem gestrigen Abend und dem Stich in meinem Herzen, als ich ihn mit Caroline gesehen habe, bin ich mir sicher, dass ich dringend Abstand suchen sollte. Mein Herz macht das sonst nicht mit. Da er jedoch meine einzige Chance ist, um die Tiere unterbringen zu können, rufe ich ihn trotzdem an.

In der kurzen Zeit, die er braucht, um abzunehmen, habe ich meinen Daumennagel fast komplett abgekaut.

»Olivia, ist alles ok?«

»Ja, alles gut«, sage ich schnell, weil er wirklich aufgebracht klingt. »Hast du auch wieder einen Brief bekommen?«

Im Hintergrund höre ich das Rattern der Mühle und freue mich ein bisschen, dass sie wieder zu funktionieren scheint. »Keine Ahnung, ich hab noch nicht geschaut. Du also schon?«

»Ja, also …«

Ich kaufe auf meiner Unterlippe herum.

»Was steht denn drin?«

»Also ähm … Du hast doch diese Scheune neben deiner Mühle.«

»Ja?«, fragt er langsam.

»Und ich wollte fragen, ob ich mir die heute Nacht borgen könnte.«

Einen Moment lang erfüllt nur das Rattern der Mühle die Telefonleitung. »Lass mich aber mal kurz gucken, ob ich auch einen Brief bekommen habe.«

»Wo hast du denn die anderen beiden gefunden?«

»Unter einem Mistelzweig vor der Mühle.«

»Also nicht bei eurem Apartment?«

»Nein.«

Ich höre die Tür schlagen und dann das Geräusch von Stiefeln im Schnee. »Ah, da ist tatsächlich einer?«

Ich lasse mich zurück auf mein Bett fallen und strample mit den Beinen in der Luft, weil ich zu aufgeregt bin, um stillzuliegen. »Was steht drin?«

Ein Rascheln, dann ein Grummeln.

»Was? Yash, sag schon?«

»Da steht nur: Unterstütze Olivia bei ihrem Vorhaben.«

»Das ist alles?«

»Jep.«

»Okay.«

Wieder ein Grummeln, das Geräusch von Stiefeln im Schnee. Dann höre ich, wie Yash sich am Bart kratzt. Mir kommt es fast so vor, als wäre er gerade erst aufgestanden. Aber das kann ja nicht sein, weil er immerhin schon den ganzen Weg von seinem Apartment zur Mühle gelaufen sein muss.

»Wir müssen nicht alles machen, was in den Briefen steht, Olivia, das weißt du, oder?«

Ich verziehe das Gesicht. »In diesem Fall eventuell schon.«

»Ich werde mit dir nicht in eine Bank einbrechen oder so was.«

Ich lache – vor allem, weil er mit dieser Aussage so erschreckend nah an der Wahrheit ist. Ich presse meine Faust gegen den Mund. »Okay, es geht nicht um eine Bank«, nuschele ich zwischen meinen Fingern hindurch.

Yash seufzt so tief, dass man es bestimmt in ganz Granbury hören kann. »Sag mir nicht, dass du wirklich irgendwo einbrechen willst.«

Ich beiße mir auf die Lippe. »Darf ich dir meinen Brief vorlesen?«

Durch die Leitung höre ich, wie Yash die Treppe ins Obergeschoss der Mühle hochsteigt. Sein Schweigen deute ich als Zustimmung.

Als ich den Brief vorgelesen habe, schnaubt Yash so laut, dass ich das Smartphone ein paar Zentimeter von meinem Gesicht weghalten muss. »*Mach mich stolz?* Wer schreibt denn so was?«

»Konzentrieren wir uns doch einfach auf den ersten Teil der Nachricht.«

»Das kann nicht dein Ernst sein. Du willst wirklich in die Dobbins-Farm einbrechen?«

»Ich *will* vor allem, dass die Tiere nicht geschlachtet werden.«

»Hast du mal darüber nachgedacht, dass das alles eine Falle sein könnte?«

»Für uns?«

»Ja. Was wenn jemand die beiden Briefe vorher nur deshalb geschrieben hat, um uns daran zu gewöhnen, dass das alles harmlos ist? Dass es nur darum geht, dass wir unverfängliche Dates beim Schlittschuhlaufen oder beim Weihnachtsbaumschmücken haben. Doch schließlich werden wir dazu gebracht, ein Verbrechen zu begehen. Was, wenn dort schon jemand auf uns wartet?«

Ich gebe mein Bestes, um zu ignorieren, wie sich mein Magen bei dem Wort *Dates* zusammenzieht. *Das hat er nicht so gemeint, Olivia! Natürlich nicht!* Ich schüttele mich innerlich selbst an den Schultern.

»Aber warum das alles?«

Für einen Moment ist es still am anderen Ende der Leitung. »Vielleicht geht es darum, Caroline schlecht dastehen zu lassen. Stell dir mal vor: Die beiden Menschen, die ihr am nächsten stehen, werden erwischt, wie sie bei einem angesehenen Mitglied der Gemeinde einbrechen. Das könnte ihre ganze Kampagne gefährden.«

Ich verziehe das Gesicht. »Aber die Tiere werden morgen geschlachtet, Yash.«

Er seufzt.

»Ich will ja nicht mal, dass du mitkommst, okay? Ich will einfach nur, dass du das Scheunentor heute Nacht offenlässt. Und ich habe schon mit einer Tierschutzorganisation gesprochen, die die Tiere dort dann in zwei Tagen abholen kann.«

»Okay.« Ich höre, dass er durch zusammengepresste Zähne spricht.

»Okay?«

»Ja, aber ich finde das alles nicht gut. Mir ist das ganz und gar nicht geheuer.«

»Danke, mehr will ich gar nicht von dir.«

Ich beende den Anruf, bevor Yash es sich anders überlegen kann, und lasse mich rücklings auf mein Bett fallen.

Ich werde es echt machen.

Ich werde auf der Dobbins-Farm einbrechen und die Kaninchen und Gänse befreien. Aber bis ich zu meiner geheimen Mission aufbrechen kann, gibt es noch einiges zu tun.

Ein paar Stunden später kauere ich hinter dem Gattertor und warte darauf, dass Alfred Dobbins endlich zu seinem Haus fährt, das einige Hundert Meter von den Ställen entfernt liegt. Er ist schon lang fertig mit der Arbeit, aber jetzt sitzt er seit ein paar Stunden im Festsaal des Cottages, in dem James seine Hochzeit gefeiert hat und das direkt an die Ställe angrenzt. Er hört auf voller Lautstärke Weihnachtslieder aus den 80er-Jahren. *Driving Home for Christmas, Last Christmas, Wonderful Christmas Time* – das volle Programm. Ich kann seine Silhouette durch die Fenster erkennen. Wie er allein durch den Festsaal torkelt, eine Flasche in der Hand, und lauthals bei Paul McCartney mitsingt. Es geht schon auf zweiundzwanzig Uhr zu und ich bin mir eigentlich ziemlich sicher, dass Dobbins in diesem Zustand nicht mehr autofahren sollte.

Mir frieren in meiner geduckten Position jedoch allmählich die Finger und Zehen ab. Ich trage wieder meine komplett dunkle Uniform, die vor allem aus dem gestohlenen dunkelgrünen Parka meines Vaters besteht. Ich stelle mir vor, wie er im Gegenzug meinen roten Mantel anzieht und mit viel zu kurzen Ärmeln auf ein Bier ins *Toast Office* stapft. Bei dieser Vorstellung muss ich fast lachen. Ich habe mich, so gut es in der kurzen Zeit ging, auf meine Rettungsaktion vorbereitet: Bei Rachel habe ich zwei alte Hundetransportboxen abgeholt und zusätzlich noch ein paar große Kartons gefaltet, die jetzt hinten im Kleintransporter meiner Eltern stehen und dort auf ihre Passagiere warten. Bei diesem Gedanken fällt mir ein, dass Roast Beef noch immer bei Tommy in der Werkstatt steht und darauf wartet, von mir abgeholt zu werden. Meine Mutter wäre gar nicht erfreut, wenn sie wüsste, wofür ich ihr Auto heute Abend ausgeliehen habe. Ich muss auf jeden Fall sichergehen, dass nach dieser Aktion alle Gänsefedern und Hasenköttel wieder aus dem Auto verschwunden sind. Ich habe meiner Mutter erzählt, dass ich heute Abend mit Rachel unterwegs bin – diese Ausrede habe ich auch in meiner Jugend oft benutzt, wenn ich mich mit Tommy getroffen habe.

Irgendwie fühle ich mich wieder wie eine Teenagerin. Ich frage mich, ob der mysteriöse Briefeschreiber mich jetzt gerade beobachtet. Vielleicht hat Yash mit seiner Befürchtung recht und sobald ich den Stall betrete, taucht die Polizei hier auf. Oder es geht doch darum, mich zu demütigen. »Ist mir egal, ich muss versuchen, euch zu retten«, murmle ich.

Ich kann die Gänse schon quer über die Wiese schnattern hören. Abgetrennt durch eine Holzwand im nächsten Stall wohnen die Kaninchen, das weiß ich von all den Besuchen auf der Farm. Als wir im Juni hier waren und James' Hochzeit gefeiert haben, waren gerade sowohl Kaninchen geboren als auch Gänseküken geschlüpft. Die Kleinen waren unglaublich süß und hatten keine Ahnung, welches Schicksal ihnen in ein paar Monaten blühen würde. Aber jetzt habe ich die Chance, genau diese kleinen Lieblinge zu retten, die mir damals tollpatschig in den Ausschnitt meines Kleides gekrochen sind.

Wieso habe ich eigentlich nicht damals schon so viele Gänsebabys wie möglich mitgenommen, um sie vor ihrem Schicksal zu bewahren? Das lag vielleicht daran, dass ich von einer gewissen hochgewachsenen dunkelhaarigen Person mit einer geheimen Zahnlücke abgelenkt war. Und dass meine Handtasche so winzig war, dass kaum mein Smartphone und ein Lippenstift reinpassten.

Irgendwann bemerke ich, dass die Stimme von Mr Dobbins gar nicht mehr zu hören ist; er singt nicht mehr mit. Wäre dies mein tägliches Leben, dann wäre ich echt keine gute Einbrecherin, stelle ich fest. Ich bin viel zu unaufmerksam. Aber die Lichter im Festsaal sind immer noch an und auch *Wham!* trällert weiterhin *Last Christmas.*

Ist der alte Bauer eingeschlafen?

Wenn ich heute Nacht noch zuschlagen will, ist das hier vielleicht meine letzte Chance.

Und wenn er mich erwischt, wäre er bestimmt ohnehin viel zu betrunken, um irgendwas zu checken. Außerdem könnte ich so tun, als wäre ich ebenfalls betrunken. Ich würde einfach sagen, dass ich mich verlaufen hätte. *Mit zwei Hundetransportboxen voller gestohlener Tiere in den Händen, ja genau.*

Man muss auch das Positive sehen: Immerhin trage ich gerade nicht den Weihnachtspullover mit den verräterischen kleinen, goldenen und sehr lauten Glöckchen daran.

Ich hole tief Luft und werfe die erste Transportbox über den Zaun. Sie landet lauter als gedacht im zugefrorenen Gras. Mit klopfendem Herzen presse ich die Zähne zusammen und harre noch einen Moment lang aus, bis ich mir sicher sein kann, dass der alte Dobbins nichts gehört hat. Dann werfe ich – etwas vorsichtiger – die zweite Box über den Zaun und klettere dann selbst hinüber. Kein Alarm oder dergleichen ertönt. Natürlich nicht. Das hier ist Granbury und die Tiere sind für Mr Dobbins nur noch ein Nebenverdienst. Das meiste Geld macht er ja mit den Hochzeiten, die hier im Sommer gefeiert werden. Und sein Maisfeld bestellt er wahrscheinlich auch nur noch, damit er billiges Futter für diese Alibi-Tiere hat. So stelle ich es mir jedenfalls vor.

Vielleicht hält er die Tiere aber auch, weil das von den Einwohnern von Granbury seit Generationen von der Familie Dobbins erwartet wird: In Granbury isst man entweder Gänse- oder Kaninchenbraten zu Weihnachten und zwischen diesen zwei Lagern ist vor einigen Jahren sogar ein handfester Streit entstanden. Jemand kam schließlich auf die grandiose Idee, dass die meisten Familien ja einfach am ersten Weihnachtsfeiertag das eine Tier und am zweiten das andere auftischen könnten. Genial.

Ich bin schon außer Atem, nur weil ich über den Zaun geklettert bin. Jetzt gibt es kein Zurück mehr. Ich halte mich im Schatten der Bäume und Futterdepots, vielleicht ist der alte Dobbins ja doch noch wach. Als ich das Geräusch eines

Autos höre, gehe ich hinter einem riesigen Stapel Holz in Deckung. Aber es fährt zum Glück nur an der Farm vorbei. Die Scheinwerfer des Wagens schneiden durch die kalte Winternacht wie verirrte Glühwürmchen.

Dann ist es wieder ruhig – bis auf meinen laut pochenden Herzschlag und das Schnattern der Gänse im Stall. »Du gehst da jetzt einfach rein und schnappst dir so viele Gänse und Kaninchen, wie in die Boxen passen. Dann stellst du die im Auto ab, gehst wieder zurück in den Stall und holst noch mal so viele Tiere, wie du tragen kannst. Noch eine dritte Runde, wenn das möglich ist. Und dann machst du dich aus dem Staub«, murmle ich zu mir selbst.

Mit zitternden Händen taste ich mich an die Tür der Scheune heran. Das Schnattern der Gänse wird lauter. Offenbar können sie mich schon hören. Draußen traue ich mich nicht, die Taschenlampe zu benutzen – ich habe Angst, dass der betrunkene Dobbins aufwacht und aus dem Fenster rüber zur Scheune guckt. Vor dem Scheunentor stelle ich die beiden Transportboxen ab. Im Dunkeln ist es gar nicht so leicht, den Türriegel der Scheune zu finden und diesen zurückzuschieben. Er ist natürlich eingefroren und ich fühle mich wie ein kleines Genie, weil ich darauf vorbereitet bin. Schnell ziehe ich das Stab-Feuerzeug aus der Tasche, das ich in der Küchenschublade meiner Eltern gefunden habe. Damit enteise ich den Riegel so lange, bis er sich wieder bewegen lässt. Ich schiebe die Tür einen Spaltbreit auf. Dann betrete ich die Scheune und schalte im Inneren endlich meine Taschenlampe an, um mich zu orientieren.

Trotz der Kälte riecht es hier muffig, nach Tierkot und Streu.

Der Stall ist nicht sonderlich groß. Vor mir führt ein schmaler, mit Heu gesprenkelter Gang zur gegenüberliegenden Wand, an der Mistgabeln und Schaufeln stehen. Zu beiden Seiten befinden sich abgetrennte Bereiche, die unten mit Holzlatten und oben mit dickem Maschendraht gesichert sind: Hier sind die Tiere gefangen.

Ich ziehe die Tüte mit Maiskörnern aus der Tasche und trete an den Gänsekäfig heran. Sofort sehe ich, dass sie darin kaum Platz haben, um sich zu bewegen. »Ich hol euch hier raus, ihr kleinen Schätze, okay?«

In diesem Moment realisiere ich aber auch, dass es trotz des engen Wohnraums viel mehr Tiere sind, als ich erwartet hatte. Niemals werde ich das mit drei Touren schaffen und jetzt, wo ich vor den Gänsen stehe, wird mir klar, dass ich keine einzige von ihnen hier zurücklassen kann. Ich muss viele Touren machen und darf mich dabei nicht erwischen lassen – und dabei habe ich noch nicht mal die Kaninchen einberechnet. Ich werfe den Gänsen ein paar Maiskörner durch den Maschendraht zu und trete dann an den zweiten abgetrennten Käfigbereich, wo eine eng zusammengepferchte Gruppe aus Kaninchen vor sich hin mümmelt.

»Ich hab euch was mitgebracht«, sage ich und werfe ein bisschen Karottengrün durch die Lücken im Zaun. Das wird die Tiere vielleicht kurz ablenken, aber während der Rettungsaktion werden sie bestimmt trotzdem wahnsinnige Angst bekommen, weil sie nicht verstehen, was passiert. Und zum Glück wissen sie auch nicht, was morgen passiert – sollte ich versagen.

Ich hole die beiden Transportboxen in die Scheune und stelle sie vor den Käfigen auf dem Boden ab. Dann öffne ich den Stall. Sofort drängen sich die Tiere in die Ecke, die am weitesten von mir entfernt ist. Sie kennen mich nicht und haben Angst. Ich gebe beruhigende Laute von mir. »So, du bist als Erstes dran.« Mit einem beherzten Griff schnappe ich mir ein grau-braunes Kaninchen. Das kleine Fellbündel zittert am ganzen Körper, lässt sich von mir aber relativ leicht in die Transportbox schieben. Der Rest seiner kleinen Familie folgt sogleich und nachdem die erste Transportbox voll und verschlossen ist, passen überraschenderweise dann doch alle restlichen Kaninchen in die Zweite. Man unterschätzt ganz schön, wie klein sich diese Tiere machen können, wenn sie Angst haben. »Nicht mehr lang, okay?«, flüstere ich ihnen zu und streichle einem von ihnen über die Ohren.

Dann verschließe ich auch die zweite Transportbox. Um die Gänse werde ich mich bei meiner nächsten Tour kümmern müssen. Ich schleiche also mit den beiden gut gefüllten Hundetransportboxen zurück zu meinem Wagen und stelle sie dort ab. »Keine Sorge, bin gleich wieder da.« Die Kaninchen schauen mich verständnislos an – was hatte ich auch anderes erwartet? Ich schnappe mir ein paar Kartons und stehe damit kurz darauf direkt vor dem Gänsekäfig in der Scheune. Je länger ich die Gänse anstarre, desto mehr bezweifle ich, dass sich diese Tiere genauso einfach in die Kartons verfrachten lassen werden wie die Kaninchen in die Boxen. Vor allem passen immer nur zwei oder drei Gänse in einen der Kartons und hier leben bestimmt zwanzig davon.

»Das wird eine Katastrophe«, flüstere ich. Aber jetzt gibt es kein Zurück mehr – außerdem muss ich mich beeilen, bevor der alte Dobbins von dem ganzen Geschnatter geweckt wird.

Ich öffne also vorsichtig die Stalltür zum Gänsebereich und werde direkt aus vollen Kehlen angeschrien. »Nicht so laut, nicht so laut«, versuche ich die Gänse zu beruhigen. Und dann schnappe ich mir die Erste. Sie strampelt auf meinem Arm, lässt sich dann aber leichter als gedacht in den Karton setzen. Trotzdem macht sie sofort Anstalten, wieder daraus zu fliehen, also schnappe ich mir schnell die zweite Gans und drücke anschließend die kleine Käfigtür mit der Hüfte wieder zu. Die anderen Gänse sollen ja nicht entwischen und wahllos über das Gelände rennen – dann fängt Mr Dobbins sie bestimmt wieder ein. Federn fliegen in alle Richtungen, während ich auch die zweite Gans in den Karton stecke.

Die Tiere werden niemals in ihrer Kiste in meinem Transporter bleiben, stelle ich fest und beginne schon damit, mir eine Ausrede auszudenken, die meinen Eltern erklärt, weshalb überall in ihrem Wagen Federn verteilt sind. Doch zum Auto komme ich gar nicht, denn gerade als ich mit den ersten beiden Gänsen loslaufen will, öffnet sich plötzlich die Stalltür.

Kapitel 17

Das Licht einer Taschenlampe blendet mich. Dahinter kann ich nicht viel mehr als einen großen Schatten erkennen, der sich langsam auf mich zubewegt.

»Ich … ich hab mich verlaufen. Das ist absolut nicht, wonach es aussieht«, stottere ich über das ohrenbetäubende Geschnatter der Gänse hinweg.

»Also für mich sieht es aus, als wärst du gerade genau am richtigen Ort.«

»Yash?« Vor Schreck lasse ich fast den Karton mit den Gänsen fallen. »Was machst du denn hier?«

Er senkt die Taschenlampe und ich brauche einen Moment, bis ich ihn richtig erkennen kann. Auch er ist dunkel gekleidet, trägt eine Mütze und schwarze Handschuhe.

»Dachtest du wirklich, ich lass dich das allein machen?«

»Aber … aber …«

»Können wir das später diskutieren? Damit wir hier raus sind, bevor der alte Dobbins aufwacht und uns mit einer Mistgabel ersticht?«

Ich nicke und drücke Yash den ersten Gänsekarton in die Hand. »Ja. Let's go.«

In den nächsten fünfzehn Minuten gelingt es uns tatsächlich, alle Gänse zu den Kaninchen im Laderaum des kleinen Transporters meiner Eltern zu verfrachten, ohne dass der schlafende Mr Dobbins etwas mitbekommt – das grenzt an ein Wunder, weil die Gänse unglaublich laut rumschnattern. Sie hören auch nicht damit auf, als ich für sie Maiskörner im Auto verstreue.

»Wir haben es geschafft«, sage ich und grinse dabei. *Wir haben es tatsächlich geschafft.*

Aber Yash schaut mich ernst an.

»Noch nicht ganz. Gerade habe ich die Kaninchen gezählt – eins fehlt noch.«

»Woher willst du das denn wissen?«

Jetzt hält Yash sein Handy vor mich.

»Man kann online Tiere für das Weihnachtsessen bestellen und sieht dort, wie viele schon verkauft wurden. Hier steht, dass es insgesamt 28 Kaninchen sein müssten. Im Wagen sitzen aber nur 27.«

Als wir kurz darauf zum vierten Mal zurück zur Scheune huschen, hält mich Yash plötzlich an der Schulter fest und deutet mit der anderen Hand in die Richtung des Cottages. Ich schlucke. Die Tür steht offen. Doch von Alfred Dobbins ist weit und breit nichts zu sehen. Ich schaue Yash an. »Was machen wir jetzt?« Ich kann immer noch nicht glauben, dass er tatsächlich hier ist und mit mir Gänse und Kaninchen befreit.

Er beobachtet das Fest-Cottage. »Wir können das Kaninchen ja nicht einfach so zurücklassen, oder?«

Ich schüttele den Kopf. »Auf gar keinen Fall.«

»Dann bleibt uns nur eine Option.«

»Jetzt oder nie?«

Er nickt – und dann greift er auf einmal nach meiner Hand. Wir tragen beide Handschuhe, trotzdem spüre ich die Wärme, die von seiner Haut ausgeht und mir über meinen Arm bis hoch ins Herz kribbelt. Zumindest fühlt es sich so an.

Reiß dich zusammen, Olivia!

»Drei, zwei, eins …«, flüstere ich.

»Los!« Yash zieht mich an der Hand mit sich und ich kann nicht anders als hinter ihm und seinen langen Beinen herzustolpern.

In mir steigt auf einmal der absurde Drang auf, zu kichern, also muss ich die Lippen ganz fest aufeinanderpressen. Und dann haben wir den Stall erreicht. Yash lässt meine Hand wieder los und wir suchen mit unseren Taschenlampen alles nach dem fehlenden Kaninchen ab.

»Wo steckst du nur?«, flüstere ich.

Im nächsten Moment fällt das Licht meiner Taschenlampe auf eine Schubkarre, die in der Ecke der Scheune steht und das Licht reflektiert sich in zwei ängstlichen Augen. Dort ist es! Mit vorsichtigen Schritten nähere ich mich dem Kaninchen und streichle ihm anschließend sanft über den Rücken.

»Olivia, dort drüben!«, zischt Yash und ich höre die Nervosität in seiner Stimme.

Von draußen geistert jetzt das Licht einer Taschenlampe, die nicht uns gehört, durch die Ritzen in den Holzbrettern des Stalles.

Ich erstarre mitten in der Bewegung und mein Herz pocht mal wieder wie wild in meiner Brust. »Hallo?«, lallt auf einmal Dobbins raue Stimme durch die Stallwand. »Ist da wer?«

Den abgehackten Scheinwerferstrahlen nach zu urteilen, umrundet er gerade den Stall und ist nur noch ein paar Meter von der Stalltür entfernt.

Yash sucht meinen Blick und nickt dann in die Richtung der Tür. Er will, dass wir lossprinten. *Fuck*. Uns bleibt wohl wirklich keine andere Wahl.

Ich hole tief Luft – und dann renne ich los, das Kaninchen wie ein Baby vor meiner Brust.

»Hey!«, ruft der alte Dobbins. »Was macht ihr hier?«

Aber Yash und ich drehen uns nicht um, stattdessen rennen wir, so schnell wir können, an dem alten Bauer vorbei bis zum Zaun. »Ich erwisch euch noch! Habt ihr meine Tiere gestohlen?«

Yash klettert über den Zaun und ich reiche ihm mit rasendem Herzen das zitternde Kaninchen. Als ich einen Blick über die Schulter werfe, sehe ich einen betrunkenen Dobbins auf uns zu torkeln, der tatsächlich eine Mistgabel in der rechen Hand hält. »Ich krieg euch!«, keift er. »Elendes Diebespack!«

Auf einmal greift Yash von der anderen Seite des Zaunes zu mir rüber, packt mich unter den Achseln und hebt mich über den Zaun. Das Kaninchen hat er schon im Auto verstaut.

»Die Polizei ist schon unterwegs!«, brüllt Mr Dobbins. »Ihr könnt dem Gesetz nicht entkommen!«

Ich werfe mich hinters Lenkrad des Kleintransporters und drücke mit dem Fuß auf das Gaspedal. Das Geräusch des Motors wird von dem Schnattern der Gänse auf der Rückbank und im Kofferraum begleitet.

Dobbins Gezeter wird immer leiser, während wir den unregelmäßigen Schotterweg entlangbrausen. Irgendwann heult hinter uns ein weiterer Motor auf und Yash dreht sich auf seinem Sitz um.

»Es ist Dobbins! Er verfolgt uns – wobei, vergiss es.«

»Was passiert da hinten denn genau?« Ich umklammere das Lenkrad fester, bevor wir um die nächste Ecke auf eine befestigte Straße abbiegen. »Er ist direkt gegen seinen eigenen Zaun gefahren.« Yash lacht. »Wahrscheinlich ist es besser so. So betrunken sollte er wirklich nicht durch Granbury düsen.«

Ich grinse und dann kann ich plötzlich nicht mehr anders, als aus vollem Herzen zu lachen. Die ganze Anspannung des Abends fällt ab und ich realisiere, dass wir es tatsächlich geschafft haben. Yash steigt in mein Lachen ein, während wir der kurvigen Straße Richtung Granbury folgen. Ich muss mir Tränen aus den Augenwinkeln wischen, als Yash sagt, dass ich in die nächste Seitenstraße fahren soll. Wir sind nun nicht mehr weit von seiner Mühle entfernt.

Aus der uralten Scheune, die etwa fünfzig Meter neben der Mühle auf einer Wiese steht und in der früher Mehl und Getreide aufbewahrt worden sind, kommt uns bereits ein warmer Lichtschein entgegen. Ich parke den Wagen und ziehe die Handbremse an. Dann bleibe ich noch kurz im Auto sitzen. Yash grinst mich von der Seite an und ich grinse zurück. Mein Herz pocht immer noch wie verrückt und ich weiß nicht, wohin mit meinen Gefühlen: In mir ist so viel Aufregung, Dankbarkeit und … Liebe.

»Danke, dass du gekommen bist«, sage ich schließlich.

Yash legt den Kopf schief. »Ich hoffe, du hast dir schon ein vegetarisches oder veganes Weihnachtsessen überlegt, das du deinen Eltern auftischen kannst.«

Mit diesen Worten verlässt er den Wagen und holt die erste Transportbox voller Kaninchen von der Ladefläche. Ich steige auch aus und sehe, wie er die Tiere betrachtet. »Tatsächlich wollte ich schon immer ein Kaninchen haben.

Knapp dreißig wären aber nicht nötig gewesen.«

Ich schnaube und hole die zweite Transportbox aus dem Auto. Die Gänse schreien mich empört an. »Ihr seid gleich an der Reihe«, verspreche ich.

Yash stellt seine Transportbox ab, um das Scheunentor zu öffnen, und mir klappt die Kinnlade herunter. »So sieht deine Scheune von innen aus?«

Yash hebt die Transportbox wieder hoch und trägt sie ins Innere.

Im Vergleich zu Dobbins schäbigem Stall ist Yashs Scheune ein Kaninchen- und Gänse-Luxushotel. Der ganze Raum ist mit Stroh und weichen Decken ausgelegt. Hier gibt es Futterschalen, kleine Lampen und sogar einen kleinen sprudelnden Katzenbrunnen. In der Mitte des Raumes wurde zudem eine mobile Heizung aufgebaut, deren Kabel aus der Scheune rausführt. Und unter dem Dach der Scheune hängen Lichterketten und Wimpelgirlanden.

Yash geht an mir vorbei, um den ersten Gänsekarton aus dem Auto zu holen.

»Mit den Girlanden?«, frage ich weiter. »Und Lichterketten?«

Er zuckt die Achseln. »Ich wollte eben ein guter Gastgeber sein.«

Kurz darauf springen die Gänse auch schon aus den Kartons und stürzen sich kopfüber ins Heu. Ich bin noch immer völlig sprachlos.

Yash schließt das Scheunentor und ich öffne jetzt auch die Transportboxen der Kaninchen, die sofort daraus hervorgehoppelt kommen und sich über das Karottengrün hermachen, das Yash überall auf kleinen Tellerchen angerichtet hat.

Ich lasse mich gegen die Holzwand der Scheune sinken. »Ich kann nicht glauben, dass du das gemacht hast.«

Yash lehnt sich neben mich und vergräbt seine Hände in den Hosentaschen. Er hat seine Mütze inzwischen abgesetzt, wodurch die Locken auf seinem Kopf in alle Richtungen abstehen. »*Du* hast das gemacht.«

»Ich …« Ich beiße mir auf die Lippen. Ich will nicht, dass meine Worte wie eine Beleidigung rüberkommen, wenn er mir gerade so sehr geholfen hat. »Ich hätte nicht gedacht, dass du mir doch noch hilfst.«

»Na ja, ich wollte Carolines Kampagne ja auch nicht in Gefahr bringen. Aber der Gedanke daran, dass morgen alle Gänse und Kaninchen sterben, war dann doch noch etwas schlimmer.«

»Ja. Zum Glück hat uns niemand erwischt.«

»Ich glaube, ich hab dich noch nie etwas Verbotenes machen sehen, immerhin bist du der perfekte Schwiegersohn und *Vorzeige-Yash.*«

Für einen Moment schweigt Yash, dann zieht er die Hände aus den Hosentaschen und kommt auf mich zu, bis sich die Spitzen unserer Schuhe fast berühren.

»Ich glaube, das hat nicht so viel mit meinem Charakter zu tun, sondern eher mit meinem Aussehen.« Er deutet auf sein braunes Gesicht. »Wenn man aussieht wie Tommy, dann kann man so viel über die Stränge schlagen, wie man möchte, und es passiert trotzdem nichts. Aber wenn man als Jugendlicher so aussieht wie ich, muss man hier im ländlichen England besonders aufpassen.«

»Das kann ich mir vorstellen«, flüstere ich.

Er steht jetzt so nah vor mir, dass ich meinen Kopf ein bisschen in den Nacken legen muss, um ihm in die Augen zu schauen. »Ehrlich gesagt, gibt es eine ganze Menge verbotener Dinge, die ich gern tun würde.«

Seine dunklen Augen bohren sich in meine.

»Was denn zum Beispiel?«, frage ich.

Sein Blick fällt auf meine Lippen, und die Stille zieht sich wie ein Gummiband, kurz bevor es zerreißt. Die Scheune um uns herum verschwindet, ja, sogar das Geschnatter der Gänse verstummt in meinem Kopf.

Übrig bleiben nur Yash und ich. Plötzlich muss ich daran denken, wie er mich gestern auf der Treppe angesehen hat. Wie er mir geholfen hat, mich auszuziehen, nachdem ich in den Ententeich gefallen bin. Wie er meine Hand gehalten hat, als wir Schlittschuh gelaufen sind. Wie er aus vollstem Herzen gelacht hat, sodass ich seine geheime Zahnlücke sehen konnte.

Mein Herz springt in meiner Brust herum und die Zeit scheint stillzustehen.

Yash ist mir so nah. Ich spüre die Wärme seines Körpers sogar durch all unsere Winter-Klamotten, aber vielleicht bilde ich mir das auch nur ein.

Jetzt öffnet Yash den Mund und ich spüre seinen Atem als sanften Hauch auf meinen Wangen.

Mein Atem stockt. Und dann – stockt seiner auch.

»Genau das«, flüstert er, überbrückt den Abstand zwischen uns, legt seine rechte Hand an meine Wange und küsst mich. Seine Lippen fühlen sich weich an auf meinen, weich und warm und so unendlich gut, dass meine Knie zittern. Mein Hirn hört auf zu funktionieren. Für einen Moment erstarre ich einfach nur und meine Neuronen feuern ins Nichts, unfähig, die Realität um mich herum zu verarbeiten.

Aber dann reagiert mein Körper doch noch wie von selbst. Ich erwidere den Kuss. Ein ganz leichter Druck meiner Lippen auf seinen.

Yash schlingt seinen linken Arm um mich, entweder um mich daran zu hindern, wegen meiner wabbeligen Knie zu

Boden zu gleiten oder einfach, um mich näher an sich zu ziehen. Mir entweicht ein leises Stöhnen und Yash nutzt die Chance, um seine Zunge in meinen Mund zu schieben. Ein Blitz fährt durch mich hindurch, als unsere Zungenspitzen sich berühren. Ich neige meinen Kopf, um unseren Kuss zu vertiefen. Yash riecht so gut, sein Duft umhüllt mich komplett, wie ein Kokon, in dem ich ab jetzt für immer bleiben will. Endlich kann ich Yash berühren und ich weiß gar nicht, wo ich anfangen soll. Also fahre ich mit meinen Fingern durch seine Haare, seinen Bart und den Hals hinab zu seiner Brust, während er einfach nur weiterhin mein Gesicht festhält und mich küsst, als hätte er wirklich seit Jahren nichts anderes tun wollen.

Dieser Gedanke reißt mich aus meiner Trance und ich stolpere zurück. »Was …« Ich schlage mir die Hand auf den Mund.

Übelkeit kriecht in mir hoch.

»Wir … wir hätten das nicht tun sollen«, keuche ich. Ich muss hier raus, bevor ich mich in den Hasenstall übergebe. Das hätten die Kaninchen nicht verdient. Ich schiebe mich an Yash vorbei und stolpere zur Stalltür.

»Olivia, warte!« Mir ist übel und schwindelig. Das schlechte Gewissen ist so groß, dass es mich fast von innen zerreißt. Ich muss auf der Stelle hier abhauen. Als ich das Scheunentor aufschiebe und nach draußen renne, zittere ich am ganzen Körper, als hätte ich Schüttelfrost. Ich bin so durcheinander, dass ich einfach vorbei an meinem Auto und zur Straße renne.

»Olivia!«, ruft Yash mir hinterher, aber ich bleibe nicht stehen und drehe mich auch nicht mehr um.

Stattdessen renne ich einfach weiter, immer weiter weg von ihm.

Im Haus meiner Eltern probiere ich nicht mal, leise zu sein, dafür habe ich einfach keine Energie mehr. Ich lasse meine matschigen Stiefel neben der Tür stehen, hänge die Jacke meines Vaters zurück an die Garderobe und stapfe die Treppe nach oben. Dann werfe ich mich mit dem Gesicht nach unten auf mein Bett.

In dieser Position bleibe ich liegen, aber an Schlaf ist nicht zu denken.

Was habe ich nur getan?

Was

Zur

Hölle

Ich habe den Freund meiner Schwester geküsst.

Den *Verlobten* meiner Schwester. Mit dem sie seit der Schulzeit zusammen ist.

Die Liebe ihres Lebens.

Und das ~~Beste~~ Schlimmste ist, dass er mich zuerst geküsst hat.

Yash hat *mich* geküsst. Und anstatt über den Wolken zu schweben, komme ich jetzt in die Hölle. Wenn man für irgendwas in die Hölle kommt, dann ja wohl für einen Verrat wie diesen.

Tatsächlich glaube ich eigentlich nicht mal an die Existenz einer Hölle, aber das, was ich heute Abend getan habe, bringt mich bestimmt trotzdem dorthin.

Was stimmt nicht mit mir?

Ich weiß nicht, was ich tun soll. Den Kuss kann ich nie wieder rückgängig machen.

In den nächsten Stunden vibriert mehrmals mein Handy, aber ich schaue nicht mal drauf. Ich will nie wieder mit jemandem reden, *kann* nie wieder mit jemandem reden. Und vor allem nicht mit ihm. Wenn ich die Kraft dazu hätte, würde ich einfach wieder abhauen, Granbury verlassen. Aber London ist auch kein sicherer Ort mehr: Sogar Kate wird mir den Kopf abreißen, wenn ich ihr erzähle, was passiert ist.

Dass ich den Freund meiner Schwester geküsst habe.

Was für eine Scheißperson macht so was?

Irgendwann gehen die bunten Weihnachtslichter des Truscott-Hauses gegenüber aus und schließlich zieht der Morgen herauf. Das Haus erwacht: Ich höre meine Eltern vor meiner Zimmertür flüstern und das Geräusch von Autos, die unsere Straße entlangfahren. Aber ich rühre mich nicht von der Stelle.

Vielleicht kann ich ja aufhören, zu existieren, wenn ich mich nie wieder bewege?

Ich habe exakt dieses Gefühl schon einmal gefühlt, damals vor acht Jahren.

Eine Scham, die so tief geht, dass man sie irgendwann einfach nicht mehr aushalten kann. Aber das, was ich getan habe, ist nicht wie damals: Vor acht Jahren habe ich nur einen Liebesbrief an den Freund meiner Schwester geschrieben und ihn nicht mal abgeschickt. Heute habe ich Yash geküsst.

Und während ich mein sechzehnjähriges Ich rückblickend gerne in den Arm nehmen und ihr sagen würde, dass das Leben schon irgendwie weitergeht, will ich meinem heutigen Ich einfach nur ins Gesicht schlagen.

Was habe ich nur getan?

Irgendwann klopft jemand an meine Zimmertür, und als ich nicht reagiere, streckt meine Mutter schließlich den Kopf herein. »Hey, Kleine, alles gut?«

»Ja«, krächze ich. »Bin nur ein bisschen zu lang wach geblieben.«

»Ich wollte mich einfach nur bei dir dafür bedanken, dass du das Auto geputzt hast, ich bin richtig überrascht.«

»Ich hab nicht …«, setze ich an und stocke, als mein Hirn irgendwann aufholt.

Das muss Yash gewesen sein. Yash hat den Kleintransporter meiner Eltern geputzt und hierher zurückgebracht.

Oh Gott, ich werde ihm nie wieder in die Augen sehen können. Und Caroline … meiner Schwester erst recht nicht.

»Geht's dir gut?«, fragt meine Mutter noch einmal.

»Ich glaube, ich bin wieder krank«, lüge ich. »Und ich habe bei Rachel ein bisschen zu viel getrunken.«

Es hat sich nie mieser angefühlt, meine Mutter anzulügen. »Los, ab unter die Dusche mit dir. Ich koche dir einen Kamillentee und danach kannst du wieder ins Bett. Aber unter die Decke diesmal, okay?«

Ich stöhne und schleppe mich wie befohlen in die Dusche.

Also dort das Wasser über mein Gesicht läuft, und ich so meine Tränen vor mir selbst verstecken kann, fange ich endlich an zu weinen.

Ich heule so bitterlich, dass bestimmt sogar James in diesem Moment Mitleid mit mir hätte und mich nicht ärgern würde. Aber ich weiß auch, dass ich kein Mitleid verdient habe.

Ich habe überhaupt nichts verdient.

Mit nassen Haaren wanke ich aus dem Bad, aber dort steht meine Mutter und schüttelt mit geschürzten Lippen den Kopf. Sie besteht darauf, mir die Haare zu föhnen. Ich lass es über mich ergehen, weil ich absolut keine Kraft mehr zum Protestieren habe. Als meine Haare schließlich trocken sind und wie ein Heiligenschein um meinen Kopf abstehen, umarmt mich meine Mutter von hinten und drückt ihre Wange gegen meine, so wie sie es schon immer gemacht hat, als ich ein kleines Kind war. »Du kannst immer mit mir reden, wenn was ist, ja, Liebling?«

Ich presse die Lippen zusammen, um nicht schon wieder loszuheulen. »Danke«, krächze ich.

Aber ich werde nie darüber reden können.

Niemals.

Mit niemandem.

Mit keiner Menschenseele der Welt.

Eher würde ich mir selbst die Zunge rausschneiden (okay, das ist wahrscheinlich ein bisschen überdramatisch, aber so fühlt es sich eben gerade an).

Ich rede also nicht mit meiner Mutter und kehre zurück ins Bett, wo ich brav meinen Kamillentee trinke und so tue, als kämen meine verstopfe Nase und meine zugeschwollenen Augen von meiner Erkältung. Diesmal gucke ich keine billigen Weihnachtsfilme, sondern liege einfach nur da, gefangen in meinen eigenen Gedankenspiralen.

Irgendwann vibriert wieder mein Handy und diesmal werfe ich einen Blick darauf. Ich habe mehrere verpasste Anrufe und Textnachrichten von Yash, die ich sofort wegklicke, ohne sie zu öffnen.

Auch Kate, Rachel und sogar Caroline haben versucht, mich telefonisch zu erreichen. Ich öffne den Chat mit Rachel.

Rachel: Liv, bist du tot????
Rachel: ???
Rachel: Hat dich ein wütendes Kaninchen zu Weihnachtsbraten verarbeitet? Ich stelle nur Fragen.

Während ich Rachels Nachrichten lese, flattern plötzlich neue Nachrichten von Kate in mein Telefon.

Kate: Deine Freundin Rachel hat sich bei mir gemeldet und gefragt, wo du steckst. Bitte melde dich mal bei mir.

Mit zitternden Fingern öffne ich wieder den Chat mit Rachel und tippe eine Nachricht.

Olivia: Ich habe Scheiße gebaut, Rach.

Kurz darauf beginnt mein Handy wieder zu vibrieren und ich schleudere es einmal quer durchs Zimmer, damit es mich in Ruhe lässt. Ich weiß, dass das kindisch und unfair ist.

Und ich weiß, dass Rachel nicht daran schuld ist, was zwischen Yash und mir passiert ist.

Aber ich ertrage diese Scham und Wut auf mich selbst einfach nicht länger.

Die muss irgendwie raus. Und deshalb liegt mein Handy jetzt auf dem Boden.

Ich trommele wie ein kleines Kind mit meinen Fäusten auf die Matratze, bevor ich mich wieder unter meiner Decke vergrabe.

Etwa eine halbe Stunde später klingelt es unten an der Tür und ich schlüpfe komplett unter die Decke. Dann öffnet sich schließlich meine Zimmertür. »Hey, Livy.« Rachels

Stimme klingt so behutsam, als wäre ich eines der Kaninchen, die wir letzte Nacht gerettet haben. Ich rühre mich nicht.

Kurz senkt sich die Matratze neben mir ab und der Duft von Rachels Erdbeershampoo steigt mir in die Nase. »Ich hab dir einen Iced Coffee mitgebracht.«

»Was?«, grummele ich, bevor ich mich daran erinnere, dass ich gar nicht sprechen wollte. »Es ist schon abends.«

Rachel schüttelt das Glas, sodass die Eiswürfel klirren. »Ich glaube nicht, dass dich das jetzt gerade kümmert.«

Ich grummele und rühre mich nicht. »Solltest du nicht bei Joey sein?«

»Meine Mutter passt heute Nacht auf ihn auf.«

Ich seufze und presse die Augen zusammen. »Tut mir leid, dass ich dir so eine kryptische Nachricht geschrieben habe.«

Rachel schüttelt wieder die Eiswürfel im Glas, als wäre ich eine Katze und sie müsste mit meinen Lieblingssnacks rascheln, um meine Aufmerksamkeit zu bekommen. Und um ehrlich zu sein, funktioniert es.

Ich strecke jetzt zumindest mal meine Nase aus meiner Deckenhöhle hervor.

»Willst du mir erzählen, was passiert ist?«

Sie schiebt mir den Trinkhalm in meinen Deckenkokon und ich ziehe einmal daran. Köstlichster Iced Coffee fließt mir in den Mund und ich könnte heulen, weil das so lieb von Rachel ist. Und das ist wörtlich gemeint: Ich heule tatsächlich und tue mein Bestes, zumindest nicht zu schluchzen. »Nein.«

»Ist irgendwas bei der Rettung der Tiere schief gegangen?«

Ich schüttele den Kopf.

»Konntet ihr nicht alle retten?«

»Doch.«

»Hat es etwas mit Yash zu tun?« Ich vergrabe mich sofort wieder unter der Decke.

Rachel zieht den Strohhalm zurück und schüttelt wieder meinen Iced Coffee in der Hand. »Komm raus, du kleiner Gremlin. Ich erfahre eh, was passiert ist.«

»Ich kann's dir nicht erzählen.«

»Musst du auch gar nicht«, erklärt Rachel. »Ich rate einfach. Immer, wenn ich richtig liege, nippst du am Iced Coffee. Deal?«

»Okay.«

»Nun gut.« Rachel zögert kaum eine Sekunde. »Hast du Yash geküsst?«

»Was?« Schockiert reiße ich mir die Decke vom Kopf.

Rachel hebt unbeeindruckt eine Augenbraue. »Hast du ihn jetzt geküsst oder nicht?«

Statt zu antworten, schnappe ich mir den Iced Coffee und trinke ihn in einem Zug fast bis zur Hälfte aus.

Rachel springt aus meinem Bett und klatscht in die Hände. »Ich wusste es!«

»Warum siehst du so happy aus? Das ist eine Katastrophe!«

»Du hast endlich den Mann geküsst, in den du verliebt bist, seit du sechzehn bist, Livy! Endlich!«

»Ich bin nicht verliebt in ihn!«

Rachel schnaubt nur.

»Und außerdem ist das nichts, worüber man sich freuen sollte.« Ich werfe einen Blick zur geschlossenen Zimmertür und senke meine Stimme. »Er ist der Mann meiner Schwester.«

Rachel schüttelt den Kopf. »Noch nicht. Oder habe ich die Hochzeit verpasst? Vielleicht trennen sie sich ja noch?«

»Rachel Rosaline Westminster.«

Sie hebt die Schultern. »Was? Ich habe immer die Meinung vertreten, dass Yash und Caroline nicht zusammenpassen.«

»Das sagst du nur, weil du meine beste Freundin bist, Rachel.«

»Sehr schmeichelhaft, aber ich *war* deine beste Freundin. Diesen Platz musst du dir erst wieder verdienen.«

»Siehst du, da hast du doch den Beweis, dass ich eine rundherum schreckliche Person bin. Erst lasse ich dich jahrelang im Stich und dann küsse ich auch noch den Mann meiner Schwester.«

Sie hebt eine Augenbraue und geht auf meine selbstmitleidigen Kommentare gar nicht erst ein. »Hat er dich denn zurückgeküsst?«

»Ich … ja, ich glaube schon.« Ich presse die Handballen in meine Augen. »Was alles nur noch schlimmer macht.«

»Wovon redest du bitte?«

»Das wird Caroline das Herz brechen, Rach. Das wird unsere Familie zerstören, das wird …« Ich rolle mich wieder auf dem Bett in der Embryo-Stellung zusammen.

»Na ja, ihr müsst ja nicht gleich zusammenziehen oder so.«

Ich starre sie an, als hätte sie den Verstand verloren. Was sie eindeutig auch hat. Weil …

»Wovon redest du da bitte?«

»Okay, dann zieht halt doch gleich zusammen, ihr seid ja lang genug umeinander herumgeschlichen. Kann gut verstehen, wenn ihr nicht länger warten wollt.«

»Nein, nein, nein, nein, nein.« Jetzt springe ich ebenfalls aus dem Bett, packe Rachels Schulter und schüttele sie leicht.

»Dieser Kuss war ein Fehler und wird sich niemals wiederholen. Yash und ich hatten gerade die Tiere gerettet und waren überwältigt von unseren Gefühlen.« Ich lasse Rachels Schulter los und schaue ihr ernst in die Augen.

»Rach, ich glaube, es wäre das Beste, wenn wir nie wieder darüber reden. Okay?«

Sie starrt mich eine Weile wortlos an und schüttelt dann den Kopf.

»Nein, ich habe eine bessere Idee.« Sie zieht ihr Smartphone aus der hinteren Tasche ihrer Hose und drückt ein paar Knöpfe.

»Liegt sie in Embryo-Stellung im Bett?«, fragt Kates Stimme aus Rachels Lautsprecher.

»Kate!«, rufe ich.

Ein Klimpern dringt aus dem Lautsprecher, woran ich erkenne, dass Kate mal wieder ihr Weihnachtsgeweih aus Filz mit den kleinen Glöckchen daran trägt. Ich bin wirklich umgeben von Weihnachtsfans, es ist widerlich.

»Moment mal«, fällt mir dann auf. »Woher hast du Kates Nummer?«

Rachel verdreht die Augen. »Schon mal was von Social Media gehört, du Genie? Und jetzt lenk nicht ab vom Thema.«

»Hat sie ihn jetzt geküsst oder nicht?«, fragt Kate aus dem Hörer.

Ich kann nicht mehr anders, ich raufe mir im wahrsten Sinne des Wortes die Haare. »Er hat *mich* geküsst, okay?«

»Uh, noch besser!«

»Was ist daran bitte besser?«, kreische ich. »Das ist das Schlimmste, was überhaupt passieren konnte. Warum bin ich nur zurück nach Granbury gekommen, warum, warum, warum.« Dann kommt mir plötzlich ein Gedanke. »Moment mal, habt ihr Zwei das mit den Briefen ausgeheckt? Wenn ja, reiße ich euch die Köpfe ab!«

»Du, die nicht mal einer Fliege was zuleide tun kann, willst uns die Köpfe abreißen.« Rachel schmunzelt. »Wird aber nicht nötig sein. Wir waren das nicht. Oder, Kate?«

»Nope.«

»Jetzt aber mal ehrlich, Leute. Ich glaube, ihr versteht noch nicht das Ausmaß von dem, was passiert ist.«

»Hat er gut geküsst?«, fragt Kate, als hätte sie gar nicht wahrgenommen, was ich gerade gesagt habe. Ich höre die Belustigung in ihrer Stimme.

»Darum geht es nicht, okay? Es geht darum, dass es meiner Schwester das Herz brechen wird, wenn sie davon erfährt. Es geht darum, dass ich ihr Vertrauen missbraucht habe. Und darum, dass sie einen Partner hat, der ihr fremdgeht. Fuck, versteht ihr das nicht? Die beiden Personen, denen Caroline eigentlich am meisten vertrauen können sollte, haben sie hintergangen.«

Daraufhin schweigt Kate und Rachel plustert die Backen auf. »Okay, wenn du es so formulierst, klingt es doch nicht mehr so toll.«

»Ich habe meiner Schwester das Herz gebrochen«, flüstere ich und meine bescheuerte Stimme zittert schon wieder. »Und sie weiß bisher noch nichts davon.«

Diesmal kann ich die Tränen nicht aufhalten. Sie strömen unaufhaltsam aus mir heraus und ich knicke in der Mitte meines Körpers einfach ein und sacke zu Boden.

Rachel kniet sich sofort neben mich und nimmt mich in den Arm. Das musste sie schon erstaunlich oft machen, seit wir wieder Freundinnen sind.

»Es tut so weh, Rach«, schluchze ich. »Und ich bin selbst an alledem schuld.«

»Du liebst ihn seit so vielen Jahren, Livy. Natürlich küsst du ihn zurück, wenn er dich küsst.«

»Das macht es aber nicht okay«, schniefe ich. Daraufhin schweigt sie, denn sie weiß genauso gut wie ich, dass ich damit recht habe.

Kapitel 18

Ich kann mich leider nicht für immer in meinem Zimmer einschließen – auch wenn ich wirklich mein Bestes gebe. Doch schon am nächsten Tag kommt meine Mutter mir auf die Schliche. »Bist du sicher, dass es schon wieder eine Erkältung ist?«, fragt sie mich irgendwann, als sie mir den dritten Kamillentee ans Bett bringt.

»Ja«, schniefe ich. »Wieso?«

»Na ja, weil man normalerweise nicht die ganze Zeit heult, nur weil die Nase verstopft ist.«

»Das sind die Kopfschmerzen«, lüge ich.

»Willst du darüber reden, Liebling?« Sie guckt mich mit diesem sorgenvollen Blick an, den ich kaum aushalte, weil ich ihn nicht verdient habe. Wenn sie wüsste, was ich getan habe, würde sie mich wahrscheinlich sofort zurück nach London schicken. Sie sollte lieber Caroline mit diesem Blick angucken. Mich sollte sie hingegen enterben oder was auch immer Eltern eben so machen, wenn sie richtig sauer auf ihre Kinder sind.

»Es ist Dezember – die schönste Zeit in Granbury! Heute Abend findet das Tannenbaumsingen statt. Das hast du als

Kind doch so geliebt, willst du nicht mitkommen?«

»Das habe ich als Kind geliebt, weil ich damals noch dachte, dass ich später mal Britney Spears werde.«

»Sag das nicht, du hast eine wunderschöne Singstimme, Livy.«

»Das sagst du nur, weil du mich liebst.«

»Caroline und Yash kommen auch. Bist du sicher, dass du nicht mitkommen willst?«

Plötzlich ist da wieder dieser Kloß in meinem Hals. »Ich denke drüber nach.« Meine Mutter lehnt sich gegen den Türrahmen. »Hast du gehört, dass es vorgestern Nacht einen Einbruch bei der Dobbins-Farm gab?«

Ich huste. »Nein«, krächze ich. »Wirklich? Was könnte man dort überhaupt klauen? Hochzeitsdeko?«

»Alle Gänse und Kaninchen wurden gestohlen, genau in der Nacht, bevor sie geschlachtet werden sollten.«

»Dann gibt es jetzt wohl Veggie-Würste für alle.«

»Dobbins ist außer sich vor Wut.« Meine Mutter sieht mich nachdenklich an. »Ist irgendwas? Du wirkst nervös.«

»Ich? Nein! Das ist nur meine Erkältung.«

»Du hast doch nichts mit der Sache zu tun, oder?«

»Wie kannst du so was nur denken? Deine Tochter, eine Diebin?«

Meine Mutter nickt langsam. »Na ja, wie dem auch sei. Ich muss jetzt mal wieder los, Liebling.«

»Danke für den Tee.«

Nachdem meine Mutter das Zimmer verlassen hat, rasen mal wieder meine Gedanken um die Wette: Niemals kann ich Yash und meiner Schwester unter die Augen treten. Woher will ich überhaupt wissen, dass Caroline noch nichts von dem weiß, was ich getan hab? Vielleicht hat Yash schon längst mit ihr darüber gesprochen?

Vielleicht hasst sie mich schon?

Auf einmal bin ich ganz panisch und stecke mein Handy ans Ladekabel, um zu checken, ob meine Schwester mir etwas geschrieben hat. Aber sie hat mich nur angerufen und keine Nachrichten hinterlassen.

Ich zögere kurz und mein Herz zieht sich zusammen, als ich den Nachrichtenverlauf mit Yash öffne.

Yash: Olivia, kannst du mich bitte zurückrufen?
Yash: Wir sollten wirklich darüber reden.
Yash: Geht's dir okay?
Yash: Den Gänsen & Kaninchen geht's übrigens blendend. Sie fressen brav ihr Futter und ich will sie gar nicht mehr hergeben.
Yash: BITTE lass uns darüber reden, Olivia.

Seufzend lasse ich mein Smartphone sinken. Es gibt nur einen Weg, das Richtige zu tun, und das war mir eigentlich die ganze Zeit klar. Ich hatte nur verdammt große Angst davor. Doch jetzt werde ich es durchziehen. Ich stehe auf, um das zu tun, was ich eigentlich schon gestern hätte machen sollen.

Das Apartment von Yash und Caroline liegt unterm Dach in einem der Häuser, die direkt über den Little Cherwell gebaut sind.

Mir wird schon wieder übel, als das Haus hinter der Straßenecke auftaucht, und ich presse meine Hand auf meinen Bauch, um ihn zu beruhigen. Meine Situation ist sowieso schon kompliziert, ich will nicht auch noch für Erbrochenes auf der Fußmatte meiner Schwester verantwortlich sein. Zum Penthouse der beiden führt ein Aufzug, der erst vor ein paar Jahren in das alte Gebäude eingebaut wurde. Ich habe das Penthouse noch nie zuvor betreten – obwohl Caroline mir irgendwann nach dem Einzug Mal einen Schlüssel in die Hand gedrückt hat, als wir uns in London getroffen haben. Als ich mit dem Aufzug nach oben fahre und mich in der Spiegelung des Aufzugs betrachte, muss ich mir unwillkürlich Yash vorstellen, wie er hier nach einem langen Arbeitstag mit dem Aufzug nach oben fährt. Wie er seinen Krawattenknoten lockert und sich die ersten Locken aus seiner sorgsam gestylten Frisur lösen. Wie er einen Blick auf die teure Uhr an seinem Handgelenk wirft. Dieses Bild ist irgendwie unvereinbar mit dem Yash aus der Wassermühle und ebenso unvereinbar auch mit dem Yash, der mir beim Lächeln seine geheime Zahnlücke offenbart.

Ein Pling-Geräusch weist mich darauf hin, dass der Aufzug im obersten Stock angekommen ist. Die Tür öffnet sich. Hier steht ein kleiner geschmückter Weihnachtsbaum, sonst gibt es nur die Tür zum Penthouse. Ich habe zwar einen Schlüssel, betätige aber brav den Klingelknopf.

Für einen Moment herrscht Stille und ich halte den Atem an. Ein Teil in mir hofft, dass einfach niemand zu Hause ist. Dann könnte ich mir einreden, dass ich ja versucht habe, ein Gespräch zu führen, es aber leider nicht geklappt hat. Und dann würde ich alles totschweigen.

Caroline öffnet die Tür. Sie trägt einen Bademantel und hat ihre Haare in ein Handtuch gewickelt. »Olivia!«

»Caroline«, flüstere ich. »Ich glaube, wir müssen reden.«

»Klar, komm doch erst mal rein.« Caroline tritt zur Seite und lässt mich eintreten. Ich fühle mich, als wäre ich auf dem Weg zu meiner eigenen Hinrichtung, als ich über ihren dunklen Parkettboden in den Hauptbereich der Wohnung schlurfe. Hier liegen die Küche und das Wohnzimmer in einer Art Wintergarten. Es gibt gigantische Fenster und auch das Dach besteht zum Teil aus Glas. Im Sommer kann man es verdunkeln, damit die Sonne nicht in die Wohnung knallt, doch jetzt gerade kann ich über uns den winterlichen Himmel sehen. Draußen schneit es ein bisschen, aber die Flocken schmelzen schnell auf dem Glasdach. Von Carolines Wohnung aus hat man einen Blick über den westlichen Teil von Granbury und in der Ferne kann ich sogar Yashs Mühle erkennen.

Ich schlucke. »Willst du was trinken? Ich kann dir einen Iced Coffee machen«, meine Schwester sieht mich fragend an.

»Nein, danke.« Ich zupfe nervös an meinen Fingern herum.

Caroline runzelt die Stirn. »Dir muss es ja wirklich schlecht gehen, wenn du nicht mal einen Kaffee willst. Mum hat vorhin am Telefon gemeint, du bist krank, aber …«

»Ich hab Yash geküsst.«

Im selben Moment, in dem mir diese Worte aus dem Mund purzeln, erklingen Schritte im Flur und Yash taucht auf. Er trägt eine schwarze Jeans und einen dicken Faire-Isle-Pullover. Dieser Look passt irgendwie nicht so recht in dieses geschniegelte Apartment.

»Yash!«, krächze ich. »Hi, ich äh, wusste gar nicht, dass du auch hier bist.«

Natürlich ist er hier. *Er wohnt hier, Olivia, du Genie. Mit deiner Schwester zusammen. Seiner Verlobten.*

»Willst du dich vielleicht setzen?«, fragt Caroline und deutet auf die cremefarbene Sofalandschaft vor dem Fenster. Ich weiß nicht genau, was hier los ist und wieso sie mich bisher nicht umbringen will.

Hat sie mich vielleicht nicht gehört?

Meine Augen zucken zu Yash rüber, der mich ganz aufmerksam beobachtet. Er sieht nicht so aus, als hätte er Angst, eher, als wäre das hier ein wichtiger Moment. Aber dann kratzt er sich am Bart und ich merke, dass er offenbar doch ein bisschen nervös ist.

Ein bisschen nervös. So lässt sich mein innerer Zustand nicht beschreiben, ich bin kurz davor, durchzudrehen. Es erfordert große Anstrengung, ruhig zu atmen, und ich wische meine schweißnassen Hände an meiner Jeans ab. Ich sehe genauso aus wie jemand, der zwei Tage lang mit einer Mischung aus Selbsthass und Selbstmitleid im Bett lag, und irgendwie ist mir das peinlich. Weil Yash hier ist.

Ich hasse es, dass ich immer noch will, dass er mich hübsch findet.

Wie erbärmlich kann man eigentlich sein?

Ich räuspere mich und lasse mich mit geradem Rücken auf der Couch nieder, die eigentlich viel zu bequem ist, um darauf so stocksteif zu sitzen, aber ich kann einfach nicht anders.

Mein Herz pumpt das Blut so laut durch meinen Körper, dass ich es in meinen Ohren hören kann. Caroline nimmt auf der anderen Seite des Couchtischs auf einem eleganten Sessel mit Standfuß Platz. Auf dem Glastisch zwischen uns steht eine Vase, die stabil genug wirkt, um jemanden damit zu schlagen.

Kann sie machen, wenn sie will, denke ich. *Ich habe es verdient.*

»Bist du sicher, dass du keinen Kaffee willst?«, fragt Yash.

»Oh … also, ich nehme doch einen.« Meine Stimme klingt piepsig und beschämt zugleich. Ich möchte einfach nur vermeiden, dass Yash sich zu uns setzt und dadurch alles noch unangenehmer macht.

Das ist die schlimmste Situation, in der ich in meinem Leben jemals war. Und das will schon etwas heißen. Ein öffentlich ausgehängter Liebesbrief ist nichts dagegen.

Doch Caroline lächelt mich aufmunternd an – bestimmt hat sie wirklich nicht gehört, was ich gerade zu ihr gesagt habe. Wir schweigen.

Leider ist der Iced Coffee viel zu schnell fertig. Ich komme also doch nicht an Yashs Anwesenheit vorbei. Er stellt das Glas vor mich hin und setzt sich in den zweiten Sessel gegenüber von mir.

Gerade als ich das Glas an meine Lippen hebe, um irgendwas mit meinen Händen zu tun zu haben, sagt Caroline: »Yash und du habt euch also geküsst.«

Vor Schreck fällt mir fast das Glas aus der Hand.

»Es war meine Schuld!«, stottere ich sofort.

»Olivia …«, setzt Yash an. Er beugt sich vor und faltet die Hände auf den Knien.

Aber ich schüttele den Kopf. »Du musst mich nicht verteidigen. Es ist alles meine Schuld.« Jetzt schaue ich meine Schwester direkt an. »Du weißt gar nicht, wie leid es mir tut, Caroline.«

Ich halte tapfer den Blick mit meiner Schwester und sterbe innerlich tausend Tode. »Das ist der größte Fehler, den ich je begangen habe und ich hoffe, du kannst mir eines Tages verzeihen.«

Caroline lehnt sich mit ausdruckslosem Gesicht in ihrem Sessel zurück. »Der größte Fehler deines Lebens?«

Es wäre so viel einfacher gewesen, wenn sie jetzt wütend auf mich gewesen wäre, wenn sie mich angeschrien hätte, wenn sie verdammt noch mal tatsächlich diese Vase nach mir geworfen hätte. Aber stattdessen wirkt sie seltsam vergnügt. Was passiert hier?

»Dein größter Fehler«, wiederholt sie und dreht Yash ihren Stuhl zu. »Das tut mir leid für dich, Yash, muss ja ein ziemlich mieser Kuss gewesen sein.«

Diesmal verschlucke ich mich tatsächlich an meinem Kaffee. Ich huste, bis Tränen aus meinen Augen laufen und Yash mir ein Taschentuch reicht. »W-was?«, stottere ich.

Ich bin mit den Nerven völlig am Ende.

Yash und Caroline tauschen einen Blick. Dann nickt sie und Yash beugt sich nach vorne.

»Das wollte ich dir in der Scheune eigentlich erklären, bevor du abgehauen bist.«

»Also … also wusstest du schon davon?«, frage ich Caroline.

Sie nickt langsam. Immer noch sehe ich keine Wut in ihrem Gesicht und kapiere jetzt auch, warum sie als politisches Talent gehandelt wird. Ihr Pokerface ist kaum zu entschlüsseln, selbst für mich nicht.

»Aber … warum bist du dann nicht wütend?« Ich deute auf die Vase auf dem Tisch. »Schmeiß mir das ruhig an den Kopf, das wär okay.« Ich versuche, nicht zu heulen, bekomme stattdessen aber einen erbärmlichen Schluckauf.

»Weil Yash und ich nicht mehr zusammen sind.«

»W-was?« Jetzt traue ich mich, auch ihn anzugucken. Er fängt meinen Blick auf und ich habe das Gefühl, dass sein Mundwinkel minimal zuckt, ein winziges kleines Lächeln. Nur für mich.

Schnell wende ich meinen Blick wieder Caroline zu. »Wovon redest du da?«

»Wir sind nicht mehr zusammen«, bestätigt jetzt auch Yash.

»Seit Monaten schon nicht mehr«, führt Caroline aus.

»Aber … aber ihr wohnt hier zusammen, ihr tretet vor

allen anderen als Paar auf … ihr … warum tut ihr so, als wärt ihr zusammen? Was stimmt nicht mit euch?«

Yash stupst Carolines Schuh mit seinem eigenen an. »Willst du das erklären?«

Meine Schwester seufzt und fasst an das Handtuch, in das ihre Haare eingewickelt sind. »Lasst mich kurz meine Haare föhnen, okay? Wenn ich sie noch länger im Handtuch lasse, werden sie schrecklich frizzy und ich habe später noch einen Termin, bei dem auch Fotos gemacht werden.«

»Klar«, sage ich automatisch, bevor ich kapiere, dass das ja bedeutet, dass ich mit Yash allein bin.

»Bin gleich wieder da.« Caroline verschwindet den Gang runter und kurz darauf erklingt dumpf das Geräusch eines Föhns.

Ich klammere mich an meinem Iced Coffee fest, als wäre ich eine Schiffbrüchige, die im Meer treibt und das Getränk mein Rettungsring. Mein Blick wandert ziellos durch den Raum, über die stylishen Möbel, die geschmackvolle Kunst an den Wänden, den Fernsehschrank – überall hin, nur nicht zu Yash.

»Olivia.«

Ich rühre mit dem Trinkhalm meinen Iced Coffee um.

»Olivia, bitte schau mich an.«

Ich schlucke und wage es schließlich, seinem Blick zu begegnen. Yash sitzt immer noch leicht vorgebeugt, die Arme auf den Knien abgestützt, und die Intensität seines Blicks jagt mir eine Gänsehaut den Rücken runter. »War der Kuss wirklich der größte Fehler deines Lebens?«

Ich schlucke. »Das weiß ich nicht mehr.«

Sein Blick sucht mein Gesicht nach der Wahrheit ab. »Für mich hat es sich nicht so angefühlt.«

Ich presse die Augen zusammen. Ich kann nicht klar denken, wenn er mich so ansieht. »Was passiert hier, Yash?«

»Ich hätte es dir vorher sagen sollen. Das mit Caroline und mir, aber ich hatte ihr versprochen, erst mal Stillschweigen zu bewahren.«

Ich schüttele den Kopf. »Aber warum … warum? Ich meine, ihr seid doch perfekt füreinander.«

Als er darauf nichts antwortet, öffne ich die Augen wieder. Yash fährt sich nervös durch die Haare.

»Wir haben jahrelang versucht, perfekt füreinander zu sein, aber das sind wir einfach nicht.«

»Wie meinst du das?«

»Wir waren siebzehn, als wir zusammenkamen, praktisch noch Kinder. Da weiß man noch gar nichts über sich, die eigenen Wünsche und Bedürfnisse.«

Mein Herzschlag beschleunigt sich. »Und jetzt … jetzt weißt du, was du willst?«

Bevor er antworten kann, kommt Caroline zurück, immer noch im Bademantel, aber mit trockenen Haaren.

Yash erhebt sich abrupt. »Ich lasse euch zwei jetzt mal lieber allein. Ich muss ohnehin noch das Wasserrad der Mühle reinigen.«

»Oh«, sage ich schnell und verstehe, was Yash eigentlich damit meint. »Danke, dass du dich um die Kleinen … also, um die Scheune kümmerst.«

»Was ist denn in der Scheune los?«, fragt Caroline neugierig.

Yash zieht seinen Mantel aus der Garderobe und zwinkert mir zu, während er ihn sich überstreift. »Gar nichts.« Dann verschwindet er ohne ein weiteres Wort.

Mir schwirrt der Kopf. Kann einem wirklich davon schwindelig werden, dass die eigene Welt und alles, was man für die Wahrheit gehalten hat, gerade auf den Kopf gestellt wurde? So fühlt es sich zumindest an.

Diesmal setzt Caroline sich nicht auf den Sessel auf der anderen Seite des Couchtisches, sondern direkt neben mich auf das Sofa. Sie zieht ein Bein unter ihren Körper. »Oh, Livy.«

»Ich kapier das alles nicht.« Ich spüre, wie mir schon wieder Tränen in die Augen steigen. »Kannst du's mir erklären?«

Sie seufzt und streicht sich durchs frisch geföhnte blonde Haar. »Yash und ich haben irgendwann einfach gemerkt, dass wir unterschiedliche Dinge vom Leben wollen, weißt du? Dass wir zwar auf dem Papier gut zusammenpassen, aber dass es in der Realität einfach nicht mehr funktioniert. Das hat es schon lange nicht mehr.«

Caroline scheint zu merken, dass ich kein bisschen verstehe, was sie damit meint.

»Die Politik ist mein Leben und ich liebe die Öffentlichkeit. Jahrelang dachte ich, dass es für Yash auch so ist – dass er es genießt, mit mir im Rampenlicht zu stehen.«

Sie macht eine Pause.

»Aber er hat das alles nur für mich mitgemacht und ertragen. Wir haben uns getrennt und er hat die Mühle seines Vaters übernommen. Danach habe ich erst gemerkt, wie glücklich er damit ist. Tatsächlich hasst er diese ganzen öffentlichen Auftritte, die Abendessen zum Netzwerken, all die Veranstaltungen.«

»Aber … ihr seid das perfekte Paar, Caroline, ich verstehe das nicht.«

Sie seufzt. »Nach außen hin vielleicht, Liv. Versteh mich nicht falsch, ich habe Yash sehr lieb und die Jahre, die wir gemeinsam hatten, will ich auch nicht missen, aber das funktioniert einfach nicht mehr so. Wir haben das perfekte

Paar irgendwann nur noch gespielt, es war nicht mehr echt. Erst vor ein paar Tagen waren wir beim Notar, weil wir unsere gemeinsame Wohnung verkaufen werden.«

»Und warum habt ihr das niemandem gesagt?«

»Ich wollte damit warten, bis die Wahl vorbei ist; du weißt doch, wie die Leute hier sind. Die Nachricht von unserer Trennung würde sich schneller rumsprechen als sich ein Feuer ausbreitet. Hier hängt man immer noch an Traditionen, das ist leider so, und den Menschen ist eine verlobte Bezirksrätin sehr viel lieber als eine, die sich kürzlich von ihrem Langzeitpartner getrennt hat. Diese Außenwirkung war ja auch der Grund, warum wir uns damals überhaupt verlobt haben.«

»Wie meinst du das?«

Caroline lacht leise. »Na ja, das war vor meiner ersten Wahl zur Bezirksrätin. Damals hatte ich einen Mitbewerber, der in seinen Attacken gegen mich total auf die Unglückliche-Single-Frauen-Schiene gegangen ist, und ich dachte mir, ich könnte ihm durch eine Verlobung mit Yash den Wind aus den Segeln nehmen. Und das hat ja auch geklappt: So habe ich plötzlich auch die traditionelleren Wahlberechtigten erreicht. Und so wird es auch diesmal wieder sein. Es wäre eine Katastrophe, wenn Trevor Sneed die Wahl gewinnt, dieses konservative Arschloch. Also halten Yash und ich die Trennung noch bis nach der Wahl geheim. Leider funktioniert Wahlkampf so.«

Ich schlucke. »Ja. Das ergibt Sinn. Muss aber auch schrecklich sein, wenn man die ganze Zeit etwas vorspielen muss und nicht so sein kann, wie man eigentlich ist.«

Caroline zuckt die Achseln. »Daran habe ich mich irgendwie gewöhnt. Aber ja, nach der Wahl werde ich versuchen, mein Privatleben aus allem rauszuhalten. Eigentlich will ich ja, dass die Leute mich wegen meiner Inhalte wählen.«

»Das ist bestimmt bei den meisten schon so«, sage ich und lächle Caroline aufmunternd an. Sie lächelt zurück.

»Weißt du, Yash und ich … wir haben uns schon lang auseinandergelebt. Wir sind seit vielen Jahren eher Freunde als Lover.« Sie nimmt meine Hand in ihre. »Es ist so schön, dass ich das nicht mehr vor dir geheim halten muss, Livy. Yash wollte es dir von Anfang an sagen und ich verstehe jetzt, dass er damit recht hatte. Ich bin froh, dass das jetzt nicht mehr zwischen uns steht.«

Ich starre sie an und schüttele dann den Kopf. »Aber das alles macht es trotzdem nicht okay, was ich getan habe. Ich habe ihn geküsst, *bevor* ich wusste, dass ihr nicht mehr zusammen seid. Ich bin immer noch eine Scheißschwester.«

»Also so wie er es mir erzählt hat, hat *er* dich geküsst.«

Ich verziehe das Gesicht. »Das wird sich niemals nicht seltsam anhören. Hat er dir wirklich einfach so davon erzählt?«

Caroline lässt meine Hand los und lehnt sich auf dem Sofa zurück. »Klar hat er das.« Sie macht eine kurze Pause und seufzt dann. »Du hast ja keine Ahnung, wie sehr ich mich darauf freue, endlich daten zu können, wenn das hier alles vorbei ist. Zum ersten Mal in meinem Leben.«

Ich schnaube. »Du bist die erste und einzige Person, von der ich das höre. Die Dating-Welt ist schrecklich.«

Caroline zuckt die Achseln. »Ich glaube, ich komme gut damit klar.«

»Wenn irgendjemand gut damit klarkommen wird, dann vermutlich wirklich du.« Ich beiße mir auf die Unterlippe. »Aber ich fühle mich immer noch so schlecht.«

Meine Schwester beugt sich vor und nimmt mein Gesicht zwischen ihre beiden Hände, damit ich sie direkt ansehen muss. Um ihrem Blick zu entfliehen, mache ich einfach die Augen zu. »Du hörst mir jetzt gut zu, Olivia Juliette Lennox. Ich weiß, dass du schon immer in Yash verliebt bist und dafür kannst du nichts.«

Ich reiße schlagartig wieder meine Augen auf.

»Jeder weiß das, Olivia. Das ist so offensichtlich, wie dass ganz Granbury verrückt nach Weihnachten ist.«

»Auch Yash wusste das?«, krächze ich.

Sie lässt mich los und schmunzelt. »Das lasse ich dich schön selbst rausfinden.«

Ich kaue auf meiner Unterlippe herum. »Du wärst also nicht sauer … also du hättest wirklich nichts dagegen …«

Caroline lacht und knufft mich in den Arm. »Das Einzige, worum ich euch bitte, ist, dass ihr es geheim haltet, okay? Bis Januar noch, danach ist mir alles egal.«

Ich rümpfe die Nase. »Aber ist das nicht seltsam? Etwas mit dem Ex-Freund der eigenen Schwester zu haben?«

Caroline gluckst. »Ich sage dir jetzt etwas, das ich auch kürzlich zu Yash gesagt habe.« Sie räuspert sich. »Und zwar, dass er in der Familie schon richtig lag, aber leider das falsche Modell gewählt hat.«

Ich boxe ihr sanft auf den Oberarm. »Das klingt so weird, Caroline.«

Aber sie lacht nur.

»Oh mein Gott, das wird für immer so seltsam sein«, flüstere ich. »Und das ganze Dorf wird darüber reden.« Ich schüttele den Kopf. »Vielleicht sollte ich doch einfach abhauen und mir in London einen *netten jungen Mann* suchen, der auch Mum als Schwiegersohn gefallen würde.«

Caroline grinst. »Das hat ja super geklappt die letzten Jahre.«

»Hey, Jeremy war zum Beispiel gar nicht so übel!«

»Er hat deine Socken gesammelt, Olivia!«

»Wir werden ihn jetzt nicht kinkshamen.«

»Aber auch nicht heiraten, okay?«

Ich lache. »Okay. Lassen wir das.«

Dann sind wir beide einen Moment lang still. »Wie soll ich das alles nur jemals verarbeiten?«, stöhne ich schließlich.

»Na ja, du bist hierhergekommen und warst dazu bereit, dich von mir mit einer Vase erschlagen zu lassen. Deine jetzige Situation kann nur besser sein als das.«

Ich hole tief Luft. »Danke.«

Sie schüttelt den Kopf. »Hör auf mit dem sentimentalen Quatsch.« Aber ich hole trotzdem Schwung und werfe mich auf sie. Ich umschlinge sie in einer festen Umarmung, so wie ich es auch schon als Kind gemacht habe, nur dass ich jetzt ungefähr doppelt so schwer bin. »Du bist die Beste, weißt du das? Du bist großherzig und akzeptierst sogar deine bescheuerte Schwester mit all ihren Fehlern.«

Caroline lacht. »Kann ich das in einem Zeitungsinterview später zitieren?«

Dafür kneife ich sie in den Oberarm.

»Aber bitte erzähl noch niemandem, dass Yash und ich eigentlich gar nicht mehr zusammen sind. Auch nicht Kate oder Rachel. Bis nach der Wahl soll das wie gesagt noch ein Geheimnis bleiben.«

Ich nicke.

»Versprochen.«

Ich bin schon auf halbem Weg zurück zum Haus meiner Eltern, als mir einfällt, dass ich mein Smartphone bei Caroline im Apartment vergessen habe. Ich kehre also um, als es gerade wieder stärker zu schneien beginnt. Die Schneeflocken werden auf den sanften Wellen des Little Cherwell davongetragen. Mein Blick folgt ihnen zur Wassermühle, in der Yash sich gerade befindet. Aber ich traue mich nicht, zu ihm zu gehen. Ich muss erst mal verarbeiten, was das jetzt alles für mich bedeutet.

Ich fahre mit dem Aufzug zurück zum Penthouse hinauf und öffne mit meinem Schlüssel die Wohnungstür; ich war ja gerade erst da und werde meine Schwester bestimmt nicht überrumpeln. Ich komme nicht dazu, etwas zu sagen: Direkt vor mir wird Caroline, meine Schwester, von einem wildfremden Mann gegen die Wand gedrückt. Erst denke ich, dass das hier ein Überfall ist, und bereite mich schon darauf vor, dem Eindringling mit meinem Schlüssel den Hals aufzuschlitzen. Aber dann sehe ich, dass er seine Hand unter ihrem Bademantel hat und die beiden gerade wild rumknutschen. Neben ihm liegt eine Kameratasche auf dem Boden.

»Was zur …«, flüstere ich. Direkt neben der geöffneten Tür liegt mein Handy auf einer Anrichte – ich greife vorsichtig danach und stecke es ein. Auf Zehenspitzen schleiche ich anschließend rückwärts aus der Tür und ziehe sie hinter mir zu.

Ich kann ein Grinsen nicht unterdrücken, als ich im Aufzug wieder nach unten fahre.

Wer hätte gedacht, dass mein Leben durch den Besuch bei Caroline eine solche Wendung nimmt? Noch immer kann ich nicht fassen, dass sie mir nicht den Kopf abreißen wollte und mir sogar noch ihren verdammten Segen gegeben hat. Um … ja, was eigentlich zu tun? Yash zu daten? Ihn *noch einmal* zu küssen?

Das alles klingt so absurd.

Das war noch niemals in meinem Leben eine Option. Und jetzt ist er nicht nur Single, er hat mich auch noch geküsst.

Yash hat mich geküsst.

So richtig kann ich diese Realität erst jetzt zulassen, wo das schlechte Gewissen mich nicht mehr pausenlos zerfleischt. Ja, es war ein Fehler, ihn zu küssen, weil ich zu diesem Zeitpunkt nicht wusste, dass er nicht mehr mit Caroline zusammen ist, aber … aber der Kuss selbst war eigentlich … schön.

Meine Knie werden ganz weich bei dem Gedanken daran: Wie er mich umgriffen hat, wie er mich näher zu sich herangezogen hat, wie seine Zungenspitze meine gesucht hat. Yash hat mich so geküsst, als würde er mich *begehren.*

Dieser Gedanke lässt meinen Körper aufflammen.

Für mich war das nicht einfach nur ein Kuss.

Nein, dieser Kuss, im Stroh zwischen Gänsen und Kaninchen, war die sinnlichste Erfahrung, die ich je gemacht habe.

Ich muss daran denken, wie ich Caroline gerade erwischt habe. Sie hat mich nicht mal bemerkt, so beschäftigt war sie damit, ihren Fotografen abzuknutschen.

Sie wirkte nicht gerade so, als hätte sie Liebeskummer.

Aber ist es nicht trotzdem ein mieser Move, sich an den Ex-Freund der eigenen Schwester ranzumachen?

Ugggh, ich muss dringend noch mit jemand anderem über all das reden.

Aber wenn ich mit Rachel oder Kate spreche, weiß ich ohnehin schon, was sie sagen werden: Volle Kraft voraus für den Yash-Olivia-Train. Sie sind klar in meinem Team und können mir keine neutrale Einschätzung geben. Außerdem habe ich Caroline versprochen, das alles vor ihnen geheim zu halten.

Nein, es muss jemand sein, der Caroline genauso liebt wie ich.

Kapitel 19

Meine Großmutter wohnt im Nachbarort von Granbury, also hole ich zunächst mein repariertes Auto bei Tommy wieder ab.

»Ich habe dein Auto nicht nur repariert, sondern auch noch poliert und das Öl ausgetauscht, das geht alles aufs Haus.« Er reicht mir den Autoschlüssel.

Ich runzele die Stirn. »Danke, das wär gar nicht nötig gewesen.«

Er vergräbt verlegen seine Hände in der Hosentasche. »Wär es vielleicht möglich, dass du nicht rumerzählst … was du am Ententeich gesehen hast?«

»Dass du eigentlich Ms Whitlow treffen wolltest, meinst du?«

Tommy läuft augenblicklich rot an und presst den rechten Zeigefinger vor seinen Mund. »Pssst. Sag das bitte niemandem. Susan macht sich schreckliche Sorgen, dass das rauskommt und … wir sind noch nicht bereit dafür.«

Ich nicke. »Klar, Tommy. Dein Geheimnis ist bei mir sicher.«

Er atmet erleichtert auf. »Danke, Livy.« Ich bin schon dabei, in mein Auto zu steigen, da hält er mich mit einem Räuspern zurück. »Es tut mir wirklich leid, was damals passiert ist. Dass wir dich wegen des Briefs gehänselt und fertiggemacht haben. Das war richtig schlimm und scheiße.«

Auf einmal muss ich ganz schnell blinzeln, damit ich nicht ausgerechnet in Tommys Garage anfange zu heulen. »Danke, Tommy«, sage ich. »Das bedeutet mir viel.«

Dann düse ich mit Roast Beef davon und lass mir Tränen der Erleichterung über die Wangen laufen. Offenbar ist es gar nicht so schwer, sich zu entschuldigen, wenn sogar Tommy das hinbekommt. Aber warum scheint es dann ausgerechnet für Yash noch immer so unmöglich zu sein?

Direkt vor dem Cottage, in dem meine Großmutter mit ihrer Frau lebt, ist noch ein Parkplatz frei, was dafür spricht, dass Soraya gerade nicht zu Hause ist. Das Häuschen sieht aus, als wäre es direkt einer Weihnachtsgeschichte entsprungen: Es ist ein bisschen schief aus unregelmäßigem Stein gebaut, hat ein schräges Dach, einen steinernen Schornstein an der Seite und einem hölzernen Bogen über dem Gartentor, der um diese Jahreszeit mit Tannenzweigen und Lichterketten geschmückt ist.

Ich weiß, dass allein Soraya dafür verantwortlich ist; meine Großmutter kann mit solch *sentimentalem Schnickschnack* nicht sonderlich viel anfangen. Und ich bin mir auch sicher, dass es nur wegen Soraya nach Lebkuchen duftet, als meine Oma die Tür öffnet.

»Wir möchten nichts kaufen!«, blafft sie mir entgegen und schließt die Tür sofort wieder.

»Oma?«, rufe ich und klingle ein zweites Mal, »ich bin's doch nur, Olivia!«

Meine Großmutter reißt die Tür wieder auf. »Ach so, du bist es, mein Schatz, ich hab dich gar nicht erkannt, weil du dich ja nie bei mir blicken lässt.«

Ich lache auf. »Touché.« Sie zieht mich an ihre Brust, wobei ihre Armreifen klimpern. »Komm rein, Liebling, Soraya hat mehr Lebkuchen gemacht, als wir jemals essen können.«

Sie kocht mit einen Darjeeling und wir setzen uns auf ihre pinke Plüschcouch, die sie garantiert selbst ausgesucht hat. Soraya hat einen viel klassischeren Geschmack, weswegen in diesem Cottage ein ständiger Kampf zwischen beigefarbenen Stoffen und kreischenden Tönen stattfindet. Aber irgendwie scheint es zu funktionieren, so wie die Beziehung der beiden ja auch.

»Was treibt dich hier in die Gegend?«, fragt meine Großmutter und beäugt mich scharf.

»Kann ich nicht einfach nur meine Oma besuchen?«

Grandma räuspert sich. »Kannst du schon, aber wann hast du das in den letzten sechs Jahren denn Mal gemacht?«

»Okay, ich bin eine schlechte Enkelin. Zufrieden?«

»Eine furchtbare Enkelin«, stimmt sie mir zu. »Du beantwortest meine Textnachrichten auch immer wie ein emotionsloser Roboter, dabei sollte sich deine Generation doch auskennen mit der Verwendung von … wie heißen die Dinger noch mal … Emojis?« Sie zieht pikiert die Nase hoch. »Nun gut, nachdem wir das aus dem Weg geräumt haben: Sag schon, was ist los bei dir?«

Ich stöhne und ziehe mir ihre Sofadecke über den Kopf, damit ich sie nicht ansehen muss. Ja, ich verhalte mich kindisch, aber dafür hat man ja wohl seine Großeltern.

Überall sonst muss ich erwachsen sein, aber nicht hier.

»Olivia?«, hakt meine Großmutter nach. »Jetzt spuck's schon aus.«

»Du liebst Caroline und mich doch genau gleich, richtig?«

»Na ja, theoretisch schon.«

Ich ziehe die Sofadecke von meinem Kopf. »Oma? Was soll das heißen: *theoretisch*?«

»Na ja, jeder hat doch seine Lieblinge, wenn wir ehrlich sind.«

»Ist das dein Ernst?«

Sie stupst mich mit dem Zeh in den Oberschenkel, überraschend agil für eine Frau ihres Alters. »So ein Quatsch, natürlich lieb ich euch beide gleich.«

Ich seufze erleichtert.

»Fast zumindest.«

»Oma!«

Sie verdreht die Augen und nippt weiter an ihrem Tee.

»Wie auch immer«, fahre ich fort. »Ich brauch deine Einschätzung.«

»Schieß los.«

»Aber du darfst das auf keinen Fall jemandem erzählen.«

»Das geht nicht«, widerspricht sie. »Ich werde es auf jeden Fall Soraya erzählen.«

»Aber sonst niemandem, okay?«

»Versprochen.«

»Gut, und wenn ich rauskriege, dass du dich nicht daran hältst, verrate ich Mum, dass du manchmal das hübsche Geschirr mit den Rosen drauf von uns klaust.«

Jetzt schaut sie mich schockiert an.

»Wie hast du das mitbekommen?«

»Du klaust *wirklich* Geschirr bei uns? Das sollte nur ein Witz sein.«

Grandma grinst.

»Ich habe lange genug gelebt, um zu wissen, bei welchen Geschichten sich das Weitererzählen lohnt und bei welchen nicht. Die Geheimnisse meiner Enkelin gehören auf jeden Fall nicht dazu. Ich erzähle es niemandem.«

»Okay«, sage ich und blicke in ihr faltiges liebenswürdiges Gesicht. »Also ähh, hier kommt's: Yash und Caroline sind nicht mehr zusammen.«

»Ah, weil du schwanger von ihm geworden bist und ihr jetzt noch schnell heiratet, bevor das Baby auf die Welt kommt?«

Ich setze mich abrupt auf. »Was?«

»Na ja, du bist doch schon immer in ihn verliebt.«

»Aber im Geheimen, Oma.«

»Ja, stimmt«, gibt sie trocken zurück. »Total im Geheimen.«

»Ich bin nicht von ihm schwanger. Was zur Hölle«, sage ich mit einem Schaudern. »Und Yash und ich heiraten auch nicht.«

»Wie schade, ich habe nämlich schon ein Hochzeitsbuch für euch angefangen.«

Ich kann ihr nur mit offenem Mund hinterherblicken, als sie ihre Tasse abstellt, aufsteht und ein in blassblaues, in Leinen gebundenes Buch aus einem ihrer Schränke zieht.

Yash & Olivia steht darauf. Sie reicht es mir. »Oma, bist du wahnsinnig?«

Sie zuckt die Achseln und schlürft unbeeindruckt weiter ihren Tee.

Ich schlage das Buch auf und sehe, dass sie sogar schon Bilder von uns reingeklebt hat – nur dass wir auf den ganzen Fotos nicht wirklich beieinander stehen. »Hast du Caroline da einfach mit einer Schere rausgeschnitten? Oma, du bist abgebrühter, als ich dachte.«

»Dreh das Buch mal um«, gibt sie schmunzelnd zurück.

Ich tue genau das und sehe, dass das Buch auf der Rückseite ein zweites Cover hat, sodass man es von beiden Seiten aus lesen kann. *Yash & Caroline* steht auf dieser Seite.

»Eins von beidem musste es ja werden«, erklärt meine Oma trocken.

Ich schlage das Buch nun von dieser Seite aus auf, blättere die kitschige durchsichtige Folie zurück und finde eine ganze Anzahl an Fotos, die Yash mit Caroline zeigen. Ein echtes Paar. Die beiden sehen so süß zusammen aus, so perfekt.

Ich schlage das Buch schnell wieder zu.

»Also hiermit ist dann wohl endgültig bewiesen, dass du uns beide liebst«, flüstere ich.

»Yash und Caroline haben sich also getrennt, mmh?«

Ich nicke. »Und ich hab ihn geküsst.«

Meine Oma wirkt kein bisschen überrascht, oder schockiert – was aber vermutlich daran liegt, dass sie offenbar erwartet hat, dass ich schwanger bin und Yash heiraten werde. Da ist ein Kuss im Vergleich ziemlich unspektakulär. Sie sagt nichts, sieht mich nur erwartungsvoll an und nimmt einen weiteren Schluck aus ihrem Tee. Der Tremor lässt dabei ihre Hände zittern.

»Und jetzt frag ich mich halt … ich meine … Yash ist der Ex-Verlobte meiner Schwester.«

»Du fragst dich, was die Leute sagen würden?«

Ich nicke. »Ich weiß noch nicht mal, ob *er* mich überhaupt mag, aber … gleichzeitig weiß ich auch nicht, ob ich das alles aushalten könnte. Das Gerede, die Scham.«

Meine Großmutter schaut mich eine ganze Weile lang an, bevor sie ihre Tasse abstellt und meine beiden Hände in ihre nimmt.

»Aber weißt du, was dieses Mal ganz anders ist als damals? Also damals, als dein Liebesbrief veröffentlicht wurde?«

Auf einmal zittert mein Kinn und ich kann nicht sprechen. Schließlich schüttele ich langsam den Kopf.

»Dass du darüber sprichst, mein Schatz. Mit Menschen, die dich lieben. Du hast das alles damals so sehr in dich reingefressen. Dadurch wächst die Scham nur noch. Aber heute kann ich dir sagen: Du bist nicht allein. Wir würden alle hinter dir stehen, egal, was zwischen dir und Yash noch passiert.«

»Caroline auch?«

»Aber natürlich.« Meine Großmutter drückt meine Finger. »Außerdem habe ich sie kürzlich mit so einem Fotografen auf dem Tesco-Parkplatz nach einer Wahlkampfveranstaltung gesehen. Sie sah nicht wirklich aus, als würde es ihr das Herz brechen, wann du und Yash eine Beziehung hättet.«

»Du hast sie auch gesehen?« Meine Augen werden groß. »Da sollte sie mal lieber ein bisschen vorsichtig sein. Sie tut vor mir nämlich so, als würde sie erst mit dem Daten anfangen, wenn Yash und sie offiziell getrennt sind. Aber offenbar knutscht sie überall mit ihrem Fotografen rum.«

»Anders als dir tun deiner Schwester ein paar Geheimnisse ganz gut.«

»Und was ist mit Mum? Sie liebt es, dass Caroline und Yash zusammen sind.«

Meine Großmutter seufzt. »Deine Mutter war schon viel zu alt, als ich mich von deinem Großvater getrennt habe. Ich hätte das viel früher tun sollen, aber stattdessen habe ich ihr viel zu lange vorgelebt, dass man nicht zu seinen wahren Gefühlen steht, dass man sich selbst unterdrückt und dass es wichtig ist, nach außen ein bestimmtes Bild zu wahren. Das ist es, was ich in meinem Leben am meisten bereue.«

»Nicht, Grandpa überhaupt geheiratet zu haben?«

Meine Oma schüttelt so vehement den Kopf, dass dabei ihre Ohrringe klirren. »Wir alle machen Fehler – und keiner von uns weiß, wie irgendetwas endet. Wenn man Angst vor dem Ende hat, kann man nichts beginnen. Aber man kann handeln, wenn man kapiert, dass man einen Fehler gemacht hat. Darauf kommt es an, glaube ich. Und hätte ich Grandpa nicht geheiratet, würde es dich heute nicht geben.«

»Also willst du mir mit alledem sagen, dass ich Yash *noch einmal* küssen soll?«

»Das hast jetzt du gesagt.«

Ich seufze und nehme ebenfalls einen Schluck aus meinem Tee, der mittlerweile schon ein bisschen kalt geworden ist. »Warum musste ich mich ausgerechnet in ihn verlieben? Es gibt doch tausend gute Männer auf der Welt.«

Grandma lacht. Und es ist nicht nur ein Kichern, nein, sie wirft den Kopf in den Nacken und lacht aus vollem Herzen. Als sie sich wieder beruhigt hat, wischt sie sich Lachtränen aus den Augenwinkeln. »*Tausend gute Männer*. Herrlich. Es gibt *ein paar*, okay? Und wenn du so einen findest: Was machst du dann mit ihm? Ein guter Mann bringt dir gar nichts. Ein guter Mann ist noch kein Grund, eine Beziehung einzugehen. Da kannst du deine Zeit echt viel besser verbringen. Du könntest zum Beispiel töpfern, einem Verein gründen, eine Weltreise machen, Zeit mit Freunden verbringen, und und und. Nein, die Person, mit der du eine Beziehung eingehst, muss mehr sein als ein *guter Mann* und deswegen hast du auch noch niemand anderen als Yash gefunden. Es muss *dein* Mensch sein, jemand, der jede Situation, in der du bist, besser macht, dem du alles erzählen willst und den du die ganze Zeit berühren willst. Und das kommt viel seltener vor, als Leute denken. Sei doch froh, dass du so einem Menschen für dich schon so früh in deinem Leben begegnet bist. Man trifft nicht viele von denen, glaub mir.«

»Dass ich nicht von ihm losgekommen bin, hat sich aber jahrelang wie eine Strafe angefühlt. Alle haben mir gesagt, dass ich das hinter mir lassen muss.«

»Das hast du doch, oder? Du hast dich ausprobiert, andere Leute gedatet. Zum Beispiel diesen Typen aus Vietnam, der dich ein Stück auf seinem Boot mitgenommen hat.«

»Oma, woher weißt du denn davon, bitte?«

Meine Chefin Amina und ich haben vor ein paar Jahren eine Reise nach Vietnam unternommen, um eine andere vegane Kosmetikfirma zu besuchen. Und während dieser Reise habe ich tatsächlich eine Nacht mit einem Typen auf seinem Boot verbracht. Wir hatten uns nichts zu sagen, aber der Sex war ziemlich gut. Top drei meiner heißesten Erfahrungen auf jeden Fall. Auch wenn Platz eins jetzt ein Kuss mit Yash einnimmt, als wäre ich noch immer dreizehn Jahre alt.

Meine Oma sieht ziemlich selbstzufrieden aus. »Was denn? Ich kann Social Media benutzen! Ich habe den Post gesehen. Zwei Gläser auf einem Boot. Ich wusste genau, was da passiert ist.«

Ohne zu zögern werfe ich ein Sofakissen nach ihr. »Oma!«

Ich formuliere die Nachricht an Yash unzählige Male neu.

Olivia: ~~Hey …~~
Olivia: ~~Hast du heute Abend was vor?~~
Olivia: Magst du dich heute Abend um 20 Uhr mit mir im *Toast Office* treffen?

Endlich drücke ich auf »absenden« und werfe mein Handy vor mir aufs Bett, damit ich die Nachricht nicht sofort wieder löschen kann. Ich stehe auf und laufe nervös vor meinem Bett auf und ab. Mit tiefen Atemzügen versuche ich mich erfolglos zu beruhigen. Und dann höre ich ein Vibrieren. Schnell hechte ich über den Bettüberwurf, um nach dem Smartphone zu greifen.

Yash: Sehr gern.

Das ist alles?

Sehr gern?

Was meint er damit? Ich erinnere mich an unzählige Abende mit Kate, oder Rachel, in denen wir angetrunken Chatnachrichten unserer damaligen Dates durchanalysiert und jedes Wort auf die Goldwaage gelegt haben. Übung habe ich darin aber offenbar keine mehr – was will Yash mir damit genau sagen?

Sehr.

Gern. Also *mehr* als gern?

Vielleicht hat er auch direkt kapiert, warum ich mich mit ihm im *Toast Office* treffen will. Dass ich Angst habe und mich nicht traue, mit ihm allein zu sein.

Eigentlich weiß ich doch überhaupt nicht, was er von mir denkt und wie er mich findet. Ja, er hat mich geküsst, aber das heißt nicht automatisch, dass er auch *Gefühle* für mich hat. Vielleicht lebt Yash nach seiner Trennung auch einfach nur die Freiheit aus, zu küssen, wen er möchte?

Ich ziehe mich vier Mal um, bis ich ein Outfit gefunden habe, in dem ich mich einigermaßen wohlfühle: Meine Wahl fällt auf eine ziemlich kurze Cord-Schlaghose (damit sie nicht im Schneematsch schleift) und einen Strickpullover mit Rautenmuster. Meine Lieblingskleidungsstücke fühlen sich für mich manchmal an wie gute Freunde, die mich vor der bösen Welt da draußen beschützen – die Ärmel des Strickpullovers sind so lang, dass es sich ein bisschen so anfühlt, als würden sie beruhigend meine Hand halten.

Ich knote meine Locken zu einem halben Dutt zusammen, stecke mir Hoops in die Ohrläppchen und trage anschließend noch meinen Lieblingslipgloss auf.

Als ich kurz darauf vor dem *Toast Office* stehe, traue ich mich erst nicht, das Café zu betreten. Die Scheiben sind von außen mit Schneekristallen bedeckt, also kann ich nicht sehen, was darin vor sich geht. Irgendwann gebe ich mir einen Ruck, atme tief durch und stoße die Tür auf. Abends arbeitet Rachel nicht und hinter der Bar steht ein bärtiger Typ mit Nasenpiercing, der, glaube ich, ein paar Stufen über mir zur Schule gegangen ist. Wie alle anderen Mitarbeitenden trägt auch er eine Weihnachtsmannmütze, die im Kontrast zu seinen Tattoos, die sich über seine Arme und seinen Hals hinaufschlängeln, ziemlich lustig aussieht. Es ist immer schön, Leute in Granbury zu sehen, die etwas aus der Reihe tanzen. Und dann erblicke ich Yash und vergesse alles andere um mich herum. Er sitzt an *meinem* Fensterplatz und hat mir den Rücken zugekehrt; ich kann nicht anders, als ihn anzustarren. Er trägt wieder einen seiner Strickpullover, der sich über seinen Rücken spannt – und sitzt einfach nur da. Ohne Smartphone, ohne Buch, ohne nervös mit dem Zuckerstreuer herumzuspielen, so wie ich es machen würde.

»Entschuldigung.« Eine ältere Frau schiebt sich an mir vorbei und ich werde aus meiner Trance gerissen.

Ich stolpere zu Yash rüber.

»Hey.« Warum klinge ich plötzlich so atemlos?

Yash steht auf und umarmt mich. Er zieht mich so fest an sich, dass meine Füße fast vom Boden hochgehoben werden. Sein Bart kitzelt dabei meine Wange und ich muss ein Seufzen unterdrücken.

Der Moment endet, er lässt mich los und ich schiebe mich mit wabbeligen Knien auf meinen Stuhl ihm gegenüber. Pudding, der unter dem Tisch liegt, drückt sofort seine feuchte Schnauze gegen mein Knie. Ich kraule ihn hinter den Ohren. »Hey, mein kleiner Retter.«

»Ich hab dir eine heiße Schokolade bestellt«, sagt Yash und schiebt eine der beiden Tassen auf dem Tisch zu mir rüber. Er zieht seinen rechten Mundwinkel nach oben. »Vegan diesmal.«

»Danke.« Ich bin vor allem dankbar dafür, dass ich jetzt etwas habe, woran ich mich festhalten kann. »Sorry, dass ich zu spät bin.«

»Ich bin einfach nur froh, dass du auf dem Weg hierher nicht in einem Straßengraben gelandet oder in einem zugefrorenen See eingebrochen bist.« Er grinst.

Ich nehme noch einen Schluck aus meiner heißen Schokolade. Bestimmt breitet sich nur deswegen so ein wohlig-warmes Gefühl in mir aus und nicht, weil Yash mich gerade anschaut.

»Ich kann berichten, dass sich die Gänse und Kaninchen in meiner Scheune ziemlich wohl fühlen«, flüstert er, und ich bin froh, dass er nicht sofort über das spricht, was zwischen uns passiert ist.

Auch ich senke meine Stimme und beuge mich ein Stück nach vorne, damit niemand hört, was ich sage. »Meine Mutter hat mich gefragt, ob ich von dem Einbruch auf der Dobbins-Farm gehört habe. Ich glaube, sie vermutet, dass ich dahinterstecke.«

»Wenn es so weit gekommen ist, dass deine eigene Mutter dich verpfeift, würde ich mir große Sorgen über den Zustand dieser Welt machen.«

Ich schüttele den Kopf. »Würde sie nie. Aber wenn sogar sie mich verdächtigt, wer tut es dann noch?«

»Glücklicherweise befinden sich die Tiere ja jetzt in meiner Scheune und nicht in deinem Zimmer oder so.«

»Und würde niemand vermuten, dass wir unter einer Decke stecken?«

Er sieht mich ruhig an. »Ich bin doch … wie hast du es so schön genannt ‚Vorzeige-Yash'. Mich verdächtigt niemand.«

Ich lege mir eine Hand über die Augen. »Sorry dafür.«

Er grinst schief. »Ich habe hart an diesem Ruf gearbeitet, keine Sorge. Pudding hat die Kleinen übrigens schon als seine Herde angenommen, er will nicht mal mehr an meinem Fußende schlafen, sondern bewacht lieber die Scheune.«

Ich runzele die Stirn. »Also schläfst du dort … in der Mühle, meine ich?«

Er nickt. »Schon seit ich sie übernommen habe. Ich habe noch nicht all meine Sachen da, mein Computer steht zum Beispiel noch bei Caroline in der Wohnung, deswegen war ich heute Morgen auch dort, als du vorbeigekommen bist.«

»Also …« Ich streiche mir nervös eine Locke hinter die Ohren. »Ist es wirklich aus zwischen dir und Caroline?«

»Ja«, sagt er, ohne Umschweife. »Wir sind seit ein paar Monaten getrennt, aber eine richtige Beziehung hatten wir auch davor schon nicht mehr. Wir sind als Kinder zusammengekommen und quasi gemeinsam aufgewachsen.« Er hebt eine Schulter. »Caroline fühlt sich für mich eher wie eine Schwester an als wie eine Freundin.«

»Mir …« Ich starre in meine halb leere, heiße Schokolade. »Mir fällt es schwer, das alles zu verarbeiten.«

Yash nickt und lässt mich nicht aus den Augen. »Kann ich gut verstehen. Ich habe ja viele Monate Vorsprung.«

Als ich die nächste Frage stelle, weiche ich seinem Blick aus. »Also … ich weiß, dass du mich geküsst hast, also, dass wir uns geküsst haben.«

Er hakt nicht ein, als ich zögere. »Und ich wollte einfach wissen, ob du …«

Wieder breche ich ab. Mein Herz trampelt durch meinen Brustkorb. »Ob ich?«

»Ob … das etwas ist, was du noch mal ausprobieren wollen würdest.«

»Ja.«

»Ich weiß, ich bin Carolines Schwester und das ist die blödeste Kombination, die man sich vorstellen kann. Ich …«

Er beugt sich vor und schiebt sanft meine Hände nach unten, die ich an meine überhitzten Wangen gedrückt habe. »Ich will dich küssen, Liv. Ehrlich gesagt kann ich an nichts anderes denken, seit-«

»Seit?«

Yashs Blick fällt auf meine Lippen und alles in mir zieht sich auf eine wundervolle Art zusammen. Sein Daumen streicht über meine Finger. »Seit James‘ Hochzeit im Sommer.«

Ich schlucke. »Das ist ganz schön lang.«

»Ich hatte ziemlich viel Zeit zum Nachdenken.«

»Und zu welchem Schluss bist du gekommen?«

In diesem Moment tritt die Kellnerin mit den dunkel umrandeten Augen und dem immer schlecht gelaunten Blick an unseren Tisch heran. »Darf's noch was sein?«

Wir fahren auseinander und mir wird wieder bewusst, wo wir uns gerade befinden. Und ich erinnere mich wieder daran, warum ich mich hier mit ihm getroffen habe und nicht bei ihm in der Wassermühle.

Damit ich ein bisschen Distanz zwischen uns wahren kann.

Damit wir in Ruhe über alles reden können.

Damit ich einen kühlen Kopf bewahren kann.

Hat ja sehr gut geklappt.

»Nein, danke«, sagt Yash, ohne die Augen von mir zu lösen. Er starrt mich so offensichtlich an, dass morgen bestimmt alle in ganz Granbury über uns reden werden. Wir müssen uns jetzt zusammenreißen, damit das nicht passiert. Nicht nur, weil ich nicht im Zentrum des Dorf-Gossips stehen möchte, sondern auch wegen Carolines Kampagne.

Yashs Augen funkeln.

Etwas an der Art, wie er mich ansieht, löst etwas in mir aus. Ich will ihn küssen, jetzt sofort. Und dann habe ich eine Idee.

»Du erinnerst dich doch daran, wo du mich nach dem Nikolausmarkt gefunden hast, oder?«

Er nickt und ich stehe auf. »Bis gleich.«

Mit rasendem Herzen schlängele ich mich zwischen den Tischen hindurch und die Treppe runter zu der Toilette, die ich mit schnellen Schritten betrete. Glücklicherweise ist gerade niemand hier. Ich starre in den Spiegel über den Waschbecken und bin kurz davor, kalte Füße zu bekommen und abzuhauen, da öffnet sich auf einmal die Tür und Yash steht vor mir.

Für einen Moment starren wir beide uns nur an. Ich sehe, wie sich seine Brust unter seinem Atem hebt und senkt, als hätte er einen Sprint hinter sich. Es tut fast weh, wie er mich ansieht, so direkt, als könnte er mir bis ins Herz sehen.

»Yash«, flüstere ich.

Mit großen Schritten durchquert er den Raum. Seine Hände landen im gleichen Moment auf meinen Hüften wie seine Lippen auf meinen. Er hebt mich hoch und setzt mich auf den Tisch zwischen den beiden Waschbecken, während ich meine Finger in seinen Haaren vergrabe. Seine Locken sind unglaublich weich. Ich jage seine Zunge mit meiner. Yash schmeckt noch besser, als er riecht, ich würde ihn am liebsten komplett verschlingen. Unsere Zähne schlagen in all der Hektik aneinander und unsere Zungen verknoten sich fast, aber er fühlt sich immer noch zu weit weg an. Also schlinge ich meine Beine um seine Hüfte und ziehe ihn noch näher an mich heran. Das entlockt ihm ein Stöhnen. Mir ist auf einmal viel zu warm in meinem Pullover, aber ich kann nicht die Hände von Yash lassen, um ihn auszuziehen.

»Du fühlst dich so viel besser an, als ich es mir ausgemalt habe«, murmelt Yash gegen meine Lippen.

Wenn man in jemanden verknallt ist, seit man sechzehn ist, dann stellt man sich natürlich unzählige Male vor, wie es wäre, wenn man diese Person küsst, in allen möglichen Positionen und Situationen. Es wäre wirklich peinlich, wenn irgendjemand erfährt, wie viele Sexträume ich mit Yash hatte.

Aber jetzt hier in der echten Situation zu sein, ihn mit meinen Lippen und Fingern und meiner Zunge berühren zu dürfen, meine Sohlen in seinen Hintern zu drücken, um ihn noch näher an mich zu ziehen, das fühlt sich ganz anders an, als ich es mir vorgestellt habe. Verschwunden ist der traumhafte Schleier, der meine Fantasien immer umgeben hat.

In der Realität gibt es Zähne, die aneinanderschlagen, Bartstoppeln, die mein Kinn kratzen, die Kante des Waschbeckens, die in meine Seite drückt. Und trotzdem ist es so viel besser, als ich es je für möglich gehalten hätte.

»Und du dich so viel echter«, flüstere ich zurück, als ich kurz Atem hole. Er nutzt die Chance und küsst an meinem Kiefer entlang. Als er mir ins Ohrläppchen beißt, muss ich ein Stöhnen unterdrücken. Ich klammere mich so sehr an ihm fest, dass er morgen bestimmt Abdrücke davon in den Armen haben muss.

»Olivia«, flüstert er und vergräbt sein Gesicht in meinem Nacken. In diesem Moment habe ich eine Erkenntnis, die mich verwirrt. Er küsst mich genauso sehnsüchtig, wie ich ihn küsse, als hätte er tatsächlich auch eine Ewigkeit darauf gewartet.

Ich löse mich von ihm und schiebe ihn mit den Händen ein Stück weg von mir »Yash.«

»Mmh.« Seine Lippen sind rot und feucht von unseren Küssen und sogar seine Wangen sind leicht gerötet. »Das ist alles so verrückt.«

Er zwirbelt nachdenklich eine meiner Haarsträhnen zwischen den Fingern.

»Ich wünschte manchmal auch, wir beide hätten uns einfach in London getroffen und davor noch nie gesehen.«

»Ich wette, ich hätte dann meine ganzen Einkäufe vor dir auf die Straße gekippt oder so.«

»Und ich hätte versucht, deinen Apfel zu retten, der auf die Straße gerollt ist, und wäre dadurch von einem Auto angefahren worden.«

Ich runzele die Stirn. »Das nimmt jetzt irgendwie eine andere Richtung als die, die ich mir vorgestellt habe.«

Er zuckt die Schultern. »Ich wäre ohnmächtig geworden, du hättest den Krankenwagen gerufen und wärst mit ins Krankenhaus gefahren – *tada!* – der perfekte Anfang einer Liebesgeschichte.«

Ich kann ein Grinsen nicht unterdrücken. »Das klingt, als hättest du schon ganz schön oft darüber nachgedacht.«

Er seufzt. »Viel zu oft.« Yash beugt sich vor und legt seine Stirn gegen meine. »Ich wünschte wirklich, wir würden uns jetzt nicht in dieser Situation befinden. Ein Neuanfang ohne unsere gemeinsame Vergangenheit in diesem Dorf – das wäre schön.«

»Wenn ich so darüber nachdenke, kann ich mir das eigentlich doch gar nicht vorstellen«, flüstere ich und bin von mir selbst überrascht. »Ich meine, du bist Yash und nicht irgendein Fremder auf der Straße.«

Yash löst sich von mir. »Glaubst du, du würdest dich vielleicht gar nicht für mich interessieren, wenn wir uns jetzt ohne unsere Vorgeschichte auf der Straße begegnen würden?«

Ich zucke die Achseln. »Wahrscheinlich nicht.«

Er legt eine Hand auf sein Herz. »Das trifft mich tief.«

»Das sollte es nicht. Ich mag dich, weil ich dich kenne. Nicht, weil du meinen Apfel von der Straße gerettet hast.«

Für einen Moment sieht er mich einfach nur an. »Also

… du *magst* mich, mh?«

Ich verdrehe die Augen. »Wie wäre es, wenn du mich jetzt wieder küsst?«

Und genau das tut er. Yash küsst mich, bis auf einmal Schritte auf der Treppe ertönen und wir uns so schnell wie möglich wieder voneinander lösen. Yash zieht mich hinter sich her in eine der Toilettenkabinen, wo wir mit angehaltenem Atem ausharren, bis die Person wieder aus den Waschräumen verschwunden ist.

Dann streicht er mir eine Strähne aus der Stirn. »Danke.«

»Wofür?«

»Dass du mich immer noch küssen willst. Nach all den Jahren.«

Ich lächle ihn an. »Das liegt eigentlich nicht an dir«, sage ich. »Das liegt nur an deiner geheimen Zahnlücke.«

»Ach, ist sie dir aufgefallen?«

Er lächelt und offenbart eben diese Zahnlücke, während ich die Kabinentür öffne. »Ich sollte jetzt nach Hause gehen.«

»Okay.«

»Okay?«

Er zuckt die Achseln. »Klar.«

»Ich muss über all das nachdenken.«

Und in Gedanken füge ich hinzu: *Und ich weiß nicht, ob ich jemals wieder klar denken kann, wenn ich erst mal Sex mit dir hatte.*

Er nickt, vergräbt die Hände in den Hosentaschen und sieht mir dabei zu, wie ich zur Tür laufe.

»Und danke für die heiße Schokolade«, sage ich.

Er fährt sich mit einer Hand über die Lippen, als könnte er immer noch nicht glauben, was hier gerade passiert ist. »Schlaf gut, Liv.«

»Gute Nacht, Yash.«

SCHLAF GUT, LIV.
GUTE NACHT, YASH.

Kapitel 20

Ich hätte Yash die schlechten Nachrichten auch per Textnachricht überbringen können, aber ich möchte es lieber persönlich machen. Heute Morgen wurde ich von einem Anruf der Tierschutzorganisation geweckt, die eigentlich schnellstmöglich die Tiere aus Yashs Scheune abholen wollte – leider gab es bei ihnen einen Wasserrohrbruch und nun wird sich alles um einen Monat verzögern.

Einen Monat!

Wie soll ich Yash nur beibringen, dass er unser kuscheliges Diebesgut nun viel länger bei sich verstecken muss? Es ist nur eine Frage der Zeit, bis irgendjemand in Granbury bemerkt, dass auf einmal Gänse und Kaninchen in Yashs Scheune leben. Und dann ist es endgültig vorbei mit Vorzeige-Yash, dem Gänsedieb.

Was Yash und mich betrifft, bin ich gedanklich leider noch kein bisschen weiter gekommen. Das zwischen uns fühlt sich an wie eins der frisch geborenen Gänseküken, die ich bei James‘ Hochzeit auf der Dobbins-Farm gestreichelt habe und die jetzt in Yashs Scheune wohnen: Zart und klein und voller Liebe, aber ich muss vorsichtig damit umgehen. Yash könnte mir sofort wieder das Herz brechen, so wie er es mir als Jugendliche schon gebrochen hat. *Und er hat sich immer noch nicht dafür entschuldigt, was er getan hat,* erinnert mich eine Stimme in meinem Kopf. Eine Stimme, die ich geflissentlich ignoriere, während ich aus dem Haus meiner Eltern auf die Straße trete.

Es ist mal wieder ein malerischer Wintertag in Granbury – die Sonne glitzert auf dem Schnee, während der Little Cherwell vergnügt durch das Dorf plätschert. Und es ist so kalt, dass mein Atem sichtbar vor meinem Gesicht aufsteigt. Aber immerhin halten mich mein roter Mantel und die von Kate gestrickte Mütze trotzdem einigermaßen warm.

Jedenfalls warm genug für einen Iced Coffee, denke ich.

Als ich bei Yashs Mühle ankomme, ist die Tür verschlossen und niemand reagiert auf mein Klopfen. Ich ziehe gerade mein Smartphone aus der Tasche, um ihm zu schreiben, als ich ein Fluchen höre – und es klingt, als würde es direkt aus der Scheune kommen.

Hat etwa schon jemand unsere Tiere gefunden?

Schnell laufe ich zur Scheune und schiebe die Tür ein Stückchen auf, sodass ich hineinlugen kann. Der Anblick, der sich mir bietet, ist … unerwartet: Die Scheune hat sich komplett verändert, seit wir die Gänse und Kaninchen hierhergebracht haben. Stangen und Bretter ziehen sich jetzt in mehreren Stockwerken an den Wänden entlang und sind durch kleine treppenähnliche Rampen miteinander verbunden. In der Mitte der Scheune steht ein aufblasbarer Pool, in dem ein paar Gänse herumschwimmen und … trägt die eine Gans dort drin etwa eine winzige Sonnenbrille?

Ich bin noch damit beschäftigt, die Szenerie vor mir zu verarbeiten, als sich etwas in der hintersten Ecke der Scheune bewegt.

»Yash?« Er steht auf einer hohen Leiter und streckt einen Finger nach oben, aus dem Blut über seinen Handrücken läuft und auf den Scheunenboden tropft.

»Oh mein Gott, geht's dir gut?«

Er dreht sich zu mir um und sobald er mich sieht, weichen seine grimmigen Gesichtszüge auf. »Oh, hi, Livy.«

»Du bist verletzt!«

»Ich hab mir an einem dicken Splitter die Haut aufgerissen und es hört einfach nicht auf zu bluten.«

»Zeig mal her.«

Er hält mir seinen Finger hin. »Da muss ein Pflaster drauf. Komm erst mal von der Leiter runter.«

»Was hast du hier überhaupt gemacht?« Ich drehe mich im Kreis. »Eigentlich sollten die Tiere doch morgen abgeholt werden.«

»*Kate* hat mich schon angerufen und mir alles erzählt«, entgegnet er. »Die bleiben wohl erst mal hier.«

Ich schnappe nach Luft. »Kate hat dich angerufen? Meine Freundin Kate aus London? Warum denken eigentlich alle, dass sie sich in mein Leben einmischen können?«

Yash lacht leise und wickelt seinen Ärmel um den blutenden Finger. »Das hat doch nichts mit deinem Leben zu tun. Es ging nur um die Tiere.«

»Soso«, grummele ich.

Yash blickt sich in der mit Leben gefüllten Scheune um. »Mein Baba hätte sich so gefreut, dass die Scheune endlich genutzt wird. Er hat sie vor vielen Jahren gebaut, weil er eine Art Streichelzoo zu unserer Mühle hinzufügen wollte.«

»Aber das ist dann nie passiert?«

Yash beobachtet die Gänse beim Planschen. »Nein, dann wurde meine Mutter krank und mein Vater hatte anderes im Kopf. Aber ich weiß, wie glücklich ihn das machen würde, die Scheune heute so zu sehen.«

»Du vermisst Suresh bestimmt schrecklich.«

Yash nickt. »Manchmal ..., wenn ich in der Mühle aufwache, höre ich ihn unten werkeln, aber wenn ich dann runtergehe, ist es nur das Mühlrad, das sich dreht.«

»Das tut mir so schrecklich leid, Yash.«

Yash holt tief Luft. »Ja ... ich ... danke. Es ist manchmal immer noch nicht ganz angekommen bei mir, dass er wirklich nicht mehr da ist.«

»So wie ich ihn gekannt habe, könnte er sein Glück kaum fassen, dass du die Mühle übernommen hast.«

Yash dreht sich zu mir um. »Glaubst du echt?«

»Er hat allen immer erzählt, wie stolz er auf dich war – aber am meisten hat er gestrahlt, nachdem du ihm in der Mühle geholfen hattest.«

»Ich werde versuchen, die Mühle so lange wie möglich über Wasser zu halten. Die Brotbackkurse und die Führungen liefen eigentlich immer gut. Ich hoffe einfach nur, dass es ..., dass es genug ist.«

Ich trete neben Yash und drücke seine Hand – natürlich erwische ich ausgerechnet den verletzten Finger und verschmiere dadurch überall sein Blut.

Yash lacht leise. »Fürchte, ich brauch wirklich ein Pflaster.«

Ich ziehe ihn hinter mir her aus der Scheune und platziere ihn oben im Wohnbereich der Mühle auf der Couch. Dann hole ich das Erste-Hilfe-Kit, mit dem er vor ein paar Tagen noch mich verarztet hatte.

Yash zieht sein Hemd aus und sitzt nur in einem Unterhemd vor mir, das seinen Oberkörper betont. In seinem Ausschnitt sehe ich den Ansatz seines Hunde-Tattoos.

»Ich hätte nicht gedacht, dass du ein Tattoo hast«, sage ich, während ich vorsichtig das Blut von seinem Finger wische. Der Splitter hat einen ganz schön tiefen Schnitt in seinem rechten Zeigefinger hinterlassen.

»Passt das nicht zu Vorzeige-Yash?«

Ich schnaube. »Das werde ich nie wieder los, oder?«

»Na ja, es gibt eine Menge Dinge, die *Vorzeige-Yash* nicht machen würde. Ich aber schon.«

Er streckt seine freie Hand aus und schiebt eine Locke hinter mein Ohr. Ich spüre, wie ich rot anlaufe, und konzentriere mich darauf, ein Pflaster um seinen Finger zu wickeln. »Was denn zum Beispiel?«

»Ich hoffe, dass ich sie dir alle zeigen kann, wenn das Ganze hier vorbei ist.«

»Was meinst du?«

»Weihnachten. Carolines Wahl.«

»Ich werde dann aber wieder in London sein«, sage ich leise.

Als ich den Blick hebe, liegen seine dunklen Augen auf mir. »Dann komme ich eben auch nach London.«

»Aber du hasst London.«

Sein rechter Mundwinkel zieht sich nach oben. »Das würde ich schon ertragen, um bei dir sein zu können.«

Ich schüttele den Kopf und schließe den Reißverschluss des Erste-Hilfe-Kits wieder.

»Was?«, fragt Yash.

Ich hebe die Schultern. »Es ist nur … es ist nur einfach seltsam, dich das sagen zu hören.«

»Was meinst du?«

»Na ja, es ist ein Running Gag im ganzen Dorf, dass ich mit sechzehn Jahren in dich verliebt war. Das hängt seit acht Jahren wie ein dunkler Schatten über mir und plötzlich …«

»Und plötzlich?«

»Und plötzlich sagst du, dass du bei *mir* sein willst. Mein sechzehnjähriges Ich würde ausrasten, aber es fühlt sich irgendwie … es fühlt sich irgendwie an wie ein Traum, nicht wie die Realität.«

»Und was ist mit deinem vierundzwanzigjährigen Ich?«

Bevor ich antworten kann, klingelt mein Handy. Der Name meiner Mutter blinkt auf dem Display auf.

»Mum, ist alles okay?«

»Livy, es ist etwas Furchtbares passiert.«

»Was? Geht's dir gut, wie geht's Dad? Ist alles okay bei Oma?«

»Judy hat die Engelskostüme für die Aufführung beim *Hearth & Holly Fest* in ein paar Tagen zusammen mit anderen Sachen gewaschen und jetzt sind die Engelsflügel grün. Hörst du das, Olivia? Grün!«

Ich atme erleichtert auf. »Okay, das ist vielleicht nicht ideal …«

»Nicht ideal?« Die Stimme meiner Mutter ist so hoch, dass ich mir sicher bin, dass sie kurz vor einem Nervenzusammenbruch steht. »Das ist eine Katastrophe! Du musst sofort herkommen und mir helfen, neue zu nähen! Morgen wird wieder geprobt und da müssen die Kostüme fertig sein.«

»Ist das wirklich nötig? Ich meine, wen kümmert das denn?«

Meine Mutter ist am anderen Ende der Leitung jetzt ganz still, als hätte ich sie beschimpft und sie wüsste nicht, wie sie darauf reagieren soll. »Ich mache mich jetzt sofort an die Nähmaschine.«

»Aber was ist mit deiner Hand, Mum? Der Arzt meinte doch, du sollst nicht so viel damit machen.«

»Deswegen habe ich ja dich angerufen, Olivia! Was machst du gerade überhaupt?«

Mit Carolines Verlobtem flirten, sonst nichts.

Ich seufze. »Ist ja gut, Mum. Ich bin gleich da.«

Statt einer Antwort höre ich in der Leitung bereits das Rattern der Nähmaschine.

Ich drücke den roten Knopf und stehe auf. »Ich muss leider los.«

»Drama rund ums Weihnachtsfest?«

Ich zucke die Achseln. »Jedes Jahr ist es irgendwas anderes. Aber Mum soll ihr Handgelenk eigentlich ruhigstellen, also werde ich einspringen müssen. Vierundzwanzig Paar Engelsflügel nähen, das klingt ja wunderbar.«

»Ich kann mitkommen und helfen, wenn du magst.«

Ich runzele die Stirn. »Hast du nichts Wichtigeres zu tun?«

»Wie du gesehen hast, ist der Stall schon fertig ausgebaut.« Er grinst selbstzufrieden. »Und der offizielle Betrieb der Mühle – Kurse, Führungen und so weiter – wird erst in ein paar Monaten wieder aufgenommen … Wir werden es schon schaffen, heute ein paar Engelsflügel zu nähen.«

Ich rümpfe meine Nase. »Mum hat aber ziemlich hohe Ansprüche.«

»Du vergisst, dass ich sie seit Jahren kenne.«

»Das ist so seltsam. Der Typ, mit dem ich was habe, gehört praktisch zur Familie.«

»Also bin ich jetzt der Typ, *mit dem du was hast?*« Yash grinst und steht ebenfalls auf.

»Hast du was dagegen?«

Er blickt auf mich hinab. »Nein, das klingt gut …« Dann geht er an mir vorbei, um sich einen Pullover anzuziehen, der nicht mit Blut bekleckert ist.

»Kannst du überhaupt nähen mit deiner Hand?«, rufe ich ihm hinterher.

Aus seinem Schlafzimmer ertönt ein Schnauben. »Das ist doch nur ein kleiner Kratzer. Yash springt die Treppe runter. »Komm schon, Livy!«, ruft er zu mir hoch. »Wir müssen das Weihnachtsfest von Granbury retten!«

Yash und meine Mutter zu beobachten, ist eine surreale Erfahrung. Die beiden sitzen am großen Tisch in der Wohnküche, jeweils hinter einer eigenen Nähmaschine und mit einer Teetasse in der Hand – und tratschen, was das Zeug hält. Meine Mutter hat es sich trotz mehrerer Versuche nicht nehmen lassen, selbst ein paar Engelsflügel zu nähen. Ich wurde hingegen zur Stoffzuschneiderin und Teenachfüllerin herabgestuft. Meine Einwände hat Mum mit einem Wink ihrer geschienten Hand hinweggefegt. Ich kann sie nicht zwingen, ihre Hand ruhigzustellen; sie ist eine erwachsene Frau.

Eine erwachsene Frau, die gerade mit Yash tuschelt, als wären die beiden zwei Mädchen in der sechsten Klasse. Erst tratschen sie darüber, ob mein Bruder James wieder mit dem Rauchen angefangen hat, weil ihn seit ein paar Wochen so ein seltsamer Pfefferminzgeruch umgibt. Und dann erzählt meine Mutter Yash, dass Pastor Wilkes gerade in seiner Sakristei übernachtet, weil er in seinem

Schlafzimmer angeblich Bettwanzen habe. Eine davon sei beim letzten Gottesdienst sogar unter seinem Talar hervorgekrochen!

Dann tauschen sie ihre Vermutungen darüber aus, wer die Gänse und Kaninchen von der Dobbins-Farm gestohlen hat, und Yash tischt meiner Mutter zu meiner Überraschung mehrere waschechte und ziemlich durchdachte Verschwörungstheorien auf, die rein gar nichts mit ihm oder mir zu tun haben.

Das erinnert mich allerdings an den mysteriösen Briefeschreiber, der uns überhaupt erst dazu gebracht hat, die Tiere zu retten. Diese Person weiß natürlich ganz genau, dass wir dahinterstecken – und das könnte noch schlimme Konsequenzen für uns und Carolines Kampagne haben. Wegen der Ereignisse der letzten Tage habe ich die mysteriösen Briefe fast vergessen. Wann wird sich der Verfasser wohl das nächste Mal bei mir melden – diesmal vielleicht, um mich zu erpressen? Könnte es doch Caroline sein, die mich und Yash verkuppeln wollte?

Ich frage mich, wie meine Mutter reagieren würde, wenn sie wüsste, dass ich nicht nur bei der Dobbins-Farm eingebrochen bin, sondern auch noch Yash geküsst habe. Und dass Yash und Caroline schon seit Monaten getrennt sind.

Er geht bereits seit so vielen Jahren in diesem Haus ein und aus, dass sie ihn inzwischen behandelt, als wäre er ihr zweiter Sohn.

Würde sich daran etwas verändern, wenn er auf einmal nicht mehr mit Caroline, sondern mit mir zusammen wäre?

Du bist mal wieder zu vorschnell, Olivia. Ihr habt zwei Mal rumgeknutscht, das heißt nicht, dass ihr jetzt auch zusammenkommt.

Ich wende Yash und Mum den Rücken zu und lasse mir einen weiteren Espresso aus der Maschine ein. Vielleicht meint Yash es ja doch ernst mit mir. Immerhin hat er vorgeschlagen, mich in London zu besuchen. Ich versuche, mir das vorzustellen: Der neue Yash mit seinen Strickpullovern und seinen etwas matschigen Stiefeln in einem hippen Coffeeshop in Soho. Ach, was bilde ich mir ein, Yash würde überall gut hinpassen. Vielleicht kommt er mich ja wirklich mal dort besuchen. Aber sein Lebensmittelpunkt ist trotzdem hier, in Granbury, bei seiner Wassermühle.

Er hat dafür seinen Job aufgegeben und scheint dort seine Erfüllung gefunden zu haben. Und ich bin die letzte Person, die ihm das nehmen möchte. Aber könnten wir nicht trotzdem zusammen sein? Eine Fernbeziehung haben?

Je länger ich über mich und Yash nachdenke, desto stärker wird mir bewusst, wie sehr ich in ihn verschossen bin. Und dennoch ist da diese innere Stimme, die mir sagt, dass ich vorsichtig sein muss. Denn obwohl ich ihn liebe, ist da eben noch diese eine Sache, an die ich nicht denken will und die ich immer wieder verdränge, wenn er in meiner Nähe ist. Ich will Yash küssen, mit ihm lachen, seine Hand halten – und nicht daran denken, wie sehr er mich damals verletzt hat. Und ich will auch nicht daran denken, dass er sich bis heute immer noch nicht bei mir entschuldigt hat. Diese Erkenntnis kriecht langsam über meine Schulter und nistet sich in meiner Brust ein. Ich verstehe nicht, warum das so verdammt schwer für ihn ist. Und noch weniger verstehe ich, warum Yash damals so herzlos war. Das passt überhaupt nicht zu dem Mann, den ich so gut zu kennen glaube und geküsst habe. Diese Diskrepanz macht mir Sorgen. Weiß ich überhaupt, wer Yash wirklich ist?

Ich werfe Eiswürfel in mein Glas, kippe Hafermilch drauf und gieße den Espresso drüber, bevor ich mich wieder zu Mum und Yash umdrehe. Er hebt den Kopf und unsere

Blicke treffen sich. In seinem Gesicht sehe ich ein geheimes Lächeln, das nur für mich bestimmt ist.

Aber nein, ich kann mir nicht sicher sein, ob ich Yash wirklich vertrauen kann.

Vielleicht ist es besser, wenn die Träume, die man als Sechzehnjährige hat, genau das bleiben, was sie sind: Träume.

Als ich später allein im Bett liege, wälze ich mich unruhig von der einen auf die andere Seite, kann aber einfach nicht einschlafen. In meinem Kopf wird Hoffnung von Sorge gejagt. Hoffnung darauf, dass das zwischen Yash und mir wirklich Bestand haben könnte.

Sorge darüber, dass alles doch noch explodiert.

Irgendwann setze ich mich auf, fahre mir mit der Hand über die müden Augen und ziehe den kleinen Stapel von Briefen aus meiner Nachttischschublade. Ganz unten liegt der erste Brief, den ich Anfang des Monats bekommen habe und der mich nach Granbury gelockt hat.

Ich ziehe die zerknitterte Serviette hervor, die ein bisschen hinter dem cremefarbenen Briefpapier rausguckt.

Ich kann nicht fassen, dass ich dich immer noch liebe, Yash.

Dass ich es immer noch körperlich spüre, sobald du einen Raum betrittst.

Dass mir weich in den Knien wird, wenn du mich ansiehst – so wie damals, als ich sechzehn war und dir diesen bescheuerten Liebesbrief geschrieben habe.

Ist das nicht erbärmlich?

Ich hasse dich, Yash. Ich hasse, dass du so eine Macht über mich hast – immer noch und nach allem.

Aber es stimmt auch, dass ich dich liebe.

Ich bin dir für immer verfallen.

Olivia

Meine Augen wandern immer und immer wieder über die Zeilen, über die energischen, etwas wilden Buchstaben, voller Wut und Verzweiflung.

Und ich merke, dass die darin beschriebenen Gefühle immer noch da sind, ganz tief in mir drin.

Dass sie nicht einfach weggehen, nur weil Yash mich geküsst hat.

Und dass es immer noch Wunden von damals gibt, die seit meiner Rückkehr nach Granbury wieder aufgerissen wurden.

Die blinkenden Lichter der Truscotts färben die Serviette abwechselnd rot, blau und grün ein. Ich streiche sie mit meinen Fingern glatt, aber es zeichnet sich in ihrer Struktur immer noch ab, dass ich sie vor einem halben Jahr wütend zusammengeknüllt habe.

Ich komme einfach nicht darüber hinweg.

So sehr ich auch möchte, dass zwischen Yash und mir jetzt alles gut wird, so sehr ich auch in die Zukunft blicken möchte, eine Sache bleibt unverändert: Die Vergangenheit ist immer noch da. Ich muss handeln, wenn ich will, dass sich daran etwas ändert.

Mit einer plötzlichen Entschlossenheit schiebe ich die Serviette zurück in den Umschlag, tausche meine Jogginghose gegen eine Jeans und stecke den Briefumschlag in die hintere Hosentasche. Im Haus meiner Eltern ist es still und ich schleiche nun schon zum zweiten Mal innerhalb weniger Wochen heimlich davon. Ich schnüre meine Stiefel und schnappe mir mal wieder Dads Jacke, bevor ich die Eingangstür leise hinter mir zuziehe.

Wolken hängen am Himmel und die Nacht ist sehr dunkel. Als die blinkenden Lichter des Truscott-Hauses hinter mir verblassen, bin ich froh über die wenigen gelblichen Straßenlaternen, die die Hauptstraße von Granbury säumen. Aber vermutlich würde ich den Weg inzwischen auch ohne sie finden, weil ich ihn in den letzten Tagen so häufig gegangen bin.

Schließlich schält sich Yashs Wassermühle aus der Dunkelheit. Alles ist still – sogar aus der Scheune dringen keine Geräusche zu mir. Aber es ist ja auch mitten in der Nacht und offenbar haben sich die Tiere an Yashs Schlafrhythmus angepasst. Obwohl es verdammt kalt ist, zögere ich einen Moment, ehe ich an die schwere Holztür klopfe.

Mein Herzschlag folgt dem Klopfen wie ein Echo, das in mir widerhallt.

Für einen Moment ist alles still, dann geht über mir ein Licht an. Eine Tür quietscht, kurz darauf erklingen polternde Schritte auf der Treppe.

Irgendwie bin ich nicht darauf vorbereitet, dass Yash gleich vor mir steht – dabei war ich es ja selbst, die nachts bei ihm geklopft hat. Als er die Tür öffnet, stehen seine Haare in alle Richtungen ab. Er hat sich einen Bademantel umgebunden, den er offensichtlich falsch herum trägt.

»Olivia?« Seine Stimme ist vom Schlaf rau und müde. »Ist alles okay?«

»Ich … ich muss mit dir reden.«

»Klar, willst du reinkommen?« Er blinzelt gegen das gelbliche Licht in der Mühle an.

Ich schüttele den Kopf. »Yash, ich muss dir was zeigen.«

»Was denn?«

Mit zitternden Fingern ziehe ich den Briefumschlag aus der Hosentasche und halte ihn Yash unter die Nase.

»Das ist der erste Brief, den du Anfang des Monats bekommen hast, richtig?«, fragt er und nimmt den Umschlag an sich.

Ich nicke. Auf einmal versperrt ein Kloß meinen Hals, den ich erst runterschlucken muss, bevor ich sprechen kann. »Da war noch was in dem Brief, was ich dir noch nicht gezeigt habe.«

Yashs Augen springen kurz zu mir hoch, aber dann zieht er erst den Briefbogen und dann die von mir bekritzelte Serviette heraus. »Was ist das?«

Der Kloß in meinem Hals hält mich davon ab, ihm zu antworten. Ich zittere am ganzen Körper, aber ich weiß nicht, ob das von der Kälte oder meiner Nervosität kommt.

Yash streicht mit den Fingern über das in die Serviette geprägte Logo der Dobbins-Farm und ich frage mich, ob er schon eins und eins zusammenzählen kann. Seine Augen fliegen über die Wörter und ich starre auf meine eigenen Schuhspitzen, um ihm dabei nicht zusehen zu müssen.

»Was … was ist das?«, fragt er schließlich.

Ich kann ihm immer noch nicht in die Augen sehen. »Das habe ich geschrieben«, presse ich hervor. »Nach unserem Gespräch im Weinkeller an James‘ Hochzeit. Ich dachte … ich dachte, die Serviette wäre einfach im Müll gelandet, aber jemand hat sie offenbar gefunden …«

»Und sie dir geschickt, damit du zurück nach Granbury kommst?«

Ich nicke und zucke gleichzeitig die Achseln. »Ich dachte … ich dachte, dass die Person den Brief überall herumzeigt, wenn ich hier nicht auftauche – dass sich alles wiederholt, was mir damals passiert ist.« Die nächsten Worte sind noch schwerer über meine Zunge zu bringen, als würde diese sich weigern, die einzelnen Laute zu formen. »Dass sich das wiederholt, was *du* mir damals angetan hast, Yash.«

»Olivia.«

Ich beiße mir auf die Lippe, um nicht loszuheulen.

»Olivia, sieh mich an.« Yash streckt einen Finger aus, um damit mein Kinn anzuheben, und ich würde mich am liebsten in seine Bewegung lehnen, mich von seinen Armen umschließen und mich fallen lassen.

Aber das kann ich nicht. Nicht, bis das hier geklärt ist. Nicht, bis er sich endlich bei mir entschuldigt hat.

Yashs ernster Blick begegnet meinem. »Ich hoffe, du kannst mir verzeihen«, flüstert er.

Aber ich schüttele den Kopf. »Nicht, wenn du dich nicht endlich bei mir entschuldigst, Yash.«

»Olivia, ich …«

Ich schließe die Augen und zu der Trauer in meiner Brust gesellt sich jetzt auch wieder Wut. »Warum ist das so verdammt schwer für dich, Yash? Ich kapiere es nicht! Wie kannst du so lieb, lustig und wundervoll sein und gleichzeitig so kalt und arrogant!«

Ich öffne die Augen wieder und nagele ihn mit meinem Blick fest. Jetzt weiß ich wieder, warum ich ihn all die Jahre gehasst habe. Er ist ein Arschloch, dessen Ego zu groß ist, um die drei einfachen Wörter »Tut mir leid« zu sagen. »Ist das wirklich dein verdammter Ernst? Auch nach allem, was passiert ist … kannst du dich nicht mal bei mir entschuldigen.« Ich reiße ihm den Brief und die Serviette aus der Hand und zerreiße sie ihn Stücke. Dann lasse ich diese auf den Boden fallen.

»Olivia, bitte, es ist nicht so einfach.«

Ich lache auf, schrill, bellend und vollkommen freudlos. »Ich war so dumm. Ich dachte, das zwischen uns könnte vielleicht wirklich funktionieren.«

»Das kann es auch!«

Ich schnaube und drehe mich um. »Vergiss es, Yash, das waren Hirngespinste von mir und … keine Ahnung, was du dir bei alledem gedacht hast.«

»Du verstehst das alles nicht!«

Ich werfe ihm noch einen letzten Blick zu und sehe die Verzweiflung in seinen Augen, den Schmerz – aber offensichtlich ist dieser Schmerz auch nicht größer als sein Stolz, einen Fehler zuzugeben, den er vor acht Jahren gemacht hat. Sonst würde er sich jetzt ja entschuldigen.

»Mach's gut, Yash«, sage ich und drehe mich weg. »Ich bin fertig mit dir.«

»Livy, warte!«

»Nenn mich nicht so!«, brülle ich über die Schulter zurück. Auf einmal ist mir gar nicht mehr kalt. Kochende Wut schießt durch meine Adern, als würde mein Blut alles geben, um mein Herz davor zu bewahren, in der Mitte durchzubrechen.

Aber das tut es trotzdem.

Unter der Wut und dem Zorn und dem Hass – bricht es.

Ganz leise.

Schon wieder.

Kapitel 21

So viel Zeit wie ich in diesem Monat in meinem Bett verbringe, könnte man fast meinen, dass ich mich endlich mal wieder so richtig gut erhole. Genug Schlaf bekomme. Von der schnelllebigen Welt abschalte. Entschleunige. Aber so ist es leider nicht: Mein Körper fühlt sich an, als hätte ich seit Anfang Dezember kein Auge mehr zugemacht und dabei jeden Tag einen Liter Glühwein verdrückt. Meine Mutter macht sich wieder Sorgen um mich und langsam gehen mir die Ausreden aus. Wenn sie nicht so gestresst von den Vorbereitungen des *Hearth & Holly Festes* wäre, würde ich sofort meine Sachen packen und zurück nach London fahren. Aber meine Mutter hat mit diesem ganzen Drama ja nichts zu tun und mein Vater genauso wenig. Ich muss auch an Rachel denken, die mir zurecht vorgeworfen hat, dass ich sie im Stich gelassen habe, als ich damals aus Granbury abgehauen bin. Nein, ich werde mich nicht noch mal in Luft auflösen. Aber ich bin fertig mit Yash und diesen bescheuerten Briefen.

In den nächsten zwei Tagen bastele ich für meine Mutter

Heiligenscheine aus Drähten und Pfeifenputzern, beantworte Mails von Mossy-Deer-Mitarbeiterinnen und lüge Amina vor, dass das Internet hier zu schlecht für Videocalls ist. In Wahrheit liege ich in diesen Momenten aber einfach nur mit meinem Rentier-Schlafanzug im Bett und habe auch nicht vor, das in nächster Zeit zu ändern. Mit Kate oder Rachel kann ich auch nicht explizit über meine Situation reden, weil ich Caroline versprochen habe, niemandem zu erzählen, dass sie und Yash kein Paar mehr sind – aber eigentlich bin ich sowieso nicht in Redelaune. Ich schreibe Rachel nur, um sie zu bitten, nach den Tieren in Yashs Scheune zu sehen. Auch wenn er ein Mistkerl ist, haben wir die Tiere gemeinsam gestohlen und ich will ihn damit nicht völlig allein lassen. Netterweise hilft Rachel mir und ich muss Yash nicht begegnen. Schließlich verlasse ich mein Zimmer gar nicht mehr und mein Vater bringt mir irgendwann sogar einen Teller Suppe, weil er offensichtlich nicht weiß, wie er mit seiner Tochter mit den rot geäderten Augen sonst Kontakt aufnehmen soll. Ich bin ihm sehr dankbar, dass sich zwischen den Kartoffeln und Erbsen zumindest kein Hühnerfleisch befindet. Weil ich aber trotzdem noch nicht aus meinem Zimmer komme, setzt er seine Geheimwaffe ein.

»Ich habe dir jemanden mitgebracht, Livy.«

Als Erstes höre ich nur ein Kratzen an der Tür, dann ein Winseln. Und irgendwie schafft es Pudding schließlich, die Tür zu öffnen. Er springt sofort auf mein Bett, mitten rein in mein Heiligenschein-Bastelprojekt, und leckt mir das Gesicht ab. Ich kann nicht anders, ich lache, lasse mich in meine Kissen zurückfallen und drücke Puddings flauschigen Körper an mich. Pudding wedelt mit dem Schwanz und wirft dadurch ein paar fertige Pfeifenputzer-Heiligenscheine vom Bett, aber nichts könnte mir im Moment egaler sein. Ich bin froh, dass mein Vater Pudding zu mir gebracht hat und versuche, nicht darüber nachzudenken, dass er dafür wahrscheinlich mit Yash gesprochen hat.

Seine Nummer habe ich inzwischen blockiert.

»Dich würde ich nie blockieren«, murmele ich in Puddings Fell hinein und er wufft ganz leise zurück. Mir tut jetzt schon das Herz weh bei dem Gedanken, ihn wieder hier im Dorf zurücklassen zu müssen. Vor meinem nächtlichen Streit mit Yash habe ich mir so oft ausgemalt, wie ein Leben zu dritt aussehen könnte: Yash, Pudding und ich. Jetzt kommt mir allein der Gedanke daran lächerlich vor. Natürlich hätte das niemals funktioniert. Nicht nur, weil er ein arroganter Arsch ist, der sich nicht entschuldigen kann. Sondern auch, weil hier alle über uns reden würden. Wie konnte ich jemals denken, dass ich eine Zukunft mit dem Ex-Verlobten meiner Schwester haben könnte? Das ist so bescheuert. Ich habe mir echt für eine kurze Zeit eingebildet, dass wir damit schon klarkommen würden. Ich bin eben immer noch dieselbe, hoffnungslos romantische Olivia von damals.

Ich drücke Pudding noch enger an mich. »Ich werde dich so vermissen, mein kleiner Freund«, murmele ich in sein flauschiges Ohr.

Zwei Tage später wirft meine Mutter mich mit empörtem Geschrei aus dem Bett. Heute findet das *Hearth & Holly Fest* statt, also kann ich ohnehin nicht wieder den ganzen Tag im Bett bleiben, aber eigentlich hatte ich nicht damit gerechnet, den Tag schon zu beginnen, wenn es draußen noch dunkel ist.

Das für meine Mutter denkbar schlimmste Szenario ist eingetreten: Der Glühwein für das Fest heute Abend ist verbrannt, weil Bridget und Martin beim Umrühren eingeschlafen sind. Es ist wichtig, zu erwähnen, dass die Herstellung des berühmten *Hearth-&-Holly*-Punsches mehrere Stunden Zeit in Anspruch nimmt und dass man dafür eine ganz bestimmte Liste an Zutaten benötigt.

»Ich bin mir sicher, dass es niemand merkt, wenn ich nach Oxford fahre und ein paar Flaschen Glühwein kaufe«, schlage ich vor, noch völlig übermüdet und ohne Koffein im Körper.

Meine Mutter wirft mir einen Blick zu, als wäre sie in diesem Moment kurz davor, mich zu enterben, also verändere ich meinen Vorschlag: »Oder wir nehmen den gekauften Glühwein nur als Basis und würzen den dann so, wie es sich für den Granbury-Punsch gehört.«

»Olivia Juliette Lennox, ich kann nicht glauben, dass ich solche Worte aus deinem Mund hören muss«, echauffiert sich meine Mutter, während mein Vater mir einen mitleidigen Blick zuwirft. Er ist schlau genug, die Klappe zu halten, während er seine Posaune für den heutigen Abend poliert. Auch wenn mein Vater hinter dem Rücken meiner Mutter den Kopf schüttelt, um mich zu bremsen, kann ich noch nicht nachgeben. »Ich kapiere einfach nicht, warum das Fest jedes Jahr exakt gleich sein muss. Ein bisschen Improvisation hält so eine Tradition doch lebendig, oder?«

»Das ist nicht der Sinn von Traditionen«, echauffiert sich meine Mutter. »Wenn man die aufweicht, bleibt irgendwann nichts mehr davon übrig.«

Ich runzele die Stirn. »Aber dann wird eben was anderes daraus. Vielleicht wird das *Hearth & Holly Fest* nur noch besser, wenn wir mal ein bisschen experimentieren?«

»Manche Dinge sollen einfach bleiben, wie sie sind, okay, Olivia? Wir leben in einer Welt, in der sich alles verändert, warum kann nicht wenigstens das *Hearth & Holly Fest* so bleiben, wie es immer war.«

Jetzt stehen Tränen in den Augen meiner Mutter und ich habe das Gefühl, dass sie gar nicht mehr über das Fest redet. Ich kann diesen Anblick nicht ertragen.

»Mum, gib mir das Rezept und ich koche einen neuen Glühwein.«

»Aber musst du heute Morgen nicht arbeiten?«, fragt mein Vater dazwischen.

»Meine Chefin wird das schon verstehen.« Ich wende mich an meine Mutter. »Ich werde Rachel fragen, ob wir den Punsch im *Toast Office* kochen können – da gibt es riesige Töpfe – und davor mache ich eine Tour nach Birmingham, um alles einzukaufen.«

Meine Mutter starrt mich an und ihr Kinn zittert, als würde sie jeden Moment losheulen. Das ist um die Weihnachtszeit irgendwie immer so: Die Gemüter sind erhitzt, alle haben ganz individuelle Erwartungen an diese Zeit – während ich hier einfach nur wieder ungeschoren rauskommen will.

»Nimm meine Karte, die Geheimzahl kennst du ja«, krächzt meine Mutter und greift nach ihrer Handtasche. »Und ich schicke dir gleich noch ein Foto vom Rezept.«

Ich nehme die Karte entgegen, als wäre ich wieder dreizehn und würde mir Kaugummis bei Bridget und Martin kaufen wollen. Ich gebe meiner Mutter einen Kuss auf die aschfahle Wange. »Ich verspreche hoch und heilig, mich an das Rezept zu halten.«

Zum Glück war mir Heiligkeit noch nie so wichtig, denn Rachel und ich werfen das Rezept meiner Mutter sofort wieder über Bord, als wir damit beginnen, den Glühwein zu kochen.

Das *Toast Office* läuft ohnehin schon im Hochbetrieb mit Vorbereitungen für die abendliche Veranstaltung und Rachel hat ihren kompletten Mitarbeiterstab engagiert, um *Granbuns* für das abendliche Fest zu backen. Diese bestehen aus in Zucker gerolltem, frittiertem Weißmehlteig in Form kleiner Männchen und Tannenbäume, die man außerdem noch in Schokolade tunkt.

Für das Fest hat meine Mutter dieses Jahr zwar auch ein paar Stände von außerhalb bestellt, aber nur, weil ihre Hand dieses Jahr nicht mitspielt. Wenn sich noch eine Sache am diesjährigen *Hearth & Holly Fest* ändern müsste, würde sie bestimmt endgültig einen Nervenzusammenbruch erleiden. Vielleicht wäre das aber gar nicht so schlecht; dann würde sie in einem nächsten Schritt vielleicht feststellen, dass Veränderung gar nicht so schlimm ist.

Während Rachel und ich gemeinschaftlich entscheiden, dass kein Mensch heute die Zeit dafür hat, mehrere Kilogramm Orangen für den Glühwein anzubraten, lerne ich endlich auch das jüngste Mitglied ihres Teams kennen: Joey, vier Jahre alt, mit einer runden Brille, roten Haaren und einer kleinen Spitznase, die er herrlich rümpfen kann. Er rennt zwischen den Mitarbeitern des *Toast Office* hin und her, die ihm allesamt über den Kopf streichen oder eine Grimasse in seine Richtung schneiden. Ich tue alles dafür, den Vierjährigen für mich zu gewinnen. Er findet es ziemlich cool, dass ich in London lebe, und hat mich gefragt, ob ich schon mal James Bond getroffen habe.

Ich hebe fragend die Augenbrauen in Rachels Richtung. »Von mir kennt er den nicht!«, schwört sie. »Das muss der Einfluss seines Vaters sein!«

Joey zeigt mit einem Finger auf mich. »Du arbeitest bestimmt als Moneypenny undercover.«

Ich verschränke die Arme vor der Brust. »Wer sagt denn, dass ich nicht selbst James Bond bin?«

Der kleine Junge verdreht die Augen. »Wenn das so wäre, würdest du das niemandem verraten, ich bin ja nicht blöd.« Er denkt kurz nach. »Außerdem trägst du keinen Anzug. Und keine teure Uhr – das würde einem echten James Bond nie passieren.«

Ohne ein weiteres Wort dreht er sich um und rast durch die Küche zum Gastbereich. »Wie habe ich mich geschlagen?«

Rachel rührt in einem Kochtopf und wirft ein Handtuch über ihre Schulter. »Wenn er schon mit dir über sein Lieblingsthema redet, hast du's geschafft.«

»Ist er nicht ein bisschen zu jung für James Bond?«

Rachel verdreht die Augen. »Du willst gar nicht wissen, wie viele Disney-Filme ich mit ihm gucke, um das auszugleichen.«

Ich schnaube und fahre damit fort, Orangen für den Glühwein zu schneiden. Wir werden sie zwar nicht anbraten, haben uns aber dafür entschieden, sie trotzdem in rauen Mengen in den Kochtopf zu werfen – zusammen mit Nelken, Sternanis, Zimt und einer gehörigen Menge Zucker. Bald ist das ganze *Toast Office* von dem typisch weihnachtlichen Duft erfüllt, der zur Hälfte aus Kinderpunsch und Glühwein und zur anderen Hälfte aus den *Granbuns* besteht, die Rachel auf der anderen Seite gerade frittiert.

Als der Glühwein schließlich vor sich hin köchelt und ich eine kurze Pause einlegen kann, trete ich hinaus auf den Marktplatz von Granbury. In seiner Mitte steht immer noch die Grüne Dame, die Yash und ich vor ungefähr zwei Wochen geschmückt haben. Die Fassaden der Häuser wurden für den heutigen Tag noch mal mit Tannenzweigen, Lichterketten und Weihnachtskugeln herausgeputzt. Es ist ein kalter, aber wunderbar klarer Tag und um mich herum wuseln alle möglichen Menschen, die vor den Feierlichkeiten heute Abend noch etwas Wichtiges zu erledigen haben.

Das *Hearth & Holly Fest* ist die wichtigste Veranstaltung in Granbury im ganzen Jahr. Hier kommen nicht nur die Bewohner des ganzen Dorfes zusammen, sondern auch Besucher aus den Nachbardörfern. Es gibt ein Blasorchester-Konzert, die weihnachtliche Aufführung der örtlichen Kindertanztruppe und alle möglichen Köstlichkeiten, die an den unterschiedlichsten Ständen angeboten werden. Außerdem wird jedes Jahr das Weihnachtspärchen von Granbury gekrönt. Einmal waren es beispielsweise Alice und Stewart, zwei Freunde, die seit Jahren umeinander herumgeschlichen waren und dann, nach vierzig Jahren endlich zusammengekommen sind. Ein anderes Mal waren es zwei Pferde, die an unterschiedlichen Enden von Granbury lebten und immer wieder ausgerissen sind, um sich zu besuchen – schließlich entschieden sich die Besitzer dazu, die Pferde fortan zusammen in einem gemeinsamen Stall zu halten.

Das ganze Jahr über können Bewohner von Granbury ihre Vorschläge für das Weihnachtspärchen in den alten, von der Post nicht mehr verwendeten, roten Briefkasten vor dem *Toast Office* werfen – die Gewinner werden dann am Ende des Blasorchester-Konzerts von meiner Mutter verkündet.

Ich trete an die große Tanne heran und blicke an den unzähligen Kugeln empor, die dort jetzt hängen. Mir fällt eine ins Auge, die mir irgendwie seltsam bekannt vorkommt. Als ich mich auf Zehenspitzen ausstrecke und die Kugel von den Zweigen ziehe, erkenne ich sie sofort: Es ist eine alte Kugel von mir, die ich selbst vor vielen Jahren bemalt habe. Ich erinnere mich daran, wie ich mich damals nicht getraut habe, sie in die Kiste mit den fertigen Kugeln zu legen. Wahrscheinlich lag die jetzt jahrelang bei den Farben und Materialien herum und jemand hat sie dieses Jahr entdeckt und hat sie zu den anderen für dieses Jahr gelegt.

Ich betrachte die pinke Kugel in meinen Fingern, drehe sie um und lese, was auf der Rückseite steht.

Tränen steigen in mir auf, als ich das lese und mit dem Daumen über meine alten Pinselstriche fahre. Als ich diese Kugel beschriftet habe, waren Yash und Caroline noch nicht einmal zusammen gewesen – oder zumindest hatte ich davon noch nichts gewusst. Aber Yash war bereits mit dem kleinen verletzten Vogel über unsere Türschwelle getreten. Das muss ungefähr ein Jahr vor meinem Liebesbrief an ihn gewesen sein. Und seitdem lag die Kugel irgendwo herum. Ich habe sie natürlich nur für mich bemalt, sie sollte nie aufgehängt werden.

Ich habe mich vor zwei Wochen auf dem Nikolausmarkt so entblößt gefühlt, weil ich dachte, nach all den Jahren lachen immer noch alle Bewohner Granburys über mich. Ich dachte, jemand hätte diese Kugel bemalt, um sich über mich lustig zu machen. Ich dachte, dass das ganze Dorf mir noch immer etwas Böses will.

Dabei habe ich diese Kugel selbst bemalt, vor vielen, vielen Jahren. Und jetzt ist sie eben wieder aufgetaucht … genau zur richtigen Zeit. Was, wenn ich mich all die Jahre geirrt habe? Was, wenn mir die Dorfbewohner gar nichts Böses wollen?

»Hey.«

Ich wische meine Tränen aus den Augenwinkeln und drehe mich zu Yash um, der mit ein paar frisch genähten Engelsflügeln unter dem Arm vor mir auf dem Marktplatz steht.

»Hey.« Ich kann ihm nicht in die Augen sehen, also konzentriere ich mich auf die Flügel unter seinem Arm.

»Olivia, ich …«

»Bringst du die Flügel jetzt zu Judy?«

»Ehrlich gesagt komme ich gerade von da und die Kinder haben sich dazu entschieden, dieses Jahr ohne Flügel aufzutreten. Sie wollen keine Engel mehr sein, sondern Space-Weihnachtsmänner. Ich fürchte, wir haben umsonst genäht.«

»Space … Weihnachtsmänner?«

Er nickt. »Das muss ich deiner Mutter gleich noch irgendwie beibringen.«

Ich verziehe das Gesicht und mache den Fehler, dabei den Blick zu heben und Yash kurz in die Augen zu sehen. Er starrt mich an und mein Brustkorb zieht sich zusammen. Dann öffnet er den Mund, um etwas zu sagen, und sofort springt mir mein Herz in den Hals, wo es einen dicken Kloß bildet. Ich will nicht hören, was er zu sagen hat. Seine Ausreden, warum er sich nicht bei mir entschuldigen kann, soll er für sich behalten. »Ich muss rein, Rachel braucht mich.«

Mit diesen Worten schiebe ich mich an ihm vorbei und verschwinde im *Toast Office*, ohne mich noch einmal nach ihm umzusehen.

Der Abend senkt sich auf Granbury herab. Die Kerzen und Lichterketten auf dem Marktplatz sowie die Augen aller Einwohner beginnen gleichzeitig zu leuchten. Weihnachtsmusik schallt aus den Lautsprechern, und auf dem Platz befinden sich jetzt so viele Menschen, dass ich mich kaum noch hindurchschieben kann.

Der Glühwein ist rechtzeitig fertig geworden, genau wie die *Granbuns*, die Rachel und ihr Team frittiert haben. Rachel und ich gucken durch die Fenster des *Toast Office* nach draußen und genießen für einen Moment die Stille. Das *Toast Office* hat heute Abend geschlossen und nur die Toiletten stehen allen Festbesuchern offen. Doch momentan sind wir hier noch allein, und sitzen beide mit einer Tasse Glühwein in der Hand an meinem Lieblingstisch am Fenster.

Ich kann Joey sehen, der auf den Schultern von Rachels bärtigem Mitarbeiter Steven über der Menge reitet und so tut, als wäre dieser sein Rentier und er der Weihnachtsmann.

Eine ganze Weile lang lauschen wir einfach nur dem gedämpften Lärm, der durch die Scheiben des *Toast Office* zu uns nach drinnen dringt.

»Ich weiß, dass du mit ihm schläfst«, sagt Rachel schließlich.

Ich verschlucke mich an meinem Glühwein – der dieses Jahr übrigens besonders gut schmeckt –und die Hälfte davon landet auf der Tischplatte zwischen uns. Ohne einen weiteren Kommentar reicht Rachel mir eine Serviette.

»Tu ich gar nicht!«

Sie sieht mich aus ihren listigen grünen Augen an. »Du fragst gar nicht, wen ich meine.«

»Tommy?«, krächze ich.

Rachel wirft mir einen Blick zu, als wollte ich sie für dumm verkaufen. »Erst gibt es diesen leidenschaftlichen Kuss, dann willst du mit deiner Schwester reden und dann schweigst du einfach zu dem Thema? Denkst du, ich kann nicht eins und eins zusammenzählen?«

»Aber Rachel, es ist ein *Geheimnis*!«

»Also schläfst du tatsächlich mit ihm!«

»Nein!«, sage ich schnell. »Außerdem ist er mit Caroline verlobt. Ich darf nicht darüber sprechen.«

»Ach ja? Ist er das noch?« Rachel sieht mich über ihre dampfende Tasse hinweg an. »Und warum habe ich Caroline dann mit diesem Fotografen vom *Cressley Courier* rumknutschen sehen?«

Ich werfe die Arme in die Luft. »Warum muss ich eigentlich ihr Geheimnis bewahren, wenn Caroline sich dabei selbst null Mühe zu geben scheint?«

»Zu ihrer Verteidigung: Es war morgens um elf auf den Toiletten hier im *Toast Office*, es war sonst niemand da.«

Ich verziehe das Gesicht. Dort haben auch Yash und ich rumgeknutscht, vielleicht an der gleichen Stelle wie Caroline und ihre neue Flamme? Ich weiß nicht, was ich davon halten soll.

»Also. Caroline und Yash sind eigentlich gar nicht mehr zusammen, richtig?«

Ich seufze. »Ja. Richtig. Aber sag das bitte niemandem.«

»Worauf wartest du dann?«

Da ist er wieder, der Kloß in meinem Hals.

Rachel beugt sich zu mir herüber. »Was ist los, Livy?«

Ich fahre mir mit der Hand durch die Locken. »Ich … ich glaube, ich komme nicht darüber hinweg, was er mir damals angetan hat. Dass er den Brief allen rumgezeigt hat.« Ich senke meinen Blick auf meine eigene Tasse in meiner Hand. »Er will sich dafür einfach nicht bei mir entschuldigen und ich weiß verdammt noch mal nicht, warum das so schwer für ihn zu sein scheint.« Ich blinzele die Tränen weg, die auf einmal in meine Augen steigen. »Es ist endlich das passiert, was ich mir seit Jahren insgeheim gewünscht habe und …«

»Und jetzt fühlt es sich falsch an?«, fragt Rachel leise.

Ich schüttele den Kopf. »Das ist ja das Schlimme: Es fühlt sich absolut richtig an. Aber dann erinnere ich mich immer wieder an diese eine Sache, die alles kaputtmacht.«

Rachel schnalzt mit der Zunge. »Männer sind wirklich das Letzte.«

»Ich wünschte, er wäre das Letzte, dann könnte ich ihn endlich wieder hassen, so wie die letzten Jahre.«

»Aber das tust du nicht?«

Ich wische mir mit dem Handrücken über die Nase.

»Nicht wirklich, nein. Manchmal wünschte ich mir, ich könnte das einfach vergessen, was damals war.«

Rachel beugt sich zu mir rüber und drückt meine Hand, die ich um die Tasse gelegt habe. »Ich bin froh, dass du das nicht vergessen kannst, Livy.«

Ich blinzele zu ihr hoch und eine Träne fällt in meinen Punsch. »Wieso das denn?«

»Weil es schrecklich wäre, wenn du mit ihm zusammen wärst, obwohl er sich nicht bei dir entschuldigen kann. Du würdest in einer Lüge leben.«

Ich beiße mir auf die Lippe und schüttele den Kopf. »Ich kapier es einfach nicht. Wieso ist das mit dem Entschuldigen denn so schwer? Ich habe ihm wirklich genug Chancen gegeben.«

Rachel löst meine Finger um die Tasse und stellt sie zu ihrer auf einen der freien Tische. Dann nimmt sie mich in den Arm und drückt mich so fest, dass mir die Luft wegbleibt. »Ich bin stolz auf dich, Livy.«

»Ich bin peinlich.«

»Du bist alles andere als peinlich.«

»Aber ich fühle mich wie ein kleiner Wurm.«

»Einen Wurm darfst du dich ruhig nennen«, gesteht sie mir zu und streicht mir über den Rücken. »Aber nicht einen peinlichen Wurm.«

Irgendwann reicht sie mir ein Taschentuch, das sie irgendwoher aufgetrieben hat und ich schnäuze mir damit geräuschvoll die Nase. »Mir geht's schon besser, danke«, murmele ich.

»Lass uns rausgehen, die Tanzgruppe fängt gleich an und ich muss ganz viele Fotos von Joey machen.« Rachel drückt noch einmal meine Hand.

»Joey ist in der Tanzgruppe?«

»Das mit den weihnachtlichen Aliens war seine Idee.«

»Ich glaube, meine Mutter hat einen neuen Erzfeind gefunden.«

Rachel wirft mir einen Arm über die Schulter und zieht mich in die Menschenmenge nach draußen, so wie früher, als wir uns als Teenager heimlich Glühwein erschnorrt haben. Nur habe ich diese kostbare Flüssigkeit damals nicht wie heute zur Hälfte ausgespuckt.

Die Aufführung der Kinder-Tanzgruppe ist so süß wie chaotisch und ganz Granbury applaudiert begeistert, als die kleinen Tänzer über die Bühne sausen. Ich beobachte meine Mutter, die neben der Bühne steht und alles ganz genau beobachtet, als wäre sie verwirrt davon, dass die Einwohner des Ortes Weihnachtsaliens genau so süß finden wie Weihnachtsengel. Veränderungen fallen ihr so unglaublich schwer und in diesem Moment wird mir bewusst, wie sehr es sie aus der Bahn werfen wird, dass Yash und Caroline nicht mehr zusammen sind. Sie hat noch nicht mal die Trennung ihrer Eltern verarbeitet, obwohl diese inzwischen schon viele Jahre zurückliegt. Rachel ist ohnehin völlig auf Joey konzentriert, also schiebe ich mich durch die Menge und nehme meine Mutter in den Arm, während die letzten Töne von *Jingle Bell Rock* erklingen.

»Alles gut bei dir, Livy?«, fragt sie mich und scheint nicht einmal auf die Idee zu kommen, dass es vielleicht in diesem Moment sie selbst ist, die gerade eine Umarmung braucht.

Jetzt ist das Blasorchester dran, angeführt von meinem Vater – die Musikanten spielen ihre Version von *Silent Night.* Dabei wird es ganz ruhig auf dem Marktplatz von Granbury, alle lauschen andächtig der Musik, sogar die Kinder, die gerade noch wild über die Bühne getanzt sind.

Mein Blick gleitet über die Menge. Neben dem *Granbun*-Stand sehe ich Yash und Caroline – die beiden unterhalten sich leise. Der Anblick tut mir weh, aber aus einem anderen Grund als früher. Es geht nicht mehr darum, dass ich Yash gerne küssen würde, denn das habe ich inzwischen ja getan. Der Anblick schmerzt so sehr, weil wir uns geküsst haben und trotzdem nicht zusammen sein können. Und all das nur wegen seiner Unfähigkeit, sich zu entschuldigen.

Auch Yash wirkt, als wäre er ziemlich durch den Wind, während Caroline als Einzige von uns dreien sehr glücklich aussieht. Ich bin so froh, dass meine Schwester so ist, wie sie ist: lustig, großherzig und ein bisschen listig. Ich freue mich für sie, dass sie in ein neues Leben starten kann. Dass sie offensichtlich verknallt ist. Dass sie die Welt erobern wird.

Auf einmal fängt Yash meinen Blick auf und erneut spüre ich ein Stechen in der Brust, während ich schnell den Blick abwende.

Nach dem Blasorchester tritt meine Mutter auf die Bühne. Jetzt wird sie das diesjährige Traumpaar von Granbury verkünden, das von den Einwohnern gewählt wurde. Ich ahne Übles und kurz darauf folgt die Bestätigung: Die Namen von Yash und Caroline schallen über den Marktplatz und alle applaudieren. Sie betreten die Bühne und verbeugen sich, aber Yash sieht Caroline dabei nicht an. Er lässt seinen Blick über die Menge schweifen, als würde er jemanden suchen, aber ich verstecke mich in den tiefdunklen Zweigen der Grünen Dame, bis er sich schließlich doch noch Caroline zuwendet. *Wie bin ich nur in diesen verdammten Albtraum hineingeraten?*

Kapitel 22

Am Ende des Abends finden sich dann noch alle Helfer des *Hearth & Holly Fests* zu einem Umtrunk an einer langen Tafel im *Toast Office* ein. Sogar Rachel kann hier sein, weil ihre Mutter heute Joey für sie ins Bett bringt. Es werden die Reste des Glühweins und die übrigen *Granbuns* verschlungen, während Bridget und Martin Anekdoten vergangener *Hearth & Holly Feste* zum Besten geben. Auch früher, so lerne ich jetzt, ist schon immer verdammt viel schiefgegangen – was jedoch nie jemanden gestört hat. In einem Jahr gab es zum Beispiel keine *Granbuns*, weil die Wassermühle eingefroren war und Suresh damit kein Mehl mahlen konnte (ich frage mich, warum sie nicht einfach Mehl aus dem Supermarkt verwendet haben? *Traditionen* …). In einem anderen Jahr hatte die Hälfte des Blasorchesters ihre Instrumente am Tag zuvor bei einem Auftritt in London vergessen. Deshalb traten die Musikanten spontan als Chor auf, was ziemlich schrecklich klang. Der Applaus, so versichert uns eine etwas angetrunkene Bridget, war trotzdem noch nie größer gewesen. Im Lauf des Abends ist

Yash irgendwann verschwunden, aber Caroline sitzt hier mit uns im *Toast Office* an der anderen Seite des Tisches und zwinkert mir aufmunternd zu.

Rachel kommt mit der letzten Fuhre *Granbuns* aus der Küche und lässt sich neben mich auf den Stuhl fallen. »In der Küche lag was für dich«, flüstert sie mir zu und schiebt einen Briefumschlag zu mir rüber. »Vielleicht ist das wieder eine Nachricht von deinem mysteriösen Brieffreund?«

Ich schnappe mir den Umschlag sofort und schiebe ihn halb unter die Tischplatte, sodass niemand außer mir ihn sehen kann. Aber die anderen sind vermutlich ohnehin viel zu sehr damit beschäftigt, sich Geschichten über vergangene Feste und Missgeschicke zu erzählen.

Mein Herzschlag beschleunigt sich und meine Finger, die den Umschlag fest umgreifen, werden ganz feucht. *Für Olivia* steht darauf – und ich erkenne sofort, dass es nicht die gleiche Schrift ist wie auf den anderen Briefen. Der Umschlag ist außerdem schwerer als die, die ich sonst bekommen habe, als würden sich darin mehrere Seiten befinden.

»Ich geh kurz aufs Klo«, murmele ich, bevor ich den Umschlag in meinen Ärmel schiebe, damit niemand ihn bemerkt.

Die Toiletten sind glücklicherweise leer, trotzdem verbarrikadiere ich mich sicherheitshalber in einer Kabine. Dort schließe ich den Klodeckel und setze mich darauf, bevor ich den kleinen Brief aus meinem Ärmel ziehe. Meine Finger zittern zu stark, um den Umschlag vorsichtig zu öffnen, also reiße ich ihn einfach auf. Sorgsam gefaltete Blätter kommen zum Vorschein.

Liebe Olivia,
ich weiß, dass du gerade nicht mit mir reden willst, deswegen schreibe ich dir einen Brief. Du kannst auch sofort aufhören, zu lesen, und ihn zerreißen – ich könnte es verstehen. Aber ich würde mich natürlich sehr freuen, wenn du weiterlesen würdest, auch wenn ich dir in den letzten Tagen keinen Grund dazu gegeben habe.

Ich habe lange mit mir gerungen, ob und wie ich dir alles erklären kann, was damals passiert ist. Und hier ist er: der Versuch, mich zu erklären – und vor allem mich zu entschuldigen. Mit einem Brief, so wie alles angefangen hat.

Draußen vor der Kabine höre ich Schritte. Ob Yash doch nicht nach Hause gegangen und mir hierher gefolgt ist?

Bevor ich darüber nachdenken kann, stecke ich den Brief in meine hintere Hosentasche, entriegele die Kabinentür und schiebe sie auf.

Aber dann halte ich mitten in der Bewegung inne.

Caroline steht vor den Waschbecken und pudert ihre Nase.

Meine Schwester bemerkt mich und tritt zur Seite, damit ich Platz habe, mir im Waschbecken die Hände zu waschen. Obwohl ich gar nicht wirklich auf dem Klo war, lasse ich das kalte Wasser über meine Finger laufen.

»Geht's dir gut?«, fragt sie mich, während sie in ihrem Make-up-Täschchen kramt und schließlich einen Lippenstift hervorzieht.

»Klar.« Ich öffne den Wasserhahn.

»Du siehst aus, als hättest du geheult.«

Ich hebe den Blick und sehe im Spiegel, dass sie recht hat. Rote Flecken tanzen auf meinen Wangen, meine Augen glitzern. Ich presse meine nassen Hände auf die roten

Stellen. »Hab vielleicht ein bisschen zu viel Glühwein getrunken.« Das ist natürlich eine Lüge; mein letzter Tropfen Alkohol liegt Stunden zurück.

Ich beobachte meine Schwester, die jetzt sorgfältig ihren Lippenstift nachzieht. »Ich kapiere nicht, wie du es aushältst, die ganze Zeit Lippenstift zu tragen. Ich würde den nur überall hinschmieren.«

Meine Schwester grinst, während sie weiterhin völlig auf ihr Spiegelbild fokussiert ist. »Normalerweise ist das kein Problem. Aber in letzter Zeit …«

Ich schnaube. »Ich hab dich mit deinem Fotografen gesehen, als ich noch mal zurückgekommen bin in deine Wohnung.«

Caroline betrachtet ihre Lippen im Spiegel, dreht den Kopf auf beide Seiten. »Ich weiß.«

»Was? Warum hast du nichts gesagt?«

Sie knufft mich mit dem Ellenbogen in die Seite. »Ich dachte, dass du einen Beweis, dass ich über Yash hinweg bin, gut gebrauchen könntest. Hab mir dein Handy geschnappt, damit du noch mal zurückkommen musst.«

Also hat Caroline das minutiös geplant? Was, wenn sie doch die Briefeschreiberin ist? Was, wenn Rachel mit ihrem Verdacht recht hatte? Ich beschließe, sie jetzt einfach zu fragen. Sie ist meine Schwester – was soll schon passieren?

»Caroline, warst du es?«

Caroline lässt den Lipliner sinken und dreht sich zu mir herum, sodass sie nicht nur mein Spiegelbild, sondern mein echtes Gesicht sehen kann.

»Was meinst du?«

»Warst du das mit den Briefen?«

Jetzt starrt sie mich auf einmal schockiert an und ihre Augen weiten sich. Ich sehe förmlich, wie die Farbe aus

ihrem Gesicht weicht. »Livy, es tut mir so schrecklich leid.«
Ich runzele die Stirn, aber sie spricht schon weiter.

»Ich hätte viel früher mit dir darüber reden sollen, aber ich wusste einfach nicht, wie.« Sie fährt sich mit der Hand über die Stirn. »Ich meine, wie sagt man seiner kleinen Schwester, dass man damals aus Versehen ihren Liebesbrief geleakt hat? Dass man schuld daran ist, dass die eigene Schwester jahrelang gemobbt wurde? Ich bin so froh, dass wir jetzt endlich darüber sprechen.«

Auf einmal ist die Hitze aus meinem Körper verschwunden und mir ist kalt. Eiskalt. Mir fällt auf, wie zugig es in den Waschräumen eigentlich doch ist. Eine Gänsehaut breitet sich von meinem Nacken über meinen ganzen Körper aus. »Caroline, wovon redest du da?«

Sie starrt mich an und wird von Sekunde zu Sekunde noch bleicher. Ich habe fast Angst, dass sie im nächsten Moment durchsichtig wird und sich komplett auflöst. »Wir reden doch beide von dem Liebesbrief, den du damals an Yash geschrieben hast, oder?«

»Nein, redest du davon?«

Sie schluckt. »Ja?«

»Und was meinst du damit, dass *du* ihn geleakt hast? Das … das war doch Yash!«

Caroline stützt sich jetzt mit der Hand auf dem Waschtisch ab. »Oh, Livy.« Tränen treten in ihre Augen.

»Du … hast damals den Brief allen gezeigt, um mich bloßzustellen?«

»Nein. Das hätte ich niemals getan. Aber ich bin trotzdem schuld daran …«

»Wie meinst du das?«

Caroline wendet den Blick ab und starrt auf ihre Schuhe, als sie die nächsten Worte flüstert. »Ich war in deinem

Zimmer, um nach meinem Nintendo 3DS zu suchen. Ich wollte mit Hattie was spielen und ich hab ihn nirgends gefunden. Also dachte ich, du hättest ihn mir mal wieder geklaut. Irgendwann habe ich dann auch die Kiste unter deinem Bett danach durchsucht.«

Es kostet mich höchste Anstrengung, den Kloß in meinem Hals irgendwie runterzuschlucken, um weiterhin Luft zu bekommen. »Du hast die Kiste unter meinem Bett durchwühlt? Mit meinen Tagebüchern drin?«

»Ich … ich dachte, da hättest du den Nintendo versteckt, damit ich ihn nicht finde. Na ja, Hattie und ich haben statt dem Nintendo also diesen Brief gefunden. Und ich hab nicht mal gecheckt, was ich da vor mir habe. Ich dachte, das sind halt irgendwelche Notizen von dir. Ich hab den Brief einfach zur Seite gelegt, um weiter nach dem Nintendo zu suchen.«

»Das waren trotzdem meine privaten Sachen, Caroline«, bringe ich mit erstickter Stimme hervor.

»Ich weiß, ich hab nur … ich hab nicht mal gemerkt, dass Hattie heimlich ein Foto davon gemacht hat. Das Ausmaß dieser ganzen Sache habe ich erst kapiert, als überall in der Schule Fotos von deinem Brief hingen.«

Langsam schüttele ich den Kopf. »Das … ich kann das alles nicht glauben.«

»Es tut mir so schrecklich leid, Livy.«

»Ich kapiere das alles nicht! Ich dachte, das war Yash! Das hat er doch zu mir gesagt.«

Caroline kann mich immer noch nicht ansehen. »Ich habe mich so schlecht gefühlt. Ich war mit den Nerven am Ende und er hat … nun ja, er hat gemerkt, wie mies es mir ging und wie groß meine Angst war, dein Vertrauen zu verlieren. Ich dachte, du willst mit mir nie wieder etwas zu tun haben, wenn du erfährst, was ich getan habe. Also hat Yash mir irgendwann angeboten, die Verantwortung für alles zu übernehmen. Das war total bescheuert von uns. Jedenfalls hat Yash mir damals versprochen, niemals zu erzählen, dass eigentlich ich die Schuldige war. Ich habe mich so vor dir geschämt, Livy. Und natürlich war es falsch, dass ich nicht zu meinem Fehler gestanden habe.«

»Ich dachte jahrelang, Yash hat den Brief geleakt, um sich über mich lustig zu machen. Ich habe ihn gehasst dafür!«

Caroline schüttelt vehement den Kopf. »Es tut mir so leid, Liv, das musst du mir glauben. Und die Freundschaft mit Hattie habe ich damals sofort beendet, als ich kapiert habe, dass sie den Brief verbreitet hat.«

Ich schlinge die Arme um meinen Körper. »Ich habe mich so … allein gefühlt. Und wusstest du, dass ich meine Tagebücher damals verbrannt hab? Aus Angst, dass mir so was noch mal passiert? All meine aufgeschriebenen Erinnerungen.«

»Es tut mir so schrecklich leid, Liv.«

»Und hast du mir deshalb auch die aktuellen Briefe geschickt? Um mich mit Yash zu verkuppeln und dein schlechtes Gewissen zu beruhigen?«

Caroline hebt nun verwirrt den Blick. »Was für *aktuelle* Briefe meinst du?«

»Na die, die mich nach Granbury gelockt haben. Die Briefe, die mich dazu gebracht haben, mit Yash den Weihnachtsbaum zu schmücken, Schlittschuh zu laufen und so weiter. Du weißt schon.«

Sie sieht mich ehrlich verwirrt an. »Dachtest du wirklich, es wäre okay, was du damals getan hast, wenn du mich jetzt mit deinem Ex verkuppelst? Ist das dein verdammter Ernst?«

»Nein, ich …«

»Nach dem Motto: Schau mal, es ist doch gar nicht so schlimm, Olivia, deine Träume von früher werden nun endlich wahr.«

»Du musst mir glauben, wenn ich das sage, Olivia: Ich habe nicht die leiseste Ahnung, wovon du da gerade sprichst.«

Ich starre sie an, meine leichentuchbleiche Schwester. Hinter ihr sehen die gelblichen Fliesen der *Toast-Office*-Toiletten gerade richtig strahlend aus. »Wie …«, krächze ich und räuspere mich. »Wie soll ich dir jemals wieder irgendwas glauben, Caroline?«

Sie macht einen Schritt auf mich zu, aber ich weiche ihr aus und schiebe mich, so schnell ich kann, an ihr vorbei zum Ausgang. »Olivia!«, ruft sie mir hinterher. »Olivia, warte!«

Aber ich bleibe nicht stehen. Tränen verschleiern meine Sicht, als ich die Treppen nach oben stolpere. Im Gastraum des *Toast Office* wird immer noch gelacht und getrunken, aber in diesem Moment ist mir tatsächlich egal, ob jemand meine Tränen sieht. Ich will einfach nur hier raus. Ich *muss* hier raus.

»Olivia!«, ruft jemand, aber ich höre alles nur noch ganz verzerrt, weil das Blut so laut in meinen Ohren rauscht. Ich stürme nach draußen auf den jetzt menschenleeren Marktplatz. Die Grüne Dame leuchtet noch immer und es hat wieder zu schneien begonnen. Die Flocken segeln in aller Seelenruhe auf mich herab und haben keine Ahnung, was gerade in mir vorgeht. Sonst würden sie sich bestimmt augenblicklich in Hagelkörner verwandeln. Der Schnee dämpft alle Geräusche um mich herum, auch die Schritte, die jetzt hinter mir erklingen. Ich laufe weiter und biege um die nächste Straßenecke, doch die Person holt zu mir auf.

»Caroline, ich …« Ich drehe mich um, aber es ist nicht Caroline, sondern Yash, der vor mir steht.

Der Blick aus seinen dunklen Augen tastet wie eine sanfte Berührung über mein Gesicht. »Was ist passiert?«

Ich schlottere am ganzen Körper. Yash hat offenbar meinen Mantel aus dem *Toast Office* mitgebracht, denn er legt ihn mir jetzt um die Schultern. Dann wickelt er noch seinen eigenen, dicken Schal um meinen Hals.

Meine Zähne zittern auf einmal, sodass ich kaum einen Satz rausbekomme. »C-caroline hat's mir erzählt.«

»Was?«

»D-dass sie es war mit d-dem Brief damals.«

Yash macht einen Schritt auf mich zu, als wollte er mich berühren, bleibt dann aber in einigem Abstand zu mir stehen. »Hast du *meinen* Brief denn gelesen?«

Ich schüttele den Kopf. »N-nur den Anfang.«

Jetzt bemerke ich, dass er zwar meine Jacke aus dem *Toast Office* mitgenommen hat, aber selbst nur im Pullover in der Kälte steht. Er kratzt sich am Kinn. »Kannst du ihn noch zu Ende lesen?«

»Warum hast du's mir nicht gesagt?«

Er macht einen weiteren Schritt auf mich zu. Seine Nasenspitze ist unter der braunen Haut sichtbar rot vor Kälte, aber ich kann mich nicht von der Stelle rühren. »Ich hab's ihr versprochen, damals. Caroline meine ich. Dass niemand erfahren wird, dass sie deinen Brief an die Öffentlichkeit gebracht hat und nicht ich. Aber ich hab mich entschlossen, dir jetzt endlich die Wahrheit zu sagen. Vorhin war ich auf der Suche nach Caroline, um ihr meine Entscheidung mitzuteilen.«

Ich lege den Kopf schief. »Aber du hast es mir nicht gesagt.«

»Doch«, sagt er. »Es steht in meinem Brief an dich.«

Ich ziehe das fast schon vergessene Schriftstück aus meiner Hosentasche und falte es mühsam und mit halb gefrorenen Fingern auf.

Ich war es damals nicht, der den Brief gefunden hat, sondern Caroline. Sie war mit ihrer Freundin Hattie in deinem Zimmer und die hat ein Foto von dem Brief gemacht, als Caroline nicht hingeguckt hat. Es hat ihr das Herz gebrochen, dich so leiden zu sehen, und ich dachte, ich mache damit etwas besser, wenn ich die Verantwortung übernehme. Ich dachte, es wäre besser, wenn du mich hasst, und nicht deine Schwester. Und ich habe ihr hoch und heilig versprochen, niemandem je die Wahrheit darüber zu sagen.

Dieses Versprechen habe ich auch gehalten.

Bis jetzt.

Ich kann nicht ertragen, dass du mich für etwas hasst, das ich nie getan habe. Aber ich kann mich gleichzeitig auch nicht für etwas bei dir entschuldigen, das ich nie getan habe.

»Ab-aber du hättest doch trotzdem irgendwie mit mir darüber reden können?«, flüstere ich mit erstickter Stimme, aber Yash hört mich trotzdem.

»Wie denn? Ich hatte Caroline versprochen, niemandem die Wahrheit zu sagen.«

»Ich hab … ich hab dich gehasst.«

»Zurecht, findest du nicht?«

Ich hebe überrascht die Augen.

»Was für ein Arschloch wäre ich gewesen, wenn ich tatsächlich deinen Brief rumgezeigt hätte.«

»Caroline ist d-das eigentliche Arschloch.«

Er verzieht das Gesicht. »Caroline liebt dich. Bitte glaub

mir das.«

Ich presse die Zähne aufeinander. »Ihr beide habt mich angelogen. Jahrelang.«

Yash hebt traurig die Schultern. »Ja, das haben wir. Und es tut mir schrecklich leid, Livy. Das war wirklich eine falsche Entscheidung damals und ich dachte jahrelang, dass ich da nie wieder rauskomme. Dass sich nie etwas ändern wird.«

Ich schlucke. »Und was hat sich *jetzt* geändert?«

Yash macht einen weiteren Schritt auf mich zu. »Alles.«

»Alles?«

»Na ja, dieser Dezember mit dir hat etwas verändert, ach eigentlich war es schon unsere Begegnung auf der Hochzeit deines Bruders vor einem halben Jahr …«

»Was hat das mit James' Hochzeit zu tun?«

Yash fährt sich durch die Haare und ich merke auf einmal, dass er nervös ist. Er, der selbstbewusste Yash, ist nervös, weil er gerade mit *mir* spricht. »Caroline und ich haben uns in dieser Nacht getrennt.«

»Was? Warum das denn?«

Er hebt die Schultern. »Es war eigentlich schon lange aus zwischen uns, aber wir haben die Beziehung noch künstlich am Leben gehalten. Doch als ich dich wiedergetroffen hatte, ging das nicht mehr … es hat mich so durcheinandergebracht, dich zu sehen, mit dir im Weinkeller eingesperrt zu sein. Es hat sich nicht mehr richtig angefühlt mit Caroline zusammen zu sein. Ihr ging es da zum Glück ähnlich.«

Ich schüttele den Kopf. »Aber gesagt hast du mir nichts davon.«

»Ja, aber das hatte ich vor. Direkt nach dem Ende von Carolines Wahlkampagne wollte ich mit dir reden.«

»W-wie bitte?« Meine Zähne klappern jetzt richtig heftig.

»Ich wollte nach London fahren und dich nach einem Date fragen.«

Ungläubig schüttele ich den Kopf. »Dir ist aber schon klar, dass ich dir dann die Tür vor der Nase zugeschlagen hätte?«

Ein winziges Grinsen zuckt um Yashs Mundwinkel. »Mir schon, aber Pudding niemals. Ihn hätte ich natürlich mitgebracht.«

Als hätte er seinen Namen gehört, kommt Yashs Hund in diesem Moment mit einem empörten »Wuff!« um die Ecke geschossen und springt an mir hoch, als hätten wir uns ewig nicht gesehen. Ich kraule ihn hinter den Ohren und er leckt meine eiskalten Finger ab.

»Kann ich dich auf eine heiße Schokolade einladen?«, fragt Yash jetzt und sieht mich erwartungsvoll an.

Ich schüttele den Kopf und das Lächeln verschwindet sofort aus seinem Gesicht.

»Nein. Ich-ich kann da nicht wieder reingehen. C-Caroline ist da noch drin und …«

»Ich meinte nicht im *Toast Office*, ich meinte, bei mir zu Hause.«

»Oh.«

»In der Wassermühle«, fügt er verlegen hinzu.

Ich zögere.

»Bitte, Livy«, sagt Yash. »Bitte lass uns über alles reden.«

Pudding stupst mich mit seiner feuchten Schnauze an. Ein Blick in seine dunklen Hundeaugen reicht aus – ich bin verloren. »Na gut«, seufze ich. »Ich könnte eine heiße Schokolade tatsächlich ganz gut vertragen.«

Das Lächeln, das sich auf Yashs Gesicht ausbreitet, kommt der Explosion einer Sonne nah. Ich wuschele Pudding über den Kopf und er rennt vor mir die verschneite

Straße entlang Richtung Wassermühle. Pudding, Yash und ich folgen dem Verlauf des Little Cherwells bis zu der Fußgängerbrücke, die bei den Kindern von Granbury vor allem dafür bekannt ist, dass man von hier aus richtig gut Steine über das Wasser hüpfen lassen kann. Mein Blick wandert zum Ententeich und ich sehe, dass sich dort, wo ich eingebrochen bin, noch immer ein Loch in der Oberfläche befindet.

Ich zittere am ganzen Körper, aber ich weiß nicht, ob nur die Kälte dafür verantwortlich ist oder ob es auch daran liegt, was ich über Caroline erfahren habe. Yash schließt die Tür zur Wassermühle auf und schiebt mich die Treppe hoch, seine Hand liegt dabei fest und warm auf meinem unteren Rücken. Er lässt mich erst los, nachdem er mich erfolgreich auf seiner knautschigen Couch platziert hat. Dort geht er vor mir auf die Knie und öffnet den Reißverschluss meiner vom Schnee durchnässten Jacke. Ich lasse es geschehen; bleibe einfach sitzen und klappere weiter mit den Zähnen, als er die Jacke schließlich sanft von meinen Schultern streift. Um meinen Hals liegt noch immer sein Schal, der wunderbar nach ihm duftet. Yash legt eine weiche Sofadecke über meine Beine und kniet sich noch mal hin, um auch meine Füße sicher darin einzupacken. Pudding springt auf die Couch und will sich gerade neben mir zusammenrollen, als er von Yash geschnappt und ins Bad transportiert wird. Dort trocknet Yash die Schneematschpfoten von Pudding mit einem Handtuch ab.

»Die Schokolade kommt sofort.« Yash verlässt mit einem kleinen Lächeln das Bad und beginnt, an seiner Küchenzeile einen Topf mit Hafermilch zu erwärmen. Für einen Moment ist nur das Knacken des Gasherds zu hören, dann das Geräusch des Schneebesens im Topf. Pudding startet einen zweiten Versuch, zu mir auf die Couch zu springen, und diesmal hält ihn niemand auf. Zufrieden rollt er sich neben mir zusammen, während ich die Locken hinter seinen Ohren kraule. Yash rührt das Kakaopulver ein und öffnet dann einen Schrank, um die Packung mit veganen Marshmallows zu holen, mit denen er auch letztes Mal schon eine Tasse heiße Schokolade verfeinert hat. Diesmal kippt er aber doppelt so viele wie letztes Mal in die Tasse, bevor er sie mir in die Hand drückt und dann mit einer eigenen Tasse in der Hand neben mir auf der Couch Platz nimmt. Nicht nah genug, um mich zu berühren, aber doch so nah, dass ich die Reflexion der Lichterketten über der Schlafzimmertür in seinen Augen sehen kann.

»Danke.« Einen Moment lang genieße ich es, die Wärme der Tasse in meiner Hand zu spüren und den Duft der heißen Schokolade einzuatmen. Die komplette Leistung meines Hirns wird momentan dafür verbraucht, über alle möglichen Situationen meiner Vergangenheit nachzudenken, die jetzt auf einmal in einem ganz anderen Licht erscheinen: Carolines plötzliche Niedergeschlagenheit in der Zeit, in der mein Liebesbrief die Runde machte. Der plötzliche Streit mit ihrer besten Freundin, dessen Grund ich nie erfahren hatte. Und Yash, der eigentlich immer lieb und respektvoll zu mir gewesen war, und der mich auf einmal so gnadenlos verraten und dem öffentlichen Spott überlassen hat.

»Ich werde das Gefühl einfach nicht los, dass alles eine Lüge war: Carolines angebliches Mitgefühl, das sie damals für mich hatte«, flüstere ich. »Sie hat mich in all den Jahren bestimmt nur so nett behandelt, weil sie ein schlechtes Gewissen hatte.« Ich schnaube. »Vielleicht kann meine große Schwester, an deren Schulter ich mich so oft angelehnt habe, wenn es mir schlecht ging, mich nicht mal ausstehen.«

Yash schüttelt den Kopf. »Das stimmt nicht, Olivia. Caroline liebt dich, das weiß ich.«

»Warum hat sie dann nichts gesagt?« Mit Blinzeln komme ich nicht gegen die Tränen an, sie strömen aus meinen Augen und laufen meine Wangen runter. Kurzerhand nimmt Yash mir die Tasse aus den Händen, stellt sie auf dem Tisch ab und zieht mich dann zu sich heran. Er streichelt einfach nur über meinen Rücken, während ich mein Gesicht in seinem Nacken vergrabe. Das öffnet so richtig die Schleusen und nach kurzer Zeit schluchze ich so heftig, dass davon auch Yash durchgeschüttelt wird. Doch er schlingt weiter seine Arme um mich und hält mich einfach nur fest.

»Es ist so unfair«, schluchze ich.

»Ja«, sagt er einfach nur. »Das ist es. Und mein Anteil an dieser ganzen Sache tut mir auch so unglaublich leid.«

»Und weißt du was? … Sie hat gesagt, dass sie diese mysteriösen Briefe, die wir beide bekommen haben, nicht geschrieben hat«, ich schniefe, »aber ich weiß nicht … ich weiß nicht, ob ich ihr das glauben kann. Ob ich ihr überhaupt noch irgendwas glauben kann.« Wieder wird mein Körper von Schluchzern erfasst.

»Und wer soll es denn sonst gewesen sein?«

Yash streichelt meinen Rücken. »Das finden wir schon noch heraus.«

»Ehrlich?«

Er gibt mir einen Kuss auf den Scheitel. »Ich werde meinen besten Detektiv darauf ansetzen.«

»Wen meinst du?«

»Pudding natürlich.«

Ich schnaube. »Ehrlich gesagt weiß ich nicht, ob er ein so guter Detektiv ist. Er lässt sich doch verdammt leicht von Snacks ablenken.«

Yash seufzt und ich spüre seinen Atem warm an meiner Schläfe. »Dann hast du wohl Pech. Sonst kann ich nämlich nur mich selbst als Detektiv anbieten, und ich lasse mich ja auch schrecklich schnell ablenken.«

Ich löse meinen Kopf von seiner Schulter und blinzele unter feuchten Wimpern zu ihm hoch. »Wovon denn?«

Yash grinst so breit, dass ich seine geheime Zahnlücke sehen kann. »Von dir natürlich. Ich wäre ziemlich unaufmerksam, wenn wir uns gemeinsam wieder auf die Suche nach dem Briefeschreiber begeben. Da kannst du dir sicher sein.«

Ich muss lachen. »Wie lange hast du geübt und darauf gewartet, diese Line zu bringen?«

Er verzieht das Gesicht. »Mmmh, ungefähr so sechs, acht Jahre?«

»Das klingt, als wären wir uralt.«

»Der Einzige, der in diesem Raum uralt ist, ist Pudding.«

Instinktiv halte ich ihm mit beiden Händen den Mund zu. »Wag es ja nicht, so etwas zu sagen! Pudding ist ein Baby und wird auch für immer eins bleiben.«

Yash nickt, also löse ich vorsichtig meine Hände, doch er fängt sie sofort mit seinen eigenen Fingern ein. Wärme strömt von der Stelle, an der er mich gerade berührt, durch meinen ganzen Körper und sammelt sich zu einem pulsierenden Knoten in meinem Bauch. »Hör auf, mich so anzugucken«, murmele ich.

»Wie denn?«

Ich zucke die Achseln. »Als würde gerade dein Herz brechen.«

Yash seufzt und schlägt die Augen nieder. »Ich … ich würde verstehen, wenn du das alles nicht willst. Wenn das hier das Ende ist. Von uns, meine ich.«

Ich versteife mich bei seinen Worten und werde mir auf einmal darüber bewusst, dass ich praktisch auf seinem Schoß sitze. »Willst du denn, dass es das Ende ist?«

Yashs Blick zuckt zu mir hoch. »Was? Nein!«

Ich schlucke, mein Mund ist auf einmal ganz trocken, die heiße Schokolade längst vergessen. Mein Magen zieht sich zusammen und mein Herzschlag beschleunigt sich. »Was … was willst du dann?«

Yash atmet tief aus. »Vor allem will ich dich küssen.« Er streckt einen Finger aus und streicht mir damit eine Locke hinter das Ohr zurück. Diese Berührung jagt eine Gänsehaut über meinen ganzen Körper.

Unsere Gesichter sind jetzt nur noch Zentimeter voneinander entfernt. Yash schüttelt sanft den Kopf. »Ich hätte von Anfang an nicht lügen sollen.«

»Vielleicht war es besser so.«

»Was meinst du?«

»Na ja, so konnte ich dich immerhin hassen und musste nicht in Liebeskummer versinken, weil mein Traummann mit meiner Schwester zusammen ist.«

»*Liebes*kummer?«

Statt zu antworten, überbrücke ich den Abstand zwischen uns und drücke meinen Mund auf seinen. Seine Lippen schmecken nach der heißen Schokolade und nach ihm selbst – die Hitze in meinem Magen pulsiert durch meinen ganzen Körper. Er erwidert den Kuss, umgreift meinen Hinterkopf und zieht mich näher zu sich heran, bis meine Brust an seiner liegt. Ich kann seinen rasenden Herzschlag an meinen Rippen spüren und mir entweicht ein kleines Stöhnen. Normalerweise wäre mir das peinlich, aber Yash reagiert darauf, indem er mich noch näher zu sich heranzieht und seine Zunge in meinen Mund schiebt. Jetzt umgibt Yash mich völlig, er ist alles, was ich rieche, schmecke und fühle. Aber trotzdem trennen uns noch mehrere Lagen Stoff, die mir auf einmal schrecklich störend vorkommen.

Meine Finger finden die Stelle zwischen seiner Hose und seinem Pullover und dann spüre ich plötzlich seine weiche Haut. Es fühlt sich so an, als würde er glühen, als würde er brennen. Genau wie ich selbst.

Yash küsst meinen Kiefer und wandert dann hinab zu meinem Hals. Doch in diesem Moment kommt mir ein Gedanke – ich schiebe Yash sanft zurück. »Wie soll das hier weitergehen?«, flüstere ich.

»Was … was meinst du damit?«

Yash löst sich von mir. Seine Haare sind verstrubbelt, die Wangen rot und seine tiefschwarzen Augen kommen mir riesig vor.

»Wie stellst du dir das vor? Was wünscht du dir von uns?«

»Darüber willst du *jetzt* mit mir reden?«

Ich nicke vehement. Mein Körper fühlt sich an wie ein gespannter Bogen. Ich fahre mir mit der Hand durch die Haare. *Was mache ich hier gerade bloß?*

Yash räuspert sich. »Also, ähm, ich weiß noch nicht, ob ich wirklich mal heiraten will, um ehrlich zu sein. Das Konzept wirkt irgendwie ziemlich veraltet auf mich. Aber sich einem anderen Menschen zu versprechen finde ich gleichzeitig auch sehr romantisch. Da bin ich noch unentschlossen.«

Mein rechter Mundwinkel zuckt. »Das meinte ich nicht. In deinem Entschuldigungsbrief hast du nichts davon geschrieben, was du gerne mit mir machen möchtest – so wie ich es dir damals auch geschrieben habe.«

Yash legt seinen Kopf schief. »Worauf willst du hinaus?«

»Ich will wissen, was du dir hier und jetzt von uns wünschst. *Körperlich.*«

Yashs Augen weiten sich, aber ich sehe in ihnen keine Ablehnung, sondern nur Verlangen.

»Hast du hier irgendwo einen Notizblock und einen Kugelschreiber?«

Yash zögert kurz, nickt dann aber.

»Bin gleich wieder da.« Er durchquert den Raum und kommt kurz darauf tatsächlich mit einem Notizblock und einem Kugelschreiber zurück. Er setzt sich gegenüber von mir in einen Sessel, wie um künstlich Abstand zwischen uns zu schaffen.

»Schreib auf, was du gerne mit mir machen möchtest.«

Sofort beugt er sich über den Couchtisch und beginnt zu schreiben, eine Zeile nach der anderen, ohne zu zögern. Er hat den Ärmel seines Pullovers hochgeschoben und die Adern an seinem Unterarm tanzen im warmen Licht, während er den Stift über das Papier fliegen lässt. Sein Blick ist konzentriert auf den Notizblock gerichtet und er muss offenbar keine Sekunde darüber nachdenken, was er schreibt. Es fließt einfach aus ihm heraus, als hätte er schon tausendfach darüber nachgedacht. Ich rutsche auf der Couch hin und her, sodass sogar Pudding neben mir irgendwann irritiert den Kopf hebt. Mein ganzer Körper fühlt sich heiß an und mit jeder Sekunde, die Yash schreibt, wird es schlimmer. Ich will ihn berühren und ich will, dass er *mich* berührt.

»Fertig.« Er wirft den Stift zur Seite, reißt das oberste Blatt des Notizblocks ab und faltet es einmal in der Mitte, bevor er es mir entgegenstreckt. Unsere Finger berühren sich und ein Kribbeln bereitet sich von dieser Stelle in meinem ganzen Körper aus.

Ich halte die Luft an, falte das Blatt auf und beginne zu lesen.

Dabei spüre ich die ganze Zeit seinen Blick auf mir, dunkel und hungrig, als würde er mich am liebsten gleich verschlingen.

Als ich am Ende des Texts angelangt bin, pulsiert Wärme zwischen meinen Beinen. Mir ist so heiß, dass ich am liebsten sofort meinen Pullover ausziehen würde, aber Yashs Blick nagelt mich auf der Couch fest. Mein Mund fühlt sich auf einmal ganz trocken an.

»Das alles willst du mit mir machen?«

Er hebt eine Augenbraue. »Ja. Aber natürlich nur das, worauf du auch Lust hast. Und ich bin offen für kreative Vorschläge.«

Es ist nicht so, dass ich sexuell unerfahren bin, aber all diese Dinge aufgeschrieben und an mich gerichtet zu lesen, lässt mein Hirn fast explodieren.

»Ich …« Aber Yash unterbricht mich. »Jetzt bist du dran.«

»Ernsthaft?« Ich schlucke.

Er nickt. »Ernsthaft.«

Mit zitternden Fingern nehme ich den Notizblock an mich, lege ihn auf meinen Schoß und lasse die Feder des Kugelschreibers springen. Während ich das mache, zieht Yash aus der Ritze zwischen der Lehne und dem Polster des Sessels, auf dem er sitzt, plötzlich ein kleines … Stöckchen? Doch bevor ich fragen kann, was er damit vorhat, steht er schon auf und schnalzt mit der Zunge. Pudding hebt neben mir schlagartig den Kopf. Und als Yash das Stöckchen die Treppe hinunter wirft, springt Pudding diesem begeistert hinterher. Mit einer schnellen Bewegung schließt Yash daraufhin die Tür, die an die Treppe ins Untergeschoss grenzt. Als er meinen fragenden Blick sieht, zuckt er die Achseln. »Für die möglichen weiteren Entwicklungen dachte ich, dass es vielleicht besser wäre, wenn neben uns kein hechelnder Hund sitzt.«

Ich muss lachen und schüttele den Kopf, bevor ich mich wieder auf den Notizblock konzentriere. Ich schreibe lediglich einen einzigen Satz, dann falte ich den Zettel zusammen und werfe ihn Yash zu. Er fängt ihn auf, ohne dabei den Blick von meinem Gesicht zu lösen. Er hat die Ärmel seines Pullovers hochgekrempelt und seine Haare sind immer noch ganz verwuschelt von unserem Kuss. Ich wünschte, er wäre nicht so weit weg, ich wünschte, er würde mich berühren, ich wünschte, ich könnte ihn berühren.

Yash erfasst die wenigen Worte auf meinem Zettel mit einem Blick und schnalzt dann mit der Zunge.

»Das reicht nicht.«

»Aber warum nicht?«

Er liest meine Worte laut vor. »*Ich will das alles auch.*«

»Aber es stimmt doch!«

»Was *genau* willst du?«

Ich rutsche auf der Couch hin und her. Yash steht auf und kommt zu mir herüber. Er bleibt vor mir stehen und hebt mein Kinn mit einem Zeigefinger an, sodass ich ihm in die Augen sehen muss. »Du kannst es mir auch sagen, wenn du es nicht aufschreiben möchtest.« Ich bin dankbar für diesen Vorschlag. Meine Wünsche auf Papier zu bringen, fällt mir noch immer nicht leicht.

»Okay.« Meine Stimme klingt ganz rau.

Yash lässt mich nicht aus den Augen. »Willst du auf meinen Fingern kommen?«

Ich schlucke. »Ja.«

»Dann sag es, wenn du es nicht schreiben willst.«

»Ich … ich will auf deinen Fingern kommen, Yash.«

Es ist, als hätten meine Worte seine Zurückhaltung zertrümmert. In einer fließenden Bewegung geht Yash vor mir auf die Knie und öffnet den Knopf meiner Hose. »Yash«, flüstere ich, während seine Finger unter meinen Hosenbund gleiten. Er küsst mich und ich schmelze, während er meine Hose an meinen Oberschenkeln herunterrollt, bis ich sie von meinen Beinen strampeln kann. Es ist noch gar nicht so lange her, dass wir fast in derselben Situation waren, nachdem ich in den Ententeich eingebrochen bin. Und doch ist jetzt alles anders. Yash fährt jetzt mit den Fingerspitzen den Bund meines Höschens entlang. Wenn er wüsste, wie feucht ich jetzt schon bin, würde er mich bestimmt nicht so auf die Folter spannen. Er küsst mich weiter. Sein Mund ist heiß und schmeckt unglaublich gut. Ich klammere mich an seinen Oberarmen fest, als würde ich sonst davonschwimmen. Als seine Finger endlich meine Klitoris berühren, zucke ich zusammen. »Ist das gut?«, flüstert er mir rau ins Ohr.

»Ja.«

Seine Finger gleiten immer schneller im Kreis, bis sich mein ganzer Körper anspannt und ich nicht anders kann, als mein Gesicht in seinem Nacken zu vergraben. »Yash, ich … ich …« Ich komme und er drückt mich noch fester an sich, als würde er keine meiner Regungen verpassen wollen. Ich atme schwer, aber suche schon wieder seine Lippen. Er küsst mich und jetzt zittert auch er am ganzen Körper, das kann ich spüren. »Was ist mit meiner Zunge?«, flüstert er, rau und tief.

»Ich … ich weiß nicht, ob ich schon wieder kommen kann.

»Aber willst du es versuchen?«

»Ja«, flüstere ich. *Und wie ich das will.*

Jetzt löst sich ein Stöhnen aus seiner Brust, das mich fast um den Verstand bringt. Er lässt sich vor mir sinken, spreizt meine Beine weit und wirft sie dann über seine Schulter. »Halt dich fest«, murmelt er und als ich in seine Haare greife, stöhnt er noch einmal. »Fester.«

Er lässt mich keine Sekunde aus den Augen, während seine Zunge um meine Klitoris kreist. Ich beiße mir auf die Lippen, um nicht noch lautere Geräusche zu machen. »Niemand kann uns hier hören, Liv«, murmelt er.

Also lasse ich mich zurück auf die Couch fallen, schließe die Augen und lasse meinen Körper ab jetzt alle Geräusche machen, die er möchte. Ich komme ein zweites Mal, in einem eisig-heißen weißen Blitz gehüllt, und sacke dann auf der Couch zusammen.

Yash taucht über mir auf und ich strecke meine Arme nach ihm aus. Er legt sich auf mich, sein Gewicht warm und wohltuend, und vergräbt sein Gesicht in meinem Nacken. Ich spüre seine Erektion zwischen meinen Beinen. »Yash«, flüstere ich.

»Mh?« Er knabbert an meinem Ohrläppchen und meine Zehen rollen sich genussvoll zusammen. »Es gibt noch eine Sache von deiner Liste, die ich jetzt sofort mit dir machen will.«

Er drückt sich mit den Handflächen hoch, sodass sein Gesicht über mir schwebt. Sein Gesicht, das ich jetzt endlich anfassen darf. Ich fahre mit den Fingern durch seinen Bart, über seine Nase bis in seine Haare, an denen ich ein bisschen ziehe, was ihn zum Stöhnen bringt. »Was ist es, Olivia? Alles, was du willst.«

»Ich will, dass du mich *fickst.*«

Seine Augen weiten sich vor Überraschung und seine Augenbrauen schießen nach oben. Er blinzelt. »Hast du das gerade gesagt oder war das nur ein Wunschtraum von mir?«

Ich zerre an einer Haarsträhne, was dazu führt, dass seine Augen zurück in den Hinterkopf rollen. »Ich kann einfach nicht glauben, dass du gerade das Wort *ficken* zu mir gesagt hast.«

»Darf ich dich daran erinnern, dass du in deinem Brief dasselbe geschrieben hast, dass du mich *ficken* willst?«

Er verzieht das Gesicht. »Rückblickend eine meiner besseren Ideen, wenn es uns in diese Situation gebracht hat.«

»Dann frage ich dich noch einmal, Yash: Wirst du mich jetzt ficken?«

Er umgreift meinen Nacken und zieht mich daran hoch, bevor er mich über seine Schulter wirft und dann Richtung Schlafzimmer trägt. Wieder stöhnt er etwas, aber dieses Mal liegt es, glaube ich, an meinem Gewicht. »Finden wir's heraus«, sagt Yash, bevor wir aufs Bett fallen.

Und dann finden wir es heraus. Zwei Mal.

Kapitel 23

Ich werde von einem lauten Klopfen wach und brauche einen Moment, bis ich kapiere, wo ich mich befinde. Ein schwerer Arm liegt über meiner Hüfte und die Bettwäsche raschelt hinter mir.

Yash stöhnt. »Wie spät ist es?«

Ich angele mein Smartphone vom Nachttisch. »Kurz nach sieben.«

Ein überraschtes Quietschen entweicht mir, als Yash den Griff um meine Hüfte verstärkt und mich näher an sich heranzieht. Er küsst meinen Nacken, was eine wohlige Gänsehaut über meinen ganzen Körper jagt. »Also noch viel zu früh zum Aufstehen.«

Wieder ertönt ein Klopfen, das klingt, als würde jemand mit der Faust unten gegen die Eingangstür der Wassermühle hämmern. Pudding gibt ein leises Knurren von sich. Bevor wir geschlafen haben, hat Yash ihn gestern Nacht noch ins Obergeschoss gelassen, wo er sich dann zufrieden in seinem Körbchen in der Ecke des Schlafzimmers zusammengerollt hatte.

Ich schließe die Augen und drücke mich gegen Yash, gegen seine wunderbare Wärme, die in starkem Kontrast zu der Luft außerhalb der Decke steht. »Glaubst du, die verschwinden, wenn wir nicht reagieren und einfach hier liegenbleiben?«

»Das will ich für sie ja wohl hoffen«, knurrt Yash. Seine Finger gleiten über meine Haut. Er zieht mich noch näher an sich und ich spüre, dass er wieder hart ist. Er küsst meinen Nacken hinab zu meiner Schulter. Wir sind beide noch immer nackt und allein das Gefühl von seiner Haut auf meiner fühlt sich unglaublich gut an.

»Wir sollten uns aber sicherheitshalber unter der Decke verstecken.« Yash wartet nicht lange und vergräbt uns unter seiner Decke, während er weiter an meinem Körper hinab küsst. Irgendwann dreht er mich um, damit er auch meinen Bauchnabel küssen kann. Hitze breitet sich in mir aus und ich werfe die Decke zur Seite, damit ich ihn sehen kann, wie er dort vor mir kniet, zwischen meinen Beinen, und mit funkelnden Augen zu mir hochblickt. Er wirft meine Beine über seine Schulter und beugt sich hinab. Yash nimmt meine Klitoris zwischen seine Lippen, saugt daran und ich lasse mich zurück auf die Matratze fallen, schließe die Augen, lass mich von der Welle mitnehmen, die über meinen Körper schwappt …

Wieder dieses Hämmern. »Yash Mehra!«, ertönt auf einmal eine Stimme aus einem Megafon. »Sind Sie da? Hier spricht die Polizei.«

Yash hält abrupt inne und ich setze mich schockiert auf. »Die Polizei?«

Sichtlich irritiert wischt sich Yash mit dem Handrücken den Mund ab. »Ich bringe lieber schnell in Erfahrung, was die von mir wollen.«

Dann steht er auf. Mit hektischen Bewegungen schlüpft er in seine Hose und einen Pullover, ehe er mir noch einen schnellen Kuss auf die Lippen gibt. »Bleib einfach hier liegen. Ich bin gleich wieder da und dann bringe ich dir einen Kaffee.«

Mit diesen Worten verschwindet er aus dem Schlafzimmer und ich höre im nächsten Moment, wie er die Stufen der Holztreppe nach unten poltert.

Aber natürlich kann ich nicht einfach untätig liegen bleiben. *Was will die verdammte Polizei von Yash?* Schnell wickele ich mir die Decke um die Schultern, verlasse das Bett und renne zum Fenster. Pudding springt ebenfalls auf und stellt sich sogar auf die Hinterbeine, um auch einen Blick aus dem Fenster zu erhaschen. Von hier hat man einen guten Blick auf die Wiese zwischen der Wassermühle und der Scheune, in der noch immer die Gänse und Kaninchen versteckt sind. Und mitten auf der Wiese steht ein Polizeiauto mit geöffneten Türen, um das sich ein Halbkreis aus schaulustigen Dorfbewohnern versammelt hat. Natürlich passiert in Granbury nichts, ohne dass es das halbe Dorf mitbekommt – warum bin ich überhaupt davon überrascht?

Wenn ich meine Nase gegen das Glas drücke, kann ich jetzt auch Yash erkennen. Er spricht mit den Polizeibeamten. Die Stimmen klingen gedämpft durch das Glas zu mir hoch.

»Wir haben einen Hinweis erhalten, dass Sie auf Ihrem Grundstück gestohlene Tiere beherbergen.«

»Ich weiß nicht, wovon Sie da sprechen«, erwidert Yash. Selbstbewusst hat er die Arme vor der Brust verschränkt und wirkt ziemlich überzeugend, finde ich.

Doch als hätten die Gänse ihn quer über die Wiese gehört, beginnen sie auf einmal damit, in der Scheune laut zu schnattern. Wahrscheinlich verbinden sie Yashs Stimme schon mit einem baldigen Frühstück.

Scheiße. Ich sehe, wie nun einer der Polizisten mit großen Schritten die Wiese überquert. Nein, ich kann nicht einfach weiter hier oben stehen und zusehen, wie Yash für den Gänse- und Kaninchenraub den Kopf hinhält. So schnell es geht, streife ich meine Hose und einen Pullover von Yash über, steige barfuß in meine Stiefel und rase anschließend die unter meinen Schritten ächzenden Treppenstufen nach unten.

Als ich auf die Wiese trete, sehe ich, dass die Polizei das Scheunentor bereits geöffnet hat.

Eine der Gänse watschelt aus dem geöffneten Scheunentor hinaus auf die Wiese, als wäre diese ihre ganz persönliche Bühne. Sie schnattert einen der Polizisten empört an. Vermutlich ist sie sauer, dass er ihr kein Frühstück mitgebracht hat. Die Kaninchen und die anderen Gänse sind zum Glück nicht so mutig: Sie verstecken sich weiterhin in der Scheune. Gerade fehlt nur noch, dass alle Tiere ausbüchsen und wir sie durch ganz Granbury jagen müssen.

»Das war nicht Yash!«, rufe ich so laut ich kann. »Ich war es!«

Alle Köpfe drehen sich gleichzeitig zu mir um. »Olivia?«, fragt Quentin, unser Dorfkünstler. »Was machst du denn um diese Uhrzeit schon bei Yash in der Mühle?«

Diese Frage sorgt direkt für Getuschel unter den Dorfbewohnern. »Das tut nichts zur Sache«, stottere ich. »Ich möchte nur klarstellen, dass Yash nichts mit dem Diebstahl der Tiere zu tun hat. Ich war es. Ganz allein.«

Es fällt mir schwer, dem Blick des ersten Polizisten standzuhalten, und ich muss schlucken. Er hat einen beeindruckenden Schnurrbart und noch beeindruckendere Augenbrauen. Insgesamt wirkt es deshalb so, als hätte er gleich drei einschüchternde Schnurrbärte im Gesicht.

»Und wer sind Sie, wenn ich fragen darf?«

»Mein Name ist Olivia Lennox. Und ich habe die Tiere hier in diese Scheune gebracht.«

Der Partner des Polizisten, ein kleiner runder Mann ohne Hals, dafür mit großen, kugelrunden blauen Augen, kratzt sich unschlüssig am Kinn. »Also bestreiten Sie gar nicht, dass sie die Tiere von der Dobbins-Farm gestohlen haben?«

»Olivia.« Yash ist jetzt ganz nah bei mir und zieht mich am Kragen des Pullovers ein Stück zurück. Dann flüstert er in mein Ohr. »Sag jetzt am besten nichts mehr, okay? Ich klär das schon.«

Aber ich schüttele den Kopf und drehe mich zu ihm um. »Das mit den Tieren war meine Idee. Ist doch so.«

Er legt den Kopf schief. »Nicht ganz, jemand hat dir einen Brief geschrieben, der dich dazu gebracht hat, die Tiere vor dem Schlachter zu retten. Du bist nur einer Aufforderung gefolgt.«

Aber ich schüttele wieder den Kopf. »Nein, ich hatte diese Idee schon vor vielen Jahren. Und ich hätte es schon damals durchziehen sollen.«

»Na ja, und ich bin zusammen mit dir auf das Gelände eingebrochen und habe die Tiere mit dir in dein Auto verfrachtet, also bist du definitiv nicht allein schuld.«

Ich lege Yash kurzerhand meine rechte Hand auf den

Mund, um ihn ruhigzustellen, und drehe mich danach wieder zu den Polizisten aus Cressley um. »Wenn Sie jemanden verhaften wollen, dann müssen Sie nicht weitersuchen. Ich–«

»Olivia!« In diesem Moment drängt sich meine Schwester Caroline durch die Menge der Schaulustigen zu uns durch.

»Und wer sind jetzt auch noch Sie?«, langsam klingt der Polizeibeamte ziemlich genervt und ich spüre, dass er sich diesen Morgen völlig anders vorgestellt hatte.

»Ich bin Caroline Lennox, Bezirksrätin.« Sie macht eine kurze Pause und lächelt mir dann aufmunternd zu. »Und ich bin die Anwältin von Olivia Lennox. Wenn Sie irgendwelche Fragen haben, richten Sie diese also bitte an mich.«

Der Schnurrbart-Polizist schnaubt. »Ich glaube, unsere Fragen haben sich schon alle geklärt. Hier sind die vermissten Tiere und es gibt auch eine Person, die für den Diebstahl die Verantwortung übernommen hat.«

Plötzlich rutscht mir das Herz in die Hose. Werde ich jetzt wirklich verhaftet? »Olivia Lennox, richtig? Wir müssen Sie mit auf die Wache nehmen. Und dann werden wir Mr Dobbins informieren, dass wir seine Tiere gefunden haben.« Jetzt holt er tatsächlich Handschellen aus seiner Hosentasche. *Handschellen!*

»Nicht so hastig!« Diesmal ist es die Supermarktbesitzerin Bridget, welche sich aus der Menge hervorschiebt. Sie macht sich so groß, wie sie kann, und baut sich bedrohlich vor dem Polizisten auf. Trotzdem ist sie einen ganzen Kopf kleiner als er. »Wie genau lautet denn der Vorwurf?«

»Na ja, erst einmal geht es hier natürlich um Diebstahl.« Jetzt drückt auch der Polizist seine Brust so weit raus, wie es geht. Offenbar versucht er, vor Bridget mächtiger auszusehen. Dann macht er einfach damit weiter, mir die

Handschellen anzulegen. Wenigstens dreht er mir dazu nicht die Hände auf den Rücken wie in einem amerikanischen Film. Trotzdem wird mir ganz mulmig zumute, als die Handschellen hörbar einrasten.

»Aber wie kann es denn Diebstahl sein, wenn die Gänse gar nicht mehr Mr Dobbins gehören? Sie gehören uns allen.«

Für einen Moment herrscht Stille auf der Wiese vor der alten Wassermühle – nur das Schnattern der Gänse in der Scheune ist noch zu hören. Auch die mutige Gans, die nach draußen gekommen war, hat sich mittlerweile ohne Frühstück wieder zurück in die Scheune verzogen. Vermutlich ist sie beleidigt. Ich zittere vor Kälte– und auch ein bisschen vor Angst.

»Was meinen Sie denn damit?«, fragt der zweite Polizist.

»Na ja.« Bridget dreht sich einmal im Kreis und deutet auf die immer größer werdende Menge an Dorfbewohnern. »Wir alle haben diese Tiere doch schon vor Monaten gekauft, oder nicht?«

Die Anwesenden nicken.

»Ja!«, ruft Martin laut.

»So ist es«, fügt Tommy hinzu.

»Eigentlich zieht Dobbins die Tiere nur für uns auf. Es ist also erst Diebstahl, wenn *wir* nicht damit einverstanden sind, dass Olivia und Yash die Tiere in die Scheune gebracht haben. Und ich für meinen Teil habe nichts dagegen.«

»Sie müssen Olivia also gar nicht festnehmen«, wirft Caroline ein. »Wo kein Kläger, da kein Henker, oder wie man so schön sagt.«

Die beiden Polizisten werfen sich fragende Blicke zu. »Ich glaube, es heißt ‚Wo kein Kläger, da kein Richter'.«

»Lasst sie frei!«, ruft jetzt die ganze Menge und beginnt damit eine Art Protestgesang.

»Lasst.«

»Sie.«

»Frei.«

Inzwischen wirken die beiden Polizeibeamten ziemlich nervös. Sie scheinen sich nicht mit einer ganzen Dorfgemeinschaft anlegen zu wollen und ich kann sie gut verstehen.

»Na schön. Wir haben es verstanden!«, ruft der ältere Polizist und schafft es, die Menge damit zu beruhigen. Dann zischt er leise in meine Richtung: »Trotzdem kann es sein, dass Mr Dobbins wegen des Einbruchs noch Anzeige erstattet. Sie werden vielleicht noch von uns hören.«

Caroline nutzt den Moment und schiebt den blonden Polizisten jetzt zur geöffneten Beifahrertür des Streifenwagens. »Vielleicht klären Sie diesen Fall erst noch mal in Ruhe unter sich. Anschließend können Sie mich gern kontaktieren, ich gebe Ihnen meine Karte.«

»O-okay«, entgegnet der sichtlich verwirrte blonde Beamte. Auch er hatte sich diesen Morgen definitiv anders vorgestellt.

Caroline wendet sich nun dem anderen zu. »Den Schlüssel, bitte. Wenn meine Schwester noch länger grundlos Handschellen tragen muss, werde ich eine Beschwerde einreichen. Da können Sie sicher sein.« Mit einem genervten Grummeln öffnet der Polizist meine Handschellen und sofort fährt Yash mit den Fingern über meine Handgelenke und küsst die Stellen, an denen die Handschellen einen roten Abdruck hinterlassen haben. Ich weiß nicht, ob er einfach vergessen hat, dass er so was nicht in der Öffentlichkeit machen sollte. Als wäre gestern Nacht ein Damm gebrochen, den man jetzt nicht wieder reparieren kann.

Die Beamten ziehen tatsächlich ab, aber ich weiß, dass es damit noch nicht erledigt ist. Ich bin hier noch nicht fertig. Es sieht so aus, als wären jetzt fast so viele Personen hier wie gestern Abend auf dem *Hearth & Holly Fest* und ich bin mir sicher, dass spätestens um die Mittagszeit jeder einzelne Bewohner von Granbury mitgekriegt haben wird, was sich heute Morgen um kurz nach sieben auf dem Gelände der Alten Wassermühle abgespielt hat.

»Danke, dass ihr gerade so für mich eingesprungen seid«, sage ich in die Menge hinein. »Aber das heißt nicht, dass ich euch die Tiere jetzt einfach so geben werde.«

Gemurmel bricht unter den Anwesenden aus. »Ich habe diese unschuldigen Kaninchen und Gänse nicht vor dem Schlachthof gerettet, nur damit sie am Ende dann doch noch auf euren Tellern landen.«

In diesem Moment ruft jemand keuchend meinen Namen.

»Olivia!« Meine Mutter stolpert auf die Wiese und keucht. »Was ist hier los?« Hinter ihr ist jetzt auch mein Vater aufgetaucht – er sieht völlig fertig aus. Offenbar war er nicht schnell genug, um sie aufzuhalten.

»Sie hat die Gänse und Kaninchen von der Dobbins-Farm geklaut«, ruft jemand in der Menge.

»Was bitte?«, keucht meine Mutter.

»Das wollte ich schon immer machen, schon als Teenagerin. Aber ich hatte all die vergangenen Jahre nie den Mut dazu. Das hat sich jetzt geändert.« Meine Augen finden die von Yash und er nickt mir ermutigend zu.

»Deswegen werde ich es auch nicht akzeptieren, dass die Tiere dieses Jahr in euren Backöfen landen.«

»Aber … aber was ist mit unserem Weihnachtsessen?«, fragt meine Mutter. Vom Laufen ist ihr Gesicht ganz rot geworden und sie starrt mich mit großen Augen an. Mein

Vater erreicht sie und will ihr beruhigend den Arm um die Schulter legen, aber meine Mutter schüttelt ihn ab.

»Ja!«, ruft jemand, den ich unter all den Gesichtern nicht zuordnen kann. »Wir machen das seit Jahrzehnten so, das ist einfach Tradition.«

Ich zucke die Achseln. »Ihr könnt doch trotzdem wie jedes Jahr mit euren liebsten Menschen an einem Tisch sitzen. Ihr könntet zur Abwechslung mal Rosenkohl und Kartoffelbrei essen, was ist denn das Problem bei der Sache?«

Bridget räuspert sich und tritt vor. »Ideen und Zutaten für kreative Weihnachtsdinner findet ihr übrigens auch immer bei mir im Laden. Ich kann gerne beraten.« Bridget zwinkert mir zu.

Für einen Moment schweigt die Menge. Ich sammle meinen Mut zusammen und spreche dann weiter. »Ich weiß, wie wichtig Traditionen in Granbury sind und wie viel sie euch bedeuten.« Dabei wandert mein Blick zu meiner Mutter. »Aber das Schöne an den Traditionen ist doch nicht, dass sie starr und unveränderlich sind. Das Schöne an ihnen ist, dass sie uns jedes Jahr wieder zusammenbringen.« Ich nehme die Hand meiner Mutter und drücke sie fest. »Wir können auch gemeinsam neue Traditionen schaffen – Traditionen, die uns *allen* etwas bedeuten und für die es nicht nötig ist, dass unschuldige Tiere sterben.«

»Was denn zum Beispiel?«, ruft jemand aus der Menge.

»Zum Beispiel rufe ich hier und jetzt einen alljährlichen Weihnachtskochkurs aus!«, verkündet Rachel, die mit diesen Worten aus der Menge hervortritt und sich zu mir stellt. »Jeder, der lernen will, wie man einen veganen Braten gut hinbekommt, ist morgen herzlich ins *Toast Office* eingeladen. Wir kochen zusammen ein alternatives Weihnachtsdinner.«

Wieder geht ein Murmeln durch die Menge. Ich wende mich meiner Mutter zu. »Wir werden trotzdem ein schönes Weihnachten haben, Mum. Alle zusammen. Das verspreche ich dir.« Ganz langsam breitet sich ein sanftes Lächeln auf dem Gesicht meiner Mutter aus – ich erwidere es.

»Aber was hast du denn jetzt so früh in Yashs Mühle gemacht, Olivia?«, ruft plötzlich irgendjemand aus der Menge. »Und warum trägst du seinen Pullover?«

Ich blicke an mir herunter und trage – in der Tat – noch immer Yashs Pullover, und zu allem Überfluss habe ich diesen auch noch falsch herum angezogen.

»Also, ähm …« Ich versuche, so schnell wie möglich auf eine Erklärung zu kommen. »Brot … ich musste Brot bei ihm abholen«, stotterte ich.

»Lüge! Ich hab dich gestern mit ihm nach Hause gehen sehen!«

Mit schnellen Schritten stellt sich Yash nun schützend vor mich. Auch wenn ich sein Gesicht nicht sehen kann, spüre ich, wie wütend er ist.

»Was Olivia macht, ist immer noch ihre Privatsache.«

Meine Mutter runzelt die Stirn. »Wovon reden die da, Olivia?«

»Ich hab nur Brot abgeholt«, flüstere ich, aber spüre selbst, wie unglaubwürdig das klingt.

»Wird Caroline von Yash betrogen? Und dann auch noch mit ihrer eigenen Schwester?« Ich weiß nicht, woher diese Frage kommt, aber sie schlägt ein wie eine Bombe. Die Menge ist jetzt nicht mehr zu halten. Das Getuschel und Geflüster schwillt in meinen Ohren synchron zu meinem rasenden Herzschlag immer weiter an. Panisch trete ich einen Schritt nach vorne, neben Yash. Dort greife ich nach seiner rechten Hand; ich brauche gerade einfach, dass er mich festhält.

»Das ist wirklich das Allerletzte!«

»Du rettest Tiere, aber hintergehst deine eigene Schwester? Schäm dich.«

»Wie soll sich Caroline als Politikerin um die Probleme unserer Dorfgemeinschaft kümmern, wenn sie nicht mal schafft, ihr eigenes Leben in den Griff zu bekommen?«

»Das ist ein Skandal.«

»Hast du jetzt endlich, was du all diese Jahre immer wolltest?« Die letzte Stimme kann ich sofort zuordnen, denn sie kommt aus der ersten Reihe: Dort steht Hattie, die ehemalige beste Freundin meiner Schwester.

Wieder schwappt sie über mich hinweg, diese Scham. Dieses Gefühl, völlig nackt und wehrlos vor dem ganzen Dorf zu stehen. Als würde er spüren, was gerade in mir vorgeht, verstärkt Yash in diesem Moment den Griff um meine Finger – das beruhigt mich. Es hilft mir dabei, nicht völlig durchzudrehen. Die Scham fühlt sich immer noch an, als würde ich gleich in ihr ertrinken, aber diesmal befindet sich mein Kopf zumindest noch ein paar winzige, aber dennoch entscheidende Millimeter über dem Wasser. *Olivia, du musst jetzt etwas sagen. Dich verteidigen!*

Bevor ich jedoch etwas formulieren kann, tritt meine Schwester vor mich. »Niemand geht hier fremd!«

»Caroline, das musst du nicht machen. Wirklich.« Ich bin zwar noch immer wütend auf sie wegen der Sache mit meinem Liebesbrief, aber ich möchte trotzdem nicht, dass sie hier vor der Menge jetzt ihr komplettes Privatleben offenlegen muss, nur um mich zu schützen.

Meine Schwester lässt sich von meinen Worten jedoch nicht beirren und greift nach meiner freien Hand. »Yash und ich sind schon seit einigen Monaten kein Paar mehr.«

»Was?« Meine Mutter ist so kreidebleich, dass ich Angst

habe, dass sie im nächsten Moment in Ohnmacht fällt. Bridget, die sich offensichtlich ähnliche Sorgen macht, legt meiner Mutter provisorisch einen stützenden Arm um die Schulter.

»Was Yash und Olivia in ihrer Freizeit tun, ist ganz allein ihre Sache«, fügt Caroline noch hinzu. Yash drückt meine Hand und zwinkert mir zu. Und dann platzt es aus mir heraus. Alles, was ich schon vor acht Jahren hätte sagen sollen.

»Wisst ihr eigentlich, was euer Gerede, das Lästern und die übergriffige Kontrolle des Lebens eurer Mitmenschen anrichten? Ihr habt mir meine Jugend versaut. Dafür gesorgt, dass ich jahrelang Angst hatte, meine Gefühle zu äußern. Mich verdammt noch mal traumatisiert. Denkt da mal drüber nach.« Meine Stimme zittert vor Wut.

»Und schämt euch am besten auch ein bisschen.«

»Und jetzt bitte ich euch alle, wieder von meinem Grundstück zu verschwinden«, ergänzt Yash und ich sehe, wie stolz er auf mich ist.

»Es ist noch viel zu früh am Morgen für so viel Trubel.«

Die Einwohner von Granbury hören zwar nicht auf zu tuscheln, kichern und deuten mit dem Finger noch immer auf uns, aber mir geht es trotzdem nicht so mies wie damals in meiner Jugend: Ich habe mich verteidigt. Und bin von Menschen umgeben, die mich so lieben, wie ich bin.

Bridget holt aus ihrer Winterjacke plötzlich eine kleine gelbe Fahne hervor, reckt sie in die Höhe und durchquert so die Menschenmenge. »In meinem Laden gibt es jetzt zehn Prozent auf alles, aber nur noch eine halbe Stunde lang. Wer sich also ein Schnäppchen angeln will, der sollte lieber mitkommen.«

Und dann ertönt noch Tommys Stimme: »Und wer trotzdem hierbleibt, bekommt von mir aufs Maul!«

Das sorgt tatsächlich dafür, dass die Ansammlung sich ziemlich schnell auflöst. Schließlich nickt mir Tommy zu und verschwindet auch – er muss niemandem aufs Maul hauen. Zurück bleiben nur Yash, Caroline und ich sowie Rachel und meine Eltern.

»Du hättest mich nicht verteidigen müssen«, flüstere ich Caroline zu, aber sie schüttelt den Kopf. »Doch. Das war das Mindeste, was ich tun konnte.«

Ich beiße mir auf die Unterlippe. »Ich bin immer noch sauer auf dich.«

»Ja, ich weiß. Das ist auch in Ordnung so. Ich habe ziemliche Scheiße gebaut. Aber da du in Zukunft ja jetzt öfter hier sein wirst«, sie zwinkert Yash über meine Schulter zu, »hoffe ich, dass wir noch ein paar Momente haben werden, in denen wir über alles reden können.«

»Kann mir bitte mal jemand erklären, was hier eigentlich vor sich geht?«, mischt sich meine Mutter in diesem Moment ein. »Das mit Yashs und Carolines Trennung war doch sicherlich nur ein Witz, um von den geklauten Tieren abzulenken, oder?«

Caroline legt meiner Mutter einen Arm um die Schultern. »Ich glaube, wir sollten uns mal bei einem Heißgetränk im *Toast Office* unterhalten, Mum. Dad, kommst du auch mit?«

»Ich muss gleich zur Probe …«

»George!«, zischt meine Mutter. »Wir gehen jetzt gefälligst mit unserer Tochter einen Tee trinken!«

Grummelnd stimmt mein Vater zu.

»Ich schmeiß gleich den Wasserkocher für euren entkoffeinierten Schwarztee an«, sagt Rachel und grinst in die Runde. Mir wird ein kleines bisschen leichter ums Herz.

Und dann stehen plötzlich nur noch Yash und ich auf der Wiese. Er verschränkt nun auch seine zweite Hand mit meiner und blickt zwischen meinen beiden Augen so schnell hin und her, als würde er keine meiner Regungen verpassen wollen.

»Jetzt ist es also raus.«

Ich nicke.

»Und wie geht's dir damit?«

»Warum guckst du mich so an, als würdest du Angst haben, dass ich jeden Moment wegrenne?«

»Vielleicht weil ich Angst habe, dass du jeden Moment wegrennst?«

»Kommt drauf an, was du unter wegrennen verstehst.«

Er hebt fragend die Augenbrauen.

»Was war hier denn los? Habe aus der Ferne gesehen, dass hier gerade noch halb Granbury versammelt war. Bin wohl leider zu spät.« Unsere Köpfe wirbeln herum. Ein schwer schnaufender Mr Dobbins steht vor uns.

»Wir haben nur ein paar vegane Kochkurse vermittelt«, grinst Yash und verschränkt die Arme vor der Brust. Die Tiere in der Scheune sind plötzlich erstaunlich ruhig – vermutlich haben sie die Stimme von Mr Dobbins erkannt und wollen auf keinen Fall zu ihm zurück.

»Vegane Kochkurse? Die Welt wird immer verrückter«, sagt Mr Dobbins und kratzt sich am Kopf. »Na ja, ich wünsche euch noch schöne Weihnachtstage. Man sieht sich.« Mit diesen Worten dreht sich der alte Bauer um und marschiert wieder davon. Aus dem Augenwinkel sehe ich, dass eine der Gänse gerade seelenruhig von der Wiese runter Richtung Dorf watschelt. Sie ist aus der Scheune entwischt, während wir abgelenkt waren. Yash und ich sprinten los.

Der Weihnachtsmorgen beschert Granbury eine neue Ladung Schnee. Caroline übernachtet dieses Jahr wie früher auch bei meinen Eltern, sodass sie am Morgen mit ihrem Weihnachtsschlafanzug in mein Zimmer gerannt kommen kann und wir anschließend gemeinsam in unsere Weihnachtsstrümpfe unten am Kamin gucken können. So haben wir das auch in unserer Jugend immer gemacht und wir wollen diese Tradition jetzt wieder einführen – was natürlich auch unserer Mutter super gefällt.

Der erste Griff, nachdem ich aufgewacht bin, geht zu meinem Smartphone: Yash schläft anscheinend noch, denn ich habe von ihm noch keine Nachricht erhalten. Er wird später auch zum großen Weihnachtsessen kommen, nur diesmal an meiner und nicht an Carolines Seite. Das wird sicher ein bisschen unangenehm und peinlich für alle Beteiligten, aber wenn jemand darin Erfahrung hat, solche Situation irgendwie zu überstehen, dann ja wohl ich.

Ich gähne und strecke mich und sehe ein paar Momente schläfrig den Schneeflocken zu, die vor meinem Fenster tanzen.

Dann klopft es ganz vorsichtig an meiner Zimmertür, sie wird aufgeschoben und Carolines Gesicht taucht auf. »Darf ich reinkommen?«

Ich seufze. »So auf gar keinen Fall.«

Carolines Körper versteift sich. »Oh, okay, na ja, dann … sehen wir uns später zum Frühstück?«

Nachdem ich ein Stück zur Seite gerückt bin, klopfe ich auf den freigewordenen Bereich meiner Matratze. »Du sollst natürlich so reingerannt kommen, wie du es damals immer gemacht hast.«

»Oh.« Jetzt grinst meine Schwester und sieht auf einmal wieder so jung aus wie früher, als sie immer den ganzen

Flur lang Anlauf genommen hat, um möglichst rasant in mein Bett zu springen. Sie macht ein paar Schritte zurück und plötzlich bekomme ich Angst. »Ich weiß doch nicht, ob das so eine gute Idee war.«

Aber dann rennt Caroline auch schon los und öffnet den Mund zu einem lauten Schrei.

»Ahhhhhhh!«

Sie fliegt durch die Luft und landet präzise neben mir auf dem Bett – und dann ertönt ein hölzernes Knacken unter uns.

»Schätze, ich brauche jetzt einen neuen Lattenrost.«

Caroline dreht sich schwer atmend auf den Rücken. »Verrat's bitte nicht Mum und Dad.« Wie ich trägt auch Caroline einen Weihnachtsschlafanzug, nur dass auf ihrem kleine Lebkuchenmännchen aufgedruckt sind und nicht Zuckerstangen, so wie bei mir.

Von unten dringt schon der Duft des Weihnachtsfrühstücks in meine Nase – es gibt, wie damals als wir noch Kinder waren, frische Scones mit Zimtmarmelade und einem Riesenberg veganer Sahne. Mein Magen knurrt, aber ich möchte noch ein Weilchen hierbleiben.

Caroline legt sich neben mich und verschränkt die Arme hinter dem Kopf. »Dieses Weihnachten haben wir uns ein bisschen anders vorgestellt, oder?«

Ich knuffe sie in die Seite. »Weißt du, was ich am lustigsten finde? Ziemlich lang war ich mir sicher, dass du es bist, die mir mysteriöse Briefe schreibt, um mich damit nach Granbury zu holen. Dabei warst du die ganze Zeit damit beschäftigt, den Fotografen des *Cressley Courier* zu bumsen.«

Caroline bohrt mir ihren eiskalten großen Zeh ins Schienbein. »Ich werde Briefe den Rest meines Lebens vermeiden, so gut es geht, da kannst du dir sicher sein.«

Ich rümpfe die Nase. »Das wird ziemlich schwierig, wenn du nicht bald Privatinsolvenz anmelden willst, weil du deine Rechnungen nicht bezahlst.«

Sie schnalzt mit der Zunge. »Klugscheißerin.«

Für einen Moment schweigen wir. Unser Vater singt unten in der Küche *Step Into Christmas* von Elton John – ein bisschen schief, aber immerhin nicht in Trompetenlautstärke.

Ich kaue auf meiner Unterlippe herum. »Und du findest das wirklich … okay? Das mit Yash und mir?« Vermutlich hab ich das Caroline inzwischen schon zwanzig Mal gefragt.

»Yash und ich sind in der glücklichen Position, dass wir beide die Trennung wollten. Wir haben gemerkt, dass wir nur noch zusammen waren, weil wir schon immer zusammen waren. Dass Yash jetzt trotzdem ein Teil unserer Familie bleibt, ist total schön für mich. Ehrlich.«

»Für mich ist es jedenfalls noch immer total seltsam.«

»Für dich ist es nur seltsam, weil du auf einmal bekommst, was du willst, glaube ich– das bist du nicht gewöhnt.«

Ich werfe ihr ein Kissen an den Kopf.

»Hey!« Caroline wirft es direkt zurück in mein Gesicht. »Du weißt doch, wie ich das meine. Es muss doch ein seltsames Gefühl sein, jahrelang jemanden zu wollen, den man nicht haben kann … und dann geht es auf einmal doch. Das kann einen ganz schön durcheinanderbringen: Du brauchst jetzt auf einmal neue Charaktereigenschaften, wo du nicht mehr die unglücklich verliebte Olivia sein kannst.«

»Ich glaube, ich sollte mir das mit dem Dir-Verzeihen noch mal gut überlegen, du bist vielleicht eine Nervensäge.«

Sie lacht.

»Und was ist mit dir, Ms Bezirksrätin-mit-Ambitionen-nach-oben? Ms Ich-heirate-meinen-ersten-festen-Freund? Was ist jetzt mit deiner Identität?«

Carolines Augen beginnen zu funkeln. »Es ist absolut wild. Auf einmal gibt es so viele Möglichkeiten.«

»Das fände ich richtig schrecklich.«

Sie zuckt unbekümmert die Achseln.

»Und was ist mit deinem Wahlkampf? Das legt dir doch ziemliche Steine in den Weg.«

Jetzt setzt sich meine Schwester auf. Ihre sonst so glatt und glänzend geföhnten Haare stehen ihr wie ein Vogelnest vom Kopf ab. Sie nimmt meine Hand. »Ich würde doch niemals einen Wahlkampf über dich und deine Gefühle stellen, Olivia. Ja, es wäre für die Wahl gut gewesen, wenn das mit mir und Yash noch eine Weile geheim geblieben wäre, aber das Leben hält sich eben nicht an einen Marketingplan.« Sie macht eine kurze Pause und sagt dann: »Allerdings habe ich noch eine Bitte an dich.« Mein Herz zieht sich zusammen, weil Caroline mich nun ernst anschaut. »Welche denn?«

»Dass du eine der Gänse aus Yashs Scheune nach mir benennst. Sollte ich die Wahl verlieren, wird bestimmt niemals eine Caroline-Lennox-Statue in Granbury aufgebaut. Da brauche ich die Gans zumindest als kleines Trostpflaster.«

Ich schnippe ihr mit Zeigefinger und Daumen gegen die Nase. »Du bist so bescheuert, weißt du das?«

Mum, Dad, Caroline und ich sitzen in unseren Weihnachtsschlafanzügen um den Esstisch herum und schlagen uns den Bauch mit Scones voll, auch wenn meine Mutter uns immer wieder ermahnt, darin noch ein bisschen Platz für das Weihnachtsessen später am Nachmittag zu lassen.

»Du hast mich gezwungen, dieses Jahr einen Nussbraten zu machen, Olivia, und jetzt wirst du den auch essen.«

Ich will darauf gerade etwas erwidern, als es an der Tür klingelt. Sofort schlägt mein Herz schneller – aber die Augenbrauen meiner Mutter ziehen sich kritisch zusammen.

Sie ist noch nicht ganz über die Trennung von Yash und Caroline hinweggekommen und es muss unglaublich seltsam für sie sein, dass er auf einmal hier auftaucht, um mich zu sehen. Für mich ist es das ja auch, um ehrlich zu sein. Aber ich freue mich trotzdem, dass Yash da ist. Ich springe so schnell auf, dass ich fast meinen Stuhl umwerfe, und Caroline lacht. Daraufhin strecke ich ihr die Zunge raus und versuche, mein immer noch ziemlich wildes Haar im Spiegel vor der Eingangstür notdürftig zu glätten. Obwohl Yash mich in diesem Monat schon in allen möglichen Situationen gesehen hat – zum Beispiel halb erfroren nach meinem unfreiwilligen Bad im Ententeich, mit vom Weinen zugequollenen Augen und natürlich auch splitterfasernackt – bin ich auf einmal nervös, schrecklich nervös. Ich hole tief Luft und öffne die Tür.

Aber statt Yash steht meine Freundin Kate vor mir. »Überraschung!« Sie fällt mir um den Hals und wirbelt dadurch eine ganze Menge Schneeflocken in den Hauseingang.

»Was machst du denn hier?«, kreische ich und drücke sie so fest an mich, wie ich kann.

»Ich dachte, du könntest die emotionale Unterstützung

ganz gut vertragen.« Sie hält mich eine Armlänge von sich weg. »Aber gut siehst du aus, Livy. Man könnte sogar sagen, du leuchtest, aber du weißt ja, was man über guten Sex sagt …«

Ich lege ihr die Hand auf den Mund. »Kate, nicht vor meinen Eltern.«

Sie kichert. »Okay, erst nach ein paar Gläsern Wein.« Dann rauscht sie durch den Flur zur Wohnküche. »Hi, Irene, hi George, noch mal ganz lieben Dank für die Einladung, hier bin ich. Ich kann leider nichts wirklich gut, außer Britney Spears Karaoke singen und Gemüse richtig fein schneiden – also wählt weise.«

Ich verdrehe die Augen und folge meiner besten Londoner Freundin in die Wohnküche, wo sie es sich bereits bequem gemacht hat.

Gerade als ich mich wieder hingesetzt habe, klingelt es erneut. Wieder werde ich nervös.

Doch diesmal ist es Rachel und drückt mir eine Salatschüssel in die Hand. Neben ihr steht Joey, der als kleiner Weihnachtself verkleidet ist. »Frohe Weihnachten! Wir sind hier zum Weihnachtsbaum-Schmücken!« Sie schiebt sich an mir vorbei in den Flur und Joey rennt begeistert los, um alles zu erkunden. »Ist Kate schon da?«

»Du wusstest, dass sie kommt?«

Ein kleines listiges Grinsen breitet sich auf Rachels Gesicht aus, bevor sie sich die zwei langen roten Flechtzöpfe über die Schulter wirft. Sie folgt einem völlig aufgedrehten Joey in die Wohnküche.

Als es kurz darauf ein drittes Mal klingelt, verdrehe ich die Augen. Wer wird es wohl diesmal sein? Bridget, die uns Sachen aus ihrem Laden bringt, die über die Weihnachtsfeiertage sonst schlecht werden würden? Oder Ms

Truscott, die vergessen hat, Rosmarin für ihre Kartoffeln zu kaufen? Oder gar unsere Nachbarn Thomas und Shirley von nebenan, die uns wie jedes Jahr ihren selbst gemachten Weihnachtssenf schenken wollen?

Doch als ich die Tür wieder öffne, steht dort niemand. Stattdessen wirbeln mir nur Schneeflocken ins Gesicht und bleiben an meinen Wimpern hängen.

»Hallo?«, frage ich in das Schneetreiben hinaus, aber niemand reagiert.

Ich will die Tür gerade wieder schließen, da bemerke ich am Rand meines Sichtfelds einen Briefumschlag, der an dem Mistelzweig vor der Tür hängt.

Vorsichtig löse ich das rote Band, an dem er befestigt ist, und ziehe ihn zu mir herunter.

Für Olivia

steht in einer Schrift darauf, die ich in den letzten Tagen nur allzu gut kennengelernt habe.

Yashs Schrift.

Mit klopfendem Herzen reiße ich den Umschlag auf und ziehe das gefaltete Blatt Papier daraus hervor.

Liebe Olivia,

mir ist aufgefallen, dass es noch eine Sache gibt, die du in deinem ersten Liebesbrief an mich beschrieben hattest, die wir diesen Dezember noch erledigen müssen.

Deswegen mach jetzt bitte deine Augen zu.

Dein Yash

Ich blinzele wieder ins Schneechaos hinaus und sehe aus meinem Augenwinkel Yashs dunklen Haarschopf hinter der Hausecke aufblitzen. Ich weiß natürlich sofort, was er meint. *Den Kuss unter dem Mistelzweig.*

»Mach deine Augen zu«, flüstert er mir zu und ich muss mir auf die Zunge beißen, um nicht zu lachen.

»Okay.«

Ich schließe meine Augen. Für einen Moment spüre ich nur die eiskalten Schneeflocken auf meinen Lidern, die der Wind weiter unter unser Vordach wirbelt. Doch dann fühle ich auf einmal zwei Hände, die mein Gesicht umgreifen. Ich widerstehe dem Drang, die Augen gleich wieder aufzumachen, sondern warte geduldig darauf, dass Yashs Lippen auf meine treffen.

Und dann küsst er mich. Ich vergrabe meine Hände in seinem Haar und er schlingt seine Arme fest um meine Taille.

Mein Herz pocht wie wild und ich bin Yash so nah, dass ich hören kann, dass seins gerade genauso laut pocht.

Irgendwann müssen wir Luft holen und unsere Lippen lösen sich voneinander.

Yash legt seine Stirn gegen meine. »Ist es so, wie du es dir damals vorgestellt hast?«

Ich schüttele den Kopf. »Es ist viel besser.«

Kapitel 24

Schneeflocken wirbeln um mich herum auf, als ich Roast Beef von der Schnellstraße auf den Feldweg lenke. Ja, ich weiß, dass ich lieber auf der befestigten Straße bleiben sollte, aber ich bin verdammt spät dran und wenn meine Mutter sich schon bereit erklärt, dieses Jahr wieder einen Nussbraten zu machen, möchte ich sie keinesfalls warten lassen.

Es ist der fünfundzwanzigste Dezember und ganz England scheint gerade aus den Großstädten aufs Land zu fahren, so wie ich. Zur Überraschung aller hat sich Roast Beef noch ein weiteres Jahr gehalten, auch wenn die Scheibenwischer der alten Rostlaube immer schlechter gegen das Schneetreiben ankommen. Schon wieder ein weißes Weihnachten – aber darüber kann ich mich erst freuen, wenn ich sicher im warmen Haus meiner Eltern sitze. Aus den altersschwachen Lautsprechern des Wagens tönt Kelly Clarksons *Underneath the Tree* und ich tippe im Takt mit meinen Fingern auf dem Lenkrad mit. Vielleicht bin ich deswegen so abgelenkt, als ich Roast Beef den kleinen Hügel neben dem Maisfeld hinaufjage. Der alte Wagen ächzt und stottert … und beginnt schließlich rückwärts den Hang hinabzurutschen.

»Nein. Nicht schon wieder!«, fluche ich, aber kann trotzdem nicht verhindern, dass Roast Beef im Straßengraben landet, noch ehe Kelly Clarkson »It just wasn't the same – alone on christmas day!« singen kann.

Immerhin hängt der Wagen diesmal nicht senkrecht in der Luft, man muss ja auch das Positive sehen.

»So ein Mist! Wie kann mir so was zwei Mal passieren?«

Auf einmal legt sich eine Hand von der Rückbank auf meine Schulter. »Uns geht's gut, nichts passiert.«

Ich drehe mich um. Hinter mir sitzt Yash eingequetscht zwischen mehreren Auflaufformen und hat Pudding auf seinem Schoß. Dieser gibt ein kleines »Wuff!« von sich, als würde er Yash zustimmen. Die beiden müssen hinten sitzen, weil Pudding, wenn Yash mit ihm vorne sitzt, schon öfter versucht hat, während der Fahrt auf meinen Schoß zu klettern und mein Gesicht abzuschlecken. Einen weiteren Autounfall hat diese Maßnahme aber trotzdem nicht verhindert. »*Nichts passiert?* Wir sitzen hier im Schnee fest!« Ich stöhne und versuche vergeblich, die Autotür zu öffnen.

Yash zieht sein Smartphone aus der Tasche. »Kein Empfang.«

Resigniert lasse ich meine Stirn aufs Lenkrad sinken. »Das darf jetzt echt nicht wahr sein.«

Im nächsten Moment wird das ganze Auto durch eine Bewegung erschüttert. Ich reiße meinen Kopf hoch, nur um zu sehen, wie Yash Pudding hochhebt und mir auf den Schoß setzt. Dann klettert Yash nach vorne auf den Beifahrersitz.

»Was … was macht ihr?«

»Na ja, da wir wohl nicht mehr weiterfahren, kann Pudding ja auch auf deinem Schoß sitzen.«

Ich kann nicht anders. Mir entweicht ein kleines, überraschtes Lachen. Pudding rollt sich auf meinem Schoß zusammen und schmatzt vor sich hin. Ich kraule ihn hinter den Ohren und begegne Yashs Blick. Er betrachtet mich mit einem schiefen Grinsen und in seinen Augen liegt so viel Wärme, dass die Kälte von draußen auf einmal völlig vergessen ist.

»Immerhin bin ich dieses Mal nicht allein«, flüstere ich und strecke meine Finger aus, um eine von Yashs Locken zurückzuschieben. Bevor ich meine Hand zurückziehen kann, umgreift er sie mit seiner. Seine Haut ist rau und warm und mir läuft unwillkürlich ein Schauer den Rücken runter.

»Ist dir schon kalt?«

Ich schüttele den Kopf und Yashs Lächeln wird breiter, aber nicht breit genug, um seine geheime Zahnlücke zu offenbaren. »Jetzt, da wir hier festsitzen und warten müssen, bis uns irgendjemand findet, können wir die Übergabe auch vorziehen.« Er zieht einen kleinen Briefumschlag aus der Innentasche seiner Jacke und streckt ihn mir hin.

Für Olivia, steht dort in seiner Handschrift, die mir über das letzte Jahr so vertraut geworden ist.

Ich löse meine Finger aus Puddings Fell und ziehe ebenfalls einen Umschlag aus meiner Jackentasche. Auf diesem steht *Für Yash*.

Wir tauschen die Umschläge, so wie wir es in den letzten Monaten unzählige Male gemacht haben: Manchmal finde ich einen Brief von Yash auf meinem Kopfkissen in der Wassermühle, manchmal erreicht mich einer per Post in meiner Londoner WG, wenn ich wieder mal ein paar

Tage ins Labor muss und wir deswegen getrennt sind. Ich schreibe ihm dann Briefe zurück, verstecke sie bei seinen geliebten Kaffeebohnen oder in Puddings Regenmantel, wo Yash sie dann irgendwann findet.

»Merry Christmas, Livy.«

»Merry Christmas, Yash.«

Und auf einmal kommt es mir gar nicht mehr wie die größte Katastrophe vor, hier mit ihm im Schnee festzusitzen. Wir öffnen unsere Briefe und lesen für ein paar Minuten in Ruhe. Dann küsst er mich. Ich küsse ihn zurück – und meine wartende Familie könnte mir auf einmal nicht egaler sein.

Es ist Pudding, der uns daran erinnert, dass wir noch immer im Schnee feststecken. Er stupst seine feuchte Nase gegen meine Hand und versucht, sich zwischen Yash und mich zu quetschen. Lachend lösen wir uns voneinander. »Du bist unmöglich, Pudding!«

»Wuff!«, stimmt er mir zu und wirkt dabei ganz und gar selbstzufrieden.

»Er hat ja recht, wir sollten jetzt mal los.«

Yash rüttelt plötzlich so fest er kann an der Beifahrertür und zu unserer allgemeinen Überraschung lässt sie sich tatsächlich öffnen. Yash schiebt sich nach draußen in den Schnee.

»Ein Weihnachtswunder!«, rufe ich, bevor ich erst Pudding durch den Türspalt in Yashs Hände übergebe und danach selbst rausklettere. Ich bleibe zwar auf halber Strecke stecken, aber Yash greift mir unter die Arme und zieht mich nach draußen. Dann stehen wir am Straßenrand, blinzeln gegen die Schneeflocken an und betrachten mein kleines gebeuteltes Unfallauto.

»An die Sachen im Kofferraum kommen wir wohl eher

nicht ran.«

Yash legt mir einen Arm um die Schulter und zieht mich zu sich heran, um mir einen Kuss auf die Schläfe zu geben. »Deine Familie wird sich schon nicht beschweren, schließlich sind wir die besten Geschenke.«

Ich schnaube. »Bestimmt muss ich meinen Eltern hoch und heilig versprechen, nie wieder im Winter mit Roast Beef zu fahren.«

Yash lacht, während er mich den Hügel hinauf Richtung Granbury schiebt.

»Hey!« Ich boxe ihn in die Seite.

»Wollen wir wetten, dass du gleich die nächste Spritztour einlegst, sobald Tommy das Auto aus dem Graben gezogen hat?«

»Wie kommst du denn auf so was?«

Yash wirft mir einen amüsierten Seitenblick zu. »Na ja, du musst nur hören, dass irgendwo Tiere gerettet werden müssen und …«

»Du würdest doch sofort mitkommen!«

Er zuckt die Achseln. »Hab ja auch nie was anderes behauptet.«

»Aber hoffentlich wird das gar nicht nötig sein. Ich bin mir ziemlich sicher, dass wir mit Rachels köstlichem Nussbraten eine neue Tradition in Granbury losgetreten haben und dass hier niemand mehr Tiere essen will.« Ich werfe einen Blick auf mein Smartphone. »Sieh mal einer an; wir kommen fast noch pünktlich.«

Am Ortseingang von Granbury begrüßen uns geschmückte Tannen und Lichterketten, die sich kreuz und quer zwischen den Häusern über die Straßen spannen. Puddings Pfoten fliegen immer schneller über die verschneite Straße, je näher wir dem Haus meiner Eltern kommen. Er weiß genau, dass er von meinem Vater gleich verbotene Snacks kriegen wird. Unter dem Mistelzweig auf der Veranda meiner Eltern nimmt Yash meine Hand und drückt sie. »Bist du bereit?«

»Wofür?«

»Für den ganzen Trubel? Für die Fragen, wann wir heiraten oder Kinder bekommen? Für das Getuschel, wenn wir beide mit Caroline in einem Raum sind?«

Ich seufze. »Tatsächlich habe ich erfolglos versucht, sie zu überreden, ihre neue Flamme mitzubringen, um die Aufmerksamkeit damit ein bisschen von uns wegzulenken.«

Yash verzieht das Gesicht. »Diesen Immobilienmakler?«

»Das war doch schon vor zwei Monaten. Nein, ich glaube, sie bandelt gerade mit einem Aktienmanager an.«

»Uff, man könnte meinen, deine Schwester hat einen schlechten Männergeschmack.«

»Bitte erinnere dich daran, was wir ausgemacht haben.«

Yash verdreht die Augen. »Okay, okay, solche Witze nur, wenn deine Mutter nicht da ist.«

Ich stelle mich auf die Zehenspitzen, um ihm einen schnellen Kuss zu geben. In diesem Moment fegt uns eine Windböe eine Ladung Schnee ins Gesicht und reißt den Mistelzweig von der Decke.

Er landet genau zwischen unseren Gesichtern. Yash und ich fahren auseinander und das Gestrüpp landet auf dem Boden zwischen uns.

»Mmh«, sagt Yash und stupst den Mistelzweig mit seiner Stiefelspitze an, als würde der gleich zum Leben erwachen.

»Manchmal kann ich es nicht fassen, dass wir tatsächlich nie herausgefunden haben, wer uns letztes Jahr diese seltsamen Briefe geschrieben hat.«

»Ich vermute immer noch, dass Carolines Konkurrent

hinter allem steckt – er wollte ihren Wahlkampf sabotieren.«

»Aber wie soll der an meine Serviette gekommen sein?«

»Er hatte bestimmt ein geniales Rechercheteam und hatte einen Komplizen hier in Granbury. Jemand, der mit dir zur Schule gegangen ist und über den Liebesbrief Bescheid wusste.«

Ich gluckse. »Kann schon sein. Aber das bringt ihm jetzt glücklicherweise auch nichts mehr. Ich habe erst gestern gelesen, dass er ein Verfahren wegen Steuerhinterziehung am Hals hat.«

Der Trubel und das Gerede rund um meine Beziehung mit Yash haben Carolines Wahlkampf zwar tatsächlich etwas geschadet, aber sie konnte sich letzten Januar in einer Stichwahl trotzdem gegen ihren konservativen Mitbewerber durchsetzen.

Und ihr nächstes Ziel hat Caroline auch schon ins Auge gefasst: einen Platz im Parlament in Westminster.

Der Mistelzweig rührt sich nicht von der Stelle, also geht Yash in die Hocke, um ihn aufzuheben und wieder mit dem roten Band, von dem er sich gelöst hat, an dem Haken im Verandadach zu befestigen.

Ich drücke die Klingel und kurz darauf wird die Tür schon aufgerissen – überraschenderweise von meiner Oma. »Livy!«, kreischt sie und drückt mich an sich, als würde sie mich immer noch zu selten sehen, auch wenn wir jetzt einmal pro Woche zusammen zu Mittag essen. Der Geruch nach Nussbraten, Glühwein und gegrilltem Gemüse steigt mir in die Nase. »Oma, was machst du denn hier? Seit wann kommst du vor dem Aperitif zum Weihnachtsessen?«

Meine Großmutter hält mich eine Armlänge von sich

weg. Ihr Tremor ist im letzten Jahr schlimmer geworden und sie zittert mittlerweile am ganzen Körper. Sie zwinkert mir jetzt zu, als wären wir zwei Freundinnen, die unter der Schulbank heimlich Briefchen austauschen. »Ich habe mit deiner Mutter geredet und sie hat mir zu verstehen gegeben, dass es sie verletzt, wenn ich immer zu spät komme.«

Meine Augenbrauen rutschen auf meiner Stirn nach oben. »Das hat sie zu dir gesagt?«

Wieder zwinkert meine Oma. »Nach zwei Gläsern Wein.«

Ich lache auf und sie schiebt mich zur Seite, um Yash ebenfalls fest in den Arm zu nehmen.

»Livy, Yash? Seid ihr das?«, ruft meine Mutter aus der Wohnküche. »Ihr seid zu spät!«

»Wir sind wieder im Graben gelandet, ob du es glaubst oder nicht«, antworte ich. Meine schneematschigen Stiefel lasse ich am Eingang stehen, hänge meine Jacke an die Garderobe und tapse auf Wollsocken den Flur hinab. Auf der Couch sitzen Caroline, Rachel und Joey, der jetzt sofort aufspringt, um mir seinen James-Bond-Anzug zu präsentieren, noch bevor ich zwei Schritte in den Raum gemacht habe. Rachel und Joey feiern heute wieder mit uns, weil Rachels Mutter ihren Ruhestand damit eingeleitet hat, den Winter in Argentinien zu verbringen.

»Das Essen ist gleich fertig!«, ruft mein Vater aus der Küche, der gerade in einem Topf auf dem Herd rührt, während meine Mutter Gläser zum Anstoßen befüllt. Ich begrüße meine Schwester und Rachel mit einer festen Umarmung und Yash tut es mir gleich.

In den ersten Wochen nach letztem Weihnachten herrschte bei solchen Treffen noch eine etwas angespannte Stimmung, weil alle ganz genau darauf achteten, wie Yash und Caroline miteinander umgingen, aber mittlerweile hat sich das zum Glück entspannt. Die beiden sind gut miteinander befreundet und gehen immer noch regelmäßig Kaffee trinken. Yash kann Carolines Geschichten aus dem Politikbetrieb jetzt viel mehr genießen, weil er selbst kein Teil mehr davon sein muss.

Aus dem Augenwinkel sehe ich, wie Pudding bei meinem Vater um Snacks bettelt und dieser direkt nachgibt.

Gleich darauf klingelt es: Mein Bruder James, seine Frau Sabrina und ihr ein paar Monate alter Sohn Tristan fegen eine frische Schneewehe ins Haus. Caroline und ich wechseln einen bedeutungsschweren Blick und prosten einander mit unseren Gläsern zu. Wir als Tristans Tanten haben es uns zur Aufgabe gemacht, die heteronormative Erziehung meines Bruders an allen Ecken und Enden so gut es geht zu sabotieren – bislang klappt das ziemlich gut.

Der Nussbraten schmeckt dieses Jahr wieder hervorragend und meine Mutter erzählt (nicht ohne Stolz), dass Rachel und sie aktuell an einem offiziellen Nussbraten-Rezept für ganz Granbury arbeiten.

Nach dem Essen versammeln wir uns alle um den Weihnachtsbaum, an dem die Kugeln hängen, die wir in der Vergangenheit beim Nikolausmarkt bemalt haben. Yash geht vor den Zweigen in die Hocke und dreht eine der Kugeln ins Licht, sodass man darauf die etwas unregelmäßigen Worte *Olivia + Yash forever* lesen kann. Er zwinkert mir zu und meine Wangen fangen Feuer, als wäre ich direkt wieder eine Teenagerin.

Wir tauschen reihum Geschenke aus (ich fülle mal wieder die Kosmetik-Vorräte meiner ganzen Familie auf) und trinken Glühwein, bis uns ein bisschen schwummrig wird.

Irgendwann ziehe ich mich auf Dads bequemen Sessel in der Ecke zurück und Yash bringt mir eine dampfende Tasse mit Kinderpunsch. Er deutet auf den Stapel an Geschenken in meinem Schoß.

»Hast du die noch gar nicht geöffnet?«

Ich schüttele den Kopf.

»Sollen wir sie zusammen aufmachen?« Ein kindliches Leuchten tritt in Yashs Augen. Er quetscht sich zu mir auf den Sessel und zieht meine Beine über seinen Schoß, damit wir beide hier sitzen können. Natürlich habe ich im Verlauf des letzten Jahres Dinge über Yash herausgefunden, die ich zuvor noch nicht wusste. Zum Beispiel, dass er einen ziemlich albernen Humor hat, der mich regelmäßig aus dem Nichts zum Lachen bringt. Oder dass seine komplette Nachttischschublade jederzeit mit »Notfall-Schokolade« gefüllt ist. Oder auch, dass er es über alles liebt, Geschenke zu öffnen. So sehr, dass ich angefangen habe, ihm manchmal zufällige Gegenstände in der Wohnung in Geschenkpapier einzupacken, damit er diese anschließend voller Freude wieder auspacken kann.

»Okay«, sage ich mit einem kleinen Lachen und wir legen los: Im ersten Päckchen befindet sich ein Paar wunderschöner weißer Schlittschuhe, die Caroline mir geschenkt hat. Dann bekomme ich noch einen Bildband mit Fotos von bedrohten Tierarten von meinem Vater und eine Packung superedler Espresso-Bohnen von meiner Mutter. Rachel schenkt mir Theaterkarten für eine Shakespeare-Inszenierung mit Jonathan Bailey in London und Joey hat mir ein Bild von uns beiden als James Bond gemalt, was ich nur daran erkenne, dass er die Strichmännchen beschriftet hat. Zum kleineren Strichmännchen führt ein Pfeil mit der Beschriftung »Joey Bond« und zum größeren ein Pfeil mit der Beschriftung »Olivia Bond«.

»Und von wem ist das letzte Geschenk?«, fragt Yash neugierig. Er hat das ganze Geschenkpapier auf seinem Schoß zusammengerafft und beugt sich vor, um das Päckchen näher zu betrachten.

»Das ist wahrscheinlich von …« Ich erstarre. Das Papier ist hellblau und darauf sind kleine Schneemänner zu sehen. Und dort, zwischen zwei dicken Schneemännerbäuchen, steht *Für Olivia*. Ich erkenne diese Schrift sofort.

»Hey, Livy, ist alles gut bei dir?«, dringt Yash Stimme wie durch Watte an mein Ohr. »Was ist denn los?«

Wortlos halte ich ihm das Paket hin.

Er wirft einen Blick darauf und weiß sofort, was ich meine. Die Schrift ist unverkennbar. Es ist exakt die Schrift, mit der vor einem Jahr die mysteriösen Briefe an uns geschrieben wurden. Yash fängt sich schneller als ich.

Er steht auf, hält das Geschenk über seinen Kopf und wendet sich an die versammelte Runde. »Wer hat das hier denn verpackt?«

Niemand meldet sich.

Von der anderen Seite des Flurs erklingt das Plätschern des Wasserhahns auf dem Gästeklo. Kurz darauf öffnet sich eine Tür und dann erscheint Soraya auf der Schwelle zum Wohnzimmer.

»Soraya?«, keuche ich entgeistert.

»Hast du dieses Päckchen beschriftet?«, fragt Yash.

Die Frau meiner Oma nickt und scheint nicht zu verstehen, was hier gerade vor sich geht. Doch dann hält sie mitten in der Bewegung inne.

»Oh.«

»Oh?« Ich springe von meinem Sessel auf. »*Du* hast uns also diese mysteriösen Briefe geschrieben?«

»Kann mir mal einer sagen, was hier los ist?«, versucht

es meine Mutter, aber wir ignorieren sie.

Sorayas Augen wandern quer durch den Raum und sie wischt sich die nassen Finger an ihrer Hose trocken. »Ich … also …«

»Aber … warum?«

»Ich kann nicht glauben, dass ich eine solch schlechte Lügnerin geheiratet habe«, erklingt die Stimme meiner Oma auf einmal vom Sofa aus. Alle Blicke wenden sich ihr zu, aber im Gegensatz zu Soraya, scheint sie die plötzliche Aufmerksamkeit zu genießen. »Ja, Soraya hat die Briefe geschrieben«, sagt sie und verdreht hinter ihrer großen roten Brille die Augen. »Aber natürlich nur auf meine Anweisung hin.«

»Jetzt würde ich gern auch wissen, was hier los ist«, schaltet sich Caroline ein. »Redet ihr von den Briefen, von denen Livy letztes Jahr dachte, *ich* hätte sie geschrieben?«

Meine Großmutter stützt sich auf ihren Stock und zuckt die Achseln. »Manchmal muss man eben ein bisschen nachhelfen.«

»Oh Mum«, flüstert meine Mutter. »Was hast du getan?«

»Ich habe nur dafür gesorgt, dass ihr alle mal ein bisschen den Kopf aus dem Sand zieht, okay?«

Ich blinzele, immer noch ganz entgeistert von dieser Eröffnung. »Du hast mich mit einem peinlichen Liebesbrief erpresst, Oma!«

»Erpresst klingt viel zu hart. Angelockt klingt besser.«

»Ich bin nur deswegen zurück nach Granbury gekommen letztes Jahr!«

»Und es hat sich für alle Beteiligten gelohnt, oder nicht?«

»Du hast Yash und Livy Erpresserbriefe geschrieben?«, fragt meine Mutter entgeistert.

»Na ja, technisch betrachtet hat Soraya sie geschrieben, meine Hände machen das ja leider nicht mehr mit.«

Soraya wirft ihrer Frau einen strengen Blick zu. »Ich glaube, es ist an der Zeit, dass du alles erzählst, Beatrice.«

Meine Grandma seufzt. »Okay, aber nur wenn ich vorher noch eine Tasse Glühwein bekomme.«

Als niemand sich von der Stelle rührt, steht Rachel schließlich auf und füllt ihr eine neue Tasse.

Damit bewaffnet lehnt sich meine Großmutter auf dem Sofa zurück. »Ihr wisst alle, dass ich mit diesem Dorf immer meine Probleme hatte.« Sie lässt ihren Blick durch die Runde schweifen und bleibt bei meiner Mutter hängen. »Ich habe mich von meinem Mann getrennt und eine Frau geheiratet, die viele Jahre jünger ist als ich. Das Getratsche hier im Dorf hat fast dazu geführt, dass Soraya und ich weggezogen wären.«

»Das … wusste nicht«, flüstert meine Mutter.

Grandma macht eine wegwerfende Handbewegung. »Es ist ja auch alles gut geworden mit der Zeit. Aber bei Olivia wurde es nicht gut – sie musste ein ganz ähnliches Getuschel und Gerede über sich ergehen lassen. Schon als Teenagerin.« Ihr Blick findet mich quer durch den Raum. Yash tritt hinter mich und zieht mich an seine Brust. Ich fühle mich warm und sicher in seiner Umarmung. Der Scham-Reflex in Bezug auf meinen alten Liebesbrief ist in den letzten Monaten schon so viel schwächer geworden, trotzdem tut es gut, dass Yash mich im Arm hält.

»Du hast dich hier jahrelang kaum noch blicken lassen, Olivia, und ich wusste natürlich, warum.« Sie macht eine kurze Pause. »Wir alle wussten es.«

Ich fange den Blick meiner Mutter auf und sie lächelt mir matt zu. »Aber wir wussten leider nicht, wie wir es für dich einfacher oder besser machen sollten. Na ja und dann kam James‘ Hochzeit.«

»Ich hab nichts gemacht!«, protestiert James direkt, woraufhin Sabrina beruhigend seine Hand tätschelt. »Niemand behauptet das, Schatz.«

»Ich hatte Olivia losgeschickt, um uns eine neue Flasche Wein zu holen. Doch als sie dann ewig lang nicht zurückkam, bin ich sie suchen gegangen. Und ratet mal, was ich da ganz unfreiwillig belauscht habe …«

»Unser Gespräch im Keller«, sagt Yash leise.

»Oma, wir waren dort unten eingeschlossen!«, protestiere ich. »Und du hättest uns die ganze Zeit rausholen können?«

Meine Oma zuckt die Achseln. »Euer Gespräch war viel zu spannend, um es vorzeitig zu beenden.« Sie macht eine wegwerfende Handbewegung. »Jedenfalls hat sich dabei mein Verdacht erhärtet, dass Olivia noch immer nicht über Yash hinweg ist und dass sie sich eine Entschuldigung von ihm wünscht.«

»Soso«, flüstert Yash mir ins Ohr und verstärkt seinen Griff um mich.

»Na ja, und dann habe ich dich, Olivia, den Rest des Abends nicht mehr aus den Augen gelassen und gesehen, wie du völlig betrunken eine Serviette vollgeschrieben hast. Ein Liebesbrief an Yash.«

»Der war für den Müll bestimmt!«

»Ich bin froh, dass sie ihn sich geschnappt hat«, raunt Yash in mein Ohr. »Was hätte ich mir denn sonst neben meinem Bett einrahmen sollen.«

Ich trete ihm spielerisch auf die Füße. Yash hat die zerrissene Serviette damals tatsächlich aus dem Schnee aufgehoben und wieder zusammengeklebt.

»Und als Caroline und Yash sich kurz darauf getrennt haben, musste ich einfach aktiv werden.«

»Du wusstest von der Trennung?«, frage ich überrascht.

»Mit irgendjemandem musste ich ja wohl darüber reden!«, wirft Caroline jetzt ein. »Und Oma kann nun mal gut Geheimnisse bewahren!«

»Jedenfalls wurde mir durch Carolines Erzählung sehr schnell klar, dass Olivias Hoffnungen auf Yash vielleicht doch nicht so aussichtslos waren, wie wir alle dachten.«

»Na, danke auch«, grummele ich, ohne wirklichen Nachdruck in der Stimme. »Und dann dachte ich mir auch noch: Wie schön wäre es, wenn meine Enkelin Olivia mich endlich mal wieder öfter besuchen würde. Vielleicht könnte ich zwei Fliegen mit einer Klappe schlagen?«

»Ich glaube, sie meint uns«, murmelt Yash in mein Ohr.

»Aber Olivia war schrecklich beratungsresistent. Jedes Mal, wenn ich sie angerufen habe, um mit ihr über ihre Gefühle zu sprechen, hat sie sofort abgeblockt und vom Thema abgelenkt.«

Ich verziehe das Gesicht. »Meine Pfanne hat damals wirklich Feuer gefangen, okay?«

Meine Großmutter wirft mir einen Blick zu, der deutlich macht, dass sie mir kein Wort glaubt. »Und als du die Nachbarskatze vom Balkon retten musstest? Oder als deine Freundin Kate einen plötzlichen … wie war das noch … Cowboystiefel-Notfall hatte?«

»Na gut, ich habe damals wirklich nicht so gern über meine Gefühle geredet, Grandma. Hätte ja auch nichts gebracht.«

»Na siehst du. Jedenfalls ist mir dann nach ein paar Monaten die Idee gekommen, dich mit einem Brief nach Granbury zu locken und mit Yash zusammenzubringen.«

»Sehr poetisch«, höhnt James, aber als alle Familienmitglieder ihm daraufhin genervte Blicke zuwerfen, bleibt ihm das Lachen im Hals stecken.

»Ich habe euch beide auf die Dates geschickt, die du damals schon in deinem veröffentlichten Liebesbrief an Yash beschrieben hast, und Soraya hat freundlicherweise die Aufgabe übernommen, die Briefe für mich zu schreiben … und was soll ich sagen …« Sie rückt mit einem selbstzufriedenen Ausdruck auf dem Gesicht ihre Brille zurecht. »Es hat schlussendlich auch geklappt, oder nicht?«

Soraya lässt sich neben ihre Frau auf die Couch fallen. »Ich bin so froh, dass dieses Geheimnis endlich raus ist. Es ist schrecklich, so etwas für sich behalten zu müssen.«

Meine Augen huschen zu ihr hinüber und zu meiner Überraschung zwinkert sie mir zu. »Sie hat dein Päckchen heute Abend mit Absicht beschriftet, oder? Sie wollte, dass wir es herausfinden«, flüstert Yash in mein Ohr.

»Ich glaube, sie weiß ziemlich gut, wie man mit meiner Oma umgehen muss.« Mein Kopf schwirrt noch von all den neuen Informationen.

»Willst du dein Weihnachtsgeschenk nicht noch aufmachen?«, fragt Soraya jetzt. Auf ihr Gesicht ist ein listiger Ausdruck getreten, der mich ganz neugierig macht.

Yash reicht mir das Geschenk und ich ziehe so langsam und sorgfältig die Klebestreifen ab, dass alle Personen hier im Raum ganz nervös werden. Und dann kommt der Inhalt schließlich zum Vorschein: Unter dem Schneemann-Papier befindet sich ein Briefset. Es besteht aus mehreren Umschlägen und Briefpapier in einem unverkennbaren Cremeweiß. Außerdem befindet sich noch ein schwarzer Füllfederhalter mit im Set.

»Soraya!«, ruft meine Großmutter empört. »Du *wolltest*, dass sie es heute Abend herausfinden?«

Soraya drückt ihr einen Kuss auf die Wange. »Ja, es war an der Zeit, Beatrice.«

»Was hat meine Familie eigentlich immer mit Briefen am Hut?«, fragt James jetzt seine Frau. »Es gibt doch nichts Langweiligeres.«

»Ich kann nicht glauben, dass du so etwas geplant hast, ohne mir davon zu erzählen«, wirft meine Mutter meiner Oma vor.

Yash gibt mir einen Kuss in den Nacken und alles um uns herum verschwimmt ein bisschen. »Wäre das jetzt vielleicht der richtige Zeitpunkt, um uns aus dem Staub zu machen?«

Ich nicke und nehme seine Hand. Die anderen bemerken nicht einmal, dass wir verschwinden, dafür fliegen gerade zu viele Fragen durch den Raum – nur Pudding erwartet uns schon an der Haustür. »Lass uns nach Hause gehen, Kleiner.« Ich wuschele ihm über den Kopf und lasse ihn nach draußen. Eingepackt in Mantel, Schal und Mütze treten Yash und ich hinaus in das weihnachtlich-verschneite Granbury.

Die Straße ist unter der Schneedecke kaum mehr sichtbar, aber wir würden den Weg zur Alten Wassermühle auch im Schlaf finden.

»Es ist seltsam«, sage ich irgendwann.

»Was meinst du?«

»Wir haben uns so lang gefragt, wer hinter den Briefen steckt, aber jetzt, da wir es wissen, ist es gar nicht mehr so wichtig.«

Yash bleibt stehen, wendet sich mir zu und nimmt meine Hände in seine. »Das habe ich auch gedacht.«

»Merkwürdig, oder?«

Er schüttelt den Kopf und ein kleines Lächeln schleicht sich auf sein Gesicht. »Wir hätten die Briefe gar nicht gebraucht, um uns zu finden.«

»Glaubst du wirklich?«

Er legt seine Stirn an meine. »Ich weiß es sogar. Die Briefe haben es nur ein bisschen beschleunigt. Und wir haben gelernt, wie grottenschlecht ich im Schlittschuhlaufen bin.«

Das entlockt mir ein Lachen und jetzt wird das Lächeln auf Yashs Gesicht so breit, dass ich seine geheime Zahnlücke sehen kann.

»Yash?«, flüstere ich.

»Mmh?«

»Ich bin froh, dass wir keine Sekunde länger warten mussten.«

Lea und Jonas Melcher leben und arbeiten zusammen in Mainz. Während Jonas sich tagsüber mit Serien und Drehbüchern beschäftigt, betreibt Lea einen Onlineshop, über den sie eure Buchbestellungen in hübschem Geschenkpapier verschickt. Dazwischen kuscheln sie ihre Katzen und denken sich für ihr Leben gern gemeinsam Geschichten aus.

Pudding hofft, dass dir diese Geschichte gefallen hat.
Dieses Buch ist im Selfpublishing erschienen und hat deswegen keinen großen Verlag hinter sich.
Umso mehr würde es Pudding freuen, wenn du eine Rezension für dieses Buch auf deinen Lieblingsplattformen hinterlässt – besonders natürlich, wenn es dir gefallen hat!

Millie Battersea ist eine magische Tortenbäckerin. Das darf natürlich niemand wissen – außer den Hexen im verschlafenen Dörfchen Snickerford, die sie durch ihre verzauberten Torten mit Magie versorgt.

Doch eines Tages werden ihre köstlichen Kreationen mit Schwarzer Magie vergiftet und der Verdacht fällt sofort auf Millie. Gemeinsam mit Remington, dem rothaarigen Torten-Lieferanten, und ihrem Fledermaus-Sidekick muss Millie herausfinden, wer tatsächlich dahintersteckt. Dabei sollte sie sich auf keinen Fall in Remington verlieben, denn unter Hexen gibt es die eiserne Regel, dass das Gedächtnis von allen Normalsterblichen, die von den Hexen erfahren, unwiederbringlich gelöscht wird …